Narrativas Inquietas

Coleção Paralelos

Coordenação de texto: Luiz Henrique Soares e Elen Durando
Revisão de tradução e preparação de texto: Margarida Goldsztajn
Revisão de texto: Thiago Lins
Capa e projeto gráfico: Sergio Kon
Produção: Ricardo Neves e Sergio Kon

Joseph Conrad

NARRATIVAS INQUIETAS
SETE CONTOS E DUAS PEÇAS

ALCEBIADES DINIZ MIGUEL
(seleção, apresentação, tradução e notas)

PERSPECTIVA

Copyright © Editora Perspectiva Ltda., 2021

CIP-Brasil. Catalogação na Publicação
Sindicato Nacional dos Editores de Livros, RJ

C764n
    Conrad, Joseph, 1857-1924
    Narrativas inquietas : sete contos e duas peças / Joseph Conrad ; seleção, apresentação, tradução e notas Alcebiades Diniz Miguel. - 1. ed. - São Paulo : Perspectiva, 2021.
    344 p. ; 21 cm. (Paralelos ; 38)

    "Tradução de contos e peças do inglês"
    Cronologia
    ISBN 978-65-5505-062-2

    1. Teatro polonês. 2. Contos poloneses. 3. Literatura polonesa. I. Miguel, Alcebiades Diniz. II. Título. III. Série.

21-71736   CDD: 891.85
                                         CDU: 821.162.1

Camila Donis Hartmann - Bibliotecária - CRB-7/6472
25/06/2021   28/06/2021

1ª edição.

Direitos reservados em língua portuguesa à

EDITORA PERSPECTIVA LTDA.

Rua Augusta, 2445, cj. 1
01413-100 São Paulo SP Brasil
Tel.: (11) 3885-8388
www.editoraperspectiva.com.br

2021

Sumário

Apresentação: Da Peripécia ao Impacto
[Alcebiades Diniz Miguel] 9

CONTOS

Os Idiotas 23
Karain: Reminiscências. 51
O Retorno 101
Amanhã 155
Um Anarquista: Um Conto de Desespero 187
Il Conde: Uma Narrativa Patética 213
A Estalagem das Duas Bruxas: Um Achado . . . 233

DUAS PEÇAS

Sobre o Teatro de Conrad [Alcebiades Diniz Miguel] . . . 267
Introdução [1924] [John Galsworthy] 273

Anne Gargalhada 281
Mais um Dia 309

Cronologia. 339

Apresentação:
DA PERIPÉCIA AO IMPACTO

Alcebiades Diniz Miguel

Do Mar

Houve uma época em que o mar representava todo um universo indomável, um mundo de espaços e seres que dificilmente seria colonizado por inteiro. É provável que Homero tenha sido inundado por essa impressão – e os *aedos*, que seguiam as trilhas estabelecidas por ele, também pensavam dessa forma. O mar, pois, era uma totalidade complexa, o *habitat* natural de deuses e monstros. Mas, claro, seria algo limitado se essa concepção estivesse restrita ao mundo grego. O mundo era, antes da criação, um mar sem vida (ou povoado de monstros) para egípcios e hebreus. Essa marca vertiginosa do mundo mítico permaneceu na identidade do mar por milênios – um lugar de mistérios, perigos, perdição. O mar surgia, aos olhos dos marujos, por séculos e séculos, como o *habitat* dos monstros mais terríveis, aqueles que jamais existiriam em terra firme, animais que brilhavam na escuridão tumultuosa das tempestades como bestas do inferno. E talvez fossem esses monstros que conjurassem as terríveis moléstias que afetavam os peregrinos desafiadores de tais fronteiras, que aniquilavam tripulações, restando apenas o barco fantasma, repleto de mortos, navegando sem rumo como um convite/armadilha para outras embarcações. Ficar perdido, à deriva, no mar, apenas pela falta de ventos, era uma condenação terrível, como se a possibilidade de uma morte violenta e feroz – por fome e sede, mesmo cercado por uma quantidade infinita de água – surgisse no horizonte de acontecimentos possíveis. Enfrentar esse território de perigos, durante esse passado não tão remoto assim – pois essa ainda era a realidade dos marujos no mundo todo até meados do século XIX –, era uma experiência transformadora, visto que se tratava de uma espécie de embate com um tipo de inimigo metafísico, uma antidivindade. Vejamos, a seguir, uma observação de Plutarco a respeito do cotidiano dos egípcios: "[Os egípcios] também consideram seu dever religioso evitar o sal, de forma que nenhum alimento ou pão será preparado ou levado à mesa com sal marinho. Várias razões são dadas para isso, mas apenas uma é verdadeira: seu ódio pelo mar como um elemento estranho e alienígena ou, melhor dizendo, a natureza completamente estranha ao homem." (Plutarco, *Quaestiones convivales*, 8, 8)[1]

Nesse sentido, os marujos transformam-se em arúspices – pois enfrentam e vivem na pele dessa estranha criatura, o *mar*, que poderia ser caracterizado como o ambiente mais inóspito imaginável, aquele no qual os seres humanos não conseguem se estabelecer, estando apenas *de passagem*. Pois os marinheiros, esses seres ao mesmo tempo malditos e santos, temidos e proféticos, ousavam o espaço sacro das águas, como no trecho a seguir de Sêneca, a respeito de uma malsucedida expedição romana aos mares do norte:

> Di reuocant rerumque uetant cognoscere finem
> Mortales oculos: aliena quid aequora remis
> Et sacras uiolamus aquas diuumque quietas
> Turbamus sedes?[2]

Assim, os marujos, os pescadores, que retiravam seu sustento diretamente do mar, passaram a ter um papel curioso na sociedade humana: a de conhecedores de um mundo fluido, inóspito, inabitável, mágico

---

1 Apud Sebastian I. Sobecki, *The Sea and Medieval English Literature*, Cambridge: D.S. Brewer, 2008, p. 25.

2 "Os deuses nos chamaram de volta e proibiram os olhos mortais de conhecer o fim de todas as coisas. Por que deveríamos violar os mares desconhecidos, as águas sagradas, com nossos remos, perturbando a calma que pertence aos deuses?" Sêneca, *Suasoriae*, cap. 1. Disponível em: <http://www.perseus.tufts.edu>.

APRESENTAÇÃO: DA PERIPÉCIA AO IMPACTO

e divino (ou diabólico). Talvez por isso tenha sido consagrada a visão do pescador e do marinheiro como contadores de histórias; pois no mar, esse espaço negativo, tudo é possível, todos os desenvolvimentos narrativos podem ser encetados, reorganizados, amplificados. O homem do mar era visto, ao mesmo tempo, como sacerdote e pecador, como alguém que estava em contato com elementos sagrados e que comungava com os monstros de um território maldito. O Ulisses de Homero na *Odisseia*, por um lado, e o profeta Jonas, surgindo da barriga de uma baleia – ambos estabeleceram o parâmetro do homem do mar, depois aprofundado ainda mais nos Evangelhos do *Novo Testamento*, com ao menos dois apóstolos que foram pescadores. A existência sagrada e maldita das águas persistiu por muito tempo; no Renascimento, os mapas do mundo conhecido apresentavam, como ornamentação e herança de um passado mítico ainda pulsante, monstros marinhos cruzando os oceanos.

Desde meados do século xix, contudo, houve mudanças significativas. A expansão das navegações, ao sabor das novas tecnologias náuticas, permitiu um esquadrinhamento muito mais amplo dos oceanos e mares. Viagens marítimas tornaram-se mais comuns e, com o surgimento da aviação, o mar pode ser visto do alto e ser superado por máquinas muito mais velozes. Aparentemente, o mar, nos dias correntes, guarda poucos segredos, e mesmo suas profundezas mais absolutas, das quais surgiam seus monstros e seres de pesadelo, costumam ser visitadas pelo homem e por suas máquinas, que neutralizam a pressão e a escuridão do fundo do mar. É bem verdade que catástrofes naturais, como tsunamis, ainda demonstram que os mares e oceanos são espaços a serem temidos, porém o mito, a narrativa, definitivamente declinou com o desencantamento das águas.

Em tal contexto, certos autores, especialmente no século xix, ainda mantinham algo da ressonância poderosa dos mares na mente humana. Herman Melville talvez seja o primeiro a ser lembrado nesse sentido, ao construir um ser tão poderoso quanto único em seu livro mais conhecido, *Moby Dick*. Edgar Allan Poe também – ele que queria desertar a família e fugir para se tornar marinheiro, sonho juvenil que reviveu em sua obra *The Narrative of Arthur*

Gordon Pym of Nantucket (A Narrativa de Arthur Gordon Pym), romance em que descreveu um Polo Sul imaginário. Ou até mesmo o inferno poético cuidadosamente erigido por Samuel Taylor Coleridge em seu longo poema *The Rime of the Ancient Mariner* (A Balada do Velho Marinheiro), em que o mar é, ao mesmo tempo, a sede de uma beleza absoluta, divina, e de uma maldição tenebrosa. Por contágio, os exploradores de novas terras, depois de atravessarem os mares, encontram um universo inóspito, único, não poucas vezes belíssimo, mas também perigoso. Esse é o caso de alguns contos do autor francês Ernest Maurice Laumann, populares em sua época, mas que caíram no esquecimento[3], e até mesmo de autores decadentes como Stanislaus Eric Stenbock e Oscar Wilde. Contudo, se a literatura do século XIX ainda preservou o mar como um elemento pitoresco, a verdade é que poucos autores absorveram dos mitos do passado sua potencialidade narrativa; ou seja, a tentativa não apenas de recuperar algo da poderosa mitologia dos mares, ao emular até mesmo a forma como os marujos narravam suas histórias: pela oralidade, em discursos atravessados pelas instabilidades da linguagem e da memória, das estratégias empregadas para se contar uma história. Um desses poucos autores é justamente Joseph Conrad, filho de nobres empobrecidos, polonês exilado na Inglaterra, ex-marinheiro e autor extraordinário.

Da Errância Como Existência

Joseph Conrad nasceu em 3 de dezembro de 1857 em Berdyczów, na Polônia. Evidentemente, seu nome de batismo era bem mais complicado – Józef Teodor Konrad Korzeniowski –, herança de seus pais, nobres poloneses economicamente falidos. Józef era filho

---

3   As narrativas de Laumann, que são próximas às de Conrad, embora mais brutais e singelas, foram compiladas em uma tradução para o português: *Entre Brumas, Sobre Vastos Mares*, Florianópolis: Nephelibata, 2017 (especialmente em contos como "Os Terrores do Mar", p. 117-128).

APRESENTAÇÃO: DA PERIPÉCIA AO IMPACTO

único de Apollo Korzeniowski, poeta, dramaturgo, tradutor e ativista político, ligado aos movimentos de independência da Polônia. Sua mãe, Ewa Bobrowska, também era proveniente da aristocracia local. Com a falência da família e a perseguição política do pai – que obrigava os Korzeniowski a se mudarem constantemente de cidade nesse território ainda instável à época entre Ucrânia, Rússia e Polônia, Ewa faleceu, de tuberculose, em 18 de abril de 1865. Poucos anos depois, em 23 de maio de 1869, seria a vez de Apollo, levado, como a esposa, pela tuberculose. O tutor do jovem Conrad passou a ser o tio, Tadeusz Bobrowski, irmão de sua mãe. O órfão teve uma infância enfermiça, algo dispersa – o interesse do jovem Conrad nos estudos era escasso. O garoto preferia gastar seu tempo lendo relatos das expedições do navio Fox em busca dos navios desaparecidos Erebus e Terror[4], escrevendo fantasias de viagens marítimas. Seu tutor procurou, dessa forma, conduzir os aparentemente escassos talentos de seu pupilo na direção do comércio marítimo. Em 1871, aos treze anos, Conrad declarou ao tio suas intenções de se tornar marujo em alguma companhia francesa. Três anos depois, em 1874, o próprio Bobrowski despacharia seu tutelado, que não demonstrava muita inclinação para nenhum outro tipo de ofício, a Marselha, com o fito de engajá-lo como marinheiro. As aventuras marítimas de Conrad começaram aí, incluindo uma, inicial, relacionada à cidadania: como polonês, ele era súdito do czar e do Império Russo. Não pretendendo seguir carreira militar – ao se tornar marinheiro, isso era compulsório à época nas regiões dominadas pela Rússia –, Conrad se naturalizou britânico em 1886.

Uma boa parte das narrativas de Conrad surge de suas viagens marítimas entre 1874, quando deixou Cracóvia por Marselha, até 1894, data em que se desligou da tripulação de seu último navio, Adowa. Foram vinte anos trabalhando no setor do comércio marítimo, incluindo os mais diversos ofícios, como longos

---

4 Navios que participaram de uma expedição, em 1845, destinada à exploração do Ártico canadense. Presos no gelo, foram largados por suas tripulações que, abandonadas à própria sorte e isoladas naquela região gélida e inóspita, foram aniquiladas em pouco tempo. Recentemente, foram descobertos resquícios dos naufrágios.

períodos de trabalhos administrativos em portos e entrepostos. Passou oito anos no mar – sendo que desse total, nove meses como passageiro. Suas viagens percorreram rotas do Congo a Bornéu, nas mais diversas embarcações, convivendo com os mais variados tipos humanos, também envolvidos nos muitos meandros do comércio pelos mares entre nações e povos. Conheceu rios, costas, ilhas, sobreviveu a tempestades e revoltas dentro e fora dos barcos. Contemplou os frutos nefastos do imperialismo e encontrou tipos humanos extraordinários entre aqueles povos que a ciência racista de sua época dizia estar entre os racialmente inferiores. Na ampla galeria de personagens de suas narrativas, romances e contos, surgem esses tipos humanos relacionados ao mar, ainda que indiretamente – de armadores falidos a guerrilheiros em colônias convulsionadas; de capitães indecisos (ou seriam covardes?) a administradores coloniais enlouquecidos pela ganância ou por ideias tenebrosas; de marujos sedutores e pobres aos sonhadores impressionados pelo poderio das tempestades. Mais que qualquer outro escritor que se imaginava ou se tornou por algum tempo um marinheiro, um escritor-marinheiro, Conrad foi basicamente um marinheiro que se tornou escritor, um marinheiro-escritor, com um conhecimento técnico impressionante da vida no mar. Caso raro, quem sabe mesmo único, da literatura do século XIX (à exceção, talvez, de Herman Melville, ainda que este último tenha passado apenas cinco anos no serviço da marinha mercante).

Cada um dos contos desta coletânea está marcado, assim, pelas atribulações do mar, pelos terrores que essa imensa quantidade de água evoca no coração humano. Mesmo quando a trama se dá longe dos oceanos, a solidão dos tipos humanos e a lembrança vaga das tempestades (literais e metafóricas) parecem evocar a existência no mar, o isolamento dos marujos nas terras mais distantes, em que "lar" é apenas uma vaga recordação. A linguagem de Conrad é toda marcada pela referência às embarcações, aos portos, ao comércio entre povos dentro de barcos e vapores. E talvez, por conta disso, as narrativas breves que se encontram neste livro tenham uma estrutura e um tom tão característicos.

APRESENTAÇÃO: DA PERIPÉCIA AO IMPACTO

Da Narrativa

Joseph Conrad foi um autor com um gosto por narrativas longas. Há nele um desejo pela exposição da narrativa por meio de uma oralidade pulsante, algo que com certeza reproduzia suas experiências como ouvinte e contador de "histórias de marinheiro". Nesse sentido, curiosamente, Conrad não está distante de um Guimarães Rosa, visto que o autor brasileiro adaptava esse processo da fluência oral na contação de uma história ao universo caudaloso de suas narrativas, colocando, em seus textos, amigos que contam "causos" como uma base da qual partir para o desenvolvimento da trama[5]. De qualquer forma, o fluxo narrativo de Conrad é de espectro amplo e longo, e seus trabalhos mais conhecidos são romances e novelas: da estreia ficcional de Conrad com *A Loucura do Almayer* (1895), depois *Lord Jim* (1900), *Tufão* (1902) e os bastante renomados *Coração das Trevas* (1899), *Nostromo* (1907) e *O Agente Secreto* (1907). Tais romances tornaram-se clássicos e projetaram o reconhecimento de Conrad para além da literatura, incluindo doravante incursões de sua obra em novas mídias[6]. Diante de tantos romances e novelas consagrados, como situar a produção de contos (e mesmo de peças de teatro, no caso de Conrad diretamente ligadas aos contos) de tal autor? Assim, a primeira peculiaridade de tal produção em Conrad é a extensão considerável de tais histórias, que deveriam ser breves – seus contos são longos, contendo elementos diversos de grande complexidade, que se desenvolvem em

5 Declarou Rosa em entrevista a Günter Lorenz: "Nós, os homens do sertão, somos fabulistas por natureza. Está no nosso sangue narrar estórias, já no berço recebemos esse dom para toda a vida. Desde pequenos, estamos constantemente escutando as narrativas multicoloridas dos velhos, os contos e lendas [...]" (Ver G.W. Lorenz, "João Guimarães Rosa", *Diálogo Com a América Latina: Panorama de uma Literatura do Futuro*, São Paulo: EPU, 1973, p. 325.)

6 *The Secret Agent* foi adaptado para o cinema e a televisão em diversas ocasiões: em uma das primeiras vezes, em 1936, por Alfred Hitchcock no filme *Agente Secreto*. *Coração das Trevas* inspirou, por sua vez, o célebre filme sobre a guerra do Vietnã, *Apocalypse Now* (1979), que segue o romance de forma bastante próxima, embora Conrad não seja creditado pelo filme. *Nostromo* foi adaptado já em 1926, com o título *The Silver Treasure*, dirigido por Rowland V. Lee, estrelado por George O'Brien. Esse filme, contudo, atualmente está perdido.

um fluir bastante cadenciado e que parece inverter a visão estrutural que Edgar Allan Poe tinha do conto (seguida com exatidão por inúmeros contistas, chegando a um Julio Cortázar[7] e percebida de forma negativa por Anton Tchékhov) como uma progressão climática e tensional que teria seu pico em um momento chave, para depois desaguar essa tensão em potenciais momentos anticlimáticos. Em Conrad, a extensão dos contos permite o exercício de outras potencialidades tensionais, notadamente relacionadas ao conflito entre personagens que, nessas longas narrativas, possuem um amplo espaço de desenvolvimento.

De fato, o estudo das personagens ocupa um espaço considerável nas narrativas breves de Conrad. Alguns de seus contos, aliás, recebem como título o nome de suas personagens centrais – "Karain", "Um Anarquista", "Il Conde" –, deixando ainda mais explícito como, em torno dessa personagem central, toda a narrativa se estrutura. A amplitude também permite um aspecto construtivo bastante apreciado por Conrad em suas narrativas mais longas e que, novamente, contradiz a "filosofia de composição" aplicada aos contos: a ênfase descritiva em lugares. As narrativas de Conrad, nesta coletânea, ocorrem nas mais diversas paragens: nas ilhas dos Mares do Sul; na costa francesa; em Nápoles; na Espanha do final do século XVIII; na América do Sul; em bairros suburbanos de Londres. Essa variedade e pendor descritivo poderiam sugerir que Conrad seria um autor que investiria em perfis de personagens combinados ao exotismo de paisagens, a fim de impulsionar suas tramas, algo que recorda o artificialismo de certo tipo de *best-seller* contemporâneo, centrado em viagens, paisagens, descobertas e mensagens construtivas, positivas. Contudo, esse não é o caso de Conrad – longe disso. Em primeiro lugar, o perfil psicológico das personagens construído pelo autor é extremamente rico, o que

---

7   A visão de Poe seria marcante em Cortázar, que definiria o conto em modelos comparativos, seja do cinema ou do boxe – a fotografia (em oposição ao filme, que estaria próximo do romance) e o nocaute (em oposição à estudada vitória por pontos do romance): "[no] combate que se trava entre um texto apaixonante e leitor, o romance ganha sempre por pontos, enquanto o conto deve ganhar por *knock-out*". (Julio Cortázar, Alguns Aspectos do Conto, *Valise de Cronópio*, São Paulo: Perspectiva, 2008, p. 151-152.)

APRESENTAÇÃO: DA PERIPÉCIA AO IMPACTO

neutraliza estereótipos e clichês. Mesmo sendo um homem de seu tempo, com os preconceitos do período, Conrad ultrapassa o discurso racista em vários pontos, ao construir protagonistas não europeus (e não brancos) fortes e dilacerados. Por outro lado, o elemento descritivo situa essas personagens ricas em um plano de fundo complexo e instigante, que ainda possui uma notável fluidez. Assim, os elementos plácidos e até mesmo banais que cercam as personagens em "Retorno" e "Amanhã" tornam-se gradualmente mais e mais perturbadores, acompanhando a escalada na direção do colapso e da loucura das personagens em seus embates, até que, ao final, deixam toda a complacência de lado, tornando-se paisagens de pesadelo. Como podemos ver, em termos estruturais, as narrativas de Conrad são pacientes, e sua metodologia (recuperando a metáfora pugilística de Cortázar) fustiga o leitor lentamente antes de partir para o golpe de misericórdia no último *round*.

Tratamos, até este ponto, contudo, dos aspectos mais formais da construção narrativa de Conrad. Há também que considerar as questões relacionadas ao conteúdo. De um ponto de vista temático – algo que parece tão importante na atualidade –, não há muitos elementos metafísicos e menos ainda de natureza sobrenatural. Nesse sentido, seus contos, em nosso estreito universo literário espremido pela necessidade de enquadramentos e filiações, seriam "realistas". Não é demais lembrar que Conrad participou da ampla discussão em torno da chamada "ficção moderna" – expressão cunhada por Virginia Woolf no célebre ensaio[8] homônimo –, debate que envolvia disputas em torno do formalismo e do engajamento da narrativa, e que ela envolveu nomes como Arnold Bennett, John Galsworthy, H.G. Wells e Henry James. De qualquer forma, o "realismo" de Conrad é obsessivamente construído em torno de noções fatalistas que parecem aproximar o polonês exilado, ex-marujo, tanto dos tragediógrafos da Antiguidade grega quanto de certos contos populares nos quais a trama se estrutura em fugas do destino que apenas permitem a aproximação mais

---

8 Modern Fiction, em Andrew McNeille (ed.), *The Essays of Virginia Wolff, V. 4: 1925 to 1928*, London: The Hogarth, 1984, p. 157-165.

completa desse mesmo destino[9]. Trata-se da clássica definição aristotélica da personagem trágica: ela não deixa sua condição de *fortuna* e caminha para a de *infortúnio* por maldade ou por perversidade, mas por um *erro*: "Resta o herói em situação intermediária; é aquele que nem sobreleva pela virtude e justiça, nem cai no infortúnio em consequência de vício e maldade, senão de algum erro, figurando entre aqueles que desfrutam de grande prestígio e prosperidade; por exemplo, Édipo, Tiestes e homens famosos de famílias como essas."[10]

Conrad atualiza a matriz do erro trágico, optando por heróis *intermediários* que são passíveis de erros, ainda que haja neles uma inevitável virtude — em seus romances, o modelo mais acabado desse tipo de personagem e da imensa carga dramática por ele levada surge no protagonista de seu romance *Lord Jim*, que comete falhas de julgamento, a despeito de sua inegável coragem e bondade, ao menos *duas vezes*, gerando uma *falsa catástrofe* (no primeiro erro) e uma *verdadeira catástrofe* (no segundo). Esse tipo de atualização das premissas trágicas é ainda mais variado nos contos de Conrad, nos quais o destino se manifesta desfazendo as expectativas das personagens das formas mais criativas possíveis. Assim, em "Os Idiotas" (um conto de terror absolutamente preciso), a mulher em fuga imagina que um sujeito que se aproxima para ajudá-la seja — aquilo que *ela espera*, que foi moldado por sua culpa — seu marido

---

9   "The Appointment in Samarra" (Encontro em Samarra), uma história de destino que teve muitas versões desde a Idade Média, é um bom exemplo desse tipo de narrativa. Segue a pequena narrativa, na reinvenção de W. Somerset Maugham (traduzida por Wilson A. Ribeiro Jr.), fala a morte: "Havia um mercador em Bagdá que enviou seu servo ao mercado para comprar provisões. Pouco depois o servo voltou, pálido e trêmulo, e disse: 'Mestre, agora mesmo, quando eu estava no mercado, fui empurrado por uma mulher da multidão; quando me virei, vi que era a Morte que me havia empurrado. Ela olhou para mim e fez um gesto de ameaça; ora, empreste-me seu cavalo e eu cavalgarei para longe desta cidade e evitarei meu destino. Irei para Samarra, e lá a Morte não me encontrará.' O mercador emprestou-lhe seu cavalo e o servidor montou, fincou as esporas nos flancos dele e se foi tão rápido quanto o cavalo podia galopar. Então o mercador desceu ao mercado, me viu no meio da multidão e veio até mim, dizendo: 'Por que você fez um gesto de ameaça para meu servo, quando o viu esta manhã?' 'Aquele não foi um gesto de ameaça', respondi, 'foi apenas um movimento de surpresa. Fiquei espantada ao vê-lo em Bagdá, pois esta noite eu tinha um encontro marcado com ele em Samarra.'" Disponível em: <http://warj.med.br>.

10   Ver Aristóteles, Arte Poética, *A Poética Clássica*, São Paulo: Cultrix, 1991, p. 32.

APRESENTAÇÃO: DA PERIPÉCIA AO IMPACTO

morto, o fantasma, aparição espectral que deveria levá-la para as profundezas. Em "Amanhã", a mais cruel reinação feita a partir da parábola cristã do filho pródigo, se o desejo do pai que espera o filho é um desespero constante, ora barulhento ora silencioso, que se transformou há muito em loucura e que nunca poderá ser satisfeito, a esperança da vizinha, que conhece a história e se aproveita do velho, acaba por ser desfeita por um reconhecimento tão cruel quanto banal. Em "Karain", são as coincidências do destino que destroem a confiança do protagonista e sua fé nos ídolos necessários para sua sobrevivência, e essas mesmas coincidências acabam por forjar os elementos que restituem tal fé.

A verdade é que, sim, o fatalismo de Conrad se desdobra em um poderoso pessimismo. Evidentemente, não se trata de um pessimismo formalista, exterior, ou surgido de um esgotamento ideológico qualquer. O pessimismo conradiano surge da observação atenta e prolongada dos inúmeros tipos humanos com os quais conviveu – e de situações muitas vezes desesperadoras pelas quais passou no mar ou nos portos –, o que poderia ser visto como razoável ou banal. Contudo, há um ponto importante nesse pessimismo: Conrad ainda reserva aos seus protagonistas a opção de tentar *abraçar* seu destino fatal, compreender a comédia de erros da existência humana e, dessa compreensão, adquirir uma visão paradoxalmente serena do próprio inferno. A ficção conradiana antecipa *Le Mythe de Sisyphe* (O Mito de Sísifo, 1941), de Albert Camus, que gostaria de imaginar alguma felicidade na descoberta que Sísifo faz do absurdo de sua existência. Assim, ao final de "Um Anarquista", o protagonista opta voluntariamente por permanecer na ilha em que é explorado, para não encontrar de novo os tipos humanos que detestava e que levaram à sua perdição. O absurdo daquela existência, ao menos parecia ter atingido um grau de razoabilidade, vaga e inútil, talvez, mas ainda assim efetiva. Mais que isso: a personagem aparentemente obtivera um arremedo de felicidade.

O Fim dos Mares

O escritor britânico de ficção científica James Graham Ballard compôs, em 1964, uma narrativa apocalíptica intitulada *The Drought*, que poderia ser traduzida literalmente como "A Seca". No livro, uma seca infinita é resultado da destruição dos recursos naturais, o que causa o esgotamento de todos os rios e uma corrida da humanidade em direção aos mares e oceanos: "As estreitas montanhas costeiras agora marcavam os limites do deserto que se expandia como uma meseta contínua atravessando o continente, uma terra devastada de poeira e cidades abandonadas [...]."[11] Talvez, no meio dessa corrida, os humanos remanescentes ainda conseguissem se lembrar das lendas em torno do oceano e de suas infinitas histórias, desde Homero, desde os profetas bíblicos. E talvez, nesse processo, se lembrassem de Conrad, o homem que recuperou algo da humanidade moldada pelas longas e perigosas viagens através das águas infinitas. Uma recuperação terrível, traumática, porém necessária – pois Conrad era desses autores que sabia reconhecer que ainda havia um fiapo de esperança possível mesmo na mais infernal das tempestades. A leitura da ficção conradiana nos dias atuais – tão próximos da realidade imaginada por Ballard, aliás – surge como necessária e infinitamente prazerosa. Trata-se de uma redescoberta da potência dos mares, de seus monstros, de suas peculiaridades e incertezas. Desenvolve-se a percepção de que o mar e o oceano são, eles mesmos, a própria história humana, infinita, aparentemente informe, mas com tantos naufrágios e ruínas debaixo de sua plácida superfície. Quem sabe a redescoberta de Conrad nos tempos de nossa *seca* leve seus novos leitores a reavaliar a história, a arrogância humana, o destino. Tudo isso enquanto corremos para o oceano, buscando a água tão escassa em nossos arrasados continentes.

---

11 J.G. Ballard, *The Drought*, New York: Berkley, 1965, p. 91.

CONTOS

Os Idiotas[1]

Percorríamos a estrada que levava de Treguier a Kervanda. Passamos, em ritmo acelerado, pelas sebes que encimavam os aterros, verdadeiras muralhas de terra que seguiam pelas laterais da estrada; quando chegamos a uma elevação mais íngreme antes de Ploumar, o cavalo reduziu a velocidade de seu trote para um caminhar lento, e o cocheiro desceu, pesadamente, da boleia. Fez estalar seu chicote enquanto subia a encosta com passos trôpegos ao lado da carruagem, uma mão no estribo, os olhos fincados no chão. Depois de algum tempo, levantando a cabeça, apontou para a curva ascendente da estrada com a extremidade do seu chicote, e disse:

"O idiota!"

O sol brilhava com violência sobre a superfície ondulada da terra. Os ressaltos do terreno eram coroados por pequenos grupos de árvores esquálidas, seus galhos elevando-se até o céu, como se estivessem sobre estacas. Os campos, minguados, separados por arbustos e muros de pedra que ziguezagueavam pelas encostas, estendiam-se em manchas retangulares de tons vívidos de verde e amarelo, semelhantes aos traçados toscos de uma pintura *naïf*. Essa paisagem estava dividida em duas pela faixa branca de uma estrada, que se estendia à distância, em longas curvas, como um rio de poeira que se arrasta entre as colinas, a caminho do mar.

"Aqui está", disse o cocheiro.

[1] Primeiro conto de Conrad, escrito durante sua lua de mel. Publicado inicialmente na revista *The Savoy*, em 1896, foi posteriormente integrado à coletânea *Tales of Unrest*.

No meio da densa vegetação que margeava a estrada, um rosto se movia suavemente no nível das rodas da carruagem, à medida que passávamos devagar. O rosto do imbecil era avermelhado, e a cabeça oblonga, de cabelo curto, parecia repousar sozinha, o queixo metido na poeira. Aquele corpo se perdia em meio aos arbustos que cresciam, espessos, ao longo da profunda valeta.

Era o rosto de um menino. A julgar por sua estatura, poderia ter dezesseis anos, talvez menos, talvez mais. Tais criaturas são esquecidas pelo tempo e vivem intocadas pelos anos até que a morte as recolhe ao seu seio compassivo; a morte fiel que, mesmo na urgência de sua obra, jamais se esquece nem do mais insignificante de seus filhos.

"Ah! Há outro ali", disse o homem, expressando certa satisfação em sua voz, como se algo esperado surgisse diante dele.

De fato, havia outro. Estava parado no meio da estrada, sob o sol flamejante, na extremidade de sua própria sombra ínfima. As mãos enfiadas nas mangas opostas de sua ampla casaca, a cabeça afundada entre os ombros, todo encolhido diante daquela torrente de calor. Visto de certa distância, tinha o aspecto de alguém que estivesse sofrendo pelo frio intenso.

"Esses dois são gêmeos", explicou o cocheiro.

O idiota deu dois passos para o lado, liberando o caminho, contemplando-nos por sobre o ombro enquanto passávamos por ele. Tratava-se de um olhar vazio, fixo, fascinado; no entanto, ele não se voltou para seguir, com os olhos, nosso caminho. Provavelmente, a imagem passou diante deles sem deixar nada registrado no cérebro deformado daquela criatura. Quando chegamos ao cume da encosta, olhei por cima da capota da nossa carruagem. Ele permanecia na estrada, no mesmíssimo local.

O cocheiro trepou no seu assento, estalou a língua e logo iniciamos a descida. O freio, vez por outra, soltava guinchos tenebrosos. Quando atingimos o sopé da colina, o cocheiro diminuiu a velocidade daquele ruidoso mecanismo, enquanto se virava na boleia.

"Ainda veremos outros por aí."

"Mais idiotas? Mas então quantos deles ainda existem?", questionei.

OS IDIOTAS

"São quatro – filhos de um fazendeiro nas imediações de Plou-mar. Os pais morreram faz tempo", acrescentou após uma pausa. "A avó vive na fazenda. Durante o dia, eles perambulam pela estrada e voltam para casa ao entardecer, junto com o gado... É uma boa fazenda."

Vimos os outros dois: um rapaz e uma garota, conforme as informações fornecidas pelo cocheiro.Vestiam-se exatamente igual, roupas informes que lembravam anáguas. A coisa imperfeita que habitava aqueles seres fez com que uivassem para nós do topo da encosta, no qual se escarrapachavam entre os galhos rígidos das urtigas. Suas cabeças, o cabelo negro cortado rente, se destaca-vam em contraste com o brilhante muro amarelado de inúmeras pequenas flores. Seus rostos estavam vermelhos devido ao esforço físico de gritar; as vozes soavam ocas e roucas, como uma imita-ção mecânica da voz dos velhos; e tudo aquilo cessou tão logo alcançamos outra estrada.

Eu os vi muitas vezes enquanto percorria o país.Viviam naquela estrada, vagando por toda sua extensão, obedecendo aos impulsos inexplicáveis da monstruosa escuridão que habitava seu íntimo. Eram como uma ofensa ao sol, uma acusação ao firmamento vazio, uma falha na concentrada e intensa vitalidade daquela paisagem silvestre. Com o tempo, a história dos seus pais ganhou forma diante de meus olhos, a partir de uma série de respostas apáticas às minhas perguntas e de palavras indiferentes ouvidas em estalagens à beira da estrada, ou mesmo na própria estrada na qual aqueles idiotas costumavam vagar. Parte dessa história me foi contada por um velho camarada emaciado e cético, que portava um tremendo chicote, enquanto caminhávamos com dificuldade numa estrada arenosa, ao lado de uma carroça de duas rodas carregada de algas encharcadas. Mais tarde, e em diferentes ocasiões, outras pessoas confirmaram e completaram tal história, até que tive diante de mim um relato simples e formidável, como em geral são essas revelações de obscuras provações sofridas por corações ignorantes.

Quando voltou do serviço militar, Jean-Pierre Bacadou deu--se conta de que seus pais estavam muito idosos. Percebeu, dolorosamente, que o trabalho na fazenda não era realizado de modo satisfatório. O pai já não tinha a energia dos outros dias. Os peões não mais percebiam sobre eles os olhos do dono. Jean--Pierre notou, com tristeza, que o monte de estrume no quintal, em frente à única entrada da casa, já não era tão grande quanto deveria ser. As cercas continuavam danificadas e o gado sofria por falta de cuidado. Em casa, a mãe estava permanentemente acamada e as criadas conversavam aos berros na grande cozinha, da manhã até a noite, sem interrupções. Disse para si mesmo: "Temos de mudar tudo isso." Conversou sobre esse assunto com o pai certa tarde, quando os raios do sol poente, atravessando o quintal até o alpendre, traçavam listras luminosas nas pesadas sombras. Sobre o monturo de esterco, pairava uma bruma, cujos matizes opalescentes carregavam poderoso odor, enquanto as galinhas saqueadoras não cessavam sua atividade de esgaravatar e examinar, com velozes olhos arredondados, os dois homens, magros e altos, que dialogavam com voz enrouquecida. O velho, retorcido pelo reumatismo e curvado por muitos anos de trabalho, e o jovem, ossudo e rijo, falavam sem gestos, ao modo apático dos camponeses, graves e lentos. Entretanto, antes que o sol se pusesse, o pai já havia se rendido aos argumentos razoáveis do filho. "Não é por mim que digo tudo isso", insistiu Jean-Pierre, "é pela terra. É uma lástima vê-la tão mal utilizada. Toda minha impaciência não é em causa própria". O velho assentiu, sobre sua velha bengala. "Eu acho; eu acho", murmurou. "Você tem razão. Faça o que achar melhor. É sua mãe quem ficará satisfeita."

A mãe ficou satisfeita com sua nora. Jean-Pierre entrou no pátio com a carroça de duas rodas a toda velocidade. O cavalo cinzento galopava desajeitadamente e a noiva e o noivo, sentados lado a lado, eram sacudidos para frente e para trás pelo movimento ascendente e descendente dos eixos, de forma regular e brusca. Na estrada, os ainda distantes convidados do casamento se aproximavam em pares e grupos. Os homens seguiam com seu andar pesado e lento, balançando os braços ociosos. Vestiam as roupas usadas para ir à cidade; casacas cortadas com desajeitada elegância, chapéus pretos

OS IDIOTAS

rígidos, botas enormes polidas com esmero. Ao seu lado caminhavam suas mulheres, em trajes pretos, as cabeças cobertas por
toucas brancas, com xales de tons desbotados, dobrados de maneira
triangular, em suas costas. À frente, o violino estremecia com as
notas de uma melodia estridente e o *biniou*[2] ronquejava e zumbia,
enquanto seu músico fazia cabriolas, levantando para o alto seus
pesados tamancos. A sombria procissão flanava por ruas estreitas,
exposta ao sol e protegida pela sombra, por campos e sebes, assus-
tando os pequenos pássaros que revoavam em bandos à direita e à
esquerda. No pátio da fazenda dos Bacadou, essa fila escura com-
pactou-se em uma massa de homens e mulheres que empurravam
o portão a gritos e saudações. O jantar de casamento foi lembrado
por meses a fio. Foi uma festa esplêndida, celebrada no pomar da
fazenda. Fazendeiros de posses e ilibada reputação foram vistos,
adormecidos, nas valetas ao longo da estrada para Treguier, e isso
em plena tarde seguinte. Boa parte da população local participou
da felicidade de Jean-Pierre. Ele, contudo, permaneceu sóbrio e,
ao lado de sua discreta esposa, ficou de lado, deixando seus pais
fazerem as honras e receberem os agradecimentos. Mas, logo no
dia seguinte, ele tomou posse da propriedade com firmeza e os
velhos pais sentiram cair sobre si, finalmente, a presença de uma
sombra − a sombra precursora da morte. De fato, o mundo pertence aos jovens.

Quando os gêmeos nasceram, havia bastante espaço na casa,
pois a mãe de Jean-Pierre fora residir sob uma pesada lápide no
cemitério de Ploumar. Naquele dia, pela primeira vez desde o
casamento do filho, o velho Bacadou, negligenciado pelo caca-
rejo de tantas mulheres estranhas aglomeradas na cozinha, deixou
pela manhã seu lugar debaixo da cornija da lareira e se dirigiu
ao estábulo vazio, sacudindo, abalado, seu cabelo branco. Tudo
bem que seu filho lhe dera netos, mas ele desejava que sua sopa
fosse servida ao meio-dia. Quando lhe mostraram os bebês, ele
simplesmente dirigiu a ambos um olhar fixo e murmurou algo

2   Gaita de fole bretã.

vago, como: "É demais." Não seria possível dizer se ele se referia à felicidade que sentia ou se ao número de seus descendentes. Aparentava estar ofendido – na medida em que aquele velho rosto impassível pudesse expressar o que quer que fosse; e depois, por dias a fio, podia ser visto, durante boa parte do tempo, sentado ao lado do portão, o nariz enfiado nos joelhos, um cachimbo entre as gengivas, recolhido em uma espécie de mau humor colérico e concentrado. Apenas por uma vez se dirigiu ao filho, fazendo alusão aos recém-nascidos com um grunhido: "Eles vão discutir por causa das terras." "Não se preocupe com isso, pai", respondeu Jean-Pierre, sem se perturbar, antes de seguir adiante, parcialmente agachado, enquanto arrastava uma vaca recalcitrante.

Estava feliz, assim como Susan, sua esposa. Não se tratava da alegria etérea, advinda do acolhimento de novas almas em uma luta que, talvez, poderia levar à vitória. Em quatorze anos, os dois garotos seriam uma ajuda bem-vinda; e, mais tarde, Jean-Pierre já imaginava dois rapazes robustos atravessando toda a propriedade, percorrendo cada pedaço dela, oferecendo poderoso tributo à terra, amada e fecunda. Susan também estava feliz, pois não queria que se referissem a ela como a mulher infeliz – e agora, que tinha filhos, ninguém poderia assim chamá-la. Tanto ela como o marido haviam visto algo do mundo mais amplo – ele, durante o tempo em que serviu no exército; já ela esteve em Paris, por cerca de um ano, acompanhando uma família bretã; porém, sentira saudades demais para permanecer longe, por muito tempo, de sua terra montanhosa e verde, cercada por um círculo árido de rochas e areia, na qual havia nascido. Ela achava que um dos meninos deveria talvez se tornar padre, mas não disse nada ao marido, um republicano assumido que detestava os "corvos", como ele denominava os ministros da religião. O batismo foi uma cerimônia esplêndida. Toda a comuna compareceu, porque os Bacadou eram ricos e influentes, se dando ao luxo, vez por outra, de não ligar para despesas. O avô trajou um casaco novo.

Certa noite, alguns meses depois, quando a cozinha já estava limpa e a porta trancada, Jean-Pierre, que olhava para o berço,

OS IDIOTAS

perguntou à esposa: "Qual o problema com essas crianças?" E, como se essas palavras, pronunciadas com calma, fossem o prenúncio de um desconhecido infortúnio, ela respondeu com um gemido intenso, que provavelmente pôde ser ouvido no chiqueiro, atravessando o quintal; pois os porcos (e os Bacadou eram proprietários dos melhores porcos da região) passaram a noite inteira agitados, grunhindo. O marido continuou a triturar lentamente seu pão com manteiga, mantendo os olhos fixos na parede, enquanto o prato de sopa fumegava sob seu queixo. Havia voltado tarde do mercado, onde ouvira (não pela primeira vez) certo burburinho às suas costas. Revirava aquelas palavras em sua mente no caminho de volta para casa. "Aparvalhados! Ambos... Nunca servirão para nada!" Bem! Talvez, talvez. Seria preciso ver. Perguntaria à esposa. E essa foi a resposta dela. Aquilo o atingiu como um golpe em cheio no peito. Disse apenas: "Vá, me traga um pouco de cidra. Tenho sede!"

Ela saiu, lamentando-se, um jarro vazio nas mãos. Nesse momento, seu marido se levantou, pegou a vela e se aproximou devagar do berço. Os bebês dormiam. Olhou para os dois de soslaio, terminando de mastigar ali mesmo. Logo, voltou e se sentou pesadamente diante de seu prato. Quando a esposa retornou, ele sequer levantou os olhos, apenas engoliu, de maneira ruidosa, uma ou duas colheradas e fez a seguinte observação, num tom de voz abafado:

"Quando estão dormindo, são iguais às crianças dos outros."

Ela se sentou bruscamente em um banquinho próximo e estremeceu em uma silenciosa tempestade de soluços, incapaz de dizer o que quer que fosse. Ele terminou sua refeição e permaneceu recostado, em estado de ociosidade, os olhos perdidos nas vigas escuras do teto. Diante dele, a vela ardia, vermelha e ereta, emitindo um fio delgado de fumaça. A luz iluminava a pele áspera de seu pescoço queimado pelo solo; as bochechas afundadas eram como manchas de escuridão, dotando sua expressão de uma impassível amargura, como se tivesse ruminado com dificuldade ideias intermináveis. Então disse, com decisão:

"Precisamos ver alguém… consultar. Não chore… Nem todos serão assim… Não mesmo! Devemos dormir agora."

Após o nascimento do terceiro filho, também um menino, Jean--Pierre passou a se dedicar aos seus afazeres, dominado por uma tensa esperança. Seus lábios pareciam mais estreitos, mais comprimidos do que antes, como se tivesse medo de que a terra que lavrava ouvisse a voz da esperança que murmurava em seu peito. Observava a criança, se aproximando do berço com um pesado ressoar dos tamancos sobre o piso de pedra, e olhava para dentro dele, por sobre o ombro, com aquela indiferença que é uma espécie de deformidade característica da humanidade campesina. Como a terra que dominam e a quem servem, aqueles homens, lentos no olhar e na fala, não mostram seu fogo interior. Dessa forma, ao final de tudo, pergunta-se – como no que diz respeito à terra – o que está no seu âmago: calor, violência, uma força misteriosa e terrível – ou nada além de um torrão de terra, uma massa fértil e inerte, fria e insensível, disposta a sustentar um punhado de plantas que mantenham a vida ou que proporcionem a morte.

Já a mãe observava com outros olhos; escutava com ares de distinta expectativa. Sob as altas prateleiras que suportavam grandes fatias de toucinho, ela se mantinha ocupada ao lado da grande lareira, atenta ao caldeirão suspenso em sua forquilha de ferro, esfregando a longa mesa onde as mãos que trabalhavam a terra tomariam seu lugar para a refeição noturna. Sua mente, entretanto, permanecia no berço, de vigia dia e noite, com esperança e sofrimento. Aquela criança, como as outras duas, jamais sorria, jamais estendia as mãozinhas para ela, jamais falava; seus olhos grandes e negros nunca demonstravam um olhar de reconhecimento, apenas se mantinham fixos, imóveis, em qualquer brilho, porém incapazes de seguir, com a vista, a luz de um raio de sol que deslizava com lentidão pelo chão. Enquanto os homens trabalhavam, ela passava longos dias com seus três filhos idiotas e o avô senil, que permanecia sentado, sombrio, ossudo e imóvel, os pés aquecidos pelas cinzas da lareira. Aquele velho enfraquecido parecia suspeitar que havia algo de errado com seus netos. Uma única vez, movido pelo

OS IDIOTAS

afeto ou, talvez, pelo instinto do direito, tentou tomar conta do mais jovem. Levantou o menino do chão, estalou para ele a língua e ensaiou um tímido e instável galope com seus joelhos ossudos. Então, observou atentamente o rosto da criança através de seus olhos enevoados antes de colocá-la suavemente no chão. Depois, se sentou em seu lugar preferido, as pernas esqueléticas cruzadas, movendo a cabeça diante do vapor liberado pelo caldeirão fervente, com um olhar senil e aflito.

Uma angústia muda reinava na fazenda Bacadou, compartilhando com seus habitantes o ar e o pão; o padre da paróquia de Ploumar, por sua vez, tinha motivos de sobra para se alegrar. Foi visitar um rico proprietário de terra local, o marquês de Chavannes, a fim de se eximir, com alegre unção, de algumas solenes platitudes sobre os desígnios inescrutáveis da Providência. Na vasta obscuridade da sala de visitas encortinada, aquele homenzinho, tão parecido com uma longa almofada negra, inclinava-se no sofá, o chapéu sobre os joelhos, gesticulando com a mão gorducha para as linhas alongadas e graciosamente fluidas da *toilette* parisiense do marquês que, meio divertido e meio entediado, a tudo escutava com graciosa languidez. Ele estava exultante e humilde, orgulhoso e pleno de um temor respeitoso. O impossível tinha acontecido. Jean-Pierre Bacadou, o furioso fazendeiro republicano, comparecera à missa do último domingo –, e se propusera a hospedar os padres em visita no próximo festival de Ploumar! Tratava-se de um triunfo para a Igreja e para a boa causa. "Pensei em vir imediatamente, senhor marquês, para contar as boas novas. Sei o quão ansioso o senhor está pelo bem-estar da nossa região", declarou o padre, enquanto enxugava o rosto. E foi convidado para o jantar.

O casal Chavannes, ao voltar para casa aquela noite, depois de acompanhar seu visitante até o portão principal do parque, discutiu a respeito da situação apresentada enquanto caminhava ao luar, lançando sombras alongadas pela ampla avenida de castanheiros. O marquês, um monarquista assumido, havia sido prefeito da comuna que incluía Ploumar, as aldeias espalhadas pela costa e as ilhotas rochosas que orlam a superfície amarelada dos areais.

Sentia que sua posição política se encontrava ameaçada, pois havia republicanos muito poderosos naquela parte do país. Agora, no entanto, com a conversão de Jean-Pierre, sentia-se mais seguro. Estava contentíssimo. "Você não imagina quão influentes são essas pessoas", explicou à esposa. "Agora, tenho certeza de que tudo irá correr como planejado na próxima eleição comunal e que serei reeleito." "Sua ambição é insaciável, Charles", exclamou a marquesa com jovialidade. "No entanto, *ma chère amie*", argumentou o marido, com seriedade, "é muito importante que o homem certo seja eleito prefeito, especialmente neste ano, por causa das eleições para a Câmara. Se você pensa que isso me diverte..."

Jean-Pierre se rendera à mãe de sua esposa. Madame Levaille era uma mulher de negócios, conhecida e respeitada em um raio de pelo menos quinze milhas. Atarracada e robusta, ela era vista diversas vezes na região, a pé ou na charrete de um conhecido, em perpétuo deslocamento apesar de seus 58 anos, buscando constantemente novos negócios. Tinha casas em todas as aldeias, trabalhava com pedreiras de granito, cuidava do transporte de pedras em navios – negociava até mesmo com as Ilhas do Canal. Era uma mulher de bochechas imensas, olhos grandes, fala persuasiva: defendia seu ponto de vista com a plácida e invencível obstinação de uma velha mulher que sabe muito bem o que quer. Raramente dormia duas noites seguidas sob o mesmo teto; as estalagens à beira da estrada eram os melhores lugares para indagar acerca do seu paradeiro. Ela já havia passado por ali ou se esperava que passasse por volta das seis; ou alguém, que ali entrava, a tinha visto naquela manhã ou esperava encontrá-la à tarde. Além das estalagens que dominam as estradas, eram as igrejas que ela mais frequentava. Homens com opiniões liberais persuadiriam crianças a adentrar tais edifícios sagrados para ver se madame Levaille ali se encontrava e lhe dizer que fulano ou sicrano esperava por ela do lado de fora e desejava conversar a respeito de batatas, ou farinha, ou pedras ou casas; e então ela abreviava a duração de suas devoções e saía ao sol, piscando e fazendo o sinal da cruz; pronta para discutir negócios de modo razoável e com calma à mesa da estalagem mais próxima. Ultimamente, permanecera várias vezes, por alguns dias, na casa do seu genro, argumentando contra a tristeza e o infortúnio com um semblante sereno e com tom de voz suave. Jean-Pierre sentia que suas convicções, adquiridas no período em que esteve conscrito ao seu regimento, eram arrancadas de seu peito – não por argumentos, mas por fatos. Ao atravessar seus campos, pensamentos em torno de tais questões surgiam em sua mente. Havia três deles. Três! Todos semelhantes! Por quê? Tais coisas não acontecem com ninguém – ao menos que ele saiba. Um seria passável. Mas três! Todos eles! Inúteis, para sempre, que deveriam ser alimentados enquanto ele vivesse e... O que seria da terra quando ele estivesse morto? Era algo para se preocupar. Portanto, devia sacrificar suas convicções. Um dia, disse à esposa:

"Veja o que o seu Deus pode fazer por nós. Encomende algumas missas."

Susan abraçou o marido. Ele permaneceu rígido, girou sobre os calcanhares e saiu. Porém, em seguida, quando uma sotaina negra escureceu o umbral da porta, ele não se opôs; ofereceu, ele mesmo, cidra ao padre. Ouviu a conversa com humildade; foi à missa entre as duas mulheres; cumpriu estritamente o que o padre chamou de "seus deveres religiosos" na Páscoa. Naquela manhã, sentiu-se como alguém que tivesse vendido a alma. À tarde, brigou com ferocidade com um velho amigo e vizinho que fez a seguinte observação: os padres, naquele caso, levaram a melhor e agora iriam devorar o terrível comedor de padres. Voltou para casa desgrenhado, sangrando, e viu, por acaso, seus filhos (em geral, eles eram mantidos longe de sua vista), de forma que golpeou a mesa, praguejando e blasfemando de forma incoerente. Susan chorou. Madame Levaille permaneceu sentada com serenidade, impassível. Assegurou à filha que aquilo "logo passaria"; tomou sua pesada sombrinha e partiu apressadamente para procurar por uma escuna que logo estaria carregada com o granito de sua pedreira.

Um ano depois, nasceu uma menina. Uma menina. Jean-Pierre ouviu a notícia quando estava no campo, e ficou tão transtornado que se sentou no muro que delimitava a propriedade, permanecendo ali até o anoitecer, ao invés de ir para casa, como fora solicitado a fazer. Uma menina! Sentiu-se meio ludibriado. Contudo, quando finalmente chegou em casa, reconciliou-se ao menos em parte com seu destino. Seria possível casar a menina com um bom sujeito – não com alguém que não servisse para nada, mas com um rapaz com razoável discernimento e um bom par de braços. Além disso, da próxima vez poderia vir um menino, pensava. Claro que ambos estariam bem. Sua nova credulidade desconhecia a dúvida. A má sorte estava quebrada. Cumprimentou alegremente a esposa. Ela, por sua vez, também estava esperançosa. Três padres vieram para o batismo e madame Levaille foi a madrinha. E a criança, por fim, revelou-se uma idiota, como as outras.

Desde então, nos dias em que precisava ir ao mercado, Jean-Pierre era visto barganhando amargamente, brigão e ganancioso; logo depois, embriagava-se com persistência taciturna; por fim, voltava para casa ao anoitecer, numa velocidade adequada a um casamento, se bem que o rosto estivesse desolado, adequado para um funeral. Algumas vezes, insistia com a esposa para que o acompanhasse; saíam juntos na carroça, de manhã bem cedo, chacoalhando lado a lado no assento estreito, sobre o indefeso porco que, com as patas amarradas, grunhia um suspiro melancólico a cada tranco. Aquelas jornadas matinais eram silenciosas; à noite, entretanto, na volta para casa, Jean-Pierre, ligeiramente bêbado, resmungava com violência e criticava a maldita mulher que não podia parir filhos como os de qualquer outra pessoa. Susan, agarrando-se para não cair por causa dos solavancos da carroça, fingia não ouvir. Certa vez, quando atravessavam Ploumar, algum impulso obscuro de bêbado o fez frear bruscamente diante da igreja. A lua flutuava entre nuvens brancas e diáfanas. No cemitério da igreja, as lápides brilhavam com uma luminosidade baça debaixo das sombras irregulares das árvores. Mesmo os cachorros do vilarejo dormiam. Somente os rouxinóis, despertos, produziam, com suas canções, um estremecimento que vencia o silêncio das sepulturas. Jean-Pierre dirigiu-se, então, rispidamente à esposa:

"O que você acha que há ali?"

OS IDIOTAS

Jean-Pierre apontou seu chicote na direção da torre – na qual o grande mostrador do relógio surgia, à luz do luar, como um rosto pálido desprovido de olhos – e, ao se levantar com cuidado, acabou caindo perto das rodas. Ergueu-se e subiu, um a um, os degraus que levavam ao portão de ferro do cemitério. Colocou o rosto entre as grades e gritou, confusamente:

"Ei, vocês! Venham para fora!"

"Jean! Volta! Volta!", implorou sua esposa sem levantar a voz.

Ele não prestou atenção ao que ela dizia, parecendo esperar algo ali. O canto dos rouxinóis ressoava por todos os lados dos altos muros da igreja, refluindo entre as cruzes de pedra e as planas lajes cinzentas, gravadas com palavras de esperança e dor.

"Ei! Venham para fora!"

Os rouxinóis deixaram de cantar.

"Ninguém?", prosseguiu Jean-Pierre. "Ninguém por aqui. Um embuste dos corvos. Apenas isso. Não há ninguém por aqui. Como eu desprezo tudo isso. *Allez! Houp!*[3]"

Sacudiu o portão com toda a força. O clangor das barras de ferro foi pavoroso, como uma pesada corrente sendo arrastada por uma escadaria de pedra. Um cachorro nas proximidades começou imediatamente a latir. Jean-Pierre cambaleou de volta para o seu lugar, que ocupou após três sucessivas tentativas. Susan permanecia sentada, sem dizer palavra. Ele lhe disse, com a gravidade dos bêbados:

"Você viu? Ninguém. Fui feito de idiota! *Malheur!*[4] Alguém vai pagar por isso. O próximo que estiver rondando a minha casa vai sentir meu chicote... naquele dorso negro... Vou fazer isso mesmo. Não quero ele por perto... ele apenas ajuda as gralhas pretas a roubar dos pobres. Sou um homem... Veremos se não posso ter filhos como os dos outros... tenha cuidado... Eles não serão todos... Todos... veremos..."

Ela soluçou entre os dedos que ocultavam seu rosto.

3   "Vamos lá! Opa!", em francês no original. Doravante, as expressões em francês no original estarão em itálico. Traduzimos e comentamos tais termos quando entendemos necessário.
4   "Maldição", em francês no original.

"Não diga isso, Jean. Não diga isso, meu esposo!"

Ele golpeou a cabeça dela com o dorso da mão, jogando-a ao fundo da carroça, onde ela ficou encolhida, atirada de um lado para outro a cada solavanco. Ele dirigia furiosamente, em pé, brandindo o chicote, sacudindo as rédeas do cavalo cinzento, que galopava com força, fazendo com que os pesados arreios lhe saltassem nos amplos quartos. A comarca ressoava, clamorosa, aquela noite, com o ladrar irritado dos cães que acompanhavam o chocalhar das rodas da carroça por todo o caminho. Um par de viajantes tardios teve apenas um breve instante para se atirar na valeta. Em seu próprio portão, Jean-Pierre chocou-se com um poste e foi atirado de cabeça da boleia. O cavalo seguiu sua marcha lentamente até a porta. Diante dos gritos estridentes de Susan, os peões da fazenda acorreram o mais rápido possível. Ela pensou que ele estivesse morto, mas ele apenas dormia no local da queda, enquanto amaldiçoava seus homens, que chegaram apressados até ele, por perturbarem o seu sono.

O outono chegou. O céu nublado desceu sobre o contorno negro das colinas; as folhas mortas dançavam em espirais sob as árvores nuas até que o vento, dando um suspiro profundo, as colocava para descansar nos baixios dos vales vazios. Da manhã à noite, era possível ver por toda a terra ramos negros desnudados, galhos enrugados e retorcidos, como se a dor os contraísse, balançando tristemente entre as nuvens úmidas e a terra encharcada. Os claros e calmos córregos dos dias de verão precipitavam-se, descoloridos e furiosos, contra as pedras que impediam seu caminho para o mar, com a fúria da loucura que tende ao suicídio. De horizonte a horizonte, a grande estrada para os areais corria entre as colinas, em um embaçado de curvas vazias, semelhante a um rio de lama inavegável.

Jean-Pierre percorria os campos, uma figura alta e indistinta em meio ao chuvisco. Outras vezes, caminhava sozinho sobre os cumes das colinas, acima da cortina cinzenta de nuvens à deriva, como se estivesse passeando pelas bordas do universo. Observava a terra negra, a terra muda e cheia de promessas, a terra misteriosa

OS IDIOTAS

que realizava sua obra de vida em uma quietude de morte, sob a tristeza velada do céu. Percebeu que sua condição era pior que a de um homem sem filhos, pois não havia para ele promessas na fertilidade dos campos, que a terra lhe escapava, o desafiava, fazia caretas como as nuvens, sombrias e velozes, acima de sua cabeça. Tendo de enfrentar sozinho seus próprios campos, sentia a inferioridade do homem que morre antes do torrão, que perdura. Deveria desistir da esperança de ter ao seu lado um filho que mirasse os sulcos com o olhar de um dono? Um homem que pensasse como ele, que pudesse sentir o que ele sentia; um homem que fosse de certa forma parte dele e que pudesse pisar naquela terra com mestria quando ele já estivesse morto? Pensou em certos parentes distantes, e sentiu que a selvageria em seu íntimo era tamanha que poderia maldizê-los em voz alta. Eles! Nunca! Voltou para trás, dirigindo-se em linha reta para casa, visível entre os esqueletos entrelaçados das árvores. Quando suas pernas ultrapassaram o portão de entrada, uma revoada ruidosa de pássaros pousou devagar sobre o campo, caindo em suas costas, batendo as asas energicamente, como flocos de fuligem.

Naquele dia, madame Levaille partira cedo para a casa que possuía perto de Kervanion. Tinha que pagar a alguns dos homens que trabalhavam em sua pedreira de granito e chegava em boa hora, pois sua pequena residência dispunha de uma loja na qual os trabalhadores poderiam gastar seus salários sem necessidade de se deslocar até a cidade. A casa estava isolada entre as rochas. Uma pista de lama e pedras conduzia à porta. As brisas marítimas que vinham da costa até a Ponta da Pedreira, plenas do vigor do tumulto das ondas, uivavam com violência para as pilhas imóveis de pedregulhos negros, que pareciam sustentar com firmeza altas cruzes de braços curtos diante da tremenda investida do invisível. Em meio à inclemência da ventania, a habitação permanecia em sua protegida serenidade, ressonante e inquieta, similar à calmaria no centro de um furacão. Nas noites tempestuosas, quando a maré baixava, a baía de Fougère, situada a cinquenta pés abaixo da casa, assemelhava-se a um imenso poço negro, do qual ascendiam murmúrios e suspiros, como se as areias estivessem vivas e seus queixumes fossem ouvidos. Na maré alta, as águas que retornavam assaltavam as bordas rochosas na forma de investidas breves, culminando em rajadas de luz lívida e colunas de espuma que avançavam terra adentro, aguilhoando até matar a grama das pastagens.

A escuridão vinha das colinas, atravessava a costa, apagava os fogos avermelhados do pôr do sol, depois seguia para o mar, perseguindo a maré em fuga. O vento se retirava junto com o sol, deixando um mar enlouquecido e um céu devastado. O firmamento acima da casa parecia vestir-se de trapos pretos, fixados por pregos de fogo espalhados aqui ou ali. Madame Levaille, por essa noite a criada de seus próprios empregados, tentou induzi-los a partir. "Uma mulher idosa como eu já deveria estar na cama a essa hora", repetia com bom humor. Os trabalhadores das pedreiras bebiam e depois pediam mais um trago. Gritavam como se estivessem em pleno campo. Em um canto, quatro deles jogavam cartas, golpeando a madeira da mesa com os punhos endurecidos e blasfemando a cada jogada. Outro estava sentado, o olhar perdido no espaço enquanto assoviava uma estrofe de certa canção, que repetia infinitamente. Dois outros, em outro canto, discutiam discreta e violentamente a respeito de alguma mulher, se encaravam, olhos nos olhos, como se quisessem arrancá-los, mas falando em sussurros que prometiam morte e violência discretamente, numa sibilação venenosa de palavras suaves. A atmosfera era de tal forma espessa que seria possível cortá-la com uma faca. O estreito e longo salão era iluminado por três velas que emitiam uma luz difusa e vermelha, como faíscas que se desfazem em cinzas.

O ligeiro estalo no trinco de ferro, naquela hora tão tardia, soou repentino e assustador, como uma trovoada. Madame Levaille colocou sobre a mesa a garrafa com que ia encher de licor o copo que segurava; os jogadores viraram a cabeça; a discussão sussurrada findou; apenas o cantor, depois de lançar um olhar para a porta, continuou assoviando sua canção, impassível. Susan surgiu na soleira, entrou e, fechando a porta, exclamou, quase em voz alta:

"Mãe!"

OS IDIOTAS

Madame Levaille pegou de novo a garrafa e disse, calmamente: "Aí está você, minha filha. Mas seu estado é deplorável!" O gargalo da garrafa tilintou na borda do copo, pois a velha senhora havia se assustado com a possibilidade – que acabara de surgir em sua mente – de a fazenda estar em chamas. Não conseguia atinar nenhum outro motivo para a súbita aparição da filha.

Susan, encharcada e coberta de lama, observou fixamente o cômodo, até o extremo no qual estavam os homens que discutiam. Sua mãe perguntou:

"O que aconteceu? Deus nos guarde de todos os infortúnios!"

Susan começou a mover os lábios. Nenhum som saiu deles. Madame Levaille aproximou-se da filha, agarrou-a pelo braço e olhou diretamente para seu rosto.

"Em nome de Deus", disse, trêmula, "o que aconteceu? Parece que você rolou na lama... Por que veio?... Onde está Jean?"

Todos os homens se levantaram e lentamente se achegavam, observando tudo aquilo com um espanto apalermado. Madame Levaille puxou a filha para longe da porta, arrastando-a para uma cadeira perto da parede. Voltou-se, então, furiosa, para confrontar os homens:

"Basta! Ponham-se para fora – todos vocês! Estou fechando!"

Um deles fez o seguinte comentário, ao observar o estado de Susan, prostrada sobre a cadeira: "Ela está – pode-se dizer – meio morta."

Madame Levaille escancarou a porta.

"Fora! Todos vocês! Saiam!", berrou, trêmula, devido ao nervosismo.

Eles saíram para a noite, gargalhando de maneira imbecil. Do lado de fora, os dois lotários[5] explodiram em gritos intensos. Os demais tentaram acalmá-los e todos falavam ao mesmo tempo. O barulho que produziam aos poucos foi desaparecendo, à medida que aqueles homens cambaleantes, que formavam uma massa compacta, subiam a estrada, recriminando-se tolamente.

---

5   "Lotharios", no original. Expressão que designa libertino, devasso ou celerado. Esse nome recebeu tal associação a partir de uma personagem do "Curioso Impertinente", em *Dom Quixote*, de Miguel de Cervantes, 1605. Na literatura inglesa, surgiu a partir da tragédia *The Fair Penitent* (1703), de Nicholas Rowe.

"Diga, Susan. O que aconteceu? Fale!", implorou madame Lavaille, assim que a porta se fechou.

Susan pronunciou algumas palavras incompreensíveis, os olhos fixos na mesa. Então, a velha senhora colocou as mãos sobre a cabeça, as deixou cair e observou a filha com expressão desconsolada. Seu marido ficara "perturbado da cabeça" poucos anos antes de morrer e agora, ela desconfiava que a filha estava enlouquecendo. Perguntou, com insistência:

"Jean sabe onde você está? Onde está Jean?"

"Ele sabe... Está morto."

"O quê?", gritou a velha senhora. Aproximou-se, espreitando o rosto da filha, repetindo três vezes: "O que está dizendo? O que está dizendo? O que está dizendo?"

Susan sentou-se, os olhos secos e impassíveis, diante de madame Levaille, que a contemplava, sentindo uma estranha sensação de horror inexplicável crescer no silêncio da casa. Mal compreendeu a notícia, a não ser para se dar conta de que tinha de enfrentar algo inesperado e definitivo. Não se lhe ocorreu pedir a ela uma explicação. Pensava em um acidente – um terrível acidente – sangue por todo lado – talvez tivesse caído pelo alçapão do sótão... Permaneceu ali, distraída e muda, piscando seus olhos velhos.

De repente, Susan disse:

"Eu o matei."

Por um instante, a mãe ficou imóvel, quase sem respirar, embora seu rosto estivesse aparentemente calmo. No instante seguinte, explodiu aos berros:

"Sua louca miserável... Vão cortar o seu pescoço..."

Imaginava os gendarmes entrando na casa, dizendo-lhe: "Buscamos sua filha; entregue-a para nós." Os gendarmes teriam o rosto duro e severo dos homens que cumprem o seu dever. Lembrou-se do brigadeiro – velho amigo, aparentado e respeitoso, exclamando cordialmente: "À sua saúde, madame", antes de levar aos lábios o pequeno copo de conhaque – da garrafa especial que ela reservava para amigos. E agora!... Sentia que estava perdendo a cabeça. Corria de um lado para o outro, como se buscasse algo de necessidade urgente – desistiu, ficou imóvel no meio do aposento e gritou:

"Por quê? Diga! Diga! Por quê?"

A outra pareceu finalmente sair de sua estranha apatia.

"Pensa que sou feita de pedra?", gritou de volta, caminhando em direção da mãe.

"Não! É impossível...", disse madame Levaille, em um tom bastante convincente.

"Vá e veja, minha mãe", respondeu Susan, os olhos agora ardentes. "Não há dinheiro no céu – nem justiça. Não!... Eu não sabia... Pensa que não tenho coração? Acha que nunca ouvi as pessoas zombarem de mim, ou se compadecerem, espantando-se? Sabe como algumas me chamam? A mãe dos idiotas – esse era meu apelido! Meus filhos nunca me reconheciam, nunca falavam comigo. Não reconhecem nada; nem homens – nem Deus. O quanto rezei! De qualquer maneira, a própria Mãe de Deus não ouviu minhas preces. Uma mãe!... Quem é o maldito – eu ou o homem que está morto? Hein? Diga-me. Eu me cuidava. Você acha que eu desafiaria a ira divina, que eu gostaria de ter minha casa repleta dessas coisas – que são piores que animais, que ao menos reconhecem a mão que os alimenta, não é mesmo? Quem blasfemava no meio da noite, às portas da igreja? Fui eu?... Eu apenas chorava e rezava por misericórdia... mas sinto a maldição a cada momento do dia – eu a vejo ao meu redor da manhã à noite... Tenho que mantê-los vivos – cuidar do meu infortúnio e da minha vergonha. E ele viria. Implorei a ele e aos céus por misericórdia... Mas não!... Veremos, pois bem... Ele veio esta noite. Pensei comigo mesma: 'de novo, não...' Eu tinha nas mãos a minha tesoura longa. Ouvi os gritos dele, enquanto se aproximava... Eu devo – devo mesmo?... Então, toma!... Acertei um golpe na garganta dele, acima do esterno... Nem sequer o ouvi suspirar... Deixei-o de pé... Um minuto atrás. Como cheguei até aqui?"

Madame Levaille estremeceu. Uma onda gélida percorreu suas costas e ao longo de seus braços roliços sob mangas apertadas, fazendo com ela batesse os pés suavemente sobre o chão que pisava.

Tremores corriam por suas amplas bochechas, pelos lábios finos, entre as rugas nos cantos de seus olhos velhos e firmes. Ela balbuciou:

"Mulher perversa – você causa a minha desgraça. Porém, isso não é incomum! Você de fato sempre se pareceu com seu pai. O que você acha que será de você... no outro mundo?... Neste... que desdita!"

Agora, sentia um calor terrível. Era como se um fogo queimasse suas entranhas. Retorcia as mãos suadas – e, de repente, como que dominada por uma ânsia febril, começou a procurar seu grande xale e sombrinha, não mais dirigindo o olhar sequer uma vez para a filha, que permanecia no meio do aposento, seguindo os movimentos dela com uma expressão ausente e fria.

"Não será nada pior do que neste mundo", respondeu Susan.

A mãe, a sombrinha na mão, arrastando o xale pelo chão, gemeu profundamente.

"Tenho que ver o padre", explodiu com paixão. "Sequer tenho certeza de que você fala a verdade! Você é uma mulher horrível. Vão encontrá-la onde quer que esteja. Você pode ficar por aqui – ou ir embora. Não há espaço para você neste mundo."

Pronta para partir, vagou ainda por algum tempo pelo aposento, colocando as garrafas na prateleira, tentando encaixar com as mãos trêmulas as tampas das caixas de papelão. Sempre que, por um segundo, o senso de realidade daquilo que ela acabara de ouvir emergia da névoa de seus pensamentos, supunha que algo explodiria em seu cérebro sem que, infelizmente, sua cabeça se partisse em mil pedaços – algo que teria sido um alívio. Apagou aos sopros as velas, uma a uma, sem se dar conta disso, e logo sentiu que estava terrivelmente assustada pela escuridão. Deixou-se cair sobre um banco e começou a gemer. Depois de algum tempo, retomou a compostura, enquanto ouvia a respiração da filha, a quem mal conseguia ver, imóvel e ereta, sem dar qualquer outro sinal de vida. Naqueles poucos minutos, por fim envelhecia com rapidez. Falou, então, num tom de voz vacilante, entrecortado pelo rangido dos dentes, como se fosse vítima de um acesso gélido e mortal de febre.

"Gostaria que você tivesse morrido quando criança. Jamais ousarei mostrar minha velha cabeça à luz do dia novamente. Existem infortúnios piores que filhos idiotas. Gostaria que você tivesse nascido uma simplória – como seus filhos…"

Distinguiu a figura da filha passar pela claridade fraca e lívida de uma janela. Ela, então, surgiu na porta de entrada por um segundo, e a porta se fechou com um golpe vibrante. Madame Levaille, como se despertada, por aquele ruído, de um longo pesadelo, correu até a porta.

"Susan", gritou ela.

Ouviu, por longo tempo, algo como uma pedra que rolava pelo declive da praia rochosa, acima do areal. Avançou com cautela, colocando a mão no muro da casa enquanto observava a suave escuridão da baía vazia. Chamou aos gritos, mais uma vez.

"Susan! Você vai se matar aí."

A pedra havia dado seu derradeiro salto na escuridão e madame Levaille já não ouviu nada. Um pensamento repentino pareceu estrangulá-la, e não quis chamar mais. Deu as costas para o silêncio de trevas do poço e subiu pela estrada que levava a Ploumar, o passo trôpego, porém dominado por sombria determinação, como se tivesse começado uma jornada desesperada que duraria, talvez, até o fim de sua vida. O recorrente e pavoroso clamor das ondas que se chocavam contra os recifes a perseguiu mesmo quando já estava bem distante, trilhando seu caminho entre as altas sebes que abrigavam a sombria solidão dos campos.

Susan, ao sair correndo pela porta, fez uma curva fechada à esquerda e, na borda da encosta, agachou-se atrás de uma rocha. Uma pedra deslocada caiu com velocidade, produzindo ruído considerável até o momento da queda. Quando madame Levaille gritara seu nome, Susan poderia ter estendido a mão, tocado a saia da mãe, se tivesse coragem de mover os membros. Ela viu a velha se afastar, permaneceu imóvel, fechou os olhos, pressionou seu flanco contra a superfície rígida e escarpada da rocha. Depois de algum tempo, um rosto familiar, de olhos fixos e boca aberta, tornou-se visível na obscuridade intensa que reinava entre as rochas. Ela soltou um grito baixo e se levantou. O rosto desapareceu, deixando-a sozinha, trêmula e sem fôlego naquele deserto de pedras empilhadas. Contudo, tão logo se agachou de novo para descansar, apoiando a cabeça contra a rocha, o rosto voltou, aproximando-se bastante, ao que parece ansioso por terminar o discurso interrompido pela morte momentos atrás. Susan se levantou rapidamente e disse: "Vá embora ou farei tudo de novo." A coisa vacilou, girando para a direita e para a esquerda. Susan ia de um lado a outro, recuava, gritava para a coisa diante dela, horrorizada pela imutável quietude da noite. Cambaleou sobre a beirada, sentiu o declive íngreme sob seus pés e desceu veloz e cegamente, para se salvar de uma longa queda. Os seixos pareceram despertar; os pedregulhos começaram a rolar diante dela, como se a perseguissem de cima, rolando precipitadamente com um ruído crescente. Na paz da noite, o estrondo aumentava, profundo, contínuo, violento, como se todo o semicírculo da praia pedregosa começasse a cair na baía. Os pés de Susan mal tocavam o chão da encosta, que parecia correr junto com ela. Ao atingir as profundezas, ela tropeçou, foi atirada para a frente, estendeu os braços e caiu pesadamente. Levantou-se em seguida com um salto, a fim de olhar para trás, as mãos cerradas e cheias da areia que agarrara ao cair. O rosto estava lá, mantendo certa distância, visível por conta de seu próprio brilho, uma mancha pálida na noite. Susan, então, gritou: "Vá embora!" – dominada pela dor, pelo temor, pela fúria daquela estocada inútil que não fora capaz de mantê-lo longe dela. O que ele queria agora? Ele estava morto. Os mortos não têm filhos. Nunca a deixaria em paz? Berrou para aquela coisa – agitando as mãos estendidas. Pareceu sentir o sopro de lábios entreabertos e, com um longo grito de desalento, fugiu pela baía.

Ela corria com leveza, inconsciente de qualquer esforço de seu corpo. As rochas altas e afiadas que, quando a baía está cheia, surgem sobre a planície resplandecente de águas azuis, como torres pontiagudas de igrejas submersas, brilhavam acompanhando seu passo, enquanto ela fugia em um ritmo vertiginoso. À esquerda, à distância, ela podia distinguir algo brilhante: um amplo disco de luz ao redor do qual sombras estreitas giravam como os raios de uma roda. Ouviu, então, uma voz chamando: "Ei! Mulher!" e a resposta dela foi um grito selvagem. Então ele ainda podia chamá-la! Estava gritando para que ela parasse. Jamais!... Ela atravessou a noite, passou por um grupo de aturdidos coletores de algas que, ao redor de uma lanterna, estava paralisado de medo diante do grito sobrenatural que provinha daquela sombra em fuga. Os homens se apoiaram em seus forcados, observando, amedrontados. Uma mulher caiu de joelhos, fez o sinal da cruz e começou a rezar em voz alta. Uma menina, de saia esfarrapada cheia de algas viscosas, irrompeu em pranto desesperado, arrastando seu fardo encharcado até o homem que carregava a lanterna. Alguém disse: "A coisa correu para o mar." Outra voz exclamou: "E o mar está retrocedendo! Olhe as poças espalhadas. Você me ouve – ei, mulher! Saia daí!" Diversas vozes gritaram ao mesmo tempo. "Vamos fugir! Deixe que a coisa maldita afunde no mar!" Eles seguiram seu caminho, colocando-se o mais próximo possível da luz. Subitamente, um homem praguejou em voz alta. Ele iria ver o que estava acontecendo. Era uma voz de mulher. Ele iria. Vieram protestos estridentes das mulheres – mas a silhueta alta daquele homem se separou do grupo e afastou-se com rapidez. Houve um chamado coletivo e amedrontado, em uníssono, dos que ficaram para trás. Uma palavra, insultante e zombeteira, foi lançada de volta através da escuridão. Uma mulher gemeu. Um velho murmurou solenemente: "Essas coisas devem ser deixadas em paz". Prosseguiram, pois, caminhando com lentidão, arrastando os pés na areia fofa, trocando sussurros a respeito de como Millot não tinha medo de nada, por não ter religião, mas que as coisas não acabariam bem para ele qualquer dia desses.

Susan encontrou a maré alta ao chegar à ilhota Raven e parou, ofegante, os pés na água. Ouviu o murmúrio, sentiu a gélida carícia do mar e, mais calma, pôde distinguir, de um lado, a sombria e confusa forma da ilhota e, do outro, a longa faixa branca das areias de Molène, acima do leito seco da baía Fougère. Ela se voltou e viu ao longe, no plano de fundo estrelado do céu, o contorno andrajoso da costa. Sobre a costa, quase à frente dela, surgia a torre da igreja de Ploumar; uma pirâmide frágil e alta que se projetava para o alto, obscura e pontiaguda, no apinhado resplendor das estrelas. Susan sentiu-se estranhamente tranquila. Sabia onde estava e começou a se lembrar de como chegara até ali – e por quê. Perscrutou a calma obscuridade que a rodeava. Estava sozinha. Não havia nada ali; nada próximo dela, fosse vivo ou morto.

A maré subia em silêncio, deslocando seus longos e impacientes braços de estranhos riachos que corriam para a terra entre os montes de areia. Sob a noite, os charcos cresciam com rapidez misteriosa e o grande mar, ainda que distante, trovejava em ritmo regular ao longo da linha indistinta do horizonte. Susan recuou alguns metros, sem poder escapar da água que murmurava com ternura por toda parte e que, de repente, com um gorgolejar malévolo, quase a lançou ao solo. Seu coração ficou dominado pelo medo. Era um lugar imenso, vazio demais para morrer. Amanhã, eles poderiam fazer o que quisessem com ela. Mas antes de morrer, ela teria de contar para todos – contar aos cavalheiros de roupa negra que há coisas que nenhuma mulher consegue suportar. Ela precisaria explicar como tudo acontecera… Chapinhou em um dos charcos, molhando-se até a cintura, apreensiva demais para se preocupar com isso… Ela precisava explicar. "Ele entrou da maneira usual e disse, apenas: 'Acha que vou deixar a minha terra para esse pessoal de Morbihan que nem sequer conheço? Acredita mesmo? Veremos! Venha, criatura da desgraça!' E estendeu seus braços. Então, *messieurs*, eu respondi: 'Diante de Deus, nunca!' E ele prosseguiu, avançando na minha direção, as palmas das mãos à mostra: 'Não há Deus para me segurar! Entenda isso, carcaça inútil! Farei o que eu quiser.' E me agarrou pelos ombros. Então, *messieurs*, implorei a Deus por ajuda e, no minuto seguinte, enquanto ele me sacudia, senti que minha tesoura, minha longa tesoura, estava em minhas mãos. A camisa dele já estava desabotoada e, à luz da vela, vi o pequeno buraco de sua garganta. Gritei: 'Solte-me!' Ele apertava violentamente meus ombros. Ele era forte, sim, meu homem era muito forte! Naquele instante, pensei: 'Não!

OS IDIOTAS

Devo?... Então toma!' – e atingi o espaço vazio daquela garganta. Não cheguei a vê-lo cair... O velho pai dele sequer virou a cabeça. Ele está surdo e senil, cavalheiros... Ninguém, portanto, o viu cair. Fugi correndo... Ninguém viu..."

Ela havia engatinhado entre os seixos de Raven e agora, ofegante, estava de pé, entre as pesadas sombras da ilhota rochosa. Raven era conectada ao continente por meio de um cais natural de pedras gigantescas e escorregadias. Ela pretendia voltar para casa por esse caminho. Será que ele ainda estaria ali? Em casa. Casa! Quatro idiotas e um cadáver. Ela precisava voltar, explicar. Qualquer um compreenderia...

Abaixo dela, a noite ou o mar pareciam pronunciar de forma distinta:

"Ah! Finalmente vejo você!"

Ela se sobressaltou, escorregou, caiu; sem tentar se levantar ouviu, aterrorizada, uma respiração profunda, um ruído de tamancos de madeira, que logo parou.

"Para onde diabos você foi?", disse um homem invisível, com voz gutural.

Ela prendeu a respiração. Reconheceu a voz. Não o vira cair. Estaria ele em seu encalço, mesmo morto... ou talvez estivesse vivo?

Susan perdeu a cabeça. Gritou, da fenda na qual estava encolhida: "Nunca, nunca!"

"Ah, você ainda está aí. Você me fez dançar um bocado. Espere, querida, depois de tudo isso tenho que ver o seu rosto. Espere..."

Millot caminhava aos tropeções, rindo, gritando impropérios sem sentido por pura satisfação, feliz consigo mesmo por aquela curiosa perseguição noturna. "Como se houvesse algo parecido com fantasmas! Oras! Tocava a um velho soldado africano mostrar a esses simplórios... Mas era tudo bem curioso. Com os diabos, quem seria essa mulher?"

Susan escutava, encolhida. Ele estava vindo buscá-la, o homem morto. Não havia escapatória. Como o seu caminhar, entre as pedras, era ruidoso... Ela viu a cabeça dele assomar, depois os ombros. Era um homem alto – seu homem! Seus grandes braços se agitavam, mas sua voz soava um pouco diferente... talvez por causa da tesoura. Ela se levantou e começou a correr, rapidamente, chegando à beira de uma passagem elevada, e depois se virou. O homem estava imóvel, em uma pedra alta, destacando-se, em um negro lúgubre contra o resplendor do céu.

"Para onde vai?", perguntou ele, rudemente.

E ela respondeu "Para casa!", enquanto o observava com intensidade. Ele saltou, todo desajeitado, para cima de outra rocha e, equilibrando-se, disse:

"Ha! Ha! Bem, então a acompanho. É o mínimo que posso fazer. Ha! Ha! Ha!"

Ela o encarou até que seus olhos pareceram se converter em brasas ardentes, queimando até as profundezas do cérebro. Ainda assim, sentia um medo mortal de distinguir as feições dele, tão familiares. Abaixo dela, o mar chicoteava as rochas com suavidade, em um borrifar contínuo e gracioso.

O homem então disse, avançando mais um passo:

"Estou indo para te buscar. O que você acha?"

Susan estremeceu. Para buscá-la! Não havia escapatória, ou paz, ou esperança. Olhou ao seu redor, em desespero. Subitamente, toda a costa sombria, as ilhotas embaçadas, o próprio céu, oscilaram um par de vezes, antes de voltar ao seu lugar habitual. Ela fechou os olhos e gritou:

"Você não pode esperar até que eu esteja morta!"

Sentiu-se tomada por um ódio furioso por aquela sombra que a perseguia neste mundo, pois inclusive a morte não fora suficiente para aplacar o anseio por um herdeiro que fosse igual ao filho das outras pessoas.

"Ei! O que foi?", disse Millot, mantendo com prudência alguma distância. Dizia para si mesmo: "Cuidado! É uma lunática. Um acidente vai acontecer logo, logo."

Ela continuou, enlouquecida.

"Quero viver. Sozinha – por uma semana, mesmo por um dia. Tenho que explicar para eles... Eu despedaçaria você. Eu te mataria mil vezes antes de deixar que me toque enquanto estou viva.

OS IDIOTAS

49

Quantas vezes preciso matá-lo – seu blasfemador! Foi Satã quem te enviou. E eu também estou amaldiçoada!"

"Ora, vamos", disse Millot, assustado e conciliador. "Estou bem vivo!... Oh, meu Deus!"

Ela gritou "Vivo!", e em seguida desapareceu diante dos olhos dele, como se a própria ilhota tivesse afundado sob os pés dela. Millot se precipitou para a frente, mas logo estatelou-se com a cara no chão, o queixo na borda do precipício. Viu a água, muitos metros abaixo, espumante e esbranquiçada devido aos esforços de Susan e ouviu um grito estridente de socorro, que se assemelhava a um dardo lançado ao longo da face perpendicular da rocha, um grito que passou por ele e se perdeu no elevado e impassível céu.

Madame Levaille estava sentada no gramado curto na lateral da colina, os olhos secos, as pernas grossas esticadas, os velhos pés virados para cima, em seus sapatos negros de pano. Seus tamancos estavam ao seu lado e, mais além, sua sombrinha, pousada como uma arma abandonada por um guerreiro vencido. O marquês de Chavanes, a cavalo, uma mão enluvada sobre a coxa, baixou o olhar sobre ela enquanto ela se levantou gemendo, com muito esforço. Utilizando a trilha estreita das carretas de algas, quatro homens se aproximavam, carregando o corpo de Susan em um carrinho de mão. Muitos outros ficaram para trás, indiferentes. Madame Levaille seguia com olhar atento a procissão. "Sim, *monsieur le marquis*[6]", ela disse, friamente, em seu habitual tom calmo de velha sensata. "Há pessoas desafortunadas nesta terra. Tive apenas uma filha. Apenas uma! E eles não a enterrarão em solo consagrado!"

Seus olhos umedeceram-se de repente e uma breve chuva de lágrimas escorreu por suas grandes bochechas. Ela puxou o xale e se envolveu nele. O marquês inclinou-se ligeiramente sobre a sela e disse:

"Isso tudo é muito triste. A senhora tem toda a minha compaixão. Falarei com o cura. Ela era insana, sem sombra de dúvida, e a queda foi acidental. Millot afirmou isso de forma bem clara. Tenha um bom dia, madame."

6 "Senhor marquês", em francês no original.

E partiu cavalgando em trote, pensando consigo mesmo: "Devo providenciar para que essa velha seja nomeada guardiã daqueles idiotas e administradora da fazenda. Será muito melhor do que ter por aqui outro desses Bacadou, talvez mesmo um republicano revolucionário, corrompendo a minha comuna."

Karain: Reminiscências[1]

I

Nós o conhecemos naqueles dias desprotegidos, quando nos contentávamos em manter a salvo nossa vida e nossa propriedade. Nenhum de nós, creio eu, dispõe de qualquer propriedade no momento e já ouvi dizer que vários, por negligência, perderam a vida. Entretanto, estou certo de que os poucos sobreviventes não são tão cegos a ponto de deixar de discernir, na respeitabilidade embotada de seus jornais, as informações sobre as várias rebeliões nativas no arquipélago das Índias Orientais[2]. Nas entrelinhas daqueles breves parágrafos ainda brilha o sol e se percebe o reluzir do mar. Um estranho nome desperta memórias; as palavras impressas perfumam, indistintamente, a atmosfera esfumaçada dos dias atuais com a fragrância sutil e penetrante de uma brisa terrestre, que sopra através da luz das estrelas das noites do passado; um sinal de fogo brilha como uma joia na borda de um penhasco sombrio; grandes árvores, sentinelas avançadas de florestas imensas, erguem-se vigilantes e imóveis diante desses trechos entorpecedores de águas paradas; uma linha branca de rebentação ressoa como trovões em uma praia deserta,

[1] Escrito entre fevereiro e abril de 1897; publicado em novembro de 1897 na revista *Blackwood* e republicado na coletânea *Tales of Unrest*.

[2] O autor se refere ao arquipélago das Índias Orientais, que compreende doze mares, dois golfos e um estreito, no sudeste da Ásia.

as águas rasas espumam nos arrecifes; ilhotas esverdeadas se espalham, durante o meio-dia, sobre a superfície de um mar reluzente, como um punhado de esmeraldas em um broquel de aço.

E há rostos também – rostos escuros, truculentos e sorridentes; os rostos francos e audazes de homens descalços, bem armados e silenciosos. Eles se aglomeravam na estreita extensão do convés de nossa escuna, uma multidão ornamentada, bárbara, com as cores variegadas de sarongues axadrezados, turbantes vermelhos, jaquetas brancas, adornos bordados; com o brilho intenso das bainhas, de anéis de ouro, dos amuletos e braceletes, das lanças e dos cabos ornados de joias de suas outras armas. Eles tinham um porte imponente, olhos resolutos e comportamento contido; e parecemos ainda ouvir suas vozes suaves, falando de batalhas, viagens e fugas; vangloriando-se, é verdade, porém com certa compostura, com um tipo de gracejo sereno; algumas vezes, na forma de um burburinho leve, até agradável, que exaltava o valor de cada um deles e a nossa generosidade; ou celebrando, com entusiasmo leal, as virtudes de seu chefe. Lembramo-nos dos rostos, dos olhos, das vozes; vemos novamente o brilho das sedas e dos metais; o rebuliço murmurante daquela multidão, brilhante, festiva e marcial; parece que sentimos de novo o toque de mãos trigueiras, amigáveis que, depois de um breve contato, voltam a descansar na empunhadura cinzelada de uma arma. Esse era o povo de Karain – seus súditos devotos. Seus movimentos pendiam dos lábios dele; liam seus pensamentos nos olhos dele; Karain falava calmamente sobre vida e morte e eles aceitavam suas palavras com humildade, como oferendas do destino. Eram todos homens livres, mas quando se dirigiam a ele, se referiam a si próprios como "seu escravo, ao seu dispor". Quando ele caminhava, as vozes ficavam abafadas, como se sua escolta fosse o silêncio; apenas alguns sussurros amedrontados o seguiam. Eles o chamavam de seu chefe guerreiro. Karain era o soberano de três aldeias em uma planície estreita; o senhor de um insignificante ponto estratégico na região – um ponto seguro conquistado que, com sua forma de lua nova, permanecia ignorado entre as colinas e o mar.

KARAIN: REMINISCÊNCIAS

Do convés de nossa escuna, ancorada no meio da baía, ele indicava, com um amplo gesto teatral do braço, a totalidade de seus domínios, ao longo do contorno recortado das colinas; o amplo movimento parecia estender os limites, transformando seu reino em algo tão gigantesco e vago que, por um instante, parecia ser limitado apenas pelo céu. De fato, ao observar toda aquela região, isolada pelo mar e afastada da porção contínua de terra pelas encostas abruptas das montanhas, seria difícil acreditar na existência de alguma possível vizinhança. O local era tranquilo, intato, desconhecido, repleto de um tipo de vida que seguia furtivamente, com um perturbador efeito de solidão; de um tipo de existência que parecia, de modo inexplicável, esvaziada de qualquer coisa que pudesse agitar o pensamento, tocar o coração, oferecer uma indicação no que tange à ominosa sequência dos dias. Parecia-nos uma terra sem memórias, arrependimentos e esperanças; uma terra na qual nada poderia sobreviver à chegada da noite e em que cada nascer do sol, como um ato deslumbrante de criação única, estava desconectado da noite e da manhã seguinte.

Karain fez um movimento circular do braço na direção daquele local. "É tudo meu!" Golpeou o convés com seu longo bastão, cuja empunhadura dourada brilhava como uma estrela cadente; bem perto dele, um homem velho e silencioso, trajando uma jaqueta preta ricamente bordada, foi o único dentre os malaios a não seguir o gesto com o olhar. Sequer levantou as pálpebras. Inclinou a cabeça atrás de seu mestre e, sem o mínimo tremor sequer, levou à altura do seu ombro direito uma longa espada numa bainha de prata. Estava ali cumprindo seu dever, sem demonstrar qualquer curiosidade e parecia cansado, não pelo peso da idade, mas pela posse de algum opressivo segredo da existência. Karain, pesado e orgulhoso, mantinha uma pose altiva e respirava calmamente. Era a nossa primeira visita e observávamos tudo aquilo com curiosidade.

A baía assemelhava-se a um fosso de luz intensa, sem fundo. A faixa circular de água refletia um céu luminoso, enquanto as margens que a encerravam criavam um anel opaco de terra, flutuando em um vácuo azul transparente. As colinas, púrpuras e áridas, ganhavam um poderoso destaque tendo o céu ao fundo: seus cumes pareciam se desvanecer em um tremor colorido advindo do vapor ascendente; havia manchas verdes das ravinas estreitas nos lados mais íngremes; no sopé, estendiam-se arrozais, bananeiras em profusão, areia em tom amarelado. Uma torrente de água corria, caprichosa, como um filete em zigue-zague. Grupos de árvores frutíferas assinalavam as aldeias; as esguias palmeiras acenavam simultaneamente, acima das casas baixas; as folhas secas das palmas que serviam de telhado brilhavam ao longe, como se fossem de ouro, atrás das colunatas escuras dos troncos das árvores; vultos passavam, vívidos e fugazes; a fumaça das fogueiras erguia-se, nítida, acima da massa de arbustos floridos; cercas de bambu reluziam, perdendo-se em linhas fragmentadas por entre os campos. Um grito repentino, vindo da margem, repercutiu como um lamento profundo à distância, porém cessou bruscamente, como que sufocado pela luz do sol. Um sopro de brisa obscureceu por um instante a lisura das águas, tocou nossos rostos e logo foi esquecido. Nada se moveu. O sol abrasava em um vazio colorido e imóvel, sem sombras.

Esse era o palco em que, vestido de forma esplendida para o seu papel, Karain se pavoneava, dono de uma dignidade incomparável, entronizado pelo poder de que dispunha para criar uma expectativa absurda a respeito de algo heroico e iminente – a explosão de uma façanha ou mesmo de uma canção – no tom vibrante daquele sol extraordinário. Ele era pomposo, perturbador, pois não era possível imaginar a profundidade do espantoso vazio que uma aparência tão elaborada poderia ocultar. Não havia máscara em seu rosto – havia vida demais nele e uma máscara é algo morto; no entanto, ele se apresentava, em essência, como um ator, como um ser humano agressivamente disfarçado. Inclusive seus menores gestos eram calculados, inesperados mesmo, seus discursos graves, suas frases ominosas como alusões e complicadas como arabescos. Karain era tratado com solene respeito que a irreverência do Ocidente confere apenas aos monarcas de palco; e ele aceitava essa profunda homenagem com a altiva dignidade vista somente atrás das luzes da ribalta ou na falsidade condensada de certas situações grosseiramente trágicas. Era quase impossível lembrar-se de quem ele era – apenas um chefe humilde de um rincão convenientemente isolado de Mindanao[3], no qual poderíamos, com relativa segurança, infringir as leis usuais contra o tráfico de armas e munições para os nativos. Ainda que uma das moribundas canhoneiras espanholas fosse de repente galvanizada pela chama da vida ativa, isso não nos incomodava uma vez que estivéssemos no interior dessa baía – que parecia tão completamente fora do alcance de um mundo interferente. De mais a mais, naqueles dias, éramos imaginativos o suficiente para considerar, com uma espécie de tranquilidade de espírito jubilosa, a perspectiva de sermos silenciosamente enforcados em algum lugar, longe de qualquer objeção diplomática. Quanto a Karain, nada poderia lhe acontecer, exceto o que acontece a todos – fracasso e morte; sua principal qualidade, contudo, era de sempre se apresentar trajando a ilusão de um triunfo inevitável. Ele parecia extremamente eficaz e necessário por lá, uma condição essencial para a existência de sua terra e de seu povo, algo que apenas um terremoto poderia aniquilar. Era a síntese de sua raça, de seu país, da força elementar de vida em sua intensidade mais fulgurante, de natureza tropical. Era dotado dessa força luxuriante, desse fascínio puro. E, dessa forma, carregava em si mesmo a semente do perigo.

Em numerosas visitas sucessivas, pudemos conhecer bem cada detalhe daquele palco em que ele atuava – o semicírculo púrpura das colinas, as árvores esguias que se inclinavam sobre as casas, o amarelado da areia, o verde pulsante das ravinas. Tudo isso tinha uma coloração cru e mesclada, a adequação quase excessiva, a imobilidade suspeita de uma pintura; e abrigava tão bem a perfeita atuação de pretensões teatrais de Karain que o resto do mundo parecia fechado para sempre, apartado daquele magnífico espetáculo. Não poderia existir nada do lado de fora. Era como se a Terra, em seu perpétuo girar, tivesse deixado uma migalha de sua superfície solta, flutuando no espaço. Ele se assemelhava a uma criatura apartada

---

3   Segunda maior ilha do arquipélago das Filipinas.

de tudo, menos do brilho do sol, um efeito luminoso que parecia ter sido planejado apenas para ele. Certa vez, quando indagado a respeito do que havia do outro lado das colinas, ele disse, com um sorriso significativo:"Amigos e inimigos – se não fosse assim, por que eu deveria comprar seus rifles e sua pólvora?" Karain era sempre assim, encaixava com perfeição suas falas, dando muita importância aos mistérios e às certezas que o cercavam."Amigos e inimigos" – nada além disso. Tratava-se de algo impalpável e vasto. O planeta Terra, de fato, parecia distante daquelas paragens e ele, com aquele punhado de pessoas do seu povo, estava cercado pelo tumulto silencioso, como de sombras em combate. Decerto nenhum som exterior chegava por ali."Amigos e inimigos"! Ele poderia ter acrescentado "e memórias", ao menos no que dizia respeito à sua pessoa; no entanto, negligenciou em fazer tal observação à época. Posteriormente, fez questão de retomar esse ponto específico, mas apenas depois de sua performance diária – nos bastidores, por assim dizer, e com as luzes apagadas. Entrementes, preenchia o palco com bárbara dignidade. Cerca de dez anos antes, ele conduzira seu povo – um punhado de bugis[4] errantes – até a baía, que logo foi por eles conquistada e agora, graças à augusta solicitude de seu chefe, haviam esquecido o passado e perdido qualquer interesse pelo futuro. Ele lhes deu discernimento, conselho, recompensa, punição, vida ou morte, sempre com a mesma serenidade de atitude e tom de voz. Entendia de irrigação e da arte da guerra – a qualidade das armas e o ofício da construção de barcos. Sabia como comedir seus sentimentos; ganhara resistência; podia nadar por mais tempo e remar melhor do que qualquer um de seu povo; disparava com precisão maior e sabia negociar de maneira mais tortuosa do que qualquer indivíduo de sua raça. Era um aventureiro do mar, um pária, um governante – e meu grande amigo. Desejo-lhe uma morte rápida em um combate corpo a corpo e à luz do sol; pois ele conheceu o remorso e o poder, e ninguém poderia exigir mais da vida. Dia após dia ficava diante de nós, incomparavelmente fiel às ilusões do

4   Povo malaio nômade da Indonésia.

KARAIN: REMINISCÊNCIAS

palco; quando o sol se punha, a noite descia veloz sobre ele, como uma cortina que se fecha. As colinas recortadas tornavam-se sombras negras, erguendo-se como torres contra um céu claro; acima delas, a confusão brilhante das estrelas assemelhava-se a uma turbulência furiosa, acalmada por um gesto; cessavam os sons, os homens dormiam, desvaneciam-se as formas – só a realidade do universo permanecia – uma maravilhosa presença de obscuridade e clarões.

II

Mas era à noite que ele falava de maneira mais franca, esquecendo as exigências do seu palco. Durante o dia, assuntos de Estado deveriam ser discutidos. No início, havia entre Karain e eu o seu próprio esplendor, minhas suspeitas esfarrapadas e a paisagem cênica que invadia a realidade de nossas vidas por meio de sua fantasia imóvel de contorno e cor. Seus seguidores se aglomeraram ao redor dele; sobre sua cabeça, as largas lâminas das suas lanças formavam um halo de pontas de ferro e o protegiam do restante da humanidade pelo brilho das sedas e das armas, pelo sussurro entusiasmado e respeitoso de vozes ansiosas. Antes do pôr do sol, ele se retirava com grande cerimônia, e partia, reclinando-se debaixo de um para-sol vermelho e escoltado por diversas embarcações. Todos os remos brilhavam e golpeavam em uníssono as águas, num borrifo poderoso que reverberava, em alto e bom som, no monumental anfiteatro daquelas colinas. Um amplo fluxo de espuma deslumbrante acompanhava a flotilha. As canoas pareciam ainda mais escuras diante de toda aquela sibilação esbranquiçada das águas; cabeças envoltas em turbantes agitavam-se para frente e para trás; uma multidão de braços vestidos de escarlate e amarelo subia e descia em um só movimento; os lanceiros, muito eretos na proa das canoas, trajavam sarongues variegados enquanto seus ombros brilhavam como se fossem estátuas de bronze; as estrofes murmurantes da canção dos remadores terminavam regularmente em uma espécie de grito lamentoso, que se abrandava aos poucos, com a distância; a canção cessava; na praia, os homens enxameavam-se sob as sombras alongadas projetadas pelas colinas ocidentais. A luz do sol apenas roçava as cristas purpúreas, e podíamos distinguir Karain dirigindo-se para sua paliçada, uma figura corpulenta, de cabeça descoberta, caminhando à frente de seu disperso cortejo, balançando com regularidade um bastão de ébano mais alto do que ele próprio. A escuridão se aprofundava com rapidez; as tochas brilhavam esparsas, passando por trás dos arbustos; uma longa saudação, ou talvez duas, abriam caminho no silêncio vespertino. Finalmente, a noite estendia seu véu suave, encobrindo toda a costa, as luzes, as vozes.

Quando já pensávamos em repousar, os vigias da escuna fariam uma saudação golpeando os remos ao longe, na plena escuridão estrelada da baía. Uma voz respondia, em tons cautelosos e nosso *serang*[5], enfiando a cabeça pela escotilha aberta, nos informava, sem demonstrar surpresa: "Aquele rajá está chegando. Deve estar aqui, agora." Karain, então, surgia, silenciosamente, no umbral de nossa pequena cabina. Naquele momento, ele era a simplicidade encarnada; todo de branco, a cabeça coberta. Portava apenas um *kriss*[6] como arma, com empunhadura de chifre de búfalo, sem ornamentações exageradas, que ocultava discretamente nas dobras de seu sarongue antes de cruzar o umbral. O rosto do velho carregador de espadas, um rosto desgastado e pesaroso, tão coberto de rugas que parecia assomar por entre as malhas de uma fina rede escura, podia ser visto um pouco acima, bem junto dos ombros de Karain. Karain, em suas andanças, jamais dava um passo sem tal acompanhante, sempre agachado ou parado às suas costas. Ficava evidente que tinha certa aversão por espaços vazios atrás de si. Na verdade, era mais que uma aversão – algo semelhante a um temor, uma preocupação nervosa com o que poderia ocorrer fora

---

5   Chefe nativo de uma tripulação náutica (termo derivado do persa *sarhang*, comandante).
6   A grafia da palavra é *kris*, mas no texto consta *kriss* (do javanês *kêris*). Trata-se de uma adaga assimétrica de lâmina ondulada, muito utilizada na Indonésia.

do alcance de sua vista. Tal fato, diante da fidelidade evidente e ardorosa que o rodeava, era inexplicável. Ele se encontrava entre homens que lhe eram dedicados; estava a salvo de emboscadas por parte de seus vizinhos, de ambições fraternas; mesmo assim, mais de um dos nossos visitantes nos havia assegurado de que seu líder não suportava ficar sozinho. Diziam: "Mesmo quando ele come ou dorme, há sempre um vigia por perto, forte e armado." De fato, sempre havia alguém com essa descrição próximo a ele, embora nossos informantes não tivessem ideia da força e das armas de tais vigias, que provavelmente seriam sombrios e terríveis. Só tomaríamos conhecimento dessas informações depois, ao ouvir a história completa. Entrementes, percebemos que, mesmo durante as entrevistas mais importantes, Karain começava a falar e depois interrompia seu discurso, jogando o braço para trás em um movimento súbito, para verificar se seu velho companheiro estava ali. O tal velho, impenetrável e cansado, estava sempre ali. Com ele, partilhava seu alimento, seu repouso, seus pensamentos; o velho conhecia os planos de Karain e guardava os seus segredos; e, impassível diante da agitação de seu senhor, sem se mover, murmurava certas palavras incompreensíveis, em tom tranquilizador.

Só quando estava a bordo da escuna, cercado por rostos brancos, por ruídos e imagens estranhos, é que Karain parecia esquecer a estranha obsessão que serpenteava, com um fio negro, a pompa maravilhosa da sua vida pública. À noite, nosso tratamento para com ele era espontâneo e descontraído, detendo-nos apenas em nosso impulso de lhe dar os costumeiros tapinhas nas costas, pois há certas liberdades que é melhor não tomar com um malaio. Nessas ocasiões, ele dizia que estava ali como um mero cavalheiro particular em visita a outros cavalheiros, que suponha tão bem-nascidos quanto ele. Creio que, até o final, ele acreditava que deveríamos ser de alguma forma emissários de nosso governo, pessoas obscuramente oficiais, promovendo, por meio do tráfico ilegal, algum projeto secreto, mas ainda assim governamental. Nossas negativas e protestos eram inúteis. Ele apenas sorria, com discreta cortesia, antes de solicitar informações a respeito da rainha. Toda visita começava assim, com esse interrogatório; ele era insaciável quanto a esses detalhes; fascinado por aquela detentora do cetro cuja sombra, que se estendia desde o Ocidente, cobrindo terra e mar, ia muito além da terra por ele conquistada. Suas perguntas se multiplicavam; parecia nunca se contentar ou saber o suficiente sobre uma monarca da qual falava com admiração e respeito cavalheiresco – mesmo com certa reverência afetuosa! Depois, quando soubemos que ele era filho de uma mulher que governara, anos atrás, um pequeno reino dos bugis, começamos a suspeitar que a memória de sua mãe (de quem falava com entusiasmo) mesclava-se, de uma maneira ou de outra, na mente de Karain com a imagem que ele tentava construir de uma rainha distante, que ele denominava Grande, Invencível, Piedosa e Afortunada. Por fim, inventamos detalhes para satisfazer sua ávida curiosidade; e nossa lealdade deve ser perdoada, uma vez que tentávamos fazer com que cada detalhe contado fosse adequado ao augusto e resplandecente ideal por ele nutrido. Conversávamos. A noite deslizava, suave, sobre nós, sobre a imóvel escuna, sobre toda aquela terra adormecida e sobre o mar insone, que trovejava entre os recifes fora da baía. Seus remadores, dois homens confiáveis, dormiam na canoa, ao pé da nossa escada lateral. O velho confidente, liberado do dever naquele momento, cochilava sobre os calcanhares, escorando as costas na porta do local em que se encontrava o seu senhor. Karain, por sua vez, sentava-se aprumado na poltrona de madeira da embarcação, sob o ligeiro balanço da lâmpada da cabina, um *cheroot*[7] entre os dedos escuros e um copo de limonada à sua frente. Ele se divertia ao observar a efervescência da bebida, mas após um ou dois goles, ao ver que a agitação líquida cessava, pedia outra garrafa. Ele dizimava, dessa forma, todo nosso minguado estoque; porém não lhe acedíamos de má vontade, pois, quando começava a falar, o fazia muito bem. Karain devia ter sido um grande dândi entre os bugis no seu tempo, porque mesmo então (quando o conhecemos, já estava longe de ser jovem) sua pompa

---

7   Um tipo de charuto com os dois lados cortados durante o processo de manufatura. Também conhecido como "charuto filipino", por conta de sua origem.

KARAIN: REMINISCÊNCIAS

era impecável e ele tingia os cabelos com uma leve tonalidade castanha. A dignidade tranquila de seu comportamento transformava a pequena escuna obscurecida em um auditório. Ele falava sobre a política naquelas ilhas com uma astúcia irônica e melancólica. Tinha viajado muito, sofrido bastante, feito intrigas quando necessário, lutado. Conhecia bem as cortes nativas, os assentamentos de colonos europeus, as florestas, o mar e, como ele mesmo dizia, em seu tempo, trocara palavras com grandes homens. Gostava de conversar comigo porque eu conhecia alguns desses homens: assim, ele parecia pensar que eu poderia compreendê-lo e, com confiança, pressupunha que apreciaria a sua grandeza. Preferia, contudo, falar de seu país natal – um pequeno território bugis na ilha de Célebes[8]. Eu tinha visitado esse local algum tempo antes, de modo que ele pedia ansiosamente notícias locais mais recentes. À medida que os nomes de alguns homens surgiam em nossa conversa, ele dizia: "Quando crianças, nadamos um contra o outro." Ou então: "Nós caçamos cervos juntos – ele sabia usar o laço e a lança como eu." Vez por outra, seus grandes olhos sonhadores se moviam, sem descanso. Franzia a testa, sorria ou ficava pensativo e, fixando o olhar em silêncio, acenaria suavemente com a cabeça de vez em quando, recordando alguma visão do passado.

Sua mãe fora governante de um pequeno Estado semi-independente na costa, no Golfo de Bone[9]. Falava dela com visível orgulho. Ela havia sido uma mulher resoluta tanto no que tange aos assuntos de Estado quanto aos de seu próprio coração. Depois da morte de seu primeiro marido, intrépida diante da oposição turbulenta dos chefes, casou-se com um comerciante rico, um homem de Korinchi[10] que não tinha família. Karain era filho desse segundo casamento, mas a desafortunada decadência dele aparentemente não estava relacionada com seu exílio. Ele nada dizia a esse respeito, embora certa vez tenha deixado escapar, com um

---

8   Célebes (em indonésio: *Sulawesi*) é uma das Grandes Ilhas da Sonda, na Indonésia, entre Bornéu e as Molucas.
9   O Golfo de Bone, por vezes grafado Golfo de Boni, fica ao sul da ilha Célebes, entre a Península Sul e a Península Sudeste.
10 Korinchi é um distrito de Sumatra.

suspiro: "Ah! Minha terra não sentirá nunca mais o peso do meu corpo." No entanto, relatava, espontaneamente, a história de suas andanças e da conquista da baía. Ao mencionar o povo que vivia além das colinas, sussurrava suavemente, com um despreocupado aceno de mão: "Certa vez cruzaram as colinas para lutar conosco, porém os que escaparam com vida nunca mais voltaram." Ficou pensativo por alguns instantes, sorrindo para si mesmo. "Poucos escaparam", acrescentou, com serenidade orgulhosa. Ele cultivava com carinho a lembrança de seus triunfos; era um empreendedor ávido e diligente; ao falar, assumia um aspecto belicoso, cavalheiresco e exaltado. Não era de se espantar que seu povo o admirasse. Certa vez, o vimos caminhando entre as casas do seu povoado. À porta das cabanas, grupos de mulheres voltavam-se para observar sua passagem, enquanto suspiravam suavemente, os olhos brilhantes; homens armados paravam no caminho, submissos e em posição de sentido; outros se aproximavam lateralmente, curvando-se para se dirigir a ele com o máximo de humildade; uma velha esticou o braço esquálido, gritando de seu portal mergulhado nas sombras: "Que bênçãos se derramem sobre tua cabeça!" Um homem de olhos audazes exibia, acima da cerca baixa de uma área de plantação de bananeiras, o rosto suado e o peito nu, retalhado em dois lugares diferentes, para logo gritar, ofegante: "Deus conceda a vitória ao nosso chefe!" Karain caminhava depressa, a passos longos e firmes; respondia às saudações com penetrantes e velozes olhares à direita e à esquerda. As crianças corriam à frente, por entre as casas, para espiar a cena, assustadas, das esquinas; os jovens o seguiam de perto, deslizando em meio aos arbustos, os olhos brilhantes contrastando com as folhas escuras. O velho carregador de espadas, sustentando nos ombros a bainha de prata, acelerava o passo para seguir seu amo bem de perto, a cabeça curvada e os olhos grudados no chão. E passavam rápidos e absortos no meio dessa considerável agitação, como dois homens apressados através de uma enorme solidão.

Na sala de reunião do Conselho, Karain estava sempre cercado pela circunspecção de chefes armados, enquanto os velhos conselheiros, em seus trajes de algodão e dispostos em duas filas,

KARAIN: REMINISCÊNCIAS

permaneciam agachados, os braços ociosos sobre os joelhos. Debaixo do telhado de palha, sustentado por colunas lisas, cada uma delas tendo custado a vida de uma jovem palmeira, o aroma de sebes em flor flutuava em ondas de calor. O sol se punha. No pátio aberto, suplicantes atravessavam o portão e erguiam, ainda à distância, as mãos juntas acima das cabeças curvadas, dobrando ainda mais seus corpos no fluxo luminoso da luz solar. Meninas, com flores no regaço, sentavam-se sob os galhos amplos de uma árvore imensa. A fumaça azul da madeira que queimava se espalhava em uma fina névoa acima dos telhados pontiagudos das casas, cujas paredes brilhantes eram feitas de juncos trançados, cercados por toscos pilares de madeira sob beirais inclinados. Karain fazia a justiça na sombra; de seu trono elevado, dava ordens, conselhos, repreensões. Vez por outra, os murmúrios de aprovação tornavam-se mais nítidos, e os lanceiros ociosos, recostados contra os pilares enquanto observavam as moças, voltavam a cabeça lentamente. A nenhum outro homem ali era dedicado tanto respeito, confiança e temor. Ainda assim, por vezes, ele se inclinava para frente, pois parecia perceber uma distante nota de discórdia, como se esperasse ouvir uma voz fraca, ou o som suave de passos; em outras ocasiões, um violento sobressalto provocado por um toque familiar em seu ombro quase o projetava para fora do trono. Ele olhava para trás, apreensivo; seu seguidor idoso sussurrava palavras inaudíveis em seus ouvidos; os chefes desviavam os olhos, em silêncio, pois o velho feiticeiro, o homem que podia comandar os espectros e tinha o poder de enviar maus espíritos para atacar os inimigos, falava em voz baixa com seu governante. Na breve quietude do espaço aberto, o farfalhar das árvores era quase imperceptível, enquanto o riso suave das meninas que brincavam com as flores elevava-se em explosões de júbilo. Na extremidade dos cabos das lanças que permaneciam eretas, tremulavam ao vento, longos e finos tufos de crina de cavalo, tingidos de vermelho; para além do fulgor das sebes, um riacho de água veloz e límpida corria, invisível e ruidoso, pelo relvado da margem, em um grande murmúrio, apaixonado e gentil.

Depois do pôr do sol, ao longo dos campos e além da baía, podiam ser vistos grupos de tochas luminosas, ardendo debaixo dos altos telhados do galpão do Conselho. Chamas vermelhas, fumegantes, balançavam nos mastros mais altos, e a luz flamejante tremeluzia nos rostos, aderia aos troncos lisos das palmeiras, disparava faíscas brilhantes nas bordas das travessas de metal colocadas sobre lindas esteiras. Aquele obscuro aventureiro festejava como um rei. Pequenos grupos se agachavam em círculos estreitos, ao redor de vasilhas de madeira; mãos bronzeadas passavam velozmente por sobre pilhas de arroz, branco como a neve. Sentado sobre um sofá tosco, distante dos outros, Karain se debruçava sobre o cotovelo, a cabeça inclinada; perto dele, um jovem improvisava, com voz aguda, uma canção que celebrava o valor e a sabedoria do chefe. O cantor balançava seu corpo para frente e para trás, revirando freneticamente os olhos; as velhas coxeavam aqui e ali, carregando as travessas e os homens, acocorando-se, erguiam a cabeça solenemente para ouvir, sem deixar de comer. O canto triunfal vibrava na noite, as estrofes fluíam lúgubres e ferozes como os pensamentos de um eremita. Karain silenciava tudo aquilo de um átimo, com um gesto: "Basta!" Ouvia-se ao longe o piar de uma coruja, exultando seu deleite na profunda escuridão da densa folhagem; lagartixas corriam no topo dos telhados, chamando suavemente; as folhas secas do telhado farfalhavam; o rumor de vozes mescladas ficou, de repente, mais intenso. Depois de lançar um olhar circular e espantado, como faria um homem ao ser acordado abruptamente por uma grave sensação de perigo, Karain retrocedia e, sob o olhar do velho feiticeiro, recuperava com olhos arregalados o delgado fio de seu sonho. Todos observavam suas oscilações de humor; o crescente rumor de vozes animando conversas diminuía como uma onda em uma praia escarpada. O chefe estava pensativo. E, acima do murmúrio disperso das vozes mais baixas, apenas um leve chacoalhar das armas podia ser ouvido, uma única palavra em tom elevado, distinta e solitária, ou o som grave de uma enorme bandeja de latão.

III

Por dois anos, visitamos Karain em curtos intervalos. Passamos a gostar dele, a confiar nele, quase a admirá-lo. Ele estava conspirando, preparando uma guerra com paciência e precaução – com fidelidade ao seu propósito e com uma firmeza da qual eu o considerava racialmente incapaz. Ele parecia não temer o futuro: seus planos indicavam uma imensa sagacidade, limitada apenas por sua profunda ignorância a respeito do que acontecia no mundo. Tentamos esclarecê-lo nesse sentido, entretanto, nossas tentativas de mostrar a natureza irresistível das forças que ele desejava deter foram infrutíferas para desencorajar sua ansiedade de dar um golpe, baseando-se exclusivamente em suas ideias primitivas. Ele não entendia o que dizíamos e retrucava com argumentos que quase nos levavam ao desespero por sua astúcia pueril. Ele era absurdo e não admitia réplica. Por vezes, conseguíamos captar vislumbres de uma fúria latente sombria, incandescente – uma vaga e taciturna sensação de que algo está errado e um concentrado anelo pela violência que é perigosíssimo em um nativo. Ele se enfurecia e delirava como se tomado por uma inspiração sobrenatural. Certa ocasião, após conversarmos até tarde em seu *campong*[11] ele deu um salto repentino. Uma fogueira luminosa, intensa, brilhava na mata próxima; luzes e sombras dançavam, unidas, por entre as árvores; no recôndito da noite silenciosa, morcegos voavam pelos galhos como fagulhas de escuridão mais densa. Ele arrebatou a espada do velho, desembainhou a lâmina e fincou a ponta da arma na terra. Sobre essa lâmina fina e reta, o cabo de prata, livre, balançava diante dele como algo vivo. Recuou, então, um passo e falou em voz baixa, se bem que com imensa fúria, para o aço que vibrava: "Se existir virtude no fogo, no ferro, na mão que te forjou, nas palavras ditas em teu nome, no desejo em meu coração, na sabedoria dos teus criadores – então seremos vitoriosos juntos!" Logo,

---

11 O usual é *kampong*, aldeia em malaio.

levantou a espada e observou sua lâmina. "Pegue", disse, sem olhar para trás, ao velho carregador de espadas. Este, que permanecia sentado e imóvel, limpou a ponta com seu sarongue, devolveu a arma à sua bainha, a colocou sobre seus joelhos, acariciando-a, sem sequer olhar para o alto. Karain, repentinamente tranquilo, voltou a sentar-se com dignidade. Desistimos de admoestá-lo depois desse acontecimento e deixamos que ele seguisse seu caminho na direção de um desastre honroso. Tudo o que podíamos fazer por ele era garantir a qualidade da pólvora pelo preço que cobrávamos, e que os rifles, se bem que velhos, ainda disparassem.

No entanto, por fim, o jogo se tornou perigoso demais; e se nós, que o havíamos confrontado com frequência, tínhamos mínimas preocupações relacionadas aos riscos, pessoas respeitáveis, acomodadas confortavelmente em seus escritórios decidiram que os perigos eram excessivos e que seria possível apenas fazer uma última viagem. Depois de mencionar, seguindo o procedimento conhecido, algumas pistas enganosas a respeito de nosso verdadeiro destino, saímos discretamente e logo entramos na baía. Era de manhã bem cedo e, mesmo antes de a âncora ser lançada, a escuna foi cercada por canoas.

A primeira coisa que ficamos sabendo foi que o misterioso carregador de espadas de Karain havia morrido dias atrás. Não demos muita importância a tal notícia. Era decerto difícil imaginar Karain sem o seu seguidor inseparável; mas o sujeito era velho, jamais falara com nenhum de nós, aliás quase nunca ouvimos o som de sua voz; na verdade, passamos a considerá-lo como algo inanimado, como um dos apetrechos de comando que nosso amigo Karain estimava – como a espada da qual o falecido era guardião ou o para-sol vermelho ornado de franjas, exibido em alguma cerimônia oficial. Entretanto, Karain não nos visitou à tarde, como de costume. Uma mensagem de saudação e um regalo, constituído de frutas e vegetais, chegaram a nós antes do pôr do sol. Nosso amigo pagava por nossos serviços como um banqueiro, porém nos tratava como um príncipe. Esperamos por ele até meia-noite. Sob o toldo instalado na popa, o barbudo Jackson dedilhava um velho violão e entoava, com um sotaque execrável, canções de amor espanholas enquanto o jovem Hollis e eu, escarrapachados no convés, jogávamos xadrez à luz de um lampião. Karain não apareceu. No dia seguinte, enquanto estávamos ocupados com o descarregamento, ouvimos que o rajá estava indisposto. O convite tão aguardado para visitá-lo em terra firme não veio. Enviamos mensagens amigáveis, contudo, temendo uma intromissão em algum Conselho secreto, permanecemos a bordo. Bem cedo, no terceiro dia, já havíamos desembarcado toda a pólvora e os rifles, além de um canhão de bronze de seis libras com munição, que adicionamos como um presente para o nosso amigo. A tarde estava abafada. Bordas irregulares de nuvens negras surgiam sobre as colinas e tempestades de raios invisíveis circulavam além delas, rugindo como feras selvagens. Nossa escuna já estava preparada para zarpar logo pela manhã seguinte, ao nascer do sol. Durante todo o dia, um sol impiedoso abrasou a baía, selvagem e pálida, como se seu calor fosse esbranquiçado. Nada se movia em terra firme. A praia estava vazia, as aldeias pareciam desertas; as árvores distantes estavam agrupadas em pequenas touceiras, como se pintadas em uma tela; a fumaça branca de alguma fogueira invisível se alastrava pelas praias da baía, como uma névoa assentada. No final do dia, três dos homens principais de Karain, trajando suas melhores roupas e armados até os dentes, saíram de uma canoa, trazendo uma caixa cheia de dólares. Seu semblante era melancólico e abatido e nos disseram não terem visto o seu rajá há cinco dias. Ninguém o havia visto! Acertamos todas as contas e, depois de trocarmos apertos de mão, eles desceram, em profundo silêncio, um depois do outro, para a canoa que os trouxera e remaram para a costa, sentados bem juntos, com suas vestimentas de cores vivas, cabisbaixos. Os bordados dourados de suas jaquetas resplandeciam, deslumbrantes, enquanto se afastavam, deslizando sobre as águas tranquilas. Não olharam para trás nenhuma só vez. Antes do pôr do sol, as nuvens ameaçadoras varreram com rapidez o cume das colinas para depois descer impetuosamente pelas encostas internas. Logo, tudo desapareceu; vapores negros em redemoinho encheram a baía, e no meio deles a escuna balançava de um lado para o outro, ao sabor das rajadas de vento. O estrondo de um único trovão preencheu aquele vácuo com uma violência que parecia capaz de explodir, em fragmentos ínfimos, o anel de terra firme, e um dilúvio cálido desceu dos céus. O vento cessou. Arfávamos na cabina fechada de nossa embarcação; o suor escorria por nosso rosto; a baía do lado de fora sibilava como se estivesse fervendo; as águas despencavam em filetes perpendiculares, tão pesados quanto o chumbo; zuniam no convés, derrubavam os mastros, gorgolejavam, soluçavam, borrifavam, murmuravam na noite cega. A chama de nossa lamparina era débil. Hollis, despido até a cintura, estava estendido no paiol, os olhos fechados, imóvel como um cadáver saqueado; à sua cabeça, Jackson tocava o violão, boqueando em suspiros um lamento triste que falava sobre amor sem esperanças e olhos que eram como estrelas. Foi então que ouvimos vozes assustadas no convés, ressoando na chuva, passos apressados e, de repente, Karain apareceu na porta da cabina. Seu peito nu e seu rosto brilhavam na luz; seu sarongue, ensopado, agarrava-se às suas pernas; levava, embainhado, o *kriss* na mão esquerda; mechas de cabelo molhado, que escapavam de seu lenço vermelho, aderiam aos olhos e às bochechas. Ele adentrou o recinto com passadas vigorosas enquanto olhava por cima do ombro, como um homem perseguido. Hollis virou-se rapidamente para ele e abriu os olhos. Jackson pousou sua mão imensa sobre as cordas e a vibração tilintante morreu sem aviso prévio. Eu me levantei.

"Não ouvimos a chamada do seu barco!", disse eu a ele.

"Barco! O homem deve ter vindo a nado", exclamou Hollis. "Olhem para ele!"

A respiração de Karain era pesada, os olhos arregalados, enquanto o contemplávamos em silêncio. A água pingava de seu corpo, formando uma poça escura que corria tortuosamente pelo chão da cabina. Podíamos ouvir Jackson, que tinha saído para expulsar os marinheiros malaios da escada do tombadilho; ele praguejava ameaçadoramente em meio ao tamborilar incessante da chuvarada, ao que se seguiu certa comoção no convés. Os vigias, apavorados com a visão de uma figura sombria que saltara por sobre a grade da embarcação, surgida inesperadamente da noite, por assim dizer, havia alarmado a todos.

Logo, Jackson, com gotas brilhantes de água salpicadas no cabelo e na barba, retornou, visivelmente irritado e Hollis, sendo o mais jovem de nós, assumiu uma superioridade indolente e exclamou, sem se mexer: "Deem a ele um sarongue seco – o meu mesmo, que está pendurado no banheiro." Karain colocou seu *kriss* sobre a mesa, a empunhadura virada para o seu lado, e murmurou algumas palavras com voz estrangulada.

"O que ele disse?", perguntou Hollis, que nada ouvira.

"Ele se desculpou por vir com uma arma em punho", respondi, aturdido.

"Mendigo cerimonioso. Diga a ele que perdoamos nossos amigos... Em uma noite como essa", disse Hollis, em fala arrastada. "O que há de errado?"

Karain vestiu o sarongue seco pela cabeça, deixando cair o molhado aos seus pés e colocando-o de lado. Apontei para a poltrona de madeira – a poltrona dele. Ele se sentou, muito ereto e disse "Ah!", com voz firme; um leve estremecimento percorreu seu corpo. Olhou, desconfortável, por cima do ombro, voltou-se como se quisesse falar conosco, mas apenas fixou o olhar de uma maneira curiosa de cego, e logo olhou para trás novamente. Jackson, então, berrou: "Vigiem bem o convés!" e, ao ouvir de cima uma fraca resposta, fechou com violência a porta da cabina com o pé.

"Agora está tudo bem", disse.

Os lábios de Karain se moveram ligeiramente. O clarão vívido de um relâmpago fez com que as duas aberturas na popa que estavam diante dele brilhassem como um par de olhos cruéis e fosforescentes. A chama da lamparina, por um breve instante, pareceu se diluir em poeira marrom e o espelho sobre o pequeno aparador surgiu, às suas costas, materializado como uma chapa lisa de luz lívida. O estrondo do trovão se aproximou, despencou sobre nós; a escuna tremia e aquela voz imensa continuava, ameaçadora, até se perder na distância. Por cerca de um minuto, uma chuva furiosa sacudiu o convés. Karain contemplou, lentamente, cada um dos rostos que tinha diante de si e logo o silêncio tornou-se tão profundo que todos nós pudemos ouvir distintamente o tique-taque dos dois cronômetros que havia na minha cabina, disputando sua corrida em velocidade persistente.

E nós três, estranhamente comovidos por aquela cena, não conseguimos tirar os olhos dele. Ele havia se tornado enigmático, até mesmo enternecedor, por conta do motivo, ainda misterioso, que o levara durante a noite, em plena tempestade, a buscar refúgio na cabina de nossa escuna. Nenhum de nós duvidava de que estávamos diante de um fugitivo, por incrível que isso pudesse parecer. Karain tinha o semblante abatido, como se, por semanas, não tivesse dormido bem; também estava macilento, como se não tivesse comido por vários dias. Seu rosto estava esquelético, os olhos, fundos, os músculos do peito e dos braços um tanto contraídos, como depois de uma competição bastante exaustiva. Sem dúvida, o percurso feito a nado até a nossa escuna havia sido longo; contudo, seu rosto revelava outro tipo de fadiga, a exaustão atormentada, a raiva e o medo advindos da luta contra um pensamento, uma ideia – contra algo que não pode ser enfrentado, que nunca descansa – uma sombra, um nada, inconquistável e imortal, que cai sobre nossa vida. Sabíamos disso, como se ele mesmo o tivesse dito em voz alta para nós. Seu peito arfava, vez após vez, como se os batimentos de seu coração não pudessem ser contidos. Por um momento, ele tinha em suas mãos o poder dos possuídos – o poder de despertar em seus espectadores assombro, dor, piedade e uma temerosa sensação de coisas invisíveis, sombrias e silenciosas, que cercam a solidão da humanidade. Seus olhos vagaram distraídos por um instante, depois ficaram imóveis. Ele disse, com esforço:

"Vim… Fugi da minha paliçada como depois de uma derrota. Corri na noite. A água estava negra. Eu o deixei chamando, à beira da água negra… Eu o deixei sozinho na praia. Nadei… Ele me chamou… Eu nadei…"

Karain tremia da cabeça aos pés, sentado muito ereto, olhando fixamente para algum ponto. Deixou quem? Quem o havia

chamado? Não sabíamos. Não conseguíamos entender. Encora-
jei-o, apesar de tudo:

"Seja forte."

O som da minha voz pareceu fixá-lo em uma rigidez repentina, mas de outra forma, não demonstrou ter prestado atenção.
Parecia esperar alguma coisa por um instante, e então prosseguiu:

"Ele não pode vir aqui – por isso procurei vocês. Vocês, homens
de rosto branco que desprezam as vozes invisíveis. Ele não pode
tolerar a descrença e a força de vocês."

Ficou em silêncio por um tempo, depois exclamou suavemente:

"Ah! A força dos descrentes!"

"Não há ninguém aqui além de você – e nós três", disse Hollis, em voz baixa. Karain, reclinado, a cabeça apoiada no cotovelo,
não se moveu.

"Eu sei", disse Karain. "Ele nunca me seguiu até aqui. Aquele
que dispunha da sabedoria não estava, sempre, ao meu lado? Mas
desde a morte do velho sábio, que conhecia meus problemas, passei a ouvir a voz dele todas as noites. Eu me isolei, por muitos dias,
na escuridão. Ouço com clareza os murmúrios tristes das mulheres, o sussurro do vento, das águas que correm; o golpe das armas
de fogo nas mãos dos meus homens fiéis, seus passos – e a voz
dele... Próxima... Sim! No meu ouvido! Senti sua presença perto
de mim... Sua respiração em meu pescoço. Meu sobressalto não
foi acompanhado de gritos. Todos ao meu redor dormiam tranquilamente. Corri para o mar. Ele correu ao meu lado, seus passos
sem ruído, sussurrando, sussurrando velhas palavras – o murmúrio
de uma voz ancestral em meu ouvido. Corri para o mar; nadei na
direção de vocês, meu *kriss* preso nos dentes. Assim, armado, fugi
em um instante – direto ao seu encontro. Levem-me para a sua
terra. O velho sábio está morto e com ele se foi o poder de suas
palavras e de seus sortilégios. E não posso confiar em ninguém.
Ninguém. Não há ninguém aqui fiel e sábio o suficiente para sabê-
-lo. É apenas perto de vocês, descrentes, que minha inquietude se
desvanece como uma névoa sob os olhos do dia."

Ele se voltou na minha direção.

"Com vocês, aceito partir!", exclamou, a voz contida. "Com vocês, que conhecem tantos de nós. Meu desejo é abandonar esta terra – meu povo... e ele – ali!"

Apontou o dedo, trêmulo, para algum ponto aleatório por cima de seu ombro. Era difícil para nós suportar a intensidade daquela angústia não revelada. Hollis o contemplou intensamente. Eu, de minha parte, perguntei no tom mais suave possível:

"Onde está o perigo?"

"Em todos os lugares fora daqui", foi sua resposta desolada. "Onde quer que eu esteja. Ele aguarda por mim nos caminhos, sob as árvores, no lugar em que durmo – em todas as partes, menos aqui."

Karain lançou um olhar ao redor da pequena cabina, nas vigas pintadas, no verniz manchado das anteparas; olhou ao redor como se apelasse para toda aquela estranheza, para o amontoado desordenado de coisas desconhecidas que pertencem a uma vida inconcebível de exaustão, poder, esforço, descrença – para a vigorosa vida dos homens brancos, que caminha, irresistível e ríspida, nos limites da escuridão exterior. Estendeu os braços, como se quisesse abraçar tudo isso e a nós. Aguardamos. O vento e a chuva haviam cessado e a quietude da noite em torno da escuna era tão taciturna e completa como se o mundo, já extinto, tivesse sido enterrado em um jazigo de nuvens. Esperamos que ele falasse. A necessidade interior de Karain repuxou seus lábios. Há quem diga que um nativo não falará com um homem branco. É um erro. Nenhum homem falará livremente com seu senhor; porém, no caso de um viajante, de um amigo, daquele que não vem ensinar ou governar, daquele que nada pede e tudo aceita, as palavras são ditas ao redor das fogueiras, na solidão compartilhada do mar, em aldeias ribeirinhas, em locais de repouso cercados por bosques – são ditas palavras que não levam em conta raça ou cor. Um coração fala – outro escuta; e a terra, o mar, o céu, o vento que passa e a folha que se agita, também são os ouvintes da narrativa fútil do fardo da vida.

E ele, por fim, falou. É impossível transmitir o efeito de sua história. É algo imperecível, apenas uma memória, e sua vivacidade provavelmente não terá grande clareza para outra mente, não mais que as emoções vivenciadas em um sonho. Seria necessário ter contemplado o esplendor inato de Karain, seria preciso ter conhecido Karain antes – e tê-lo visto então. A escuridão trêmula da pequena cabina; a sufocada quietude externa, através da qual apenas o bater da água nas laterais da escuna ainda era perceptível; o rosto pálido de Hollis, seus olhos escuros e firmes; a cabeça enérgica de Jackson, sustentada pelas palmas de suas grandes mãos, os longos pelos louros de sua barba esparramando-se sobre as cordas do violão que repousava sobre a mesa; a postura ereta e imóvel de Karain, o tom de sua voz – tudo isso causava uma impressão que não pode ser esquecida. Ele nos encarava do outro lado da mesa. Sua cabeça escura e seu torso bronzeado se destacavam em contraste com a madeira manchada, brilhante e inerte, como se fundida em metal. Apenas seus lábios se moviam e seus olhos brilhavam, se apagavam e ardiam de novo, ou só permaneciam tristemente fixos. Suas expressões brotavam diretas de seu coração atormentado. Suas palavras soavam baixas, como um murmúrio triste das águas que correm; ora ressoavam fortes, como o golpe em um gongo de guerra – ora se arrastavam lentas, como viajantes cansados – ou se precipitavam para a frente com a velocidade do medo.

IV

Segue, de forma imperfeita, o que ele disse:

"Foi depois do grande tumulto que rompeu a aliança entre os quatro Estados de Wajo. Combatemos uns contra os outros e os holandeses apenas observavam tudo de longe, esperando nosso cansaço. Então, a fumaça de seus brulotes foi vista na foz de nossos rios e seus homens vieram em embarcações repletas de soldados para nos falar de proteção e paz. Respondemos com cautela e sabedoria, pois nossas aldeias haviam sido queimadas, nossas paliçadas, fracas, o povo estava cansado e nossas armas, cegas. Eles vieram e logo se foram; houve muita conversa, mas depois que partiram, tudo parecia ter voltado a ser como antes, se bem que os navios deles permaneciam à vista da nossa costa, e seus mercadores não tardaram a se aproximar de nós sob promessas de segurança. Meu irmão era um governante, um dos que haviam feito a promessa. Eu era bem jovem na época, tinha participado da guerra e Pata Matara lutara ao meu lado. Havíamos compartilhado fome, perigo, fadiga e vitória. Seus olhos conseguiam perceber rapidamente o perigo que se aproximava de mim e, por duas vezes, meu braço salvou a vida dele. Esse foi o seu destino. Ele era meu amigo. Ocupava uma elevada posição entre nós – um dos que estavam próximos do meu irmão, o governante. Tomava parte das reuniões do Conselho, sua coragem era imensa, ele era o chefe de muitas aldeias ao redor do grande lago que fica no meio do nosso país, como o coração está no centro do corpo humano. Quando sua espada era levada para um *campong*, anunciando sua chegada, as donzelas murmuravam frases de admiração sob as árvores frutíferas, os homens ricos trocavam ideias e deliberavam à sombra, e uma festa era preparada, plena de alegria e cânticos. Ele havia caído nas graças do chefe e ganhara o afeto dos pobres. Amava a guerra, a caça ao cervo, os encantos das mulheres. Possuía joias, armas que nunca falhavam e a devoção dos homens. Era um homem destemido; e eu não tinha nenhum outro amigo.

Eu chefiava uma paliçada na foz do rio e cobrava uma portagem das embarcações que por ali passavam, destinada ao meu irmão. Um dia, vi um comerciante holandês navegando rio acima. Ele subia com três barcos, sem que nenhuma portagem fosse dele exigida, porque a fumaça dos navios de guerra holandeses era visível no mar aberto e estávamos fracos demais para esquecer tratados. Ele subiu o rio amparado na promessa de segurança, e meu irmão lhe ofereceu proteção. Disse que viera para fazer negócios. E nos ouviu, pois somos homens que falam abertamente e sem medo; contou de quantas lanças dispúnhamos, examinou as árvores, as águas do rio, a vegetação das ribeiras, as encostas de nossas colinas. Dirigiu-se às terras de Matara e obteve permissão para construir uma casa. Por

KARAIN: REMINISCÊNCIAS

lá, negociava e plantava. Desprezava nossas alegrias, nossos pensamentos, nossas tristezas. Seu rosto era vermelho, o cabelo flamejante e os olhos pálidos, como a névoa do rio; movia-se pesadamente e falava com uma voz profunda; ria em voz alta como um louco e suas palavras eram ásperas, destituídas de cortesia. Era um homem grande, desdenhoso, que encarava as mulheres e apoiava a mão nos ombros dos homens livres, como se fosse um chefe de sangue nobre. Nós suportávamos a sua presença. O tempo passou.

Foi então que a irmã de Pata Matara fugiu do *campong* e foi morar na casa do holandês. Era uma mulher poderosa e voluntariosa: eu a tinha visto certa vez, sendo carregada nos ombros de escravos, por entre as pessoas de seu povo, a face descoberta, e ouvi todos os homens dizerem que sua beleza era extraordinária, silenciando a razão e arrebatando o coração de todos os que a viam. O povo ficou consternado; o rosto de Matara ficou enegrecido por conta de tal desonra, pois sua irmã sabia que havia sido prometida a outro homem. Matara foi até a casa do holandês e lhe disse: 'Entregue-a a nós para que ela morra – pois é uma filha de chefes.' O homem branco se recusou a obedecer e se fechou em casa, enquanto seus criados faziam guarda dia e noite com armas carregadas. Matara se enfureceu. Meu irmão convocou o Conselho. No entanto, os navios holandeses estavam perto e vigiavam nossa costa com avidez. Meu irmão disse: 'Se ele morrer agora, nossa terra pagará por seu sangue. Deixem-no em paz até que nos tornemos mais fortes e os navios desapareçam.' Matara era sábio; aguardou e vigiou. Mas o branco, temendo pela vida dela, partiu.

Ele abandonou sua casa, suas plantações, seus bens! Partiu, carregado de armas e ameaças, e deixou tudo – por ela! Ela havia conquistado seu coração! Da minha paliçada, o vi partir para o mar, em uma grande embarcação. Matara e eu o observamos desde a plataforma de combate, atrás das estacas pontiagudas. Ele estava sentado de pernas cruzadas, a arma nas mãos, no teto da popa de seu prau[12]. O cano de seu rifle cintilava sobre seu grande rosto

---

12 Espécie de jangada. (N. da T.)

vermelho. O amplo rio estendia-se diante dele – nivelado, suave, brilhante, como uma planície de prata; e aquele prau, parecendo muito pequeno e negro visto a partir da costa, deslizava ao longo da planície prateada e subia para o azul do mar.

Por três vezes Matara, de pé ao meu lado, gritou bem alto o nome dela, com pesar e imprecações. Aquilo comoveu meu coração, que estremeceu três vezes; e por três vezes, com os olhos de minha mente, vi na penumbra do espaço limitado do prau uma mulher de cabelos soltos, deixando sua terra e seu povo. Eu estava furioso – e desolado. E por quê? Então, também gritei insultos e ameaças. Matara disse: 'Agora que eles abandonaram nossas terras, posso reivindicar suas vidas. Irei seguir os dois e atacá-los – e, sozinho, pagarei o preço de sangue.' Um forte vento soprava em direção do poente, sobre o rio vazio. E clamei: 'Estarei ao seu lado.' Ele inclinou a cabeça em sinal de assentimento. Era seu destino. O sol havia se posto e as árvores balançavam seus galhos com enorme ruído acima de nossas cabeças.

Na terceira noite, abandonamos, juntos, nossa terra, em um prau mercante.

O mar saiu ao nosso encontro – o mar amplo, sem rumo e sem voz. A navegação em um prau não deixa rastros. Fomos para o sul. Era lua cheia; olhando para o céu, dissemos um para o outro: 'Quando a próxima lua brilhar como esta, estaremos de volta e eles, mortos.' Isso aconteceu há quinze anos. Muitas luas surgiram, cheias e minguantes, e eu, desde então, nunca mais vi a minha terra. Navegamos para o sul; ultrapassamos muitos praus; examinamos os riachos e as baías; alcançamos o extremo de nossa costa, de nossa ilha – um cabo escarpado num estreito tempestuoso, onde vagueiam as sombras de embarcações naufragadas e homens afogados clamam na noite. Logo, o vasto mar nos rodeava. Vimos uma grande montanha ardendo no meio daquela imensidão de água; vimos milhares de ilhotas espalhadas como pedaços de ferro disparados de um grande canhão; vimos uma longa costa de montanhas e planícies que se estendia, sob o sol, de oeste a leste. Era Java. Dissemos: 'Eles estão ali; seu fim está próximo e retornaremos, ou morreremos, limpos da desonra.'

Desembarcamos. Haveria alguma coisa boa naquele país? Seus caminhos eram retos, difíceis e poeirentos. Os *campongs* de pedra, repletos de rostos brancos, são cercados por campos férteis, mas todos os que ali estão são escravos. Os governantes vivem sob a proteção de uma espada estrangeira. Subimos montanhas, atravessamos vales; ao entardecer, adentrávamos alguma aldeia. Perguntávamos a todos: 'Você viu tal homem branco?' Alguns nos encaravam; outros riam; as mulheres nos ofereciam comida, algumas vezes, por medo e respeito, como se estivéssemos conturbados pelo castigo divino; outros, no entanto, não entendiam nossa língua; e havia ainda aqueles que nos amaldiçoavam ou, bocejando, perguntavam com desdém o motivo de nossa busca. Uma vez, quando estávamos indo embora, um velho gritou para nós: 'Desistam!'

Prosseguimos. Com nossas armas ocultas, permanecíamos humildemente de lado para dar passagem aos cavaleiros na estrada; fazíamos reverências nos pátios para chefes que não eram melhores do que escravos. Nós nos extraviamos nos campos, na selva; e, certa noite, em uma floresta terrivelmente densa, chegamos a um lugar em que paredes antigas e desmoronadas haviam caído entre as árvores e no qual ídolos de pedra estranhos — imagens esculpidas de demônios com muitos braços e pernas, com serpentes enroscadas em seu corpo, com vinte cabeças e portando uma centena de espadas nas mãos — pareciam vivos e ameaçadores à luz da fogueira do nosso acampamento. Contudo, nada nos desanimava. E na estrada, ao redor de cada fogueira, nos locais de repouso, sempre falávamos dele e dela. O tempo de ambos estava se acabando. Não conversávamos sobre mais nada. Não! Nem sobre fome, sede, cansaço e vacilações do coração. Não! Falávamos dele e dela! Dela! E pensávamos neles — nela! Matara meditava diante do fogo. Eu permanecia sentado e pensava, pensava, até que de súbito pude contemplar novamente a imagem de uma mulher linda e jovem, poderosa e orgulhosa, terna, abandonando sua terra e seu povo. Matara disse: 'Quando os encontrarmos, nós a mataremos primeiro, para limpar a desonra — e então o homem deve morrer.' E eu respondi: 'Assim será; é sua a vingança.' Ele olhou fixamente para mim, com seus grandes olhos afundados.

Voltamos para a costa. Nossos pés sangravam, nosso corpo estava exaurido. Dormíamos envoltos em andrajos à sombra dos cercados de pedra; rondávamos, sujos e maltrapilhos, os portões dos pátios das casas dos homens brancos. Seus cães peludos latiam para nós e seus servos gritavam de longe: 'Vão embora!' Os malnascidos mais miseráveis, que vigiavam as ruas dos *campongs* de pedra, perguntavam quem éramos. Mentíamos, adulávamos, sorrindo com ódio a dominar o coração, e prosseguíamos nossa busca pelos dois, aqui e acolá – pelo homem branco de cabelos de fogo e por ela, a mulher que havia quebrado sua promessa e que, portanto, deveria morrer. E continuamos a procurar. Por fim, cheguei a acreditar que eu a via no rosto de todas as mulheres. Corríamos rapidamente. Não! Às vezes, Matara sussurrava: 'Ali está o homem', e ficávamos à espreita, agachados. O homem se aproximava. Não era o nosso homem – esses holandeses são todos iguais. Sofríamos a angústia da decepção. Em meus sonhos, eu via o rosto dela, ao mesmo tempo feliz e arrependido… Por quê?… Parecia-me ouvir um sussurro ao meu lado. Eu virava rapidamente. Ela não estava ali! E enquanto nos arrastávamos, esgotados, de uma cidade de pedra para outra, parecia-me ouvir passos leves perto de mim. Por fim, passei a ouvi-los constantemente, e isso me deixou contente. E eu pensava, ao vagarmos, atordoados e exaustos, sob o sol, pelas árduas sendas dos homens brancos, eu pensava, ela está ali – conosco!… Matara tinha o semblante sombrio. Estávamos frequentemente famintos.

Vendemos as bainhas esculpidas de nossos *krisses* – as bainhas de marfim com férulas douradas. Vendemos as empunhaduras ornadas de joias. Mantivemos, entretanto, as lâminas – para aqueles dois. As lâminas que, apenas ao tocar, matam – mantivemos as lâminas para ela… Por quê? Ela sempre estava ao nosso lado. Morremos de fome. Mendigamos. Por fim, partimos de Java.

Fomos para o oeste; depois, para o leste. Vimos muitas terras, multidões de rostos estranhos, homens que habitam em árvores e homens que devoram seus idosos. Cortamos bambu na floresta por um punhado de arroz e, para sobreviver, varremos os conveses de grandes navios e ouvimos muitas maldições. Labutamos até o nosso limite em aldeias; vagamos pelos mares com gente do povo bajau[13], que não tem pátria. Vendemos nossa habilidade de lutar; fomos contratados pelos homens de Goram[14] e por eles enganados; e, sob as ordens de homens de rosto branco e grosseiro, mergulhamos para encontrar pérolas nas baías infecundas, pontilhadas por rochas negras, numa costa de areia e desolação. E em todos os lugares vigiávamos, escutávamos, perguntávamos. Perguntávamos a mercadores, ladrões, homens brancos. Ouvimos escárnios, chacotas, ameaças – palavras de admiração e palavras de desprezo. Em nenhum momento encontramos descanso; jamais pensávamos na nossa pátria, pois nosso trabalho ainda não fora realizado. Transcorreu um ano e depois outro. Parei de contar o número de noites, de luas, de anos. Eu cuidava de Matara. Sempre guardava para ele meu último punhado de arroz; se houvesse água suficiente apenas para um, ele a bebia; eu o cobria quando ele tremia de frio; e quando a febre o atacou, passei muitas noites ao seu lado em vigília, abanando seu rosto. Ele era um homem impetuoso e meu amigo. Falava dela com fúria durante o dia, com tristeza à noite; ele se lembrava dela na saúde e na doença. Eu nada falava; mas a via todos os dias – sempre! No princípio, via apenas a cabeça dela, como a de uma mulher que caminha, envolta na névoa, às margens de um rio. Então, certa noite, ela se sentou ao lado da nossa fogueira. Eu a vi! Olhei para ela! Para aqueles olhos ternos, aquele rosto arrebatador. Eu murmurava palavras em seus ouvidos durante as noites. Matara, por vezes, perguntava, sonolento: 'Com quem você está falando? Quem está aí?' E eu respondia rapidamente: 'Ninguém'... Porém isso era uma mentira! Ela sempre estava comigo. Compartilhava o calor da nossa fogueira, sentava-se no meu leito de folhas. Nadava no mar apenas para me seguir... Eu a vi! E digo que vi seus longos cabelos negros espalhados sobre a água enluarada enquanto ela se erguia, os braços nus, ao lado de um prau veloz. Ela era linda, era fiel e

---

13 Os bajau, também conhecidos como "ciganos do mar", ou "nômades do mar", são um povo de pescadores do sudeste asiático, distribuídos em países como Filipinas, Malásia, Indonésia e Brunei.

14 Provavelmente, uma referência ao arquipélago Gorong, na Indonésia.

no silêncio de países estrangeiros, falava comigo em um murmú-rio, na língua do meu povo. Ninguém mais era capaz de vê-la ou de ouvi-la; ela era só minha! À luz do dia, ela se movia diante de mim, com um andar ondulante, em nossas caminhadas fatigantes; sua figura era firme e flexível como o caule de uma árvore esguia; os calcanhares, redondos e polidos como cascas de ovos; usava o braço arredondado para fazer sinais. À noite, ela contemplava meu rosto. Como parecia triste! Seus olhos eram ternos e assustados; sua voz, suave e suplicante. Certa vez sussurrei para ela: 'Você não vai morrer', e ela sorriu… Desde então, ela sempre sorria para mim!… Ela me deu coragem para suportar o cansaço e as dificul-dades. Aqueles eram tempos de sofrimento e ela me confortava. Matara e eu vagávamos, pacientes, em nossa busca. Conhecemos enganos e falsas esperanças; o cativeiro, a doença, a sede, a miséria, o desespero… Mas já basta! Por fim, os encontramos…"

Karain gritou essas últimas palavras e fez uma pausa. Seu rosto estava impassível, ele permanecia imóvel como um homem em transe. Hollis sentou-se rapidamente e colocou os cotovelos sobre a mesa. Jackson fez um movimento brusco e, por acidente, dedi-lhou o violão. Uma ressonância melancólica mergulhou a cabina em vibrações confusas e desapareceu lentamente. Então, Karain começou a falar de novo. A ferocidade contida de sua voz parecia se elevar como se vinda de fora, como uma coisa ouvida sem ter sido falada, preenchendo a cabina e envolvendo a imóvel figura na poltrona com seu intenso e amortecido rumor.

"Estávamos a caminho de Atjeh[15], onde havia guerra; porém nossa embarcação encalhou em um banco de areia e tivemos que desembarcar em Delli. Havíamos ganhado um pouco de dinheiro e comprado uma arma de alguns comerciantes de Selangore; apenas uma arma, que disparava com a faísca de uma pedra; e era Matara quem a carregava. Desembarcamos. Muitos homens brancos viviam ali, plantando tabaco nas planícies conquistadas e Matara… Mas não importa! Ele o viu… O holandês! Finalmente! Rastejamos e

---

15 Ou *Aceh* (ou ainda, como no texto original, *Atjeh*), território da Indonésia localizado na ponta setentrional da ilha de Sumatra.

vigiamos. Por duas noites e um dia observamos seus movimentos. Ele tinha uma casa – uma casa grande em uma clareira no centro de seus campos; flores e arbustos cresciam em volta; havia caminhos estreitos de terra amarela no meio da relva cortada e sebes espessas para manter estranhos afastados. Na terceira noite viemos armados e ficamos à espreita, atrás de uma sebe.

O orvalho pesado parecia penetrar em nossos ossos, gelando nossas entranhas. O mato, os galhos, as folhas, cobertos por gotas d'água, eram cinzentos à luz do luar. Matara, enrodilhado sobre o mato, estremecia em seu sono. Meus dentes rangiam com tanta intensidade que eu temia que o barulho acordasse toda a região. Um pouco mais distante, os vigias das casas dos homens brancos sacudiam badalos de madeira e gritavam na escuridão. E, como todas as noites, eu a vi ao meu lado. Ela não mais sorria!... O fogo da angústia ardia no meu peito, e ela sussurrava para mim com compaixão, com piedade, suavemente – como fazem em geral as mulheres; aquilo acalmou a dor da minha alma; ela inclinou o rosto sobre mim – o rosto de uma mulher que arrebatava os corações e calava a razão dos homens. Ela era toda minha, e ninguém podia vê-la – nenhum ser humano vivente! Estrelas brilhavam em seu peito, em seus cabelos flutuantes. Fui tomado pelo arrependimento, pela ternura, pela tristeza. Matara dormia... Será que eu também adormecera? Logo Matara me sacudiu pelos ombros e o fogo do sol secava o capim, os arbustos, as folhas. Era dia. Fragmentos de névoa branca pairavam entre os galhos das árvores.

Seria noite ou dia? Não voltei a ver nada até que ouvi Matara respirar rapidamente, ali onde ele estava deitado, e logo eu a vi, fora da casa. Na verdade, vi a ambos. Eles haviam saído. Ela se sentou em um banco encostado no muro; galhos carregados de flores pendiam por sobre a sua cabeça, cobrindo seu cabelo. Ela tinha uma caixa em seu colo, que contemplava, calculando o aumento de suas pérolas. O holandês a observava; ele sorria para ela; seus dentes brancos brilhavam; os pelos sobre seus lábios pareciam duas chamas retorcidas. Ele era grande e corpulento e alegre e destemido. Matara tomou um pouco de rastilho da palma de sua mão, raspou a pederneira com a unha do polegar e deu a arma para mim. Para mim! E eu a peguei... Oh, sina!

Ele sussurrou em meu ouvido, deitado de bruços: 'Rastejarei até eles e então vou atacar com fúria... que ela morra por minha mão. Você mira aquele porco gordo ali. Deixe que ele me veja expurgar a minha vergonha da face da terra – e então... você é meu amigo – mate-o com um tiro certeiro.' Eu nada disse; não havia ar em meu peito – não havia ar no mundo inteiro. Matara já não estava mais ao meu lado. O capim estremeceu. Então um arbusto farfalhou. Ela ergueu a cabeça.

Eu a vi! A consoladora das minhas noites insones, dos dias penosos; a companheira desses anos conturbados! Eu a vi! Ela olhou diretamente para o local em que eu estava agachado. Estava lá tal como eu a tinha visto durante anos – a companheira fiel de minhas perambulações, sempre ao meu lado. Fitou-me com olhos tristes e lábios sorridentes; ela olhou para mim... Aqueles lábios sorridentes! Como eu gostaria de não lhe ter prometido que ela não morreria!

Ela estava longe, mas eu a sentia tão perto. Seu toque me acariciava e sua voz murmurava, sussurrava acima de mim, ao meu redor. 'Quem estará ao teu lado, quem te consolará se eu morrer?' Percebi que uma moita florida, à esquerda dela, agitava-se levemente... Matara estava pronto... E eu gritei o mais alto que podia: 'Volte!'

Ela deu um salto; a caixa caiu no chão; as pérolas rolaram em um fluxo aos seus pés. O holandês corpulento ao seu lado revirou os olhos ameaçadores através do imóvel raio de sol. Ergui a arma ao ombro. Eu já estava de joelhos, a postos, firme – mais firme que as árvores, as rochas, as montanhas. Mas, na frente do longo e rígido cano da arma, os campos, a casa, o chão, o céu balançavam de um lado para o outro como sombras em uma floresta durante a ventania. Matara irrompeu de dentro do matagal; diante dele, as pétalas das flores despedaçadas voaram para o alto como se impelidas por uma tempestade. E eu ouvi o grito dela; a vi saltar de braços abertos na frente do homem branco. Ela era uma mulher da minha terra e de sangue nobre. Assim elas são! Ouvi seu grito de angústia e medo – e tudo ficou imóvel! Os campos, a casa, a terra, o céu se imobilizaram – enquanto Matara saltava sobre ela, o braço erguido. Puxei o gatilho, vi uma faísca, nada ouvi; a fumaça atingiu meu rosto e então pude ver Matara, rolando no chão antes de permanecer, rígido, os braços esticados, aos pés dela. Ah! Que tiro certeiro! O sol que atingia minhas costas parecia mais gelado que a água de um rio. Um tiro certeiro! Joguei a arma fora depois de dispará-la. Aqueles dois ficaram debruçados sobre o morto, como se enfeitiçados. Gritei para ela: 'Viva e lembre-se!' Então, caminhei aos tropeções por um tempo, na escuridão fria.

Ao meu redor, houve gritos, muitos pés correndo para lá e para cá; homens estranhos me cercaram, gritaram palavras sem sentido para mim, me empurraram, me arrastaram, me ampararam... Fiquei diante do holandês corpulento, que me fitava fixamente, como se tivesse perdido a razão. Queria saber mais, falava rápido, dizia palavras de gratidão, me ofereceu comida, abrigo, ouro – fazendo-me inúmeras perguntas. Ri na cara dele. E disse: 'Sou um viajante korinchi vindo de Perak e nada sei a respeito desse homem morto. Eu estava passando pela estrada quando ouvi um tiro, e os seus homens, alucinados, saíram correndo para todos os lados e me arrastaram até aqui.' Ele então ergueu os braços, perplexo, diante de algo em que não conseguia acreditar, incapaz de compreender, depois lançou gritos em sua própria língua! Ela mantinha os braços cruzados em volta do pescoço dele, e por cima do ombro, olhava para mim com os olhos arregalados. Sorri e olhei para ela; sorri e esperei para ouvir o som da sua voz. O homem branco perguntou-lhe, de repente: 'Você o conhece?' Fiquei atento. Minha vida inteira estava em meus ouvidos! Ela olhou para mim por muito tempo, olhou para mim com olhos resolutos e disse em voz alta: 'Não! Eu nunca o vi antes...' O quê! Nunca? Ela já tinha se esquecido? Isso era possível? Já se esquecera – depois de tantos anos – tantos anos de perambulações, de convívio, de tormentos, de palavras ternas! Ela já se esquecera! Eu me soltei das mãos que me seguravam e parti sem dizer sequer uma palavra... Permitiram que eu fosse embora.

Eu estava cansado. Será que dormi? Não sei. Lembro-me de andar por uma estrada larga, sob a clara luz das estrelas; aquele país estranho parecia tão grande, os arrozais tão vastos que, ao olhar ao redor, minha cabeça mergulhou em uma estranha sensação de pavor devido àqueles espaços abertos. Vi, então, uma floresta. A jubilosa luz das estrelas pesava sobre mim. Desviei do meu rumo e penetrei na floresta, que era muito sombria e muito triste."

V

Karain baixou, progressivamente, o tom de voz, como se estivesse se distanciando de nós, até que suas últimas palavras soaram fracas, ainda que claras, como se lançadas em um dia calmo, de uma distância muito considerável. Ele não se movia. Tinha o olhar fixo na cabeça imóvel de Hollis, que o encarava, tão estático quanto ele. Jackson havia virado para um lado e, com o cotovelo sobre a mesa, protegia os olhos com a palma da mão. Eu observava tudo aquilo, surpreso e emocionado; contemplava aquele homem que fora fiel a uma visão, traído por seu sonho, rejeitado por sua ilusão e que vinha a nós, os infiéis, clamando por ajuda – contra um pensamento. O silêncio era profundo; no entanto, parecia preenchido por espectros silenciosos, coisas tristes, sombrias, mudas, em cuja presença invisível a batida firme e vibrante dos dois cronômetros do navio, que marcavam continuamente os segundos no horário de Greenwich, parecia-me uma proteção e um alívio. Karain mantinha o olhar fixo; e, ao contemplar sua rígida figura, pensei em todas as suas perambulações, na sua obscura odisseia de vingança, em todos os homens que vagueiam entre ilusões fiéis, infiéis; pensava também nas ilusões que alimentam alegrias e tristezas, que causam sofrimento, que trazem paz; nas ilusões invencíveis que podem fazer com que a vida e a morte pareçam serenas, inspiradoras, atormentadas ou ignóbeis.

Ouviu-se um murmúrio; aquela voz do exterior pareceu fluir de um mundo de sonhos para a luz da cabina. Karain estava falando.

"Vivi na floresta.

Ela nunca voltou. Nunca! Nenhuma vez! Vivi sozinho. Ela se esquecera de mim. Mas estava tudo bem. Eu não mais a queria; já não queria a ninguém. Encontrei uma casa abandonada em uma antiga clareira. Não havia ninguém por perto. Por vezes, ouvia à distância as vozes das pessoas que percorriam as estradas nos arredores. Eu dormia; descansava; havia ali arroz selvagem, água de um riacho – e paz! Todas as noites eu me sentava, sozinho, ao lado de uma pequena fogueira diante da minha cabana. Muitas noites como essa transcorreram.

Então, certa noite, quando me sentei ao lado da fogueira depois de jantar, olhei para o chão e comecei a relembrar as minhas andanças. Ergui, então, a cabeça. Não havia nenhum som, nenhum farfalhar da folhagem, nem passos – mas ergui a cabeça. Um homem vinha em minha direção, cruzando a pequena clareira. Esperei. Ele se aproximou sem me dirigir sequer uma saudação e se agachou à luz da fogueira. Então, se virou para mim e vi seu rosto. Era Matara. Olhou para mim com fúria, com seus grandes e fundos olhos. A noite estava fria; o calor abandonou mesmo o fogo e ele me encarava. Eu me levantei e o deixei ao pé daquele fogo desprovido de calor.

Caminhei a noite toda, todo o dia seguinte, e na segunda noite fiz uma grande fogueira e me sentei – a fim de esperar por ele. Mas ele não se deixou ver à luz da fogueira. Eu o ouvi passar entre os arbustos, aqui e ali, sussurrando, sussurrando. Finalmente, compreendi o que dizia – eram palavras que eu já ouvira antes: 'Você é meu amigo – mate-o com um tiro certeiro.'

Suportei aquilo o máximo que pude – depois fugi, abandonei tudo, como esta noite, em que deixei minha paliçada e nadei até vocês. Corri – corri, chorando feito uma criança deixada sozinha, distante de qualquer casa. Ele estava ao meu lado, corria com passos sem rumor, sussurrando, sussurrando – invisível, mas audível. Procurei por pessoas – queria a presença humana ao meu redor! Homens que não estivessem mortos! E mais uma vez começamos a vagar, juntos. Busquei o perigo, a violência e a morte. Combati na guerra de Atjeh, e o valente povo local ficou espantado com a coragem de um estrangeiro. Contudo, éramos dois; ele repelia os golpes... Por quê? Eu buscava a paz, não a vida. Ninguém podia vê-lo; ninguém sabia — não me atrevia a contar para ninguém. Algumas vezes, ele me deixava sozinho, se bem que não por muito tempo; e então retornava, com seus sussurros e seus olhares. Meu coração estava dilacerado por um medo estranho, porém eu não conseguia morrer. Encontrei, então, um velho.

Vocês o conheciam bem. As pessoas daqui o chamavam de meu feiticeiro, meu servo e carregador de espadas; para mim, entretanto, ele era pai, mãe, proteção, refúgio e paz. Quando o conheci, ele regressava de uma peregrinação e eu o ouvi entoando a oração do poente. Ele havia ido ao local sagrado em companhia do filho, da esposa do filho e de uma criança; no seu retorno, pela graça do Altíssimo, todos eles morreram: o homem forte, a jovem mãe, a pequena criança — todos, mortos; e o velho chegou à sua terra sozinho. Era um peregrino sereno e pio, muito sábio e muito solitário. E eu lhe contava tudo. Por um tempo vivemos juntos. Ele me dizia palavras de compaixão, de sabedoria e de oração. Protegia-me da sombra dos mortos. Implorei por um amuleto ou encantamento que me mantivesse seguro. Por longo tempo, se recusou a atender às minhas súplicas, mas, por fim, terminou por me oferecer um, com um suspiro e um sorriso. Sim, de fato, ele era capaz de comandar espíritos ainda mais poderosos que o desassossego de meu amigo morto, de modo que eu estava em paz novamente; contudo, nesse período, eu me convertera em uma pessoa inquieta, amante do tumulto e do perigo. E o velho jamais me abandonava. Viajávamos juntos. Fomos recebidos pelos grandes; sua sabedoria e minha coragem ainda são lembradas onde sua força, ó homens brancos, já foi esquecida! Servimos ao sultão de Sulu. Combatemos os espanhóis. Houve triunfos, esperanças, derrotas, tristeza, sangue, lágrimas de mulheres... E para quê? Fugimos. Conseguimos organizar nômades de uma raça de guerreiros e lutamos novamente. O resto da história vocês já conhecem. Tornei-me o governante de uma terra conquistada, um amante da guerra e do perigo, um combatente e um conspirador. No entanto, o velho morreu e sou outra vez um escravo do morto. Ele não está aqui para afastar a sombra recriminadora – para silenciar a voz inanimada! O poder de seu encantamento morreu com ele. Agora, reencontrei o medo; ouço, sempre, esse sussurro que diz: 'Mate! Mate! Mate!'... Porventura não matei o suficiente?"

Pela primeira vez naquela noite, um repentino espasmo de loucura e cólera passou por seu rosto. Seus olhares oscilavam de um lado para outro, como pássaros assustados em uma tempestade. Ele deu um salto, gritando:

"Pelos espíritos que bebem sangue: pelos espíritos que clamam à noite: por todos os espíritos da fúria, da desgraça e da morte, juro – haverá um dia em que trespassarei cada coração que encontrar... Eu..."

Seu aspecto era tão perigoso que todos nós ficamos de pé em um átimo e Hollis, com o dorso da mão, jogou o *kriss* ao solo. Creio que gritamos em uníssono. Foi um breve susto, pois no momento seguinte ele estava novamente sentado, bastante contido, enquanto nós, os três homens brancos, o rodeávamos com atitudes bastante tolas. Sentíamo-nos um tanto envergonhados. Jackson pegou o *kriss* e, depois de me dirigir um olhar inquisitivo, o devolveu a Karain. Ele o recebeu com uma inclinação majestosa da cabeça e o recolocou nas dobras de seu sarongue, com o meticuloso cuidado em dar à arma uma posição mais pacífica. Depois, olhou para nós com um sorriso austero. Ficamos bastante constrangidos. Hollis sentou-se de lado sobre a mesa e, apoiando o queixo na mão, o escrutinou em silêncio pensativo. Eu disse:

"Você deve permanecer com seu povo. Ele precisa de você. Existe o esquecimento na vida. Até os mortos deixam de falar com o tempo."

"Acaso sou uma mulher, para esquecer longos anos com uma dupla piscadela de pálpebras?", exclamou Karain, com amargo ressentimento. Aquela resposta me causou espanto. Era assombroso. Para ele, sua vida – aquela cruel miragem de amor e paz – parecia tão real, tão inegável quanto a de qualquer santo, filósofo ou tolo entre nós. Hollis balbuciou:

"Suas platitudes não irão acalmá-lo."

Karain, então, dirigiu-se diretamente a mim.

"Você nos conhece. Viveu conosco. Por quê? Não sabemos – mas você entende nossas mágoas e nossos pensamentos. Você viveu com meu povo e é capaz de compreender nossos desejos e nossos temores. Irei consigo para onde quer que seja. Para sua terra – para o seu povo. Para o seu povo, que vive na descrença; para quem o dia é dia e a noite é noite – nada além disso, pois vocês compreendem bem as coisas visíveis e desprezam tudo o mais! Para a sua terra de incredulidade, na qual os mortos não falam, na qual cada homem é sábio, vive só – e em paz!"

"Descrição excelente", murmurou Hollis, com a centelha de um sorriso.

Karain abaixou a cabeça.

"Posso labutar e combater – e ser fiel", sussurrou em voz cansada, "porém me é impossível voltar para aquele que me espera na praia. Não! Leve-me com você... Ou então me dê um pouco da sua força – da sua descrença... Um amuleto!"

Ele parecia completamente exaurido.

"Sim, levá-lo para nossa terra", disse Hollis, em um fiapo de voz, como se debatesse consigo mesmo. "Não é uma má ideia. Os fantasmas ali circulam pela sociedade e conversam afavelmente com damas e cavalheiros, porém desprezariam um ser humano desnudo – como nosso amigo principesco... Desnudo... Talvez fosse melhor dizer esfolado. Sinto muito por ele. Mas, claro, é impossível. O fim de tudo isto", prosseguiu, olhando para nós, "o fim de tudo isto será que um dia ele correrá descontrolada e furiosamente entre seus fiéis súditos, despachando tantos deles *ad patres*[16] antes que decidam incorrer na deslealdade de esmagar sua cabeça."

Assenti. Pensava que, de fato, esse seria o fim mais provável de Karain. Era evidente que seu pensamento o vinha perseguindo até o limite da resistência humana, usualmente tão elástico, e pouco seria necessário para levá-lo ao tipo de loucura peculiar à sua raça.

---

16 Do latim "para os antepassados"; expressão bíblica usada para indicar a morte.

KARAIN: REMINISCÊNCIAS

A trégua de que ele desfrutara durante a existência do velho tornou insuportável o retorno do tormento. Tudo isso estava bastante claro.

Súbito, ele levantou a cabeça; por um momento nos pareceu que estivera cochilando.

"Deem-me sua proteção – ou sua força!", gritou. "Um amuleto... uma arma!"

Seu queixo caiu sobre o peito de novo. Olhamos para ele, depois nos entreolhamos com aquele tipo de temor suspeito expresso em nossos olhos, como homens que chegam inesperadamente ao local de algum desastre misterioso. Ele se revelara a nós; confiara em nossas mãos seus erros e seu tormento, sua vida e sua paz; e não sabíamos o que fazer com aquele problema surgido da escuridão exterior. Nós, os três homens brancos, que observávamos atentamente o malaio, não conseguíamos encontrar uma palavra, adequada que fosse, ao nosso propósito – se, de fato, existisse uma palavra que pudesse solucionar aquele problema. Nossa reflexão apenas fazia pesar como chumbo nossos corações. Sentíamos como se tivéssemos sido chamados, nós três, ao portal do Inferno com o objetivo de julgar e decidir o destino de um andarilho surgido, de repente, de um mundo de sol e ilusões.

"Por Júpiter, ele parece ter uma ideia bastante segura de nosso poder", sussurrou Hollis, desesperançado. E mais uma vez houve um silêncio, marcado por um débil murmúrio da água, o constante tique-taque dos cronômetros. Jackson, os braços nus cruzados, reclinava os ombros no tabique da cabina. Curvava a cabeça sob a viga do convés; sua barba loura espalhava-se magnificamente pelo peito; ele parecia colossal, ineficaz, suave. Havia algo de lúgubre no ambiente geral da cabina; a atmosfera parecia gradativamente carregada do calafrio cruel do desamparo, da impiedosa ira do egoísmo na luta contra uma incompreensível forma de dor intrusiva. Não tínhamos ideia do que fazer; começamos a nos ressentir, com amargura, da dura necessidade de nos livrarmos dele.

Hollis meditou, resmungou de repente, com uma risada curta: "Força... Proteção... Amuleto." Escorregou, abandonando a mesa, e deixou a cabina sem olhar para nós. Parecia uma deserção, das mais desprezíveis. Jackson e eu trocamos olhares indignados. Podíamos ouvi-lo esquadrinhando o pequeno compartimento que lhe servia de cabina. Estaria nosso companheiro preparando-se para dormir?

Karain suspirou. Aquilo era intolerável!

E então Hollis reapareceu, segurando em ambas as mãos uma pequena caixa de couro. Colocou-a gentilmente sobre a mesa e nos fitou, soltando um arquejo bastante estranho aos nossos olhos – como se, por algum motivo, lhe faltassem momentaneamente as palavras ou estivesse eticamente inseguro sobre mostrar a sua caixa. No entanto, bastou um breve instante para que a insolente e infalível sabedoria de sua juventude lhe desse a coragem necessária. Ele disse, enquanto abria a caixa com uma pequena chave: "Tentem manter o ar mais solene possível, meus amigos."

Provavelmente, nossa expressão naquele momento indicasse apenas surpresa e estupidez, pois ele nos lançou um olhar de soslaio e disse, com raiva:

"Isso não é uma brincadeira; irei fazer algo por ele. Pareçam sérios. Diabos! Não podem mentir um pouco… para o bem de um amigo?"

Karain parecia alheio ao que fazíamos, mas quando Hollis abriu a tampa da caixa, seus olhos precipitaram-se para ela – assim como os nossos. O cetim púrpura acolchoado do forro como que lançou uma violenta mancha de cor naquela atmosfera sombria; era algo que valia a pena contemplar – e, com certeza, fascinante.

VI

Hollis olhou, sorrindo, para o interior da caixa. Ele fizera, recentemente, uma rápida viagem de volta para casa, atravessando o Canal. Esteve fora seis meses, só se juntando a nós novamente a tempo para essa última viagem. Ou seja, nunca havíamos visto aquela caixa. Passou as mãos sobre ela; e nos falou com ironia, ainda que com semblante sério, como se estivesse pronunciando um poderoso encantamento sobre todo as coisas ali guardadas.

"Cada um de nós", disse ele, com pausas que, de alguma forma, soavam mais ofensivas do que suas palavras – "cada um de nós, admitam, já foi assombrado por alguma mulher... E... quanto aos amigos... os abandonamos no caminho... Bem!... Perguntem a si mesmos..."

Ele interrompeu seu discurso. Karain olhou fixamente. Ouviu-se, sobre o convés, um estrondo profundo. Jackson falou com seriedade:

"Não seja tão animalescamente cínico."

"Ah, falta-lhe a malícia", respondeu Hollis, com tristeza. "Mas você aprenderá... Enquanto isso, esse malaio tem sido nosso amigo..."

Ele repetiu várias vezes, pensativo: "Amigo... malaio. Amigo, malaio", como se pesasse as palavras, comparando-as, depois prosseguiu com maior fluidez: "Um bom sujeito – um cavalheiro a seu modo. Não podemos, por assim dizer, trair sua confiança e crença em nós. Esses malaios são facilmente impressionáveis – tão nervosos, vocês sabem do que falo – portanto..."

Virou-se na minha direção, bruscamente.

"Você o conhece melhor", disse, em um tom prático. "Acha que ele é um fanático – quero dizer, alguém muito rigoroso em sua fé?"

Gaguejei, assombrado, algo como "creio que não".

"É por conta da semelhança – uma imagem gravada", murmurou Hollis, enigmaticamente, virando-se para a caixa. Mergulhou os dedos nela. Os lábios de Karain se entreabriram e seus olhos brilharam. Olhamos para o interior da caixa.

Havia algumas bobinas de algodão, um pacote de agulhas, um pedaço de fita de seda, de tom azul escuro; uma fotografia, a qual Hollis olhou de relance, antes de colocá-la sobre a mesa, voltada para baixo. O retrato de uma moça, até onde pude ver. Havia, entre vários objetos miúdos, um ramo de flores, uma luva branca e estreita com muitos botões, um pequeno pacote de cartas cuidadosamente amarrado. Amuletos do homem branco! Encantamentos e talismãs! Encantamentos que o mantêm no caminho reto, outros que o corrompem, que têm o poder de fazer um jovem suspirar, um velho sorrir. Objetos poderosos, que atraem sonhos de alegria, pensamentos contritos; que abrandam corações duros e podem temperar os mais suaves, a ponto de atingir a dureza do aço. Dádivas celestiais – objetos terrenos...

Hollis remexeu a caixa.

E me pareceu, durante aquele momento de espera, que a cabina da escuna se atulhava de uma agitação invisível e vivente, como de alentos sutis. Todos os fantasmas expulsos do Ocidente, que se tornara incrédulo por causa daqueles homens que fingem ser sábios, solitários, e em paz – todos os fantasmas sem pátria de um mundo incrédulo – pareceram ressurgir, de repente, ao redor de Hollis, aquela estranha figura curvada sobre a caixa; todas as sombras, desterradas e fascinantes, de mulheres amadas; todos os belos e ternos fantasmas de ideais lembrados, esquecidos, estimados, execrados; todos os fantasmas proscritos e recriminadores de amigos confidentes, admirados, amados, difamados, traídos, abandonados para agonizar e morrer no caminho – todos eles pareciam vir das regiões inóspitas da terra para se amontoar na sombria cabina, como se fosse um refúgio, o único lugar, em todo o vasto e incrédulo mundo, em que a fé ainda poderia ser vingada... Isso, entretanto, durou apenas um breve instante – logo, tudo desapareceu. Hollis nos encarava, tendo algo pequeno que reluzia entre seus dedos. Parecia uma moeda.

"Ah! Aqui está", exclamou.

Ele a levantou. Era uma moeda de meio xelim – uma moeda do Jubileu[17]. Era dourada e tinha um buraco próximo da borda. Hollis se dirigiu a Karain.

"Um amuleto para o nosso amigo", ele nos disse. "Esse objeto, de fato, concentra em si grande poder – dinheiro, sim – mas pode cativar a imaginação dele. Um vagabundo leal; a menos que seu puritanismo não vacile devido à semelhança..."

---

17   Moeda comemorativa dos cinquenta anos do reinado da rainha Vitória, na Grã-Bretanha, em 1887.

KARAIN: REMINISCÊNCIAS

Nada respondemos. Não sabíamos se nossa reação deveria ser de indignação, troça ou alívio. Hollis caminhou até Karain, que se levantou como se estivesse perplexo e, segurando a moeda, falou em malaio:

"Essa é a imagem da Grande Rainha e a coisa mais poderosa que os homens brancos conhecem", disse ele, solenemente.

Karain cobriu o cabo de seu *kriss* em sinal de respeito e fixou o olhar na cabeça coroada.

"A Invencível, a Pia", murmurou.

"Ela é mais poderosa do que Solimão, o Magnífico que, você deve saber, comandava os gênios", prosseguiu Hollis, com seriedade. "E darei isso a você."

Segurou a moeda na palma da mão e, olhando pensativamente para ela, falou conosco em inglês:

"Ela comanda também um espírito – o espírito de sua nação; um demônio brilhante, consciencioso, inescrupuloso e invencível... que faz muito bem – a propósito... muito bem... por vezes – e incapaz de tolerar qualquer rebuliço do melhor fantasma, por algo tão irrelevante quanto o tiro certeiro do nosso amigo. Não façam essas caras de espanto, meus amigos. Ajudem-me a fazê-lo crer – tudo se resume a isso."

"Seu povo ficará chocado", respondi, em um fiapo de voz.

Hollis olhou fixamente para Karain, que era a encarnação da própria essência da agitação imóvel. Ele permanecia rígido, de pé, a cabeça jogada para trás; seus olhos se movimentavam descontroladamente, relampejantes; as narinas, dilatadas, estremeciam.

"Pois que seja!", exclamou Hollis, por fim. "Ele é um bom sujeito. Vou lhe dar algo de que realmente sentirei falta."

Tirou a fita da caixa, sorrindo com desdém e depois, com uma tesoura, cortou um pedaço da palma de uma luva.

"Farei a ele uma dessas coisas semelhantes às que usam os camponeses italianos, entendam."

Costurou a moeda no couro delicado, costurou o couro na fita, amarrou as pontas. Trabalhava com rapidez. Durante todo esse tempo, os olhos de Karain não desgrudavam de seus dedos.

"Agora", disse Hollis, aproximando-se de Karain. Encaravam--se, olhando um nos olhos do outro. Os de Karain pareciam vagos, perdidos, mas os de Hollis obscureciam, dominadores e cativantes. Juntos, exprimiam um contraste violento – o primeiro imóvel, com sua cor de bronze; o outro, de brancura ofuscante, os braços erguidos, nos quais músculos poderosos deslizavam com suavidade sob a pele brilhante como o cetim. Jackson acercou-se com o ar de alguém que se aproxima de um companheiro em uma situação de apuro. Eu disse, em tom convincente, apontando para Hollis:

"Ele é jovem, mas sábio. Creia nele!"

Karain inclinou a cabeça. Hollis pôs delicadamente em volta dela a fita azul escuro e deu um passo para trás.

"Esqueça tudo isso e fique em paz", gritei.

Karain pareceu despertar de um sonho. Ele disse: "Ah!" Sacudiu o corpo como se estivesse se livrando de um fardo. Olhou ao redor, confiante. Alguém no convés arrastou a tampa da claraboia, o que provocou uma inundação de luz na cabina. Já era manhã.

"Hora de ir ao convés", disse Jackson.

Hollis vestiu um casaco e subimos, Karain à frente.

O sol havia se erguido além das colinas, e as longas sombras por ele projetadas se estendiam até a baía, sob a luz perolada. O ar estava puro, imaculado, fresco. Apontei para a linha curva de areias amarelas.

"Ele não está lá", disse, enfaticamente, para Karain. "Ele não espera mais. Partiu para sempre."

Uma saraivada de raios luminosos e ardentes atingiu a baía, entre os cumes das duas colinas, e as águas ao seu redor irromperam, como que por magia, em uma centelha deslumbrante.

"Não! Ele não está lá, esperando", exclamou Karain, depois de lançar um longo olhar pela praia. "Não o ouço", prosseguiu, lentamente. "Não!"

Ele se virou para nós.

"Ele partiu de novo – para sempre!", gritou.

Assentimos com vigor, repetidas vezes, sem qualquer compunção. O importante era impressioná-lo poderosamente; sugerir segurança absoluta – o fim de todos os seus problemas. Nesse sentido, fizemos o nosso melhor; e espero termos afirmado nossa fé nos poderes do amuleto de Hollis com suficiente eficiência para que não restasse a menor sombra de dúvida. Nossas vozes ressoavam ao redor dele, jubilosas no ar silencioso daquela manhã, enquanto sobre a cabeça de Karain o céu, translúcido, puro, imaculado, arqueava seu claro azul de costa a costa e sobre a baía, como se envolvesse a água, a terra e o homem na carícia de sua luz.

Havíamos levantado âncora, as velas já estavam içadas, e uma meia dúzia de enormes embarcações circulavam pela baía, prontas para nos rebocar. Os remadores da primeira que se aproximou de nós ergueram a cabeça e viram seu governante de pé, conosco. Ouviu-se um murmúrio suave de surpresa, seguido por um clamor de saudação.

Ele nos deixou, e em seguida pareceu penetrar no glorioso esplendor de seu palco, envolver-se na ilusão de um sucesso inevitável. Por um momento ficou ereto, um pé sobre o passadiço, uma das mãos segurando o cabo de seu *kriss*, em atitude marcial; aliviado do temor das trevas exteriores, mantinha a cabeça erguida, lançando um olhar sereno sobre sua faixa de terra conquistada. As embarcações mais distantes também se juntaram ao grito de saudação; um grande clamor se elevou das águas; as colinas o ecoaram, parecendo lançar de volta a Karain aquelas palavras que invocavam vida longa e triunfos.

Ele desceu até uma canoa e, assim que se afastou da lateral de nossa embarcação, demos a ele três vivas, que soaram fracos e ordenados quando comparados ao tumulto selvagem provocado por seus súditos leais, porém foi o melhor que pudemos fazer. Ele, então, ficou de pé, ergueu os braços e apontou para seu amuleto infalível. Nós o aclamamos novamente; e os malaios nas embarcações observavam aquela cena, perplexos e impressionados. Eu tentava imaginar no que pensavam; no que Karain pensava... aliás, em que o meu leitor deve estar pensando?

Fomos rebocados lentamente. Assim, foi possível vê-lo desembarcar e nos observar da praia. Um vulto aproximou-se dele, humilde, ainda que decidido – de forma alguma semelhante a um fantasma que tivesse queixas. Conseguimos distinguir outros homens correndo na direção de Karain. Teria sua ausência sido tão sentida? Seja como for, houve uma grande comoção. Um grupo se formou rapidamente perto dele, e ele caminhou pela areia, seguido por um crescente cortejo, mantendo-se lado a lado com nossa escuna. Com nossos binóculos, podíamos ver a fita azul no seu pescoço e uma mancha branca no peito bronzeado. A baía despertava. As fumaças dos fogos matinais criavam espirais delicadas, mais altas que as copas das palmeiras; pessoas se moviam por entre as casas; uma manada de búfalos galopava desajeitadamente ao longo de uma encosta esverdeada; os vultos esguios de meninos que brandiam varas pareciam negros e saltitantes no relvado alto; uma fila colorida de mulheres, levando na cabeça potes d'água feitos de bambu, movia-se em um bosque de árvores frutíferas. Karain se deteve em meio aos seus homens e nos acenou com a mão; depois, apartando-se do esplêndido grupo, caminhou sozinho até a beira d'água e agitou a mão novamente. A escuna já deslizava mar adentro, entre os íngremes promontórios que encerravam a baía; nesse mesmo instante, Karain desapareceu de nossa vida para sempre.

A recordação, contudo, permanece. Alguns anos depois reencontrei Jackson, na Strand. Ele estava tão magnífico como sempre. Sua cabeça se projetava por cima da multidão. A barba dourada, as faces vermelhas e os olhos, azuis; portava um chapéu cinza, de abas largas e não usava colarinho ou colete; seu aspecto geral era estimulante; recém regressara à pátria – havia desembarcado naquele dia mesmo! Nosso encontro causou um turbilhão na correnteza humana. Pessoas apressadas iam de encontro a nós, nos rodeavam, e se voltavam para contemplar aquele gigante. Tentamos comprimir sete anos de vida em sete exclamações; então, de súbito apaziguados, caminhamos calmamente, informando um ao outro as últimas notícias. Jackson olhava em volta, como quem procura por pontos de referência, depois se deteve diante da vitrine da *Bland*[18]. Ele sempre tivera uma paixão por armas de fogo; parou, pois, e contemplou aquela série de armas, perfeita e severa, alinhada por trás da vitrine guarnecida de molduras negras. Eu permaneci ao seu lado. De repente, perguntou:

"Você se lembra de Karain?"

Assenti.

"A visão de tudo isso me fez pensar nele", disse então, o rosto rente ao vidro... e pude ver outro homem, poderoso, de barba farta, contemplando-o com insistência em meio àqueles tubos escuros e polidos, que podem curar tantas ilusões. "Sim; me fez pensar nele", prosseguiu, devagar. "Li num jornal esta manhã; estão lutando de novo por lá. Ele com certeza deve estar envolvido. Com ele, a vida dos *caballeros* não será nada fácil. Bem, boa sorte para ele, pobre coitado. Ainda me lembro do quão impressionante ele era."

Prosseguimos nossa caminhada.

"Pergunto-me se o amuleto funcionou − você se lembra do amuleto feito pelo Hollis, claro. Se funcionou... foi o meio xelim mais bem empregado da história! Pobre coitado! Gostaria de saber se, no fim, ele conseguiu se livrar daquele amigo. Espero que sim... Sabe, por vezes penso que..."

Parei e olhei para ele.

"Sim... quero dizer, se a coisa foi assim, sabe... se isso realmente aconteceu com ele... O que você acha?"

"Querido amigo", exclamei, "você tem estado muito tempo longe de casa. Que pergunta! Apenas observe tudo isso."

Um brilho úmido de sol despontou do oeste e se perdeu entre duas longas fileiras de muros; a confusão de telhados, as chaminés, os letreiros dourados que se estendiam sobre as fachadas das casas, o polimento escuro das janelas, todos esses elementos permaneceram resignados e sombrios sob a escuridão que descia. Todo o comprimento da rua, profunda como um poço e estreita como um corredor, estava envolto em uma agitação sombria e incessante. Nossos ouvidos enchiam-se de uma confusão precipitada, do

---

18 O autor faz referência à fábrica de armas Thomas Bland & Sons, fundada em 1840 e estabelecida no número 430 do West Strand.

ritmo de inúmeros passos apressados, de um rumor subjacente – um rumor vasto, fraco, pulsante, como de respirações cadenciadas, corações palpitantes, vozes ofegantes. Inúmeros olhos miravam direto para a frente, pés moviam-se apressadamente, rostos desprovidos de expressão fluíam, braços balançavam. Acima de tudo, uma estreita faixa desgastada de céu esfumaçado serpenteava por entre os telhados altos, larga e imóvel, como uma suja bandeirola hasteada por sobre o tumulto de uma turba.

"S-i-i-i-m", respondeu Jackson, pensativo.

As grandes rodas dos *hansoms*[19] giravam devagar ao longo da beira das calçadas; um jovem de rosto pálido caminhava, dominado pelo cansaço, apoiado na sua bengala, a cauda de seu sobretudo batendo suavemente em seus calcanhares; cavalos trotavam com cautela no pavimento engordurado, sacudindo as cabeças; duas moças passavam, conversando animadamente, seus olhos brilhantes; um velho elegante pavoneava-se pela avenida, o rosto vermelho, acariciando seu bigode branco; uma linha de placas amarelas com letras azuis aproximou-se de nós lentamente, balançando-se, como os mais curiosos e estranhos destroços de navios naufragados, flutuando à deriva em um rio de chapéus.

"S-i-i-i-m", repetiu Jackson. Seus claros olhos azuis miravam ao redor, desdenhosos, divertidos e duros, como os de um menino. Um caótico cordão de ônibus vermelhos, amarelos e verdes balançava em sua passagem, monstruoso e espalhafatoso; duas crianças maltrapilhas corriam pela rua; um grupo de homens sujos e cambaleantes, com lenços vermelhos ao redor do pescoço, discutia, proferindo obscenidades; um velho maltrapilho, com expressão de desespero, berrava, no meio da lama, o nome de um jornal; entrementes, à distância, entre as cabeças balançantes dos cavalos, o brilho desbotado dos arreios, o amontoado de painéis lustrosos e tetos das carruagens, podíamos ver um policial,

---

19 Carruagens – em geral, funcionando como meios de transporte alugados – que levavam o nome de seu inventor, Joseph Alysius Hansom, e que eram muito comuns na Londres do século XIX; em geral, a cabina de passageiros desse veículo era coberta, para duas pessoas, e o cocheiro seguia sentado do lado de fora.

com capacete e roupa escura, estendendo um braço rígido no cruzamento das ruas.

"Sim, percebo com clareza", disse Jackson, devagar. "Está ali; resfolega, corre, rola; é forte e vivaz; nos esmagaria se não tivéssemos cuidado; mas macacos me mordam se isso é tão real para mim como... aquela outra coisa... por exemplo, a história de Karain."

Penso que, decididamente, ele havia permanecido tempo demais longe de casa.

O Retorno[1]

Otrem metropolitano da City de Londres, que surgia com impetuosidade de um buraco negro, parou com um ruído estrondoso e dissonante na encardida luz crepuscular de uma estação do West-End. Uma série de portas se abriu e uma multidão de homens saiu precipitadamente. De faces pálidas e saudáveis, usavam chapéus altos, sobretudos escuros e botas brilhantes; suas mãos enluvadas seguravam guarda-chuvas finos e jornais vespertinos dobrados apressadamente, que mais pareciam farrapos sujos e rígidos de cor esverdeada, rosada ou esbranquiçada. Alvan Hervey saiu com os demais, um charuto fumegante entre os dentes. Uma pequena mulher, em quem ninguém prestava atenção, com vestes de um preto enferrujado e os dois braços cheios de embrulhos, saiu em disparada, aflita, entrando num compartimento de terceira classe, e o trem seguiu em frente. O golpe das portas do vagão explodiu, violento e rancoroso, como repentina fuzilaria; uma gélida corrente de ar, mesclada à fumaça acre, varria toda a extensão da plataforma, fazendo com que um velho trôpego, envolto até as orelhas em um cachecol de lã, se detivesse de súbito em meio à multidão ambulante para tossir violentamente sobre sua bengala. Ninguém lhe dispensou sequer um olhar.

Alvan Hervey atravessou o portão dos guichês. Cercados pelas paredes nuas de uma escadaria sórdida, homens subiam com rapidez; de costas, todos pareciam iguais — como se vestissem o mesmo

---

[1]   Escrito por volta de 1897 e publicado apenas na coletânea *Tales of Unrest*.

uniforme; os rostos indiferentes eram distintos, porém sugeriam algum tipo de parentesco, como se fossem os rostos de um grupo de irmãos que, por prudência, dignidade, repulsa ou planejamento, optassem resolutamente por ignorar uns aos outros; e seus olhos, ora vivazes, ora apagados; seus olhos focados nos degraus empoeirados; seus olhos castanhos, pretos, cinzentos, azuis, tinham todos a mesma mirada, concentrada e vazia, satisfeita e irrefletida.

Do lado fora, depois da grande porta de entrada que dava para a rua, se espalharam por todas as direções, afastando-se rapidamente uns dos outros com o ar apressado de homens que fogem de algo comprometedor; de qualquer familiaridade ou de alguma confidência; de algo suspeito e velado – como a verdade ou a pestilência. Alvan Hervey vacilou por um momento, parado sozinho à porta de entrada; decidiu, então, caminhar para casa.

Andava a passos largos e firmes. Um chuvisco enevoado cobria, tal qual poeira prateada, roupas e bigodes; molhava os rostos, envernizava as lajes, escurecia os muros, respingava dos guarda-chuvas. E ele seguia em frente, na chuva, com serenidade descuidada, com a tranquilidade de alguém bem-sucedido e arrogante, muito seguro de si – um homem rico em dinheiro e em amigos. Era alto, elegante, bem-apessoado e saudável; seu rosto claro e pálido mostrava, sob seu refinamento banal, um leve matiz de brutalidade autoritária, conferido pela posse de feitos apenas em parte difíceis; por se sobressair nos jogos, ou na arte de fazer dinheiro; pelo fácil domínio sobre animais e sobre homens necessitados.

Ia para casa muito mais cedo do que o habitual, diretamente do centro da cidade, sem sequer passar pelo seu clube. Considerava-se bem relacionado, bem-educado e inteligente. Quem o negaria? No entanto, suas relações, sua educação e sua inteligência estavam em pé de igualdade com as dos homens com quem ele fazia negócios ou se divertia. Ele se casara há cinco anos. Na época, todos os seus conhecidos afirmaram que ele estava muito apaixonado; e ele assim o dissera para si mesmo, francamente, porque é de conhecimento público que todo homem se apaixona uma única vez na vida – a menos que sua esposa venha a falecer,

O RETORNO

quando então é bastante louvável se apaixonar uma vez mais. A jovem era saudável, de bom porte, bonita e, em sua opinião, bem relacionada, bem-educada e inteligente. Ela se sentia intensamente entediada em seu lar, no qual, como se embalada em uma caixa hermética, sua individualidade — da qual ela era muito cônscia — não tinha liberdade para se expressar. Ela caminhava a passos largos, como um granadeiro, era forte e ereta como um obelisco, tinha um belo rosto, a fronte cândida, olhos puros e nenhuma única ideia própria na cabeça. Ele se rendeu com rapidez a todos esses encantos, e ela lhe pareceu, tão inquestionavelmente, o tipo certo que ele não hesitou um minuto sequer em se declarar apaixonado. Protegido assim por aquela ficção sagrada e poética, ele a desejava imperiosamente por várias razões; porém, sobretudo, pela satisfação de conseguir o que queria. Ele era bastante fastidioso e solene a esse respeito — sem ter nenhuma razão imaginável para tal, que não a de esconder seus verdadeiros sentimentos — o que, aliás, é o correto a se fazer. Ninguém, contudo, ficaria chocado se ele tivesse negligenciado esse dever, pois o sentimento que nutria era, na verdade, um anseio — um anseio mais intenso e um pouco mais complexo, sem dúvida, ainda que não mais repreensível, por sua natureza, que o apetite de um homem faminto antes de jantar.

Depois do casamento, eles se dedicaram, com grande sucesso, à ampliação de seu círculo de amizades. Trinta pessoas os conheciam de vista; outras vinte, com demonstrações sorridentes, toleravam sua presença ocasional nos limites estritos da hospitalidade; e pelo menos outras cinquenta sabiam de sua existência. Eles se moviam, em seu mundo aumentado, entre homens e mulheres perfeitamente encantadores, que temiam a emoção, o entusiasmo ou o fracasso muito mais que o fogo, a guerra ou alguma enfermidade mortal; pessoas que toleravam apenas as fórmulas mais comuns dos pensamentos mais comuns e reconheciam apenas fatos lucrativos. Era uma esfera encantadora ao extremo, a morada de todas as virtudes, na qual nada é realizado e todas as alegrias e tristezas atenuam-se de modo cauteloso, transformadas em prazeres e aborrecimentos. Foi nessa região plácida, em que sentimentos nobres são cultivados em profusão suficiente para ocultar o materialismo impiedoso dos pensamentos e das aspirações, que Alvan Hervey e sua esposa passaram cinco anos de uma prudente bem-aventurança, desanuviada por qualquer tipo de dúvida sobre a retidão moral de sua existência. No caso dela, para fazer justiça à sua própria individualidade, abraçou todos os tipos de obras filantrópicas e tornou-se membra de várias sociedades de reforma e de apoio social, patrocinadas ou presididas por senhoras da nobreza. Já ele demonstrou ativo interesse na política; e tendo conhecido por acaso um literato – que, no entanto, tinha parentesco com um certo conde –, foi induzido a financiar um periódico social moribundo. Tratava-se de uma publicação semipolítica, totalmente escandalosa, redimida pelo tédio excessivo que evocava; e, claro, como carecia por completo de todo credo, como não continha nenhum pensamento novo, como nunca, nem mesmo por acaso, oferecia em suas páginas o mais leve lampejo de sagacidade, ironia ou indignação, Alvan a julgou, à primeira vista, uma publicação bastante respeitável. Mais tarde, quando o periódico passou a render lucros, ele percebeu de imediato que, no todo, era um empreendimento virtuoso, que pavimentaria os caminhos de sua ambição. E ele desfrutava também desse tipo peculiar de importância que adquiria graças à essa conexão com o que acreditava ser literatura.

Essa conexão ampliou, ainda mais, o universo em que viviam. Indivíduos que escreviam ou desenhavam lindamente para o público os visitavam, por vezes, e o editor do seu periódico aparecia com frequência considerável. Alvan o considerava uma espécie de asno por conta de seus imensos dentes frontais (o correto era ter uma proporção em tudo, mesmo nos dentes) e porque seu cabelo era um pouquinho mais longo que o esperado no porte masculino. No entanto, a verdade é que alguns duques têm cabelos compridos, e o tal editor sem dúvida conhecia o seu negócio. O pior era que sua seriedade, embora perfeitamente portentosa, não era confiável. Sentava-se, elegante e corpulento, na sala de visitas, o cabo de sua bengala girando diante de seus dentes gigantescos e conversava, por horas, um sorriso amplo nos lábios carnudos (jamais dizia algo

O RETORNO

a que se pudesse apresentar objeção nem tampouco fosse social-
mente inaceitável). Falava de maneira incomum – não obviamente
irritante. Sua fronte era muito alta – de modo inusitado –, sob ela
havia um nariz reto, perdido entre as bochechas imberbes, que em
uma curva suave se estendia para um queixo com o formato da
ponta de uma raquete de neve. Nesse rosto, que lembrava a face
de um bebê gordo e perverso, brilhava um par de olhos negros
sagazes, perscrutadores e incrédulos. E ele também escrevia versos.
Sim, um asno. Porém seus adeptos, sempre colados às abas de sua
monumental sobrecasaca, pareciam perceber coisas maravilhosas
no que ele dizia. Alvan Hervey atribuía isso à afetação. Esses artis-
tas, no geral, eram bastante presunçosos. Não obstante, tudo isso
era extremamente apropriado – muito útil para ele – e sua esposa
parecia apreciá-lo – como se ela também obtivesse alguma vantagem particular e secreta dessa conexão intelectual. Ela recebia
aqueles convidados heterogêneos e decorosos com uma espécie
de graça altiva e importante, muito peculiar a ela e que despertava
na mente de estranhos intimidados reminiscências incongruen-
tes e impróprias de um elefante, uma girafa, uma gazela; de uma
torre gótica – de um anjo demasiado crescido. As quintas-feiras
por ela promovidas estavam se tornando famosas em seu mundo;
e seu mundo crescia de forma constante, anexando rua após rua. Já
incluía os jardins de fulano, um arco de casas – um par de praças.

Assim, Alvan Hervey e sua esposa viveram por cinco prósperos
anos, um ao lado do outro. Com o tempo, passaram a se conhecer
um ao outro bem o suficiente para todos os propósitos práticos de
tal existência, embora fossem tão incapazes de uma intimidade real
como dois animais, alimentando-se na mesma manjedoura, sob o
mesmo teto, em um estábulo de luxo. O anseio dele foi aplacado,
convertendo-se em um hábito; e ela teve seu desejo satisfeito – o
desejo de se afastar do teto paterno, afirmar sua individualidade,
mover-se em seu próprio cenário (muito mais elegante que o de
seus pais); ter seu próprio lar e sua própria parcela de respeito, inveja
e aplausos do mundo. Eles compreendiam um ao outro com prudência, tacitamente, como se se tratasse de um par de conspiradores

cautelosos em um complô lucrativo; porque ambos eram incapazes de contemplar um fato, um sentimento, um princípio ou uma crença a partir de um ângulo que não fosse determinado pela sua própria dignidade, pela sua própria glória pessoal, pela sua própria vantagem. Deslizavam por sobre a superfície da vida de mãos dadas, em uma atmosfera pura e fria – como dois patinadores habilidosos que recortam figuras no gelo espesso para a admiração dos observadores, ignorando desdenhosamente a torrente oculta, a torrente inquieta e escura; a torrente da vida, profunda e descongelada.

Alvan Hervey dobrou duas vezes à esquerda, uma vez à direita, caminhou pelos dois lados de uma praça, no centro da qual grupos de árvores com aspecto dócil, erguiam-se em respeitável cativeiro por trás de grades de ferro, e tocou a campainha de sua casa. Uma criada abriu a porta. Era mais um capricho de sua esposa, essa história de ter apenas mulheres entre a criadagem. A tal jovem, enquanto o ajudava a tirar chapéu e sobretudo, disse algo que o fez olhar para o relógio. Eram cinco horas e sua esposa não estava em casa. Nada havia de inusual nisso. Ele disse: "Não; nada de chá", e subiu as escadas.

Percorreu as escadas silenciosamente. Hastes de latão brilhavam no tapete vermelho. No patamar do primeiro andar, uma mulher de mármore, coberta com decoro do pescoço ao peito do pé por uma túnica de pedra, apresentava uma fileira de dedos inanimados até a beira do pedestal e estendia cegamente um rígido braço branco, que segurava um feixe de luz. Alvan tinha gosto artístico – em sua casa. Cortinas pesadas escondiam cantos escuros em parte encobertos. Sobre o caro papel de parede estampado pendiam esboços, aquarelas, gravuras. Esse material expressava manifestamente um gosto artístico. Antigas torres de igreja espreitavam acima das massas verdes de folhagem; as colinas eram púrpuras, as areias, amarelas, os mares, ensolarados, os céus, azuis. Uma jovem de olhos sonhadores escarrapachava-se em um barco atracado, na companhia de uma cesta de almoço, uma garrafa de champanhe e seu amado, trajando um *blazer*. Meninos de pernas desnudas flertavam docemente com donzelas esfarrapadas, dormiam em degraus

O RETORNO

de pedra, ou brincavam com cães. Uma menina, de magreza patética, comprimida contra um muro branco, erguia olhos expirantes para oferecer em venda uma flor; enquanto isso, bem perto, as grandes fotografias de alguns baixos-relevos famosos e mutilados pareciam representar um massacre transformado em pedra.

Ele, é claro, nada via; subiu outro lance de degraus e se dirigiu para o quarto de vestir. Um dragão de bronze, cravado pela cauda a um suporte, se contorcia para longe da parede, em convoluções calmas, enquanto mantinha, com a fúria convencional de suas mandíbulas, uma chama de gás semelhante a uma borboleta. O quarto estava vazio, é claro; porém, tão logo ele entrou, ficou de súbito repleto com a agitação de inúmeras pessoas; porque as lâminas de vidro que cobriam as portas dos armários e o grande espelho da esposa refletiam a imagem dele da cabeça aos pés, multiplicando-a em uma multitude de imitadores servis e cavalheirescos, vestidos exatamente como ele; que tinham os mesmos gestos contidos e raros; que se moviam apenas quando ele se movia, ficavam parados junto com ele em uma imobilidade obsequiosa, demonstrando de forma completa aparências de vida e sentimentos idênticas ao que ele achava digno e seguro que qualquer homem manifestasse. E, à semelhança de pessoas reais, que são escravas de pensamentos banais, que nem são seus, as imagens simulavam uma estranha independência pela diversidade superficial de seus movimentos. Elas se moviam com Alvan; porém, ou avançavam ao seu encontro ou se afastavam dele; apareciam, desapareciam; aparentemente se esgueiravam por trás de móveis de nogueira antes de serem vistas de novo, imersas nas vidraças polidas, dando passos nítidos e irreais na convincente ilusão do quarto. E, como os homens a quem ele respeitava, podia-se confiar que jamais fariam nada pessoal, original ou surpreendente – nada imprevisto e nada impróprio.

Por algum tempo, Alvan moveu-se sem rumo definido, desfrutando daquela boa companhia, cantarolando uma melodia popular, embora refinada, pensando vagamente em uma carta comercial vinda do exterior que deveria ser respondida no dia seguinte com cautelosa tergiversação. Nesse momento, enquanto caminhava em direção ao guarda-roupa, viu surgir às suas costas, no espelho alto, o canto da penteadeira da esposa e, em meio ao brilho de objetos prateados, a superfície branca e quadrangular de um envelope. Era coisa tão incomum de ser vista por ali que ele deu meia-volta antes mesmo de sentir sua surpresa; e todos os simuladores ao seu redor giraram nos calcanhares; todos pareciam surpresos; e todos se moveram rapidamente na direção dos envelopes sobre as penteadeiras.

Alvan reconheceu a caligrafia da esposa e viu que o envelope estava endereçado a ele mesmo. Murmurou: "Que estranho", e se sentiu aborrecido. Além de qualquer ação estranha ser em essência algo indecente por si só, o fato de que agora era sua esposa quem o fazia tornava tudo aquilo duplamente ofensivo. Escrever para ele, mesmo sabendo que ele estaria em casa para o jantar, era muito ridículo; contudo, expor assim a carta – em evidência para uma descoberta casual – pareceu-lhe tão ultrajante que, pensando nisso, experimentou de repente uma desconcertante sensação de insegurança, um absurdo e bizarro lampejo da ideia de que a casa inteira havia se mexido um pouco sob seus pés. Rasgou o envelope, olhou de relance para a carta e sentou-se em uma cadeira próxima.

Segurando o papel diante dos olhos e contemplando uma meia dúzia de linhas rabiscadas sobre a folha, sentiu-se atordoado como se por um ruído sem sentido e violento, o choque de gongos ou o rufar de tambores; um grande alvoroço sem objetivo que, de certa forma, o impedia de ouvir a si mesmo pensar e fazia sua mente ficar em branco. Esse tumulto absurdo e perturbador parecia gotejar daquelas palavras escritas, brotar de seus próprios dedos, que tremiam, segurando o papel. De súbito, largou a carta como se fosse algo quente, venenoso ou imundo; e, correndo até a janela, com a precipitação irrefletida de um homem ansioso por disparar um alarme de fogo ou denunciar um assassinato, jogou o papel para longe e pôs a cabeça para fora.

Uma rajada de vento frio, que varria a obscuridade úmida e fuliginosa sobre os despejos de telhados e chaminés, tocou seu rosto como uma leve pancada pegajosa. Ele viu uma escuridão

O RETORNO

ilimitada, na qual surgia uma confusão negra de muros e, entre eles, as inúmeras fileiras de lâmpadas a gás se estendiam em longas filas, como um cordão de contas de fogo. Uma aparição sinistra, como de uma conflagração oculta, surgia luminosa da névoa, pairando sobre um mar encapelado e imóvel de telhas e tijolos. Ao rangido da janela aberta, o mundo pareceu saltar da noite e confrontá-lo enquanto, flutuando, subia até seus ouvidos um som vasto e débil; o murmúrio profundo de algo imenso e vivo. Apoderou-se dele uma sensação de desânimo e ele ofegou em silêncio. Do ponto de táxi na praça chegavam distintas vozes roucas e uma risada zombeteira, que soava ominosamente áspera e cruel. Ameaçadora. Alvan colocou a cabeça para dentro, como uma reação veloz diante de um golpe já pronto a ser desferido, e fechou a janela rapidamente. Deu alguns passos, tropeçou em uma cadeira e, com grande esforço, se recompôs para capturar certo pensamento que se agitava solto em sua cabeça.

Por fim, conseguiu apreendê-lo, depois de empenhar-se mais do que esperava; ficou enrubescido e arfava um pouco, como se estivesse tratando de agarrá-lo com as mãos, muito embora seu domínio mental sobre ele fosse frágil, tão frágil que julgou necessário repeti-lo a plenos pulmões – ouvir a própria voz, em alto e bom som – a fim de garantir uma perfeita medida de posse. Alvan contudo, não estava disposto a ouvir sua própria voz – ou qualquer outro som – devido a uma vaga crença, que aos poucos ganhava forma dentro dele, de que a solidão e o silêncio são as maiores felicidades da humanidade. No momento seguinte, deu-se conta de que ambos são perfeitamente inatingíveis – que os rostos devem ser vistos, as palavras ditas, os pensamentos ouvidos. Todas as palavras – todos os pensamentos!

E então ele disse, muito distintamente, olhando para o tapete: "Ela se foi."

Era terrível – não o fato em si, mas as palavras; palavras carregadas da força tenebrosa de um significado, que pareciam ter o tremendo poder de conclamar o destino a descender à terra, como certas palavras estranhas e terríveis que às vezes são ouvidas durante o sonho. Elas vibraram em torno dele em uma atmosfera metálica, em um espaço que tinha a dureza do ferro e a ressonância de um sino de bronze. Baixando o olhar por entre as pontas de suas botas, parecia ouvir, pensativo, a onda de som que se afastava; a onda que se espalhava em um círculo crescente, abraçando ruas, telhados, campanários, campos – propagando-se para longe, ampliando-se interminavelmente, longe, muito longe, até o limite de sua audição – um local em que nada podia imaginar – no qual...

"E – foi com aquele... imbecil", disse novamente, quase imóvel. E nada restava além de humilhação. Nada mais. Ele não podia obter consolo moral de nenhum aspecto da situação, que irradiava apenas dor por todos os lados. Dor. Que tipo de dor? Ocorreu-lhe que deveria ter o coração partido; no entanto, em um instante excessivamente breve, percebeu que seu sofrimento não era do gênero tão trivial e dignificante. Era algo muito mais sério, e fazia parte da natureza daqueles sentimentos sutis e cruéis despertados por um pontapé ou por uma chicotada.

Sentia-se mal – fisicamente –, como se tivesse mordido algo nauseante. A vida, que para uma mente bem ordenada, deveria ser motivo de celebração, pareceu-lhe, por um ou dois segundos, perfeitamente intolerável. Ele apanhou o papel a seus pés e sentou-se com o desejo de pensar, entender por que sua esposa – sua esposa! – deveria tê-lo abandonado, por que deveria ter jogado fora respeito, conforto, paz, decência, posição. Jogado tudo fora por nada! Ele se propôs a pensar a lógica oculta que norteava a ação dela – um empreendimento mental adequado para as horas de lazer em uma casa de loucos, embora não fosse assim que ele entendesse tal atividade. E pensou na esposa a partir de todos os pontos de vista, exceto o único fundamental. Pensou nela como uma moça bem-educada, como esposa, como pessoa culta, como a senhora da casa, como uma dama; porém jamais, nem por um único momento, pensou nela simplesmente como uma mulher.

Então, uma nova onda, uma onda furiosa de humilhação, varreu sua mente, nada deixando nele além de uma sensação pessoal de injusto aviltamento. Por que ele deveria estar envolvido em um escândalo tão horrendo? Isso aniquilaria todas as vantagens de seu passado bem ordenado, por meio de uma verdade eficaz e injusta como uma calúnia – ao fim, o passado fora desperdiçado. Revelava-se agora o seu fracasso – um fracasso muito peculiar, de sua parte, em ver, estar de guarda, compreender. Era inegável e não poderia ser explicado ou escondido com facilidade. Já não era mais possível apenas se manter solene, impassível. Agora –, se ela somente tivesse morrido!

Se ela somente tivesse morrido! Sentiu-se impelido a invejar tão respeitável luto, tão perfeitamente livre de qualquer mácula desonrosa, que mesmo seu melhor amigo ou seu melhor inimigo não teria sentido o menor traço que fosse de júbilo ou exultação. Ninguém se importaria. Alvan buscou consolo apegando-se à contemplação do único fato da vida que os mais resolutos esforços da humanidade jamais falharam em disfarçar na algazarra e no *glamour* de um belo fraseado. E nada se presta mais a mentiras do que a morte. Ah, se ela apenas tivesse morrido! Certas palavras lhe seriam ditas em tom triste, e ele, com a fortitude condizente, teria dado respostas apropriadas. Havia, inclusive, precedentes para tal tipo de ocasião. E ninguém se importaria. Se ela apenas tivesse morrido! As promessas, os terrores, as esperanças de eternidade são coisas que dizem respeito aos mortos já pútridos; a manifesta doçura da vida, contudo, pertence aos homens vivos e saudáveis. E a vida era seu interesse: aquela existência sã e gratificante, jamais perturbada pelo amor desmedido ou pelo arrependimento excessivo. Ela havia interferido nessa existência, desfigurando-a. E, de repente, ocorreu-lhe que devia estar dominado pela loucura para se casar. Fazia parte da natureza humana isso de se doar, de manifestar, livre e abertamente – mesmo por um breve momento – sentimentos e emoções. Mas todos acabam se casando. Quão dominada por essa loucura era a humanidade!

Diante do choque advindo daquele pensamento surpreendente, ergueu a cabeça, lançou um olhar à esquerda, à direita, à frente, distinguindo homens sentados muito longe, que o contemplavam com olhos selvagens – emissários de uma humanidade desatenta, se intrometendo para espionar sua dor e sua humilhação. Aquilo era insuportável. Levantou-se rapidamente e os outros também, ao mesmo tempo, saltaram de todos os lados. Alvan permaneceu, pois, imóvel no meio do aposento, como se transtornado diante dessa vigilância. Não havia escapatória! Sentiu algo similar ao desespero. Todo mundo devia saber. Os criados saberiam ainda esta noite. Ele rangeu os dentes... E ele jamais percebera, jamais chegara a adivinhar o que acontecia. O mundo inteiro o saberia. Pensou: "Essa mulher é um monstro, mas todos me considerarão um tolo." Parado em meio à severa mobília de nogueira, sentiu uma angústia tão intensa que lhe pareceu ver a si mesmo rolando no tapete, batendo a cabeça contra a parede. Ele estava enojado consigo próprio, com aquela repugnante onda de emoção que irrompia através de todas as reservas que protegiam sua masculinidade. Algo desconhecido, macilento e venenoso, penetrara em sua vida, estava agora ao seu lado, o tocava, e ele parecia se deteriorar. Ficou chocado. O que era aquilo? Ela se fora. Por quê? Sua cabeça parecia prestes a explodir no esforço feito para compreender o ato da esposa e seu próprio horror diante disso. Tudo estava mudando. Por quê? Afinal, apenas uma mulher abandonara seu lar; contudo, teve uma visão, fugaz e nítida como um sonho: a visão de tudo aquilo que julgava indestrutível e seguro no mundo desmoronando sobre ele, como muros sólidos antes do sopro feroz de um furacão. Cravou o olhar, sentindo o tremor em cada membro, enquanto discernia o sopro destrutivo, o sopro misterioso, o sopro da paixão, agitar a profunda paz da casa. Observou, temeroso, à sua volta. Sim. Um crime pode ser perdoado; o sacrifício não calculado, a confiança cega, a fé ardente, além de outras loucuras, tudo isso pode, sempre, ser levado em conta; mesmo o sofrimento, a própria morte, são passíveis de explicação com um sorriso, um franzir de sobrancelha. A paixão, entretanto, é a infâmia imperdoável e secreta do nosso coração, algo para amaldiçoar, ocultar e negar; algo desavergonhado e desesperado que pisoteia as promessas sorridentes, que arranca a máscara plácida, que desnuda o próprio corpo de vida. E acontecia a ele! Havia colocado

O RETORNO

sua mão suja sobre a roupagem imaculada de sua existência, e ele deveria enfrentá-la sozinho, diante dos olhos do mundo inteiro. Do mundo inteiro! E pensou que até mesmo a mera suspeita de ter dentro de sua casa tal adversário trazia consigo mácula e reprovação. Estendeu as mãos para frente, como que para afastar a proximidade do opróbrio de uma verdade profanada; e, instantaneamente, o estarrecido conclave de homens irreais, erguendo-se ao seu redor, mudos, para além do lustro claro dos espelhos, fez para ele o mesmo gesto de repulsão e horror.

Alvan olhava para todos os lados, em vão, como um homem que buscasse, desesperado, uma arma ou um esconderijo, e finalmente entendeu que estava desarmado e encurralado pelo inimigo que, sem nenhum escrúpulo, lhe daria um golpe capaz de partir seu coração. Não podia obter ajuda em parte nenhuma, nem sequer aconselhar-se consigo mesmo, pois com o choque da repentina deserção da esposa, os sentimentos que deveria nutrir, de acordo com sua educação, seus preconceitos e o ambiente que o cercava, estavam tão entremeados com a novidade de sentimentos reais, de sentimentos fundamentais que nada têm a ver com credo, classe ou educação, que ele era incapaz de distinguir claramente entre o que é e o que deveria ser; entre a verdade indesculpável e as falsas aparências válidas. E ele sabia instintivamente que a verdade não lhe seria de nenhuma utilidade. Algum tipo de ocultação parecia necessária, pois há coisas que não são passíveis de explicação. Mas é claro! Quem estaria disposto a escutar? É preciso simplesmente permanecer imaculado e irrepreensível, a fim de preservar seu lugar na vanguarda da vida.

Alvan disse a si mesmo: "Preciso superar isso da melhor maneira possível", e começou a andar de um lado para o outro no aposento. E agora? O que deveria ser feito? Pensou: "Irei viajar – não, não irei. Vou enfrentar tudo isso." Depois dessa decisão, sentiu-se animado pela reflexão de que seu papel, nesse caso, seria fácil, sem falas, pois era improvável que alguém quisesse conversar com ele sobre a conduta abominável daquela mulher. Argumentou para si mesmo que pessoas decentes – e ele não conhecia outras – não gostavam de falar sobre tais assuntos indelicados. Ela se fora – com aquele jornalista imbecil, doentio e gorducho. Por quê? Ele tinha sido tudo o que um marido deve ser. Dera a ela uma boa posição – ela compartilhara seus projetos – e a tratara invariavelmente com grande consideração. Reviu sua própria conduta com uma espécie de orgulho desolador. Ela fora irrepreensível. Então, por quê? Por amor? Que profanação! Não poderia haver amor naquele caso. Apenas um impulso vergonhoso de paixão. Sim, paixão. Sua própria esposa! Bom Deus!... O aspecto indelicado de seu infortúnio doméstico causou-lhe tamanha vergonha que, no momento seguinte, viu-se acalentando a ideia absurda se não seria mais dignificante para ele induzir a impressão geral de que tinha o hábito de espancar a esposa. Há quem o faça... e qualquer coisa seria melhor do que aquele fato imundo; pois era óbvio que ele convivera com sua raiz por cinco anos – o que era vergonhoso demais. Qualquer coisa! Qualquer coisa! Mesmo a brutalidade... Contudo, abandonou de imediato a ideia e começou a pensar nas Cortes de Divórcio. Para ele, não obstante seu respeito pela lei e pelos costumes, elas não lhe pareciam o refúgio ideal para um luto digno. Assemelhavam-se a uma caverna sinistra e imunda, à qual homens e mulheres são arrastados, pelo destino adverso, a se retorcerem ridiculamente na presença de uma verdade inflexível. Isso não deveria ser permitido. Aquela mulher! Cinco... anos... casado por cinco anos... sem nunca perceber nada. Nada, até o último dia... até ela partir tranquilamente. E imaginou todas as pessoas que conhecia ocupadas em especular se durante todo aquele tempo ele fora cego, tolo ou apaixonado. Que mulher! Cego!... Nada disso. Poderia um homem de mente sã e pura imaginar tal depravação? É evidente que não. Soltou um suspiro de alívio. Essa seria a atitude correta a tomar; digna o suficiente; dava-lhe uma vantagem, algo que percebia claramente estar alinhado com a moral. Ansiava sinceramente em ver a moralidade (nele personificada) triunfante aos olhos do mundo. Quanto a ela, seria esquecida. Que seja esquecida – enterrada no esquecimento, perdida! Ninguém seria capaz de aludir a ela... Pessoas

O RETORNO

refinadas – todo homem e toda mulher que conhecia poderiam ser assim descritos – tinham horror a tais assuntos. Não é mesmo? Claro que sim. Ninguém faria alusão a ela... ao alcance de seus ouvidos. Bateu os pés no chão, rasgou a carta, em pedaços cada vez menores. O pensamento de que teria a simpatia de seus amigos provocou nele uma fúria de desconfiança. Jogou para o alto os pequenos pedaços de papel. Eles se acomodaram aos seus pés, após terem esvoaçado suavemente; pareciam ainda mais brancos, no contraste com o tapete escuro, como um punhado de flocos de neve espalhados.

A esse ataque de cólera febril sucedeu-se uma tristeza repentina, pela passagem tenebrosa de um pensamento que percorria a superfície queimada de seu coração como sobre uma planície estéril e, depois de um assalto mais intenso dos raios solares, passa pela sombra melancólica e refrescante de uma nuvem. Ele se deu conta de que sofrera um choque – não um golpe violento ou dilacerante, que é possível perceber, devolver, esquecer ou a ele resistir, mas um empuxo, insidioso e penetrante, que despertava todos aqueles sentimentos, ocultos e cruéis, que as artes do diabo, os temores da humanidade – talvez mesmo a infinita compaixão de Deus – mantêm acorrentados no crepúsculo inescrutável do nosso peito. Uma cortina escura pareceu se erguer diante dele e, por menos de um segundo, ele contemplou o misterioso universo do sofrimento moral. Como se vê uma paisagem completa, vasta e vívida, à luz de um relâmpago, assim podia ele ver, revelada em um breve momento, toda a imensidão da dor que pode ser contida em um lapso do pensamento humano. Então, a cortina desceu novamente, porém essa rápida visão deixou na mente de Alvan Hervey um rastro de tristeza invencível, uma sensação de perda, de amarga solidão, como se ele tivesse sido roubado e desterrado. Por um momento, deixou de ser um membro da sociedade com posição, carreira e um nome conectado a tudo aquilo como o rótulo descritivo de algum composto complicado. Era um simples ser humano removido do mundo encantador de ruas em semicírculo e praças. Estava sozinho, desnudo e temeroso, como o primeiro homem no primeiro dia do mal. Há na vida acontecimentos, contatos, vislumbres que parecem levar ao fim, com brutalidade, todo o passado. Um choque e um estrondo, como de um portão que se fecha às nossas costas pela mão pérfida da fatalidade. Vá e busque outro paraíso, sábio ou tolo. Há um momento de ridículo desânimo e logo as errâncias devem recomeçar; a dolorosa explicação dos fatos, a febril rememoração de ilusões, o cultivo de uma nova safra de mentiras no suor da nossa testa, para manter a vida, torná-la suportável; torná-la justa, de modo a repassar, intacta, a uma nova geração de andarilhos cegos, a lenda encantadora de uma nação desalmada, de uma terra prometida, toda ela flores e bênçãos...

Alvan voltou a si com um ligeiro estremecimento e tomou consciência de uma opressiva e esmagadora desolação. Era apenas uma sensação, é verdade, mas produziu nele um efeito físico, como se seu peito fosse oprimido por um torno. Considerou-se muito desamparado e lamentável, e aquela tristeza opressiva o comoveu tão profundamente que sentiu que mais uma volta do torno lhe arrancaria lágrimas dos olhos. Ele estava se deteriorando. Cinco anos de vida em comum haviam acalmado seus anseios. Sim, e isso já fazia algum tempo. Os primeiros cinco meses foram dedicados a isso – mas... O hábito restava – o hábito da pessoa dela, de seu sorriso, de seus gestos, de sua voz, de seu silêncio. Ela tinha uma fronte pura; seus cabelos, bonitos. Quão deplorável era tudo isso. Cabelos bonitos, lindos olhos – extraordinariamente lindos. Ficou surpreso com o número de detalhes que invadia sua memória de forma totalmente involuntária. Não podia deixar de lembrar os passos dela, o farfalhar de seu vestido, o jeito em que costumava manter ereta a cabeça, a maneira decidida de dizer "Alvan", o tremor de suas narinas quando estava irritada. Tudo isso havia sido propriedade dele, íntima e especialmente sua! Enfureceu-se com pesar silencioso ao fazer um balanço de suas perdas. Ele era como um indivíduo que contabilizara as perdas de uma especulação malfadada – irritado, deprimido –, exasperado consigo mesmo e com os outros, com os afortunados, os indiferentes, os insensíveis. Não obstante, o mal feito a ele parecia tão cruel que talvez tivesse deixado cair uma lágrima por conta de tal desgraça, não fosse por sua convicção de que os homens não devem chorar. Estrangeiros fazem isso; eles inclusive matam, por vezes, em tais circunstâncias. Para seu horror, sentiu-se tentado a lamentar que os costumes de uma sociedade disposta a perdoar o disparo contra um ladrão lhe proibissem, dadas as circunstâncias, até mesmo de acalentar a ideia de um assassinato. No entanto, cerrou os punhos e apertou os dentes, com força. E, ao mesmo tempo, tinha medo. Um medo penetrante e incerto que parece, em meio ao pulsar, transformar seu coração em um punhado de pó. O contágio do crime dela se espalhava, manchando o universo, maculando tudo; despertava todas as infâmias ao que parece dormentes do mundo; provocava uma espécie horrível de clarividência em que lhe era dado ver as cidades e os campos da terra, seus lugares sagrados, seus templos e suas casas, povoados por monstros – por monstros de falsidade, luxúria e assassinato. Ela era um monstro – ele mesmo mergulhava agora em pensamentos monstruosos... e, ainda assim, era como qualquer outra pessoa. Quantos homens e mulheres neste exato momento não estariam mergulhados em alguma abominação – meditando sobre algum crime. Era assustador pensar nisso. Ele se recordou de todas as ruas – as ruas abastadas pelas quais passara no caminho de casa; todas as inúmeras casas de portas fechadas e janelas encortinadas. Agora, cada qual se assemelhava a uma morada de angústia e loucura. E, sentindo-se pasmo, imobilizou-se seu pensamento, recordando com consternação o silêncio decoroso e horrendo que era como uma conspiração; o silêncio sombrio e impenetrável de milhas de muros que encobriam paixões, misérias, pensamentos criminosos. Ele decerto não era o único; sua casa não era a única... e, contudo, ninguém sabia – ninguém suspeitava. Mas ele sabia. Sabia com uma certeza infalível que não poderia ser enganada pelo silêncio correto das paredes, das portas fechadas, das janelas encortinadas. Ele estava fora de si, em agitação desesperada, como um homem a quem tivessem comunicado um segredo mortal – o segredo de alguma desgraça que ameaçara a segurança da humanidade – a sacralidade, a paz da vida.

Conseguiu distinguir, com clareza, a própria imagem em um dos espelhos. Foi um alívio. A angústia de suas emoções tinha sido tão poderosa que esperava, com toda certeza, ver ali refletido um rosto selvagem e distorcido, de modo que ficou agradavelmente surpreso ao não ver nada disso. Seu aspecto, ao menos, não permitiria que ninguém percebesse o segredo de sua dor. Ele se examinou com atenção. Suas calças estavam amassadas e as botas um pouco enlameadas, porém nada parecia fora do usual. Apenas seu cabelo estava um tanto desalinhado e aquela desordem era tão sugestiva do problema que ele correu rapidamente até a mesa e começou a usar suas escovas, no desejo de aplacar qualquer traço comprometedor, o único vestígio de sua emoção. Escovou o cabelo com cuidado, observando o efeito de seu trabalho; e outro rosto, ligeiramente pálido e mais tenso que o desejável, olhou para ele do espelho. Colocou as escovas de lado e o resultado não o satisfez. Logo, agarrou-as novamente e recomeçou a escovar, agora mecanicamente — esquecendo-se do que estava fazendo. O tumulto de seus pensamentos terminou em um fluxo lento de reflexão, como depois da erupção de um vulcão, o progresso quase imperceptível de uma corrente de lava que rastejava com languidez sobre uma terra convulsionada, obliterando impiedosamente qualquer traço anterior deixado pelos tremores do terremoto. É um fenômeno destrutivo, mas, em comparação, relativamente pacífico. Alvan Hervey quase se acalmou com o ritmo deliberado de seus pensamentos. Seus marcos morais estavam sendo, um a um, consumidos no fogo de sua experiência, enterrados em lama quente, em cinzas. Na superfície, tudo estava mais arrefecido; entretanto, ainda restava, em algum lugar, fogo suficiente para fazer com que ele golpeasse a mesa com as escovas, e dissesse, em um murmúrio feroz: "Desejo a ele o melhor… Maldita seja, mulher."

Sentiu-se, de forma intensa, corrompido pela maldade dela e o sintoma mais significativo de sua ruína moral era a satisfação amarga, acre, com que a reconhecia. Com deliberação, fazia em sua mente juramentos voluntariosos; meditava com escárnio; formava, em profundo silêncio, palavras de incredulidade cínica, e suas mais estimadas convicções revelaram-se por fim como os estreitos preconceitos dos tolos. Uma multitude de pensamentos, disformes e impuros, cruzou sua mente em uma corrida furtiva, como um bando de malfeitores em disfarce, apressados para cometer algum crime. Colocou as mãos nos bolsos. Ouviu um leve toque de campainha vindo de algum outro lugar, e murmurou para si mesmo: "Não sou o único... não o único." Seguiu-se um novo toque. A porta de entrada!

Seu coração pulou até a garganta e depois desceu até o nível de suas botas. Alguém batia à porta. Quem? Por quê? Seu desejo era correr até o andar inferior e gritar para a criada: "Não há ninguém em casa! Todos viajaram para o exterior!"... Qualquer desculpa. Sentia que não conseguiria encarar um visitante. Não essa noite. Não. Amanhã... Antes que pudesse se livrar do torpor que o envolvia como uma folha de chumbo, ouviu, no andar de baixo, como se nas entranhas da terra, uma porta se fechando pesadamente. Com o golpe, a casa vibrou mais que sob o estrondo de um trovão. Alvan permaneceu imóvel, queria ficar invisível. O aposento estava gélido. Jamais imaginara que se sentiria assim. No entanto, era necessário atender às pessoas – enfrentá-las – conversar com elas – sorrir para elas. Ele ouviu outra porta, agora muito mais próxima – parecia a porta da sala de estar – se abrir e logo se fechar. Pensou, por um breve instante, que iria desmaiar. Que absurdo! Esse tipo de coisa tinha que ser abordada. Uma voz rompeu o silêncio. Ele não conseguiu captar as palavras. A voz falou novamente e logo alguns passos foram ouvidos no primeiro andar. O diabo que carregue tudo isso! Iria ele ouvir aquela voz e aqueles passos sempre que alguém falasse ou se movesse? Pensou: "É como ser perseguido – suponho que durará uma semana ou mais, pelo menos. Até que eu esqueça. Esqueça! Esqueça!" Alguém já subia o segundo lance de escadas. Seria uma criada? Escutou atentamente e, de súbito, como se uma revelação incrível e assustadora tivesse sido gritada a ele ao longe, explodiu no quarto vazio: "O quê! O quê!" O tom de sua voz era tão demoníaco que ele mesmo se assombrou. Os passos se detiveram do lado de fora da porta.

Alvan permaneceu boquiaberto, enlouquecido e imóvel, como se em meio a uma catástrofe. A maçaneta da porta girou com suavidade. Parecia-lhe que as paredes desmoronavam, que os móveis estremeciam; o teto inclinou-se estranhamente por um momento, um guarda-roupa alto pareceu tombar ao solo. Ele se agarrou a algo – no caso, o espaldar de uma cadeira. Então tropeçara contra uma cadeira! Oh! Com os diabos! Segurou com mais força.

A borboleta flamejante pousada entre as mandíbulas do dragão de bronze lançou um clarão, um clarão que pareceu saltar de uma só vez em ferocidade grosseira, ofuscante, fazendo com que fosse difícil para ele distinguir claramente a figura de sua esposa em pé, de costas para a porta fechada. Olhou para ela, mas não conseguiu detectar sua respiração. A luz áspera e violenta caía sobre ela, e ele ficou surpreso ao vê-la conservar tão bem a compostura de sua rígida atitude, naquela luminosidade abrasadora que, aos olhos dele, a envolvia como uma névoa quente e consumidora. Ele não teria ficado surpreso se ela tivesse desaparecido nessa névoa tão de súbito quanto surgira. Ele a encarou fixamente e aguçou o ouvido; buscava algum som, porém o silêncio ao seu redor era absoluto – como se, por um breve instante, tivesse ficado completamente surdo e míope. Então sua audição voltou, sobrenaturalmente acurada. Ouviu o som da chuva na vidraça atrás das venezianas fechadas e abaixo, bem abaixo, no abismo artificial da praça, o rumor amortecido de rodas e o galope turbulento de um cavalo. Ouviu também um gemido – muito distinto –, ali mesmo no aposento –, perto de seu ouvido.

Pensou, alarmado: "Acho que esse som foi feito por mim mesmo." Naquele preciso instante a mulher, abandonando sua posição próxima à porta, caminhou com firmeza à frente dele e sentou-se sobre uma cadeira. Alvan conhecia bem esses passos. Não havia nenhuma dúvida. Ela estava de volta! Ele quase disse em voz alta:"Claro!" – tal foi a percepção repentina e dominante do caráter indestrutível de sua esposa. Nada poderia destrui-la – e nada, além da destruição dele mesmo, poderia mantê-la afastada. Ela era a encarnação de todos os breves momentos que o homem

O RETORNO

poupa de sua vida para os sonhos, para sonhos preciosos que concretizam as mais desejadas, as mais lucrativas ilusões. Olhou para ela, sentindo uma poderosa trepidação interior. Ela era misteriosa, expressiva, cheia de obscuros significados – como um símbolo. Ele ainda a encarava, inclinado para frente, como se estivesse descobrindo nela coisas que antes não percebera. Inconscientemente, deu um passo na direção dela – depois outro. Viu, então, o movimento decidido e amplo de um braço e parou. Ela havia levantado o véu. Foi como se tivesse levantado uma viseira.

O encanto foi quebrado. Ele experimentou um choque, como se tivesse despertado de um transe pelo repentino barulho de uma explosão. Era ainda mais surpreendente e mais distinto; uma mudança infinitamente mais íntima, pois ele teve a sensação de ter entrado no quarto naquele exato momento; de haver regressado de muito longe; percebia agora que uma parte essencial de si mesmo retornara, num relâmpago, a seu corpo, retornara finalmente de uma região cruel e lastimável, da morada dos corações desvelados. Despertou para uma incrível infinidade de desprezo, para uma amargura curiosa de admiração, uma convicção desencantada de segurança. Teve o vislumbre de uma força irresistível e viu também a esterilidade das suas convicções – e das convicções dela. Parecia-lhe que nunca cometeria qualquer tipo de erro em toda sua existência. Isso seria uma impossibilidade moral. Ele não ficou enlevado por essa certeza; estava vagamente apreensivo sobre seu preço; havia um calafrio de morte nesse triunfo de princípios sólidos, nessa vitória arrebatada à sombra do desastre.

O último vestígio de seu estado de espírito anterior desapareceu, como o rastro instantâneo e fugaz de um meteoro desaparece ao desintegrar-se na profunda escuridão do firmamento; foi o débil lampejo de um pensamento doloroso, desaparecido assim que percebido, de que nada além da presença dela – afinal de contas – podia fazer com que se controlasse. Olhou para ela fixamente. Estava sentada com as mãos no regaço, cabisbaixa; e ele percebeu que as botas dela estavam sujas, as saias molhadas e salpicadas, como se um terror cego a tivesse levado de volta através de um descampado de lama. Ele estava indignado, assombrado e chocado, mas agora de uma maneira mais natural e saudável; assim, podia controlar aqueles sentimentos desvantajosos pelos ditames de um autocontrole cauteloso. O brilho incomum da luz do aposento desaparecera; era, agora, uma luz boa, que o auxiliava a observar as expressões do rosto dela com facilidade. Que estava marcado por uma fadiga embotada. E o silêncio que os rodeava era o silêncio normal de qualquer casa tranquila, dificilmente perturbado pelos fracos ruídos usuais em um bairro respeitável da cidade. Ele estava muito frio – e foi muito friamente que pensou como seria bom se nenhum deles falasse de novo com o outro. Sentada, ela permanecia com os lábios cerrados, um ar de lassidão no pétreo olvido de sua atitude, porém, passado um momento, levantou as pálpebras caídas e encontrou o olhar tenso e inquisitivo dele, cuja expressão tinha toda a eloquência informe de um grito. Penetrava, estremecia, sem nada esclarecer; era a essência mesma de uma angústia despida de palavras, das quais se podia rir, que podiam ser discutidas, gritadas, desprezadas. Era uma angústia nua e franca, a simples dor da existência liberada no mundo, na fugacidade de um olhar de imensa fadiga, de sinceridade desdenhosa, da impudência sombria de uma confissão extorquida. Alvan Hervey sentiu-se possuído pelo assombro, como se testemunhasse algo inconcebível; e alguma parte obscura do seu ser estava pronta para exclamar: "Eu jamais teria acreditado!", porém uma repugnância instantânea por suscetibilidades feridas deixou esse pensamento inacabado.

Ele se sentiu cheio de uma indignação rancorosa contra a mulher que podia olhar para ele desse modo. Aquele olhar o esquadrinhava; mexia com ele. Era perigoso para qualquer um, como poderia ser uma sugestão de incredulidade sussurrada por um padre no augusto decoro de um templo; e ao mesmo tempo era impuro, perturbador, como um consolo cínico balbuciado na escuridão, maculando a tristeza, correndo o pensamento e envenenando o coração. O que ele queria era perguntar, furiosamente: "Por quem você me toma? Como se atreve a olhar para mim desse jeito?" Sentiu-se um tanto impotente diante do significado oculto daquele olhar; ressentia-se dele com violência dolorida e fútil, como uma ferida tão secreta que nunca poderia ser tratada. Seu desejo era esmagar aquela mulher com uma única sentença. Ele era imaculado. A opinião geral estava ao seu lado; a moralidade, os homens, os deuses estavam ao seu lado; a lei, a consciência – o mundo inteiro! Ela nada tinha além desse olhar. Mas só conseguiu dizer:

"Por quanto tempo pretende ficar?"

Os olhos dela não vacilaram nem um instante sequer, seus lábios permaneceram fechados; e pelo efeito que tiveram as palavras ditas por ele, pareciam endereçadas a uma mulher morta, só que esta respirava aceleradamente. Ele ficou profundamente desapontado com o que havia dito. Tudo aquilo fora uma enorme decepção, algo da natureza da traição. Havia enganado a si mesmo. Deveria ter sido de todo diferente – outras palavras – outra sensação. E diante dos olhos dele, tão fixos que às vezes não viam nada, ela permanecia sentada, ao que parece tão inconsciente como se estivesse sozinha, enviando aquele olhar de impudente confissão diretamente a ele – como se olhasse para um espaço vazio. E Alvan disse, de modo significativo:

"Então, sou eu quem devo ir?" E compreendeu que não pensava seriamente no que isso implicava.

Uma das mãos dela, sobre o regaço, moveu-se ligeiramente, como se as palavras por ele ditas tivessem ali caído e ela as tivesse jogado ao chão. O silêncio dela, no entanto, encorajou Alvan. É possível que significasse remorso – talvez medo. Teria ela se assombrado pela atitude dele?... A mulher deixou cair suas pálpebras. Ele parecia entender tantas coisas – tudo! Muito bem – mas era necessário fazê-la sofrer. Era o mínimo que se devia a ele. Ele compreendia tudo, porém julgou indispensável dizer, com uma óbvia afetação de civilidade:

"Não compreendo – tenha a bondade de…"

Ela se levantou. Por um segundo, ele acreditou que ela pretendia partir, e teve a sensação de que alguém havia puxado uma corda presa ao seu coração. E aquilo doeu. Ficou boquiaberto e silencioso. Mas ela deu um passo irresoluto na direção dele – que se afastou instintivamente. Ficaram frente a frente, e os fragmentos da carta rasgada jaziam entre eles – aos pés de ambos – como um obstáculo intransponível, como um sinal de eterna separação! Ao redor deles, outros três casais se encaravam, imóveis, como se aguardassem um sinal para iniciar alguma ação – uma luta, uma discussão ou uma dança.

E ela disse: "Não, Alvan." E na dor da sua voz havia algo que se assemelhava a uma advertência. Ele estreitou os olhos como se tentasse atravessá-la com seu olhar. Aquela voz da mulher o comoveu. Foi acometido por aspirações de magnanimidade, generosidade, superioridade – interrompidas, no entanto, por lampejos de indignação e ansiedade – uma ansiedade assustadora em saber até onde ela havia chegado. Ela baixou os olhos para a carta rasgada. Em seguida, levantou a cabeça e os olhos de ambos se reencontraram e permaneceram juntos, como um laço inquebrável, como um aperto de cumplicidade eterna; e o silêncio decoroso e a quietude que impregnavam a casa e que envolviam esse encontro de olhares, transformaram-no, por um momento, em algo indescritivelmente vil, porque ele tinha medo de que ela falasse demais, tornando qualquer magnanimidade impossível, enquanto por trás da profunda tristeza visível no rosto dela, havia arrependimento – um arrependimento de coisas consumadas – o arrependimento da demora – o pensamento de que tudo seria diferente se ela tivesse voltado uma semana antes – um dia antes – mesmo uma hora antes... Estavam com medo de ouvir de novo o som das suas vozes; ignoravam o que poderiam dizer – talvez algo que não pudesse ser desdito; e palavras são mais terríveis que fatos. Contudo, a fatalidade trapaceira, que espreita nos impulsos obscuros, falou de repente pelos lábios de Alvan Hervey; e ele ouviu sua própria voz com a excitada e cética curiosidade com a qual costumamos ouvir as vozes dos atores no palco, quando dedicados a produzir a tensão de uma situação comovente.

"Se você se esqueceu de alguma coisa... Certamente... Eu..."

Os olhos dela o fitaram em um relâmpago momentâneo; seus lábios tremeram – e logo ela se transformou também no porta-voz da força misteriosa que está eternamente do nosso lado; daquela inspiração perversa, vagando, caprichosa e incontrolável, como uma rajada de vento.

"Qual a utilidade de tudo isso, Alvan?...Você sabe por que voltei... Sabe que eu não conseguiria..."

Ele a interrompeu com irritação.

"Pois bem! O que é isso aqui, então?", perguntou, apontando para a carta rasgada.

"Esse é um erro", disse ela apressadamente, a voz abafada.

Essa resposta o surpreendeu. Permaneceu mudo, olhando para ela. Tinha vontade de explodir em risadas. Terminou soltando um sorriso tão involuntário quanto uma careta de dor.

"Um erro...", ele começou, lentamente, e depois se viu incapaz de acrescentar outra palavra.

"Sim... foi muito honesto", ela retrucou em tom baixo, como se estivesse falando com a lembrança de algum sentimento de um passado remoto.

Ele explodiu.

"Maldita seja a sua honestidade!... Como se existisse alguma honestidade em tudo isso!... Quando você começou a ser honesta? Por que está aqui? O que é agora? Ainda honesta?"

Caminhou na direção dela, furioso, como se estivesse cego; durante aqueles três passos rápidos, perdeu o contato com o mundo material e se viu girando, interminavelmente, em uma espécie de universo vazio, feito somente de fúria e angústia, até que, de repente, o rosto da mulher surgiu diante de seus olhos – muito próximo. Ele parou de súbito e pareceu se lembrar de algo que ouvira há séculos.

E disse, aos gritos: "Você desconhece o significado dessa palavra."

Ela não titubeou. Alvan percebeu, aterrorizado, que tudo ao seu redor permanecia imóvel. Ela não chegou a mover um fio de cabelo; e o corpo dele, aliás, tampouco se mexia. Uma calma imperturbável envolvia aquelas duas figuras imóveis, a casa, a cidade, o mundo inteiro – e a insignificante tempestade das emoções daquele homem. A violência do breve tumulto interior era tal que poderia ter destruído toda a criação; mas, ainda assim, nada mudara. Ele estava frente a frente com sua esposa no quarto familiar, em sua própria casa. Ela não desmoronara. À direita e à esquerda, todas as inumeráveis moradias, apoiando-se umas nas outras, haviam resistido ao choque de sua paixão, apresentado, imóveis, a solidão de seus problemas, o silêncio soturno das paredes, a discrição impenetrável e polida de portas fechadas e janelas encortinadas. A imobilidade e o silêncio pressionavam-no, assaltavam-no, como dois cúmplices da mulher imóvel e muda diante dos seus olhos. Sentiu-se, repentinamente, derrotado. Sua impotência, demonstrada. Foi acalmado pelo alento de uma resignação corrupta que chegava a ele através da sutil ironia daquela paz circundante.

Ele falou, por fim, com desprezível compostura:

"De qualquer modo, isso não é suficiente para mim. Quero saber mais – se você pretende ficar."

"Não há mais nada para dizer", foi a resposta dela, dominada pela tristeza.

Pareceu a ele uma resposta tão verdadeira que não disse nada. Ela prosseguiu:

"Você não entenderia…"

"Não?", retrucou ele, em voz baixa. Ele se continha com esforço para não explodir em uivos e imprecações.

"Eu tentei ser fiel…"

"Mas e isso aqui?", exclamou ele, apontando para os fragmentos da carta.

"Isso… Isso foi uma falha", disse ela.

"Creio que sim", ele murmurou, amargamente.

"Tentei ser fiel a mim mesma – Alvan – e… e honesta com você…"

"Teria sido melhor se você tivesse tentado ser fiel a mim", disse, interrompendo-a com fúria. "Fui fiel a você e você estragou minha vida – as nossas vidas…" Então, depois de uma pausa, a invencível preocupação consigo mesmo tornou-se mais aguda e ele levantou a voz para perguntar, ressentido: "Mas, me diga, por favor, há quanto tempo você me tem feito de idiota?"

Ela pareceu terrivelmente abalada por essa pergunta. Ele não esperou uma resposta, apenas continuou a andar de um lado para outro, o tempo todo; ora estava próximo dela, ora distante, vagando sem descanso pelo aposento.

"Quero saber. Todo mundo já sabe, suponho, exceto eu – essa é a sua honestidade!"

"Eu lhe disse que não há nada para saber", respondeu ela, a voz instável como que deformada pela dor. "Nada do que você supõe. Você não me entende. Essa carta é o começo – e o fim."

"O fim – esse tipo de coisa não tem fim", clamou Alvan, de forma inesperada. "Você não entende isso? Eu posso... O início..."

Interrompeu o fluxo de suas palavras e olhou nos olhos dela com intensidade concentrada, impulsionado por um desejo de ver, de penetrar, de compreender, uma atitude que o fez prender a respiração até se engasgar.

"Pelo amor de Deus!", disse ele, perfeitamente imóvel, esquadrinhando-a, a menos de trinta centímetros dela.

"Pelo amor de Deus!", repetiu, lentamente, num tom de voz cuja estranheza involuntária era um completo mistério para si mesmo. "Pelo amor de Deus! – Eu poderia acreditar em você – eu poderia acreditar em qualquer coisa – agora!"

Deu as costas para ela e recomeçou a caminhar de uma extremidade a outra, com ares de ter se livrado do fardo do pronunciamento final de sua vida – de ter dito algo do qual não recuaria, ainda que pudesse. Ela continuava como que enraizada no tapete. Seus olhos seguiam os movimentos inquietos do homem, que evitava olhar para ela. Sua mirada ampla prendia-se a ele, inquisitiva, espantada e incerta.

"Mas o sujeito estava sempre por aqui", ele explodiu, distraidamente. "Ele fez amor com você, suponho – e... e...", baixou a voz. "E – você permitiu."

"E eu permiti", ela murmurou, adotando a entonação dele, de modo que sua voz soou inconsciente, distante e servil, como um eco.

Alvan exclamou duas vezes: "Você! Você!", com violência, e em seguida se acalmou. "O que você viu naquele sujeito?", perguntou, com assombro sincero. "Um imbecil obeso e afeminado. O que você poderia… Você não era feliz? Não tinha tudo o que desejava? Ora – francamente; porventura frustrei suas expectativas de alguma forma? Você ficou desapontada com a nossa posição – ou com as nossas perspectivas –, talvez? Sabe, isso não pode ser – elas são muito melhores do que você poderia esperar quando se casou comigo…"

Ele perdeu seu comedimento, a ponto de gesticular um pouco enquanto prosseguia com grande animação:

"O que você poderia ter esperado de um sujeito como ele? Ele é um intruso, um homem sem posição… Se não fosse pelo meu dinheiro… entende?… pelo meu dinheiro, ele não teria onde cair morto. Seus próprios familiares não queriam nada com ele. O sujeito não tem classe – nenhuma classe, mesmo. Ele é útil, certamente, e é por isso que eu… Pensei que você fosse inteligente o suficiente para perceber tudo isso… Mas você… Não! É incrível! O que foi que ele lhe disse? Por acaso você não se importa com a opinião de ninguém – não há influência no mundo capaz de controlar vocês, mulheres? Você pensou por um instante em mim? Tentei ser um bom marido. Falhei? Diga-me – o que foi que eu fiz?"

Levado por seus próprios sentimentos, Alvan agarrou a cabeça com as duas mãos e repetiu descontroladamente:

"O que eu fiz? Conte-me! O quê?…"

"Nada", replicou ela.

"Ah! Perceba… você não pode…", começou, de forma triunfal, afastando-se; então, de repente, como se tivesse sido jogado na direção dela por algo invisível, girou e gritou, exasperado:

"O que você esperava que eu fizesse?"

Sem dizer palavra, ela se dirigiu lentamente até a mesa e, sentando-se, apoiou-se no cotovelo, cobrindo os olhos com as mãos. Durante todo esse tempo, ele a observava com atenção, como se esperasse a cada momento encontrar nos movimentos deliberados

O RETORNO

dela alguma resposta para suas perguntas. Entretanto, não conseguia ler nada, não conseguia obter sequer um indício do pensamento dela. Alvan tentou reprimir o desejo de gritar e, depois de um instante de espera, disse com escárnio incisivo:

"Você queria que eu escrevesse versos absurdos? Que eu ficasse contemplando você por horas – para falar sobre sua alma? Você deveria saber que eu não sou desse tipo... tinha coisa melhor para fazer. Mas se supõe que eu estava totalmente cego..."

Ele percebeu, em um relâmpago, que conseguia recordar uma infinidade de ocorrências esclarecedoras. Podia se lembrar de inúmeras ocasiões distintas nas quais os surpreendera; lembrou-se do gesto, absurdamente interrompido, daquela mão gorda e branca, da expressão enlevada no rosto dela, do brilho de olhos incrédulos; de trechos de conversas incompreensíveis que não valiam a pena ouvir, silêncios que nada significavam à época e pareciam agora tudo iluminar como a explosão de um raio de sol. Recordava tudo isso. Não estivera cego. Ah! Não! Ter a consciência desse fato trouxe-lhe um alívio extraordinário: permitiu que recuperasse sua compostura.

"Achei que seria indigno de minha parte expressar minhas suspeitas sobre você", disse com arrogância.

O som daquela frase sem dúvida possuía algum tipo de poder mágico, porque, assim que falou, sentiu-se maravilhosamente à vontade; e logo em seguida, experimentou um lampejo de alegre espanto ao descobrir que podia ser inspirado a proferir uma declaração tão nobre e verdadeira. Observou o efeito de suas palavras. Elas fizeram com que ela olhasse para ele rapidamente, por cima do ombro. Ele captou um vislumbre de cílios molhados, de uma face ruborizada, da qual escorria, ligeira, uma lágrima; então, ela desviou o olhar e se sentou como antes, cobrindo o rosto com as mãos.

"Você deveria ser totalmente franca comigo", disse ele, lentamente.

"Você sabe tudo", foi a resposta indistinta, através dos dedos que cobriam o rosto.

"Essa carta... Sim... mas..."

"E eu voltei", ela exclamou, a voz abafada; "você sabe tudo."

"Estou feliz por isso – pelo seu bem", foi a resposta de Alvan, carregada de uma seriedade impressionante. Ele ouvia a si mesmo com emoção solene. Parecia-lhe que alguma coisa inexprimivelmente momentosa estava em andamento dentro do aposento, que cada palavra e cada gesto tinham a importância de eventos pré-determinados desde o princípio de todas as coisas sintetizando, em seu caráter definitivo, todo o propósito da Criação.

"Para o seu bem", repetiu.

Os ombros da mulher estremeceram como se ela estivesse soluçando e Alvan ficou absorto na contemplação de seu cabelo. De repente, pulou, como se acordasse sobressaltado, e perguntou, com muita suavidade, quase em um sussurro:

"Você o tem encontrado com frequência?"

"Nunca!", gritou ela por entre as mãos.

Essa resposta pareceu, por um breve momento, tirar dele a capacidade de falar. Seus lábios se agitaram por alguns minutos, antes que qualquer som saísse deles.

"Você preferia fazer amor aqui mesmo – debaixo do meu próprio nariz", disse, colérico. Porém logo se acalmou, sentindo-se arrependido e incômodo, como se tivesse perdido algo na estima de sua mulher por causa daquela explosão. Ela se levantou e, com a mão no respaldo da cadeira, o confrontou com os olhos perfeitamente secos. Havia uma mancha vermelha em cada uma de suas bochechas.

"Quando me decidi ir com ele – escrevi a carta", disse ela.

"Mas você não partiu com ele", respondeu Alvan no mesmo tom. "Até onde você chegou? O que a fez voltar?"

"Eu mesma não sei", ela respondeu num murmúrio. Nada nela se movia, à parte seus lábios. Ele a mirava com dureza.

"Ele esperava isso? Estava aguardando você?", perguntou.

A resposta dela foi um aceno quase imperceptível de cabeça; ele continuou fitando-a, sem emitir um único som. Então, finalmente:

"E eu suponho que ele ainda esteja esperando?", perguntou rapidamente.

O RETORNO

Mais uma vez ela pareceu assentir com a cabeça. Por alguma razão, ele sentiu que precisava saber a hora. Consultou seu relógio sombriamente. Sete e meia.

"Ele ainda está esperando?" murmurou, colocando o relógio no bolso. Olhou para ela e, como se de súbito dominado por uma sensação sinistra de diversão, deu uma breve gargalhada, rapidamente reprimida.

"Não! E isso é totalmente inaudito!...", tartamudeou, enquanto ela estava diante dele, mordendo o lábio inferior, como se mergulhada em pensamentos profundos. Ele riu outra vez, em uma explosão tão rancorosa quanto uma imprecação. Não entendia o porquê dessa repentina e irresistível aversão pelos fatos da existência – pelos fatos em geral –, uma imensa repulsa pelo pensamento que acalentara acerca de todos os inúmeros dias que havia vivido. Estava cansado. Pensar lhe parecia um trabalho superior às suas forças. Disse:

"Você me enganou – agora, está fazendo ele de idiota... É horrível! Por quê?"

"Eu enganei a mim mesma", retrucou ela.

"Oh! Que absurdo!", respondeu Alvan, com impaciência.

"Estou disposta a partir, se assim o desejar", ela prosseguiu, rapidamente. "Pensei que isso lhe era devido – que lhe contassem – saber. Não! Eu não pude!", finalizou aos gritos, de pé, retorcendo as mãos de modo furtivo.

"Estou feliz que você tenha se arrependido antes que fosse tarde demais", disse Alvan, em tom fastidioso, olhando para as botas. "Alegro-me... ainda há uma faísca de bons sentimentos", murmurou, como se para si mesmo. Levantou a cabeça depois de um momento de silêncio melancólico: "Alegro-me em ver que ainda resta um senso de decência em você", acrescentou, elevando a voz. Olhando para ela, pareceu hesitar, como se avaliasse as possíveis consequências do que desejava dizer e, finalmente, deixou escapar:

"Afinal de contas, eu te amava..."

"Eu não sabia", ela sussurrou.

"Bom Deus!", ele gritou. "Por que imagina que eu me casei com você?"

A indelicada obtusidade dele a irritou.

"Ah – por quê?", ela disse entre os dentes.

Ele parecia tomado de horror e observou os lábios dela intensamente, como se estivesse temeroso.

"Imaginei muitas coisas", disse ela devagar, e fez uma pausa. Ele a observava, prendendo a respiração. Finalmente, ela continuou a refletir, como se estivesse pensando em voz alta: "Tentei entender. Tentei honestamente... Por quê? Para fazer o habitual, suponho... Para agradar a você."

Ele se afastou ardilosamente e, quando voltou para perto dela, tinha o rosto corado.

"Bom, ao menos no início, você parecia bastante satisfeita também", ele sibilou, com fúria contundente. "Eu sequer preciso perguntar se você me amava."

"Agora sei que eu era perfeitamente incapaz de tal coisa", foi a resposta dela, em tom extremamente calmo: "Se eu fosse capaz, talvez você não teria se casado comigo."

"É evidente que eu não teria feito isso se a conhecesse – como a conheço agora."

Parecia-lhe se ver de novo pedindo a mão dela em casamento – há séculos. Passeavam por uma encosta relvada. Grupos de pessoas espalhavam-se à luz do sol. As sombras dos galhos frondosos imobilizavam-se sobre a relva curta. Os guarda-sóis coloridos e distantes, através das árvores, assemelhavam-se a borboletas cautelosas e brilhantes, que se moviam sem alvoroço. Amavelmente sorridentes, ou muito sérios, no abrigo impecável de seus casacos pretos, viam-se muitos homens ao lado de mulheres que, envoltas em claras roupas de verão, recordavam os velhos contos fabulosos sobre jardins encantados nos quais flores animadas sorriam para cavaleiros enfeitiçados. Havia uma serenidade suntuosa em tudo aquilo, certa excitação tênue e vibrante, a segurança perfeita, como aquela oferecida pela ignorância invencível, evocando em Alvan uma crença transcendental na felicidade como o destino de todo o gênero humano, um desejo imprudentemente pitoresco, de obter de imediato, apenas para si, algo daquele esplendor não maculado por qualquer sombra de pensamento. A jovem caminhava ao lado dele pelo campo aberto; ninguém estava por perto e, de repente, ele se deteve, como que inspirado, e começou a falar. Lembrou-se de como contemplara os olhos puros dela, sua fronte cândida; também se recordou de olhar de soslaio ao redor, para verificar se estavam sendo observados, enquanto pensava que nada poderia dar errado em um mundo como aquele, repleto de encanto, pureza e distinção. Exultava de orgulho. Ele era um dos seus criadores, de seus proprietários, de seus guardiões, daqueles que o enalteciam. Desejava agarrar tudo aquilo ferreamente, obter disso o máximo de gratificação possível; e em vista da sua incomparável qualidade, daquela atmosfera impoluta, da sua proximidade do paraíso de sua própria criação, aquela rajada de desejo brutal parecia a mais nobre das aspirações. Em um segundo reviveu todos esses momentos, mas logo todo o *páthos* de seu fracasso surgiu com tal clareza que houve uma suspeita de lágrimas no seu tom de voz quando disse, quase sem pensar: "Meu Deus! Eu amava você!"

Ela pareceu comovida pela emoção daquela voz. Seus lábios tremeram ligeiramente, e ela deu um passo vacilante na direção dele, estendendo as mãos em um gesto suplicante, quando se deu conta, no momento certo de que, absorto na tragédia de sua própria vida, Alvan havia se esquecido completamente da existência dela. Ela se deteve e baixou devagar os braços. Ele, os traços fisionômicos distorcidos pela amargura do seu pensamento, não viu o movimento nem o gesto da mulher. Bateu, então, os pés no chão, dominado pela raiva, passou a mão pela cabeça – e explodiu:

"Que diabos devo fazer agora?"

Acalmou-se um pouco. Ela pareceu compreender e caminhou até a porta com firmeza.

"É muito simples – vou-me embora", disse em voz alta.

Ele teve um sobressalto de surpresa ao ouvir a voz dela. Lançou um olhar que expressava descontrole e interpelou, em tom cortante:

"Você... Para onde? Para ele?"

"Não – sozinha – adeus."

A maçaneta da porta retiniu sob a mão da mulher, apertada como se ela tentasse escapar de algum local escuro.

"Não – fique!", ele gritou.

Ela ouviu a voz dele indistintamente. Alvan viu o ombro dela tocar o batente da porta. Ela oscilava, como se estivesse atordoada. Durante menos de um segundo de puro suspense, os dois pareciam estar à beira da aniquilação moral, prontos para cair em um fim de mundo devorador. Então, quase simultaneamente, ele gritou: "Volte!" E ela soltou a maçaneta da porta. Virou-se, dominada por um desespero tranquilo, como alguém que com deliberação jogou fora a última chance de sua vida; e, por um momento, o aposento ao qual retornou parecia terrível, e escuro e seguro – como um túmulo.

Alvan disse, a voz rouca e abrupta: "Isso não pode terminar assim... Sente-se"; e enquanto ela atravessava o aposento para se sentar novamente sobre a cadeira de espaldar baixo diante da penteadeira, ele abriu a porta e colocou a cabeça para fora, a fim de ver e ouvir. A casa estava quieta. Voltou tranquilizado e perguntou:

"Você diz a verdade?"

Ela assentiu.

"Não obstante, tem vivido uma mentira", disse, desconfiado.

"Ah! Você tornava tudo tão fácil", foi a resposta dela.

"Está me criticando – a mim!"

"Como eu poderia fazê-lo?", ela respondeu. "Não tenho ninguém além de você –, agora."

"O que você quer dizer com...", ele começou, porém em seguida se conteve e, sem esperar por uma resposta, prosseguiu: "Não farei mais perguntas. Essa carta é o pior de tudo?"

Ela fez um movimento nervoso com as mãos.

"Devo ter uma resposta sincera", disse ele, com veemência.

"Então, não! O pior foi o meu retorno."

Seguiu-se um período de silêncio mortal, durante o qual trocaram olhares perscrutadores.

E, logo, Alvan afirmou autoritariamente:

"Você não sabe o que está dizendo. Está perturbada. Você está fora de si ou não diria esse tipo de coisa. Ao que me parece, você perdeu o autocontrole. Mesmo no seu remorso..." Alvan fez uma pausa por um instante, antes de prosseguir com ar doutoral: "Autocontrole é tudo na vida, você sabe. É felicidade, é dignidade... é tudo."

A mulher retorcia nervosamente o lenço enquanto ele continuava a observá-la com ansiedade, para ver o efeito de suas palavras. Nada de satisfatório aconteceu. Mas, quando ele recomeçou a falar, ela cobriu o rosto com as mãos.

"Veja para onde a falta de autocontrole pode nos levar. Dor – humilhação – perda de respeito – de amigos, de tudo o que enobrece a vida, que... Todos os tipos de horrores", concluiu abruptamente.

Ela não se mexeu. Alvan, por sua vez, a contemplou pensativo durante algum tempo, como se estivesse concentrando seus pensamentos melancólicos evocados pela visão daquela mulher humilhada. Seus olhos tornaram-se fixos, baços. Ele se sentia invadido pela solenidade do momento; sentia profundamente a grandeza daquela ocasião. E mais do que nunca, as paredes de sua casa pareciam encerrar a sacralidade dos ideais aos quais ele estava prestes a oferecer um sacrifício magnífico. Ele era o sumo sacerdote daquele templo, o severo guardião de fórmulas, de ritos, do puro cerimonial que encobre as dúvidas mais sombrias da vida. E não estava sozinho. Outros homens também – os melhores entre todos – vigiavam e cuidavam dos lares, que eram os altares daquele credo frutífero. Compreendia, de forma confusa, que fazia parte de um poder imenso e benéfico, que oferecia recompensas imediatas para cada atitude marcada pelo recato. Habitava a sabedoria invencível do silêncio; era protegido por uma fé indestrutível, que duraria para sempre, que resistiria, inabalável, a qualquer assalto – às imprecações veementes dos apóstatas e à fadiga secreta de seus confessores! Encontrava-se em pacto com um universo de vantagens incalculáveis. Representava a força moral de uma bela discrição, capaz de vencer todas as cruezas deploráveis da vida – o medo, a desgraça, o pecado –, talvez mesmo a morte. Parecia-lhe que estava a ponto de remover triunfalmente todos os mistérios ilusórios da existência. Isso era a própria simplicidade.

"Espero que agora você compreenda a loucura – a absoluta loucura da perversidade", começou Alvan, de maneira embotada e solene. "Você deve respeitar as condições de sua vida ou perder tudo o que ela pode oferecer. Tudo! Tudo!"

Ele agitou o braço uma vez, e três réplicas perfeitas de seu rosto, de suas roupas, de sua pesada severidade, de sua tristeza solene, repetiram o gesto amplo que, em seu alcance, indicava uma infinitude de doçura moral, abarcava as paredes, as colgaduras, a casa inteira, as muitas casas da vizinhança, todas as covas frágeis e inescrutáveis dos vivos, com suas portas numeradas como as celas das prisões e tão impenetráveis quanto o granito das lápides.

"Sim! Comedimento, dever, fidelidade – uma inabalável fidelidade ao que se espera de você. Isso – apenas isso – assegura a recompensa, a paz. Quanto às demais coisas, devemos trabalhar para subjugar – para destruir. É uma desdita; é uma doença. É terrível – terrível. Precisamos ignorá-las totalmente, não nos é necessário saber de sua existência. Esse é o nosso dever para conosco – para com os outros. Não vivemos isolados no mundo – e se não temos respeito pela dignidade da vida, os demais o têm. A vida é uma coisa séria. Se não nos adaptamos aos mais elevados padrões morais, não somos ninguém – é uma espécie de morte. Isso nunca lhe ocorreu? É só olhar ao seu redor para ver a verdade do que estou dizendo. Você viveu todos esses anos sem perceber nada, sem entender nada? Desde criança, teve belos exemplos diante dos olhos – podia ver, diariamente, a beleza, as bênçãos da moralidade, dos princípios…"

Sua voz se elevava e baixava pomposamente, em um estranho cântico. Seus olhos estavam imóveis, o olhar exaltado e soturno; o rosto permanecia fixo, rígido, exultando com essa inspiração sombria que o possuía em segredo, fervilhava no seu íntimo, levando-o a um furtivo frenesi de fé. De vez em quando, estendia o braço direito sobre a cabeça dela, por assim dizer, falando do alto com aquela pecadora, com certo senso de virtude vingadora, com profunda e pura alegria, como se pudesse, do seu pináculo íngreme, ver como o peso de cada palavra sua a atingia e a feria como uma pedra punitiva.

O RETORNO

"Princípios rígidos – adesão ao que é certo", finalizou, após uma pausa.

"O que é certo?", perguntou ela, sem descobrir o rosto.

"A sua mente é doentia!", gritou Alvan, ereto e austero. "Tal pergunta é um disparate – um disparate total. Olhe ao seu redor – ali encontrará a resposta, se quiser ver. Nada que ofenda as crenças que nos foram legadas pode estar certo. E é sua própria consciência que diz isso. Essas crenças nos foram legadas por serem as melhores, as mais nobres, as únicas possíveis. Elas sobrevivem..."

Alvan não pôde deixar de notar, com imenso prazer, a amplitude filosófica de sua visão, mas não podia se deter para apreciá-la, pois sua inspiração, o chamado da augusta verdade, o impulsionava sem cessar adiante.

"Devemos respeitar os fundamentos morais de uma sociedade que fez de nós o que somos. Sejamos fiéis a tais princípios. Isso é dever – isso é honra – isso é honestidade."

Ele sentiu um enorme ardor em seu íntimo, como se tivesse engolido algo escaldante. Deu um passo na direção dela. Ela se sentou, o olhar carregado da ardência da expectativa, algo que estimulou nele o senso da suprema importância daquele momento. E, como se esquecesse até de si mesmo, elevando muito a voz, acrescentou:

"'O que é certo?', você me pergunta. Apenas pense um pouco. O que seria de você se tivesse partido com aquele vagabundo miserável?... O que seria de você? Você! Minha esposa!..."

Ele se viu projetado no grande tremó, em toda a sua altura e com o rosto tão branco que seus olhos, à distância, se assemelhavam às cavidades negras de um crânio. Estava prestes a lançar imprecações, os braços erguidos sobre a cabeça inclinada da mulher. Sentiu-se envergonhado daquela atitude imprópria e colocou as mãos nos bolsos apressadamente. Por fim, ela murmurou debilmente, como se falasse para si mesma:

"Ah! O que sou agora?"

"Na realidade, você ainda é a sra. Alvan Hervey – um golpe de sorte considerável, no seu caso", disse em tom descontraído. Caminhou até a extremidade mais distante do aposento e, ao voltar, a viu sentada bem ereta, as mãos entrelaçadas sobre o colo, o olhar perdido e inabalável, que lembrava a fixidez na mirada dos cegos, cravado na chama de gás bruto, em pleno ardor, entre as mandíbulas do dragão de bronze.

Aproximou-se dela e, escarranchando um pouco as pernas, permaneceu observando o rosto dela por algum tempo, sem tirar as mãos dos bolsos. Ele parecia estar ponderando, em sua mente, uma série de palavras. Ao que parece, compunha seu próximo discurso a partir de uma formidável abundância de pensamentos.

"Você testou os limites de minha paciência", disse, finalmente; e, tão logo proferiu essas palavras, perdeu seu equilíbrio moral e sentiu-se arrancado do seu pináculo por uma torrente de ressentimento apaixonado dirigido àquela criatura incompetente que chegara tão perto de arruinar sua vida. "Sim; fui testado mais do que qualquer homem deveria ser", prosseguiu, com amargura moralmente justificada. "Tudo foi muito injusto. Que diabo te passou pela cabeça para fazer isso? Que diabo te passou pela cabeça?... Escrever essa... Depois de cinco anos de absoluta felicidade! Palavra de honra, ninguém acreditaria... Porventura você não sentiu que não seria capaz de fazê-lo? Porque você não podia... era impossível – sabe disso. Não é verdade? Pense. Não é verdade?"

"Impossível, realmente", ela sussurrou, obediente.

Tal assentimento submisso, dado com tamanha prontidão, não foi suficiente para acalmá-lo ou enlevá-lo; na verdade, causou-lhe, inexplicavelmente, aquela sensação de terror que experimentamos quando, em meio a condições que aprendemos a considerar de absoluta segurança, descobrimos de imediato a presença de um perigo próximo e insuspeitado. Mas, claro, era impossível! Ele sabia disso. Ela sabia disso. Ela o confessara. Era impossível! Aquele homem também o sabia – tão bem como qualquer outro; não poderia deixar de saber. E, mesmo assim, aqueles dois haviam se envolvido em uma conspiração contra a sua paz – em um empreendimento criminoso para o qual não existia neles sequer a sanção da fé. Não poderia existir! Não era possível! Não obstante, quão próximo estivera... Com um breve estremecimento,

O RETORNO

Alvan se viu convertido em uma figura abandonada e exilada num reino de ingovernável e desenfreada loucura. Nada poderia ter sido previsto, pressagiado – de nada era possível se defender. E a sensação era intolerável, tinha algo do horror fulminante que pode ser concebido como consequência da completa extinção de toda esperança. No universo dos seus pensamentos, o episódio desonroso parecia se desvincular de tudo o que era real, das condições terrenas e até do sofrimento terreno; tornara-se uma espécie de conhecimento puramente aterrorizante, a certeza aniquiladora de uma força cega e infernal. Algo desesperado e vago, o lampejo de um desejo insano de se rebaixar diante dos misteriosos impulsos do mal, de pedir misericórdia de algum modo, passou por sua mente; e então surgiu a ideia, a convicção, a certeza de que o mal deve ser esquecido – decididamente ignorado para tornar a existência possível; de que o conhecimento deve ser mantido fora da esfera mental, fora da vista, da mesma forma que a certeza de nossa morte certa se oculta da existência diária dos homens. Enrijeceu-se pelo esforço, e no momento seguinte pareceu-lhe muito fácil, e bastante factível, apegar-se estritamente aos fatos, entregar o espírito às suas perplexidades em geral, ignorando o seu significado. Estando cônscio do seu longo silêncio, limpou a garganta como forma de aviso e retomou sua fala, com voz firme:

"Estou feliz por você sentir isso... singularmente feliz... sentiu isso a tempo. Pois, você não percebe..." Inesperadamente, Alvan hesitou.

"Sim... Percebo", murmurou ela.

"Mas é claro que você perceberia", respondeu-lhe, olhando para o tapete e falando como alguém que pensa em outra coisa. Levantou a cabeça e prosseguiu: "Não consigo acreditar – mesmo depois disso – mesmo depois disso – que você seja totalmente – totalmente... diferente do que eu pensava. Parece impossível – para mim."

"E para mim", suspirou ela.

"Agora – sim", disse ele, "mas esta manhã? E amanhã? É isso que..."

Alvan inquietou-se com a intenção geral de suas palavras e interrompeu seu discurso de forma abrupta. Cada linha de pensamento parecia levar ao reino desesperançado da loucura incontrolável, despertar a certeza e o terror de forças que devem ser ignoradas. Prosseguiu, apressadamente:

"Minha situação é muito dolorosa – e difícil... Sinto..."

Olhou para ela fixamente, como se experimentasse dores intensas, como se terrivelmente oprimido por uma súbita incapacidade de expressar suas ideias reprimidas.

"Estou disposta a partir", respondeu ela, em tom de voz muito baixo. "Perdi tudo... Por aprender... aprender..."

Ela deixou cair o queixo sobre o peito; sua voz morreu em um suspiro. Alvan fez um leve gesto de assentimento impaciente.

"Sim! Sim! Tudo bem... é claro. Tudo está perdido, ah! Moralmente perdido – apenas moralmente... se eu acreditar em você..."

O salto que ela deu o assustou.

"Ah! Eu acredito, eu acredito", replicou ele apressadamente, e ela voltou a se sentar, tão de repente quanto se levantara. Ele prosseguiu, com ar melancólico:

"Sofri – e ainda sofro agora. Acho difícil que compreenda o quanto. Tanto que, quando você me propõe uma separação, chego a pensar... Mas não. Há o dever. Você se esqueceu disso; eu não. Pelos Céus, eu jamais esqueci. No entanto, em uma horrenda revelação como essa, o juízo da humanidade se extravia – ao menos por algum tempo. Veja, você e eu – ao menos eu sinto que – você e eu somos um para o mundo. É como deveria ser. O mundo está certo – na maior parte do tempo – caso contrário não poderia ser – não poderia ser – o que é. E nós somos parte dele. Temos um dever para com – para com nossos semelhantes, que não querem..."

Alvan gaguejou. Ela olhou para ele com os olhos arregalados, os lábios ligeiramente separados. Ele continuou a balbuciar:

"Dor... Indignação... Não é difícil compreender mal. Já sofri o suficiente. Mas se não houve nada irreparável – como você me garante... então..."

"Alvan!", exclamou ela.

"O quê?", disse ele, taciturno. Olhou para ela por um momento com uma expressão sombria, como se contemplasse ruínas, a devastação após um desastre natural.

"Então", ele continuou após uma breve pausa, "a melhor coisa é... o melhor para nós... para todos... Sim... o menos doloroso – o mais altruísta..." Sua voz vacilou e ela conseguiu captar apenas palavras soltas: "Dever... Fardo... Nós mesmos... Silêncio."

Seguiu-se um momento de perfeita quietude.

"Faço um apelo à sua consciência", disse ele, retomando de repente o discurso, em tom explicativo, "para não acrescentar nada a essa desgraça: manter sua fidelidade – tentar, ao menos – e me ajudar a viver de alguma forma. Sem reservas – é claro. Fielmente! Você não pode negar a cruel injustiça que sofri – e, afinal –, meu afeto bem o merece..." Ele fez uma pausa, sua ansiedade evidente, esperando a resposta dela.

"Não tenho quaisquer reservas", replicou ela, pesarosa. "Como poderia? Eu percebi que estava na rua e voltei para...", os olhos da mulher brilharam, com um lampejo breve de desdém, "para isso – para o que você me propõe. Perceba, eu... agora pode confiar em mim..."

Ele ouvia cada palavra com profunda atenção e, quando ela terminou de falar, parecia aguardar algo mais.

"É tudo o que você tem a dizer?", perguntou.

Ela ficou sobressaltada por aquele tom de voz e respondeu debilmente:

"Eu falei a verdade. O que mais posso dizer?"

"Com os diabos! Você podia dizer algo humano", explodiu. "Saiba que está longe de demonstrar sinceridade; seu descaramento é evidente – fique sabendo. Nem uma palavra para mostrar que aprecia sua posição, e a minha. Nem uma única palavra de reconhecimento, ou de arrependimento – ou remorso... ou... algo assim."

"Palavras!", ela sussurrou em um tom que o irritava. Alvan bateu o pé no chão, com autoridade, e recomeçou:

"Isso é horrível!", exclamou. "Palavras? Sim palavras. Palavras significam algo – sim – sem dúvida – a despeito de toda essa afetação infernal. Elas significam algo para mim – para todos – para você. Com os diabos, de que outra maneira, afinal, você expressou esses sentimentos – sentimentos, bah!, que a levaram a se esquecer de mim, do dever, da vergonha?"... Ele espumava pela boca, enquanto ela, chocada, assistia tal rompante de fúria. "Vocês conversavam apenas com os olhos?", balbuciou selvagemente. A mulher se levantou.

"Eu não posso suportar isso", disse ela, tremendo da cabeça aos pés. "Vou-me embora."

Ficaram frente a frente por um momento.

"Não vá", disse Alvan, com aspereza calculada, antes de começar a andar de um lado a outro pelo aposento. Ela permanecia silenciosa, como se tentasse ouvir as batidas de seu coração, depois se deixou cair sobre a cadeira lentamente e suspirou, como se desistisse de uma tarefa que estivesse além de suas forças.

"Você interpreta erroneamente tudo o que digo", recomeçou Alvan, com calma. "Por isso, prefiro pensar que – neste instante – você não é responsável por suas ações." Deteve-se diante dela uma vez mais e prosseguiu: "Sua mente está perturbada", disse ele, com fervor. "Partir agora seria adicionar um crime – sim, eu disse crime – à sua loucura. Não haverá escândalos na minha vida, não importa o quanto isso me custe. E por quê? Com certeza, você me compreenderá mal – porém direi assim mesmo. Por uma questão de dever. Sim. Mas você certamente me compreenderá mal – com imprudência. As mulheres sempre fazem isso – elas são muito – tacanhas."

Esperou um instante, mas ela não emitiu nenhum som, nem sequer olhou para ele; Alvan se sentia inquieto, dolorosamente inquieto, como alguém que suspeita que se desconfia dele sem razão. Para combater essa sensação exasperante, recomeçou a falar, agora com grande rapidez. O som de suas palavras excitava seus pensamentos e, naquele jogo de pensamentos velozes como dardos, vislumbrou de vez em quando a rocha inexpugnável de suas convicções elevando-se em sua grandeza solitária, acima do desperdício inútil dos erros e das paixões.

"Pois é algo autoevidente", prosseguiu, com uma vivacidade ansiosa, "é autoevidente que, não obstante nossa posição de superioridade, não temos o direito de – não, não temos o direito de

impor nossos infortúnios àqueles que – que, naturalmente, espe-
ram coisas melhores de nós. Cada um deseja que sua própria vida
e a vida dos que o rodeiam sejam belas e puras. Agora, convenha-
mos, um escândalo entre pessoas da nossa posição seria desastroso
em termos de moralidade – uma influência fatal – não percebe...
se considerarmos o estilo geral da classe a que pertencemos – é
muito importante – o mais importante, creio sinceramente, na –
na comunidade. Sinto isso – de modo profundo. Essa é a visão
ampla. Com o passar do tempo, você me dará... quando se tornar novamente aquela mulher a quem amei – e na qual confiei..."

Ele parou de súbito, como se inesperadamente sufocado e então,
num tom de voz de todo diferente, prosseguiu: "Porque eu amei
você, confiei em você" – e novamente ficou em silêncio por um
momento. Ela levou o lenço aos olhos.

"Um dia, você me dará o crédito por – por – meus motivos. Eles
são guiados, em geral, pela minha lealdade – às condições supe-
riores da nossa vida – e nisso você – você!, de todas as mulheres
do mundo – falhou. Não se fala com frequência dessa maneira – é
claro – mas nesse caso você deve admitir... e levar em conta –
os inocentes sofrem com os culpados. O mundo é impiedoso em
seus julgamentos. Infelizmente, sempre haverá aqueles que estão
ansiosos para interpretar as coisas de forma errônea. Perante a sua
pessoa e a minha consciência, sou inocente, mas qualquer – qualquer revelação prejudicaria minha posição no círculo – no círculo
melhor no qual espero, em breve... Acredito que você compartilhava totalmente de meus pontos de vista a esse respeito – não
quero dizer mais nada... sobre – sobre esse assunto – mas, acre-
dite em mim, o verdadeiro altruísmo consiste em carregar seus
fardos em – em silêncio. O ideal deve – deve ser preservado –
para os demais, pelo menos. Isso é claro como a luz do dia. Se eu
tenho uma – uma ferida repugnante, exibi-la gratuitamente seria
algo abominável – abominável! Muitas vezes na vida – na mais
alta concepção da vida –, a franqueza em certas circunstâncias é
nada mais nada menos que criminosa. A tentação, como você já
sabe, não é desculpa para ninguém. Isso realmente não existe se

buscamos com firmeza o bem-estar de alguém – que se baseia no dever. Mas há os fracos…" Seu tom ficou feroz por um instante… "E há os tolos e os invejosos – em especial de pessoas na nossa posição. Sou totalmente inocente dessa terrível – terrível… desavença; felizmente, nada de irreparável ocorreu…" Algo lúgubre, como uma sombra profunda, passou pelo rosto dele… "Nada de irreparável – veja, mesmo agora estou disposto a confiar em você implicitamente – então, o nosso dever está claro."

Alvan baixou os olhos. Uma mudança ocorreu em sua expressão que, do ímpeto visível de sua loquacidade passou para a contemplação monótona de todas as verdades apaziguadoras que, não sem um certo espanto, conseguira descobrir, há pouco, dentro de si. Durante essa profunda e reconfortante comunhão com suas crenças mais íntimas, permaneceu com o olhar fixo no tapete, o rosto ostensivamente solene, uma vacuidade embotada naquele olhar que parecia contemplar o vazio de um buraco. Então, completamente estático, prosseguiu:

"Sim. Perfeitamente claro. Fui testado até o limite de minhas forças e não posso fingir que, por um tempo, os velhos sentimentos – os velhos sentimentos não tenham…" Suspirou: "Mas eu te perdoo…"

Ela fez um ligeiro movimento sem descobrir os olhos. Persistindo em seu profundo escrutínio do tapete, ele nada percebeu. E logo, havia apenas silêncio, silêncio interior e silêncio exterior, como se as palavras dele tivessem silenciado a pulsação e o tremor de toda a vida ao redor, e a casa estivesse isolada – a única habitação em uma terra deserta.

Alvan levantou a cabeça e repetiu solenemente:

"Eu te perdoo… a partir de um senso de dever – e na esperança de…"

Ele ouviu uma gargalhada que não só interrompeu suas palavras, como também destruiu a paz de sua autoabsorção com a dor vil de uma realidade que se intromete na beleza de um sonho. Não conseguia entender de onde vinha o som. Podia distinguir, em dimensões reduzidas, o rosto dolorido e manchado de lágrimas da mulher, a cabeça jogada no encosto da cadeira. Pensou que o ruído lancinante fosse apenas uma ilusão. Mas outra risada aguda, seguida por um soluço profundo e depois por outro grito de hilaridade, pareceram arrancá-lo de onde ele se encontrava. Correu para a porta. Estava fechada. Girou a chave, pensando que aquilo não era nada bom. "Pare com isso!", gritou, e percebeu alarmado que mal podia ouvir sua própria voz em meio aos gritos dela. Retrocedeu, com a ideia de abafar aquele barulho insuportável com as mãos, porém ficou parado, aturdido, incapaz de tocar naquela mulher como se ela estivesse em chamas. "Basta!", gritou, como os homens costumam gritar no tumulto de um motim, o rosto avermelhado e os olhos esgazeados; depois, como se arrebatado por outra explosão de gargalhada, desapareceu num piscar de olhos dos três espelhos, desvanecendo-se de repente diante dela. Por algum tempo a mulher ofegou e riu-se de ninguém, na quietude luminosa do aposento vazio.

Então Alvan reapareceu, caminhando na direção dela, um copo de água na mão. Gaguejava: "Que histeria – Cale-se – Eles vão ouvir – Beba isso". Ela continuou a gargalhar desbragadamente. "Pare com isso!", ele gritou. "Ah!"

Jogou a água no rosto dela, colocando em ação toda a brutalidade secreta de seu despeito, mas ainda achando que seria perfeitamente desculpável – para qualquer um, aliás – jogar o copo logo depois da água. Tentava se conter, porém ao mesmo tempo estava tão convencido de que nada poderia interromper o horror daqueles gritos enlouquecidos que, quando teve a primeira sensação de alívio, sequer lhe ocorreu duvidar da impressão de ter ficado surdo de repente. Quando, no momento seguinte, teve certeza de que ela estava sentada, muito quieta, era como se tudo – homens, coisas, sensações – tivesse por fim se imobilizado. Estava inclusive disposto a sentir-se grato. Não conseguia apartar seus olhos dela, temendo, embora sem vontade de admitir, a possibilidade de que a mulher explodisse de novo; pois a experiência, por mais que ele tentasse pensar nela com desprezo, deixara a perplexidade de um terror misterioso. Água e lágrimas escorriam do rosto dela; havia uma mecha de cabelo na sua testa, outra apegada à bochecha; o chapéu estava inclinado para o lado, indecorosamente inclinado; o véu encharcado lembrava um trapo sórdido, agrinaldando sua fronte. Havia uma total falta de discrição em seu aspecto, um abandono de toda salvaguarda, aquela feiura da verdade que só pode ser mantida distante da vida cotidiana pelo incansável cuidado das aparências. Alvan não sabia bem por que, ao olhar para ela, pensou repentinamente no amanhã, e por que essa ideia despertava uma profunda sensação de cansaço inexprimível e desalentado – o medo de encarar a sucessão dos dias. Amanhã! Tão distante quanto ontem. Eras transcorrem entre as auroras – às vezes. Esquadrinhava as feições dela, como se contemplasse um país esquecido. Elas não estavam distorcidas – parecia-lhe reconhecer certos traços característicos, por assim dizer; contudo, o que via agora era apenas uma semelhança, não a mulher de ontem – ou talvez fosse mais do que a mulher de ontem? Quem poderia afirmá-lo? Não seria algo novo? Uma nova expressão – ou talvez o novo matiz de uma mesma expressão? Ou algo mais profundo – uma velha verdade desvelada, uma verdade fundamental e oculta – talvez um tipo de certeza, desnecessária e amaldiçoada? Percebeu que tremia intensamente, que tinha um copo vazio na mão, que o tempo estava passando. Ainda olhando para ela com persistente desconfiança, se aproximou da mesa para deixar ali o copo quando se surpreendeu ao sentir que aparentemente o objeto atravessava a madeira. Tinha colocado o copo na beirada da mesa. A surpresa, o ligeiro tilintar do acidente, o incomodou de forma inexprimível. Virou-se para ela, irritado.

"Qual é o significado disso?", perguntou, sombrio.

Ela passou a mão no rosto e tentou se levantar.

"Não volte a tomar outras atitudes absurdas", disse ele. "Por Deus, jamais teria imaginado que você pudesse esquecer de si mesma a tal ponto." Ele não tentava esconder sua repugnância física, porque acreditava que tal sentimento estava diretamente relacionado com a reprovação moral diante de toda indiscrição, de tudo que se relacionasse com esse tipo de cena. "Garanto-lhe – foi

O RETORNO

revoltante", prosseguiu. Olhou de novo para ela. "Positivamente degradante", acrescentou com insistência.

Ela se levantou, rápida, como se impulsionada por uma mola, e cambaleou. Alvan começou a avançar, como que por instinto. Ela se agarrou ao encosto da cadeira para manter o equilíbrio. Esses movimentos o detiveram, e logo ambos se encaravam, os olhos arregalados, dominados pela incerteza, voltando lentamente para a realidade das coisas com alívio e assombro, como se tivessem acabado de acordar depois de uma longa e agitada noite de sonhos febris.

"Por favor, não recomece", disse ele, apressadamente, ao vê-la abrir os lábios. "Mereço um pouco de consideração − e tal comportamento inexplicável me é doloroso. Espero mais de você... Tenho esse direito..."

Ela pressionou as têmporas com as mãos.

"Ah, isso é uma bobagem!", exclamou Alvan, bruscamente. "Você é perfeitamente capaz de descer para jantar. Ninguém deve suspeitar; nem mesmo os criados. Ninguém! Ninguém! ... Tenho certeza de que você pode."

Ela baixou os braços; seu rosto se contraiu. Olhou diretamente nos olhos dele e parecia incapaz de pronunciar uma palavra sequer. Alvan a mirou com desagrado.

"Esse − é − o meu − desejo", disse, tiranicamente para a mulher. "Para o seu próprio bem, aliás..." Pretendia levar adiante seu pensamento da forma mais impiedosa possível. Por que ela não dizia nada? Ele temia aquela resistência passiva. Ela devia... Tinha que fazê-la descer. A carranca dele tornou-se mais e mais pronunciada e ele começava a pensar em alguma forma eficaz de violência quando, de maneira inesperada, ela disse em voz firme: "Sim, eu posso", e agarrou o encosto da cadeira novamente. O alívio dele era visível e, em seguida, Alvan deixou de se interessar pela atitude de sua mulher. O mais importante era que a vida deles recomeçaria com um ato cotidiano − com algo que não dava margem a mal-entendidos, que, graças a Deus, carecia de sentido moral e de perplexidade − e que, não obstante, simbolizava sua comunhão ininterrupta do passado – e no futuro. Naquela manhã, àquela mesa, eles haviam tomado o café da manhã juntos; e agora, jantariam. Tudo havia terminado! O que acontecera entre eles poderia ser esquecido – deveria ser esquecido, como coisas que só podem ocorrer uma vez – como a morte, por exemplo.

"Estarei à sua espera", disse ele, dirigindo-se à porta. Teve alguma dificuldade em abri-la, pois não se lembrava de tê-la trancado à chave. Odiou esse pequeno atraso, e sua impaciência em sair dali fez com que ele se sentisse bastante mal enquanto lutava com a fechadura, consciente da presença dela às suas costas. Por fim, conseguiu abrir a porta; então, olhou de soslaio para ela e disse:"É bastante tarde – sabe" –, vendo-a imóvel, onde a deixara, o rosto branco como alabastro e perfeitamente inerte, como uma mulher em transe.

Alvan temia que ela o deixasse esperando, porém, mal teve tempo para respirar, nem mesmo entendia direito como, se viu sentado à mesa com ela. Estava decidido a comer, a conversar, a ser o mais natural possível. Parecia-lhe necessário que aquele embuste tivesse início nas atividades do lar. A criadagem não deveria saber – sequer suspeitar. Esse intenso desejo de segredo; de um segredo obscuro, destruidor, profundo, absoluto como um túmulo – o possuía com a força de uma alucinação – parecia se estender a objetos inanimados que tinham sido os companheiros diários de sua vida; imprimia esse matiz de hostilidade em cada pequeno objeto encerrado entre as paredes fiéis, que se ergueriam eternamente entre a impudência dos fatos e a indignação da humanidade. Mesmo quando – como ocorreu uma ou duas vezes – as duas criadas deixaram a sala ao mesmo tempo, Alvan permaneceu cuidadosamente natural, extremamente faminto, esforçando-se para exibir tranquilidade, como se quisesse ludibriar o aparador de carvalho negro, as cortinas pesadas, as cadeiras de encosto duro, agarrando-se à crença de uma felicidade sem mácula. Desconfiava do autocontrole de sua mulher, nem queria olhar para ela, relutava em falar, pois lhe parecia inconcebível que ela não se traísse pelo menor movimento, pela primeira palavra pronunciada. Então

O RETORNO

percebeu que o silêncio na sala se tornava perigoso, tão excessivo a ponto de produzir o efeito de um tumulto intolerável. Desejava pôr fim àquela quietude, da mesma forma que alguém está ansioso por interromper uma confissão indiscreta; contudo, com a lembrança daquela risada no andar de cima, não se atrevia a dar à mulher qualquer oportunidade de abrir os lábios. Logo, ouviu a voz dela, fazendo em tom calmo alguma observação sem importância. Alvan desviou os olhos do centro do seu prato e sentiu intenso entusiasmo, como se estivesse prestes a contemplar algo extraordinário. E nada poderia ser mais extraordinário que a compostura dela. Ele observava os olhos cândidos, a fronte pura, aquilo que tinha visto todas as noites durante anos naquele mesmo lugar; escutava a voz que, por cinco anos, ouvira todos os dias. Talvez ela estivesse um pouco pálida – mas esse palor saudável sempre fora, para ele, um dos seus principais atrativos. Talvez os traços do seu rosto estivessem excessivamente rígidos – mas era uma impassibilidade marmórea, aquela magnífica impassibilidade, como de uma estátua belíssima cinzelada por algum insigne escultor sob a maldição dos deuses; aquela imponente e irrefletida imobilidade de seus traços até então espelhara para ele a tranquila dignidade de uma alma da qual pensava – como algo lógico – ser o inexpugnável possuidor. Esses eram os sinais exteriores que marcavam a diferença daquela mulher em relação ao rebanho ignóbil que sente, sofre, falha, erra – mas que carece de todo e qualquer valor preciso no mundo, exceto como um contraste moral à prosperidade dos eleitos. Sempre se orgulhara da aparência dela. Tinha a franqueza primorosamente adequada da perfeição – e agora ficara horrorizado ao perceber que nada havia mudado. Ela assim parecia, assim falava, exatamente assim, um ano atrás, um mês atrás – ontem mesmo, quando ela... O que acontecia no seu interior pouco importava. O que ela pensava? O que significavam a palidez, o rosto plácido, a fronte cândida, os olhos puros? Quais haviam sido os pensamentos daquela mulher durante todos esses anos? O que se passou pela cabeça dela ontem – ou hoje? O que ela pensaria amanhã? Precisava descobrir... No entanto, como poderia saber? Pois ela tinha sido falsa em relação a ele, àquele homem, a si mesma; estava pronta a ser falsa novamente – por ele. Sempre falsa. Sua aparência era mentira, ela respirava mentiras, vivia mentiras – diria mentiras – sempre – até os últimos dias de sua vida! E ele jamais conseguiria saber o que ela pensava. Nunca! Nunca! Ninguém poderia. Impossível saber.

Deixou cair a faca e o garfo, bruscamente, como se, devido a uma súbita iluminação, tivesse percebido algum veneno em seu prato, ficando claro em sua mente que jamais poderia engolir outro bocado de comida enquanto vivesse. O jantar prosseguia naquele aposento que, por algum motivo, estava ficando mais quente que uma fornalha. Ele tinha que beber. Bebeu um copo, depois outro, até se dar conta da quantidade de líquido consumido – algo que o assustou. Percebeu, então, que bebia apenas água – em duas taças de vinho diferentes; e a descoberta da inconsciência de suas ações o afetou dolorosamente. Estava perturbado por se encontrar em um estado de ânimo tão mórbido. Excesso de sensibilidade – excesso de sensibilidade; e uma parte considerável de seu credo era de que qualquer excesso de sensibilidade fosse algo pouco saudável – moralmente desvantajoso; uma mácula em sua masculinidade prática. A culpa era dela. Totalmente dela. Sua autonegligência pecadora era contagiosa. Inspirava nele pensamentos que nunca tivera antes; pensamentos que desintegravam, atormentavam, minavam até o âmago da vida – como uma enfermidade mortal; pensamentos que geram o medo do ar, da luz do sol, dos homens – como a notícia sussurrada de uma peste.

As criadas serviam em silêncio; e, a fim de evitar olhar para a esposa ou contemplar a si mesmo, Alvan as seguia com os olhos, primeiro a uma e depois a outra, sem ser capaz de distinguir entre ambas. Elas se moviam sem emitir um único ruído e sem que fosse possível perceber como o faziam, pois suas saias tocavam o tapete ao seu redor. Deslizavam de um lado a outro, retrocediam, aproximavam-se, rígidas, em preto e branco, com gestos precisos, sem vida nos olhos, como um par de marionetes enlutadas; e seu ar de indiferença impassível lhe parecia antinatural, suspeito, irremediavelmente hostil. O fato de que os sentimentos ou o julgamento de tais pessoas pudesse afetá-lo de alguma forma nunca se lhe ocorrera. Alvan entendia que elas não tinham perspectivas, princípios – nenhum refinamento, nenhum poder. Mas agora, tinha sido tão depreciado que nem mesmo conseguia tentar disfarçar de si mesmo o anseio de conhecer os pensamentos íntimos de suas criadas. Várias vezes olhou de soslaio para o rosto daquelas jovens. Impossível saber. Elas trocavam os pratos e ignoravam totalmente a existência dele. Que duplicidade impenetrável. Mulheres – nada além de mulheres ao seu redor. Impossível saber. Experimentou aquela sensação lancinante e ardente de perigosa solidão, que por vezes toma de assalto a coragem de um aventureiro solitário em um país inexplorado. A visão de um rosto masculino – pressentia–, do rosto de qualquer homem, teria sido um profundo alívio. Então se saberia – algo – se poderia entender... Contrataria um mordomo o mais rápido possível. E aquele jantar – que parecia ter durado horas – chegou ao término, algo que o tomou violentamente de surpresa, como se esperasse, no curso natural dos acontecimentos, permanecer sentado àquela mesa para todo o sempre.

Contudo, no andar de cima, na sala de estar, converteu-se na vítima de um destino desassossegado que de forma alguma permitiria que ele se sentasse. Ela havia escolhido uma poltrona baixa e, pegando um leque com folhas de marfim na pequena mesa ao lado, protegia seu rosto do fogo. As brasas brilhavam, sem chamas; e sobre esse resplendor avermelhado, as barras verticais da grelha sobressaíam a seus pés, negras e curvas, como as costelas carbonizadas de um sacrifício consumado. Longe dali uma lâmpada presa a um fino bastão de latão queimava sob um abajur de seda carmesim: como o centro, cercado pelas sombras da grande sala, de um crepúsculo ardente que tinha, no intenso furor de seu matiz, algo delicado, refinado e infernal. Os passos suaves dele e o tique--taque suave do relógio sobre a moldura da lareira respondiam um ao outro com regularidade – como se o tempo e ele próprio, engajados em uma disputa calculada, caminhassem juntos na delicadeza infernal do crepúsculo, rumo a algum objetivo misterioso.

Andou de um lado a outro da sala sem descanso, como um viajante que, à noite, se precipita com obstinação em uma jornada interminável. De vez em quando olhava para ela. Era impossível saber. A precisão óbvia desse pensamento expressava em sua mente prática algo ilimitado e infinitamente profundo, a sutileza abrangente de uma sensação, a origem eterna de sua dor. Essa mulher o aceitara, o abandonara – e depois retornara para ele. E, de tudo isso, ele jamais saberia a verdade. Jamais. Não até a morte – não, nem depois – nem no Dia do Julgamento quando tudo seria revelado, pensamentos e ações, recompensas e punições, porque o segredo dos corações retornará, para sempre desconhecido, ao Criador Inescrutável do bem e do mal, ao Mestre das dúvidas e dos impulsos.

Alvan permaneceu imóvel, olhando para ela. Deitada, com o rosto virado para longe dele, ela não se movia – como se estivesse dormindo. No que ela pensava? O que sentia? E na presença daquela sua absoluta imobilidade, no silêncio ofegante, ele se sentia insignificante e impotente diante dela, como um prisioneiro acorrentado. A fúria de sua impotência despertou imagens sinistras, aquela capacidade de uma visão atormentadora que, no auge de um momento angustiante da percepção do erro, induz um homem a resmungar ameaças ou a fazer gestos ameaçadores na solidão de um aposento vazio. Mas essa rajada passional desapareceu em seguida, deixando-o um pouco trêmulo, com o medo reflexivo e espantado de um homem que estivera prestes a cometer suicídio. A serenidade da verdade e a paz da morte só podem ser asseguradas por meio de uma grande dose de desprezo que abranja todas as servidões proveitosas da vida. Percebeu que já não queria saber. Melhor não. Tudo acabara. Era como se não tivesse acontecido. E, para ambos, era muito necessário, moralmente correto, que ninguém soubesse.

Alvan falou de repente, como se concluísse uma discussão:

"A melhor coisa para nós é esquecer tudo isso."

Ela se sobressaltou um pouco e fechou o leque com um clique.

"Sim, perdoar – e esquecer", ele repetiu, como se falasse consigo mesmo.

"Eu nunca irei esquecer", disse ela, a voz vibrante. "E eu nunca irei me perdoar..."

"Mas eu, que nada tenho a reprovar em mim ...", replicou ele, dando um passo em direção a ela. A mulher deu um salto.

"Eu não voltei para obter o seu perdão", ela exclamou, apaixonadamente, como se clamasse contra uma injusta difamação.

Ele só foi capaz de pronunciar um "oh!", antes de ficar em silêncio. Não conseguia compreender aquela agressividade não provocada e certamente estava muito longe de pensar que um indício não premeditado de algo semelhante à emoção no tom das últimas palavras ditas por ele causara aquela explosão incontrolável de sinceridade. A perplexidade dele era completa, mas agora já sem traço de raiva. Estava como que entorpecido pelo fascínio do incompreensível. Ela permanecia diante dele, alta e indistinta, como um fantasma negro no crepúsculo vermelho. Por fim, pungentemente indeciso quanto ao que aconteceria se abrisse os lábios, ele murmurou:

"Mas, se meu amor for forte o suficiente...", e hesitou.

Ouviu algo estalar na quietude intensa. Ela havia quebrado o leque. Dois pedaços finos de marfim caíram, um após outro, sem emitir um som, no tapete grosso e ele, instintivamente, se abaixou para pegá-los. Enquanto tateava aos pés dela, ocorreu-lhe que a mulher tinha em mãos um dom indispensável, que nenhuma outra coisa na terra poderia dar; e, ao se levantar, foi invadido pela crença irresistível em um enigma, pela convicção de que tivera ao seu alcance, e agora não mais, o próprio segredo da existência – sua certeza, imaterial e preciosa! A mulher caminhou na direção da porta e ele a seguiu, de perto, procurando uma palavra mágica que esclarecesse o enigma, que compelisse à rendição daquele dom. Mas essa palavra não existe! O enigma só é esclarecido pelo sacrifício e o dom do céu está nas mãos de todo homem. Eles, no entanto, sempre viveram em um mundo que abomina enigmas, que não aprecia outros bens a não ser os que podem ser obtidos na rua. Ela estava próxima da porta. E ele disse, apressadamente:

"Palavra de honra: eu te amava – ainda te amo agora."

Amanhã[1]

O que se sabia do capitão Hagberd no pequeno porto de Colebrook não era algo exatamente lisonjeiro. Ele não pertencia ao lugar. Estabelecera-se por ali sob circunstâncias em nada misteriosas – costumava ser muito comunicativo a respeito no passado –, porém bastante mórbidas e irracionais. Dispunha de algum dinheiro, é evidente, pois havia comprado um lote de terra e mandado nele construir, bem barato, um par de pequenas casas feias de tijolo amarelo. Morava em uma delas e alugava a outra para Josiah Carvil – o cego Carvil, construtor de barcos aposentado – um homem que granjeara péssima reputação por administrar questões familiares como um tirano.

Essas casas tinham uma parede em comum, compartilhavam uma grade de ferro que dividia os dois jardins da frente; uma cerca de madeira separava os quintais dos fundos. A senhorita Bessie Carvil estava autorizada, como era seu direito, a estender ali panos de prato, trapos de limpeza azuis ou mesmo um avental que precisassem secar.

"Isso apodrece a madeira, Bessie querida", observava o capitão gentilmente do seu lado da cerca, cada vez que a via exercer esse privilégio.

Ela era uma moça alta e a cerca, baixa, e Bessie podia apoiar seus cotovelos nela. Suas mãos costumavam ficar vermelhas mesmo quando lavava uma quantidade pequena de roupa, mas os antebraços eram brancos e bem torneados. Ela encarava o senhorio

---

1 Conto escrito no início de 1902, publicado originalmente em forma seriada na *Pall Mall Magazine* no mesmo ano e, posteriormente, republicado na coletânea *Typhoon and Other Stories*.

de seu pai em silêncio – um silêncio embasado, que tinha ares de conhecimento, expectativa e desejo.

"Apodrece a madeira", repetia o capitão Hagberd. "É o único hábito inconveniente e descuidado que você tem. Por que não coloca um varal no seu quintal dos fundos?"

A senhorita Carvil nada dizia – apenas balançava a cabeça negativamente. No minúsculo quintal dos fundos da casa dela havia uns poucos canteiros de terra preta com bordas de pedra, nos quais as flores simples que cultivava nos escassos momentos livres pareciam, de alguma forma, extravagantemente abundantes, como se pertencessem a um clima exótico; e a figura ereta e em pleno vigor do capitão Hagberd, trajando da cabeça aos pés roupas feitas de um tipo de tecido para velas de barco, de primeira qualidade, emergia do joelho para cima sobre a grama viçosa e as ervas daninhas do seu lado da cerca. Ele parecia, devido à cor e à rigidez grosseira do extraordinário material que escolhera para suas vestimentas – "por enquanto", seria o comentário que ele faria a qualquer observação a respeito – um homem talhado em granito, de pé num matagal que nem tinha o tamanho suficiente para uma sala de bilhar adequada. Uma figura pesada de um homem de pedra, com um rosto bonito e avermelhado, olhos azuis pensativos e uma farta barba branca que chegava até a cintura e nunca era aparada, até onde as pessoas de Colebrook sabiam.

A resposta teria sido diferente sete anos atrás – "No mês que vem, creio eu" – diante da tentativa provocadora feita pelo distinto e sagaz barbeiro de Colebrook, de arranjar clientela, sentado, de forma insolente, na taverna New Inn, próxima ao porto, na qual o capitão entrara para comprar uma onça de tabaco. Após pagar sua compra com uma moeda de prata de 3,5 *pence*, extraída da ponta de um lenço que carregava no punho da manga, o capitão Hagberd saiu. Tão logo a porta se fechou, o barbeiro soltou uma gargalhada.

"O velho e o moço virão, de braços dados, à minha barbearia, para que eu faça a barba de ambos. O alfaiate começará a trabalhar, e o barbeiro e o fabricante de velas também; os velhos tempos estão de volta em Colebrook, estão voltando, com toda certeza.

AMANHÃ

Costumava ser 'na próxima semana', agora passou a ser 'no próximo mês', e por aí vai – em breve, será 'na próxima primavera', até onde eu sei."

Percebendo um estrangeiro que o ouvia com um sorriso vago, explicou, esticando as pernas cinicamente, que aquele velho e esquisito Hagberd, um capitão aposentado de pequena cabotagem, esperava o retorno de seu filho. O rapaz fora expulso de casa, algo que não espantaria ninguém, fugira para o mar e nunca mais se ouviu falar dele. Repousa há muito tempo no fundo do mar, na companhia de Davy Jones[2] quase com certeza. Aquele velho aparecera por aqui, em Colebrook, três anos atrás, trajando vestes negras de primeira qualidade (havia perdido a esposa à época), saindo de um vagão de terceira classe para fumantes como se o demônio estivesse em seus calcanhares; o único motivo que o levara ali era uma carta – uma brincadeira de mau gosto, provavelmente. Algum engraçadinho lhe escrevera sobre um marinheiro de certo nome que, supostamente, andava rondando uma ou outra moça de Colebrook ou da vizinhança. "Gozado, não é?" O velho tinha publicado anúncios nos jornais de Londres, buscando por Harry Hagberd e oferecendo recompensas por qualquer tipo de informação verossímil. E o barbeiro continuou a descrever, com entusiasmo sarcástico, como aquele estrangeiro enlutado fora visto explorando a região, de carroça, a pé, confiando em qualquer um, visitando todas as estalagens e tavernas no raio de quilômetros, abordando transeuntes com suas perguntas, não deixando de olhar mesmo nas valas; primeiro, dominado por profundo entusiasmo, depois com uma espécie de perseverança sem vigor, que se tornava a cada dia mais e mais vagarosa; e ele sequer conseguia fornecer uma descrição acurada do filho. Supunha-se que o tal marinheiro fosse um dos dois rapazes que haviam deixado uma embarcação de madeira[3]

---

2   Davy Jones (também chamado Davy Jonas), foi um lendário pirata do século XVIII, famoso por seu baú, que se transformou em metáfora de naufrágio. Inspirada em algumas figuras reais, a lenda encontrou em Davy Jones mais uma imagem do diabo.

3   Em inglês, *timber ship*, um tipo de embarcação bastante comum na época colonial, indicado para viagens só de ida, sendo desmantelado quando da chegada a seu destino (daí seu nome mais usual, *disposable ship*).

e, depois foram vistos andando atrás de alguma moça; mas o velho descrevia um rapaz de seus quatorze anos – "um garoto de aparência inteligente e muito alegre". As pessoas sorriam diante dessas palavras e ele, como resposta, esfregava a testa, expressando confusão, antes de se retirar bruscamente, como que ofendido. É evidente que não encontrou ninguém; nem vestígio de alguém – de todo modo, nunca ouviu algo em que valesse a pena acreditar; porém, por alguma razão, jamais conseguira partir de Colebrook.

"Talvez tenha sido o choque causado por essa decepção, logo depois da perda da esposa, que o deixou completamente louco", sugeriu o barbeiro, com ares de grande perspicácia psicológica. Depois de algum tempo, o velho abandonou essa busca ativa. O filho dele, é evidente, tinha ido embora de vez; contudo, ele resolveu permanecer ali e esperar. Pensava que o rapaz estivera, pelo menos uma vez, em Colebrook, preferindo-a à sua terra natal. Alguma razão para isso deveria existir, assim pensava, uma atração muito poderosa que talvez o trouxesse de volta a Colebrook.

"Ah, ah, ah! Claro, decerto Colebrook. Onde mais? É o único lugar em todo o Reino Unido para os filhos perdidos. Por isso ele vendeu sua antiga casa em Colchester e veio para cá. É uma loucura, está claro, como muitas outras por aí. Já eu não enlouqueceria se um dos meus filhos sumisse por aí. E tenho oito deles em casa." O barbeiro vangloriou-se da sua firmeza de espírito por meio de uma gargalhada que estremeceu toda a taverna.

No entanto, confessaria ele com a franqueza usual de uma inteligência superior, é estranho que esse tipo de coisa parecesse contagiante. Sua barbearia, por exemplo, ficava próxima ao porto e sempre que um marinheiro vinha cortar o cabelo ou fazer a barba – se fosse um rosto desconhecido, não deixava de pensar: "Suponhamos que ele seja o filho do velho Hagberd!" Costumava rir de si mesmo quando isso acontecia. Sim, era uma forte mania. O barbeiro conseguia se lembrar, inclusive, do tempo em que toda a cidade estava dominada por ela. Ainda nutria, contudo, alguma esperança com relação ao velho. Acreditava que fosse possível curá-lo com uma dose de zombarias sagazes. Inclusive gostava de

AMANHÃ

acompanhar os progressos de seu tratamento. Na próxima semana – no próximo mês – no próximo ano! Quando o velho capitão adiasse a data do retorno para o ano seguinte, não tocaria mais no assunto. Em outras questões ele era bastante racional, portanto, também o seria nesse caso. E essa era a firme opinião do barbeiro.

Ninguém jamais contrariara o barbeiro; seu próprio cabelo – desde então – ficara cinzento, e a barba do capitão Hagberd, quase que toda branca, adquirindo um movimento majestoso por cima da roupa de lona para velas de barco, de primeira qualidade, que ele mesmo havia feito para si secretamente, com fios de vela untados com alcatrão, que começara a usar de repente, em uma bela manhã, ao passo que na noite anterior ainda fora visto indo para casa com as vestimentas pretas do luto. Isso causara sensação na High Street – os donos das lojas saíram à porta de seus estabelecimentos, quem estava em casa agarrou o chapéu para sair –, uma comoção diante da qual o velho capitão pareceu surpreso, a princípio, e depois temeroso; no entanto, sua única resposta para as perguntas admiradas era aquele espantado e evasivo "por enquanto".

Mas tudo isso eram águas passadas; o próprio capitão Hagberd foi, se não esquecido, ignorado – tratava-se da punição pela rotina, talvez –, pois até mesmo o sol costuma ser ignorado, a menos que faça sentir seu poder com força. Os movimentos do capitão Hagberd não indicavam nenhuma enfermidade: ele caminhava de forma ereta, em seus trajes de lona, uma figura, em suma, peculiar e notável; apenas seus olhos pareciam mais furtivos que no passado. Sua conduta fora de casa perdera aquela vigilância irascível; tornara-se mais desnorteada e desconfiada, como se ele suspeitasse que havia algo em torno dele ligeiramente comprometedor, alguma estranheza constrangedora; ainda assim, não conseguia descobrir o que raios havia de errado.

Já não tinha disposição para conversar com as pessoas da cidade. Adquirira a reputação de um terrível avarento, de um miserável no que tange à subsistência. Balbuciava, deploravelmente, nas lojas, comprava carne de segunda depois de longas hesitações; e desencorajava toda e qualquer alusão aos seus trajes. Era exatamente como o barbeiro havia previsto. Ao que se dizia, ele já se recuperara da doença da esperança; e apenas a senhorita Bessie Carvil sabia que ele não falava nada a respeito do retorno de seu filho porque, para ele, não se tratava mais de "na próxima semana", "no próximo mês" ou mesmo "no próximo ano". Era "amanhã".

Na intimidade do quintal dos fundos e do jardim da frente, ele conversava com Bessie em tom paternal, razoável e dogmático, com um toque de arbitrariedade. Encontravam-se no terreno da confiança plena, sem reservas, tornada ainda mais autêntica por eventuais piscadelas carinhosas. A senhorita Carvil passara a esperar ansiosamente por tais piscadelas. No início, elas a inquietavam: o pobre sujeito estava louco. Depois, aprendeu a rir delas: não havia nenhuma maldade nele. Agora, estava ciente de uma emoção não admitida, prazerosa, incrédula, expressa por um leve rubor. A piscadela do capitão não era nem um pouco vulgar; seu rosto vermelho e delgado, com um nariz curvo bem modelado, tinha uma espécie de distinção – sem contar que, ao falar com ela, o olhar dele tornava-se mais firme e inteligente. Um homem bonito, robusto, aprumado e habilidoso, com uma barba branca. Não se pensava na idade que tinha. E o filho, afirmava, se parecia com ele de forma surpreendente, desde muito pequeno.

Harry teria 31 anos de idade em julho, ele declarou. A idade adequada para se casar com uma moça boa e sensata, que pudesse apreciar um bom lar. Ele era um rapaz muito bem-humorado. Sabe-se que maridos bem-humorados são os mais fáceis de controlar. Esses sujeitos de espírito tacanho, suaves demais, melífluos, são aqueles que tornam a vida de uma mulher realmente miserável. E não havia nada como um lar – uma lareira, um bom teto: não ter que sair de sua cama quentinha, faça bom ou mau tempo. "Não é verdade, minha querida?"

O capitão Hagberd tinha sido um daqueles marinheiros que segue sua vocação sem perder de vista a terra firme. Um dos muitos filhos de um fazendeiro falido, aprendera rapidamente a ser um capitão de navio costeiro e permanecera na costa durante toda a sua vida no mar. Deve ter sido difícil no começo: ele nunca havia

AMANHÃ

desenvolvido gosto por isso; seus afetos estavam sempre voltados para a terra firme, com suas inúmeras casas, suas vidas tranquilas ao redor das lareiras. Muitos marinheiros sentem e professam um desagrado racional pelo mar, mas no caso do capitão havia uma animosidade profunda e emocional — como se o amor pelo elemento mais estável tivesse brotado nele por muitas gerações.

"As pessoas não sabiam para o que mandavam seus filhos quando permitiam que eles fossem para o mar", explicava para Bessie. "Era melhor fazer deles condenados, imediatamente." Ele nunca acreditou que alguém pudesse se acostumar àquilo. O cansaço com esse tipo de vida piorava bastante com o avançar da idade. Que tipo de ocupação era essa, em que por mais da metade do seu tempo você não punha os pés em casa? Assim que se partia para o mar, não havia meios de saber o que se passava em sua casa. Ao ouvir tais afirmações, se poderia pensar que o capitão estava esgotado por causa das longas viagens a lugares distantes; no entanto, a viagem mais longa que havia feito durara quinze dias, dos quais a maior parte esteve ancorado e protegido das intempéries. Tão logo sua mulher herdou uma casa e o suficiente para viver (de um tio solteirão, que ganhara dinheiro negociando carvão), ele abandonou o comando de seu *collier*[4] estabelecido na costa leste, sentindo que escapara das galés. Depois de tantos anos de serviço, ele podia contar nos dedos das duas mãos as poucas vezes em que a Inglaterra sumira de sua vista. Nunca soube, de fato, o que era estar em alto-mar. "Nunca estive a mais de oitenta braças da terra firme", gabava-se.

Bessie Carvil ouvia todas essas histórias. Diante de suas casas, havia um freixo minúsculo; nas tardes de verão, ela colocava uma cadeira na grama, onde se sentava para fazer seus trabalhos de costura. O capitão Hagberd, com seu terno de lona, apoiava-se em uma pá. Cavava todos os dias a terra do jardim da frente de sua residência. Revirava a terra várias vezes por ano, mas não plantava nada, "pelo menos, por enquanto".

---

4   Trata-se de um tipo específico de cargueiro, usual no século XVIII e XIX, especializado no transporte de carvão – daí seu nome, "carvoeiro".

Para Bessie Carvil, declararia mais explicitamente: "Não farei nada até que Harry volte para casa, amanhã." E ela ouvira essa fórmula de esperança com tanta frequência que, em seu coração, só havia a mais vaga piedade por aquele velho esperançoso.

Tudo era adiado dessa forma, e os mesmos preparativos se repetiam para amanhã.

Havia uma caixa cheia de pacotes de sementes de flores variadas para escolher, destinadas ao jardim da frente. "Sem dúvida, meu filho deixará você opinar sobre o assunto, minha querida", dizia o capitão Hagberd do outro lado da grade.

A cabeça da senhorita Bessie permanecia inclinada para baixo, concentrada em seu trabalho. Tinha ouvido essa ladainha tantas e tantas vezes. Mas, às vezes, se levantava, deixava de lado a costura e se aproximava lentamente da cerca. Havia um certo encanto nesses delírios suaves. O capitão estava determinado a não deixar o filho partir de novo pela falta de um lar todo pronto para ele. Ele enchera a outra casa com todos os tipos de móveis. Ela imaginava que tal mobília fosse nova, o verniz ainda fresco, os móveis empilhados como num depósito. Haveria mesas ainda embrulhadas em sacos; rolos de tapetes grossos enrolados e colocados na vertical, como fragmentos de colunas, o brilho de tampos de mármore branco na penumbra provocada pelas venezianas cuidadosamente cerradas. O capitão Hagberd sempre descrevia cada uma dessas compras a ela, em todos os detalhes, como se ela nutrisse um interesse genuíno nelas. O quintal, cheio de ervas daninhas, poderia ser cimentado… depois de amanhã.

"Podemos, mesmo, colocar essa cerca abaixo. Você teria seu varal, longe das flores." O capitão deu uma de suas piscadelas e a fez corar levemente.

Tal loucura, que havia penetrado na vida da senhorita Bessie por meio de gentis impulsos do seu coração, tinha detalhes razoáveis. E se algum dia o filho dele, de fato, retornasse? No entanto, ela sequer podia ter certeza de que o velho realmente tivesse um filho; e mesmo se esse filho se encontrasse em algum lugar, já havia ficado muito tempo longe. Quando o capitão Hagberd se empolgava em sua conversa, ela o acalmava, fingindo acreditar em tudo o que ouvia, rindo um pouco para aliviar sua consciência.

Só uma vez ela fizera, piedosamente, uma tentativa de lançar dúvidas a respeito dessa esperança fadada à desilusão, porém o efeito dessa tentativa a assustara. Súbito, houve uma expressão de horror e incredulidade no rosto daquele homem, como se tivesse visto uma rachadura no firmamento.

"Você – você – você não pensa que ele se afogou!"

Por um breve momento, pareceu-lhe que ele estava prestes a enlouquecer, pois em seu estado normal ela o considerava mais são do que as outras pessoas reconheciam. Naquela ocasião, a violência dessa emoção foi seguida por uma recuperação mais paternal e complacente.

"Não se assuste, minha querida", disse, em tom algo astucioso. "O mar não pode mantê-lo longe por muito tempo. Ele não pertence ao mar. Nenhum de nós, os Hagberd, jamais pertenceu ao mar. Olhe para mim! Eu não me afoguei. Além disso, ele sequer é um marinheiro; e, não sendo marinheiro, está fadado a voltar. Não há nada que impeça seu retorno..."

Seus olhos começaram a vagar.

"Amanhã."

Ela nunca mais tentara de novo, por medo de que o homem enlouquecesse ali mesmo. Ele confiava nela.

Ela parecia ser a única pessoa sensata em toda a cidade; e ele se felicitava francamente diante dela por ter garantido para o filho uma esposa com a cabeça no lugar. O resto da cidade, disse para ela certa vez em um arroubo de fúria, certamente era muito esquisito. A maneira como olhavam para você – a maneira como falavam com você! Ele nunca se dera bem com os demais moradores do lugar. Não gostava daquelas pessoas. Não teria abandonado sua cidade natal se não estivesse claro que seu filho deveria ter algum afeto por Colebrook.

Ela não o contrariava e continuava a ouvi-lo pacientemente junto à cerca, fazendo crochê, os olhos baixos. O rubor não era usual no rosto dela, muitíssimo branco, sob a opulência dos cabelos castanho-avermelhados, entrançados com desleixo. Seu pai era inequivocamente ruivo.

Ela era cheia de corpo; o rosto, cansado e abatido. Quando o capitão Hagberd alardeava a necessidade e a conveniência de ter uma casa e as delícias de uma lareira própria, ela apenas sorria, movendo os lábios. Seus prazeres domésticos haviam se restringido a cuidar do pai durante os melhores dez anos de sua vida.

Um rugido bestial, vindo da janela do andar superior, interrompia a conversa. E ela, então, começava a recolher de imediato seu trabalho de crochê ou a dobrar sua costura, sem demonstrar a menor pressa. Entrementes, os uivos e rugidos que chamavam seu nome prosseguiam, fazendo com que os pescadores que passavam pelo quebra-mar do outro lado da rua virassem a cabeça na direção das pequenas casas. Ela entraria lentamente pela porta da frente e, no momento seguinte, um profundo silêncio dominava tudo. Logo, ressurgiria, conduzindo pela mão um homem bruto e pesado como um hipopótamo, o rosto mal-humorado, carrancudo.

Ele era um construtor de barcos, viúvo, que fora atingido pela cegueira no ano anterior, quando seus negócios desabrochavam. Comportava-se com a filha como se ela fosse responsável pelo caráter incurável de sua moléstia. Frequentemente, eram ouvidos seus berros, a plenos pulmões, como se quisesse desafiar o céu, o que lhe era indiferente: tinha ganhado dinheiro suficiente para ter presunto e ovos no café da manhã todos os dias. Agradecia a Deus por isso, mas em tom demoníaco, como se estivesse amaldiçoando.

O capitão Hagberd tinha uma impressão tão negativa de seu inquilino que, certa vez, disse a Bessie: "Ele é um sujeito muito extravagante, minha querida."

Naquele dia, ela estava tricotando, a fim de finalizar um par de meias para o pai, que esperava que ela mantivesse seu suprimento sempre em dia. Ela detestava tricotar e, como estava terminando o calcanhar, não podia tirar os olhos das agulhas.

"É claro, não é como se ele tivesse um filho para sustentar", disse o capitão Hagberd, de modo vago. "Meninas, obviamente, não precisam de tanto – hum –, elas não fogem de casa, minha querida."

AMANHÃ

"Não", disse Bessie, em voz baixa.

O capitão Hagberd, entre os montes de terra revirada por sua pá, soltou um riso abafado. Com seus trajes de lona marítima, o rosto castigado pelo tempo, a barba de Netuno, se assemelhava a um deus do mar deposto, que trocara o tridente pela pá.

"E ele deve considerar que alguém proverá as suas necessidades, de certo modo. E isso é a melhor parte no caso de moças. Os maridos…" E deu uma piscadela. A senhorita Bessie, que estava absorta em seu tricô, corou muito de leve.

"Bessie! Meu chapéu!", o velho Carvil berrou de repente. Ele estava sentado sob uma árvore, mudo e imóvel, como o ídolo de alguma superstição notavelmente monstruosa. Abria a boca apenas para gritar por ela, algumas vezes para queixar-se dela; e então, jamais moderava as expressões dos insultos. A tática dela era nunca lhe responder; e ele sempre continuava a gritar até que fosse atendido – até o momento em que ela o sacudia pelo braço ou enfiava o bocal do cachimbo por entre os dentes dele. Ele era uma dessas raras pessoas cegas que fumava. Quando sentiu que o chapéu era colocado sobre sua cabeça, parou a gritaria na hora. Então, se levantou e, juntos, atravessaram o portão.

O peso dele parecia imenso no braço oferecido por Bessie para apoio. Durante essas caminhadas lentas, penosas, parecia que a jovem arrastava consigo por penitência o fardo daquela corpulência pouco firme. Geralmente, atravessavam a rua rápido (as duas casinhas ficavam nos campos, próximo ao porto, a cerca de duzentos metros do fim da rua), e por um tempo considerável permaneciam à vista, subindo imperceptivelmente os lances da escada de madeira que conduzia ao topo do quebra-mar. Situado de leste a oeste, fechava o canal como um aterro abandonado de uma ferrovia, na qual nenhum trem chegou a trafegar, ao menos na memória recente dos homens. Grupos de pescadores robustos pareciam emergir diretamente do céu, caminhavam um pouco e voltavam a desaparecer, sem pressa. Suas redes marrons, como teias de aranhas gigantescas, ficavam estendidas na grama ressequida da encosta; e, erguendo os olhos desde a extremidade da rua, o povo da cidade reconhecia os dois Carvil pela lentidão rastejante de seu caminhar. O capitão Hagberd, perambulando sem rumo ao redor das suas casas, também erguia a cabeça para contemplar aquele passeio.

O velho capitão ainda colocava anúncios nos jornais de domingo em sua busca por Harry Hagberd. Aquelas folhas eram lidas em terras estrangeiras, até no fim do mundo, como costumava dizer a Bessie. Ao mesmo tempo, parecia pensar que o filho ainda estivesse na Inglaterra – tão próximo de Colebrook que chegaria "amanhã". Bessie, sem se comprometer em muitas palavras com aquela opinião, argumentava que, nesse caso, a despesa com os anúncios era desnecessária. O melhor para o capitão Hagberd seria gastar aquela meia-coroa semanal consigo mesmo. Dizia não entender como ele se sustentava. Essa argumentação confundia e deprimia o capitão por algum tempo. "Mas todos fazem isso", era a resposta costumeira dele. Havia uma coluna inteira dedicada a anúncios a respeito de parentes desaparecidos. Trazia a ela o jornal para que visse. Ele e a esposa haviam publicado esses anúncios por anos; mas ela era uma mulher impaciente. As notícias de Colebrook haviam chegado no dia seguinte ao seu funeral; se não tivesse sido tão impaciente, poderia estar ao seu lado naquele momento, com apenas mais um dia de espera. "Você não é uma mulher impaciente, minha querida."

"Não tenho paciência com o senhor, por vezes", ela respondia.

Se ele ainda mandava publicar esses anúncios, já não oferecia recompensas pelas informações; pois, com a lucidez confusa de um distúrbio mental, o capitão se convencera, com uma percepção clara como a luz do sol, que já havia conseguido tudo o que era possível por meio dos tais anúncios. O que mais poderia querer? Colebrook era o lugar certo e não havia necessidade de mais nada. A senhorita Carvil elogiava essa atitude que denotava bom senso e ele se consolava com o papel por ela desempenhado em sua esperança, que se tornara sua desilusão; daquela ideia que cegava a mente do capitão de ver a verdade e a probabilidade, da mesma forma que o outro velho, na casa vizinha, estava cego, por outra doença, à luz e à beleza do mundo.

AMANHÃ

Contudo, qualquer coisa que ele pudesse interpretar como dúvida – qualquer aprovação fria, ou mesmo a simples falta de atenção ao desenvolvimento de seus projetos de um lar com o filho, quando retornasse, e com a mulher do filho – o irritava de tal forma que expressava esse sentimento por meio de espasmos e tremores, além de olhares perversos de soslaio. Fincava a pá na terra e andava de um lado para o outro. A senhorita Bessie chamava isso de birra. Era o momento em que ela o repreendia. E então, quando saía ao jardim de novo, depois de ter se separado dela enraivecido, ele a observaria, discretamente, à espera de algum sinal de encorajamento para se aproximar das grades de ferro e retomar suas relações paternais e complacentes.

Não obstante toda a intimidade dos dois, que já durava alguns anos, nunca se falaram sem que houvesse alguma cerca ou grade entre eles. O capitão descrevia a ela todos os esplendores acumulados para a arrumação definitiva de sua casa, embora nunca a tivesse convidado para uma inspeção. Nenhum olho humano os poderia contemplar antes de Harry. Na verdade, ninguém jamais havia entrado na sua casa; ele mesmo realizava todas as tarefas domésticas e mantinha o privilégio do filho em penetrar seus domínios de maneira tão ciumenta que os pequenos objetos de uso doméstico, comprados vez por outra na cidade, pareciam ser contrabandeados rapidamente pelo jardim da frente sob o casaco de lona do capitão. Ao sair, ele costumava comentar, desculpando-se: "Era apenas uma pequena chaleira, minha querida."

Se ela não estivesse muito cansada com seu trabalho penoso, ou preocupada até a exaustão com o pai, daria gargalhadas e, ruborizada, diria: "Tudo bem, capitão Hagberd, eu não sou impaciente."

"Bem, minha querida, você não precisará esperar muito", respondia ele, com repentina timidez e um certo desconforto, como se suspeitasse que havia algo de errado em algum lugar.

Toda segunda-feira, ela lhe pagava o aluguel por cima da grade. O capitão agarrava os xelins com avidez. Ele se ressentia de cada centavo que precisava gastar com seu sustento, mas, quando a deixava para ir às compras, seu comportamento mudava assim que chegava à rua. Distante da aprovação fornecida pela piedade de Bessie, se sentia exposto, sem defesa. Roçava os muros com o ombro. Desconfiava da estranheza daquela gente; contudo, nessa altura, mesmo as crianças da cidade já não gritavam seu nome nas ruas e os comerciantes o atendiam sem dizer palavra. A menor alusão à sua roupa tinha o poder de confundir e assustar de forma particularmente intensa, como se fosse algo de todo injustificado e incompreensível.

No outono, a chuva torrencial tamborilava em seu terno de lona de tal forma que, de tão ensopado, adquiria a rigidez de uma chapa de ferro, a superfície escorrendo água. Quando o tempo ficava muito ruim, ele costumava se refugiar na pequena varanda e, escorando o pé na porta, olhava fixamente para a pá fincada no meio do quintal. O terreno fora tão revirado que, à medida que o outono avançava, transformava-se em um lamaçal.

Quando o frio aumentou e o solo congelou, o capitão ficava desconsolado. O que Harry diria? E como a companhia de Bessie era menos frequente nessa época do ano, os rugidos do velho Carvil clamando pela filha, abafados pelas janelas fechadas, exasperavam-no ao extremo.

"Por que aquele sujeito extravagante não contrata uma criada para você?", perguntou, impaciente, em uma tarde mais amena. Ela havia coberto a cabeça para sair um pouco de casa.

"Não sei", respondeu a pálida Bessie, extenuada, contemplando o horizonte com seu olhar cansado, os olhos cinzentos, sem nenhuma expectativa. Sempre havia olheiras sob seus olhos, e ela não parecia capaz de entrever qualquer mudança ou finalidade em sua vida.

"Espere até se casar, minha querida", disse seu único amigo, aproximando-se da cerca. "Harry vai te arrumar uma."

Essa loucura esperançosa do capitão parecia zombar da falta de esperança dela de forma tão amarga que, devido à irritação que sentia, Bessie poderia gritar com ele sem rodeios. Mas ela apenas respondeu, em tom jocoso consigo mesma e falando com ele como se fosse alguém são: "Ora, meu caro capitão Hagberd, seu filho talvez pode nem querer olhar para mim."

AMANHÃ

Ele jogou a cabeça para trás e deu uma gargalhada estridente e afetada de raiva.

"O quê? Aquele rapaz? Como ele não gostaria de olhar para a única garota sensata no raio de quilômetros? Por que você acha que continuo por aqui, minha querida – minha querida – minha querida?... O quê? Espere. Apenas espere. Você verá amanhã. Em breve eu…"

"Bessie! Bessie! Bessie!", uivava o velho Carvil de dentro da casa. "Bessie! – Meu cachimbo!" Aquele sujeito obeso e cego se abandonara à concupiscência da preguiça. Não levantava um dedo para pegar as coisas que a filha, cuidadosamente, deixava à mão. Não movia um membro sequer do corpo; não se levantava da cadeira, não colocava um pé na frente do outro em sua própria sala (que conhecia muito bem e na qual poderia se deslocar como se enxergasse) sem clamar por Bessie para ficar ao seu lado, jogando sobre os ombros dela todo seu peso atroz. Não comia nem um bocado de alimento sem a assistência dela. Ou seja, ele ampliara sua impotência para além do seu sofrimento, a fim de melhor escravizá-la. Ela ficou imóvel por um momento, cerrando os dentes, depois se virou e entrou lentamente em casa.

O capitão Hagberd retornou às atividades com sua pá. Os gritos na casa dos Carvil cessaram e, depois de um tempo, a janela da sala de baixo iluminou-se. Um homem caminhava desde o fim da rua, passo firme e despreocupado. Passou em frente às duas casas, mas a visão do velho Hagberd atraiu sua atenção e ele deu alguns passos para trás. Uma luz branca e fria permanecia no céu a oeste. O homem se inclinou sobre o portão, demonstrando estar interessado em alguma coisa.

"O senhor deve ser o capitão Hagberd", disse ele, com natural segurança.

O velho se virou e retirou a pá da terra, assustado por aquela voz estranha.

"Sim, sou eu", respondeu com nervosismo.

O outro, sorrindo diretamente para ele, falou muito devagar: "O senhor tem publicado anúncios procurando por seu filho, presumo?"

"Meu filho Harry", murmurou o capitão Hagberd, pego desprevenido pela primeira vez. "Ele volta para casa amanhã."

"Volta nada!" O estranho maravilhou-se e depois prosseguiu, com uma ligeira mudança no seu tom de voz: "O senhor deixou sua barba crescer e agora tem a aparência de Papai Noel."

O capitão Hagberd chegou mais perto, inclinando-se sobre sua pá.

"Siga o seu caminho", disse ele, ao mesmo tempo ressentido e tímido, pois sempre tinha medo de ser ridicularizado. Todo estado mental, até mesmo a loucura, dispõe de um equilíbrio baseado na autoestima. Sua perturbação causa infelicidade; e a vida do capitão Hagberd transcorria segundo um esquema de noções tão bem estabelecidas que lhe doía mais que tudo ser incomodado pelas risotas das pessoas. Sim, as risotas das pessoas eram terríveis. Eles aludiam a algo que deveria estar errado: mas o quê? Não sabia dizer; e o tal estranho estava obviamente rindo – viera com esse propósito. Já era bastante ruim quando isso acontecia nas ruas, porém ele nunca se sentira tão ultrajado como agora.

O estranho, sem saber o quão próximo estava de ter a cabeça aberta por uma pá, disse com seriedade: "Não estou invadindo sua propriedade daqui, não é mesmo? Imagino que possa haver algo de errado nas notícias que tem. Portanto, que tal me deixar entrar?"

"O senhor entrar?!", murmurou o velho Hagberd, o rosto exprimindo o mais puro horror.

"Posso lhe fornecer informações reais a respeito do seu filho – as mais recentes, se quiser ouvir."

"Não", gritou Hagberd. Começou a andar de um lado para outro, de forma descontrolada, a pá no ombro, gesticulando muito com o braço livre. "Tem aqui um sujeito – do tipo sorridente, dizendo que há alguma coisa errada. Mas o fato é que eu disponho de muito mais informações do que o senhor possa imaginar. Tenho todas as informações de que necessito. E as tenho há anos – há anos – há anos – o suficiente até amanhã. Deixar o senhor entrar? Até parece! O que Harry diria?"

O vulto de Bessie Carvil apareceu em uma silhueta preta na janela da sala; então, ouviu-se o ruído de uma porta se abrindo e ela saiu de sua casa, toda de preto, mas com uma peça branca cobrindo a cabeça. Aquelas duas vozes, que haviam começado a

AMANHÃ

falar de repente lá fora (e ela ouvira tudo de dentro da casa), causaram-lhe tal emoção que ela foi incapaz de emitir um som.

O capitão Hagberd parecia estar tentando sair de uma jaula. Seus pés chapinhavam nas poças d'água, resultantes de seu trabalho. Ele tropeçava nos buracos da grama arruinada. Correu cegamente de encontro à cerca.

"Ei, cuidado!", disse o homem no portão, sério, esticando o braço e agarrando-o pela manga. "Parece que alguém esteve tentando brincar com o senhor. Ei! Mas do que é feita essa sua roupa? De lona para tempestade, por Deus!" E deu uma bela gargalhada. "Sim, o senhor é um sujeito esquisito mesmo!"

O capitão Hagberd se soltou e começou a recuar, encolhendo-se. "Por enquanto", murmurou, abatido.

"Qual o problema dele?" O estranho dirigiu-se a Bessie, muito à vontade, em um tom deliberado e explicativo. "Eu não queria assustar o velho." Depois, abaixou a voz, como se a conhecesse há anos. "Entrei em uma barbearia, enquanto andava pelas redondezas, para fazer a barba por dois *pennies* e lá me disseram que ele era uma espécie de sujeito esquisito. Mas a verdade é que esse velho tem sido um sujeito esquisito por toda a sua vida."

O capitão Hagberd, intimidado pela alusão às suas roupas, recuou para dentro de seu lar, levando consigo a pá; e os outros dois que permaneceram no portão, assustados pela inesperada batida de porta, ouviram os ferrolhos se fecharem, o estalar da fechadura e o eco de uma gargalhada gorgolejante lá dentro.

"Não queria aborrecê-lo", disse o homem, após breve silêncio. "Qual o significado de tudo isso? Ele não deve ser louco."

"É que sua angústia pelo filho perdido já é bem antiga", respondeu Bessie, em tom baixo, apologético.

"Pois bem, eu sou o filho dele."

"Harry!", ela gritou — e depois ficou em silêncio profundo.

"Sabe o meu nome? É amiga do velho, então?"

"Ele é o nosso senhorio", Bessie vacilou, apoiando-se na grade de ferro.

"Ah, ele é o proprietário das duas coelheiras, então?", comentou o jovem Hagberd, com desprezo; "é exatamente o tipo de coisa da qual teria orgulho. Agora, pode me dizer quem é o sujeito que virá amanhã? Você deve saber algo a respeito disso. Só digo uma coisa: deve ser um golpe para ludibriar o velho – nada mais."

Ela não respondeu, desamparada diante de uma dificuldade insuperável, apavorada pela necessidade, pela impossibilidade e pelo medo de fornecer uma explicação na qual ela mesma e a loucura pareciam estar envolvidas.

"Oh – sinto muito", murmurou Bessie.

"Qual é o problema?", ele disse, com serenidade. "Não precisa ter medo de me aborrecer. É o outro sujeito que ficará chateado, e isso vai acontecer quando ele menos esperar. Não dou a mínima; porém, digo que haverá diversão garantida quando ele mostrar sua fuça amanhã. Não me importo nem um pouco com o dinheiro do velho, mas o que é justo, é justo. Vai ver quando eu colocar as minhas mãos naquele espertalhão – quem quer que ele seja!"

Ele chegou mais perto, sua estatura ultrapassando a de Bessie do outro lado da grade. Ele olhou para as mãos dela. Pareceu-lhe que estivessem trêmulas e ocorreu-lhe que ela talvez tivesse algum papel naquele pequeno jogo que fariam com seu velho amanhã. Pensava ter chegado na hora certa para estragar todo aquele divertimento. Ficou cogitando – desdenhoso com tal enredo complexo. Porém, durante toda sua vida, sempre estivera cheio de indulgência para com todos os tipos de truques femininos. Ela realmente tremia, e muito; o xale que cobria sua cabeça escorregou. "Pobre coitada!", pensou ele. "Não precisa se preocupar com aquele sujeito. Eu diria que ele mudará de ideia antes de amanhã. Mas, e quanto a mim? Não posso ficar parado no portão, sem fazer nada, até de manhã."

Ela explodiu: "É o senhor – o senhor mesmo que ele está esperando. É o senhor que vai chegar amanhã."

"O quê? Sou eu", murmurou, inexpressivo, e ambos perderam o fôlego ao mesmo tempo. Ao que parece, ele ponderava sobre o que acabara de ouvir; logo, sem irritação, embora evidentemente perplexo, disse: "Não entendo. Eu não escrevi nada. Foi meu amigo quem viu o jornal e me contou – nesta manhã... Então, como?"

AMANHÃ

Inclinou o ouvido; ela começou a sussurrar rapidamente, e ele escutou por um algum tempo, balbuciando as palavras "sim" e "compreendo" em tom baixo, vez por outra. Então, por fim perguntou: "Mas por que não serve hoje?"

"O senhor não entendeu o que eu disse!", exclamou Bessie, impaciente. A faixa clara de luz sob as nuvens desapareceu no oeste. O jovem novamente se inclinou para ouvir melhor; e a noite profunda aos poucos engoliu tudo da mulher que murmurava e do homem atento, deixando intacta somente a familiar contiguidade de seus rostos, com seu ar de sigilo e de carícia.

Ele endireitou os ombros; a sombra das abas largas de um chapéu pousava, com arrogância, em sua cabeça. "Um pouco estranho tudo isso, não acha?", perguntou a ela. "Amanhã? Muito bem! Nunca ouvi falar de algo parecido. É tudo amanhã, então, sem nenhuma possibilidade de um hoje, até onde consigo entender."

Ela permaneceu imóvel e muda.

"E você tem encorajado essas ideias absurdas", prosseguiu.

"Eu nunca o contradisse."

"E por que não?"

"Por que eu deveria?", respondeu Bessie, em atitude defensiva. "Isso apenas lhe traria infelicidade. Acredito, mesmo, que ele teria perdido o juízo de vez."

"O juízo!", foi a resposta dele, resmungada, o que resultou em uma risada breve e nervosa por parte dela.

"Que mal havia em concordar com ele? Eu deveria brigar com o pobre velho? Era mais fácil eu mesma tentar acreditar, ainda que só pela metade."

"Sim, sim", ele refletiu, inteligentemente. "Suponho que o velho tenha envolvido você de alguma forma, com sua fala suave. Você tem bom coração."

As mãos dela moveram-se na escuridão, com nervosismo. "E poderia ser verdade. Era verdade. Aconteceu. De fato, aqui está. Este é o amanhã pelo qual esperávamos."

Ela respirou fundo e ele disse, bem-humorado: "Sim, com a porta fechada. Eu não me importaria se... Você acha que poderíamos fazer com que ele me reconhecesse… Hum? O quê?…Você poderia fazê-lo? Em uma semana, você diz? Sim, eu acho que você conseguiria – mas você acha que eu suportaria ficar uma semana inteira nesse lugar morto-vivo? Eu não! Quero ou trabalho duro ou uma algazarra ou espaço, muito mais do que posso obter em toda a Inglaterra. Já estive por aqui antes, uma vez, e por mais de uma semana. O velho estava publicando esses anúncios procurando por mim na época e um camarada meu teve a ideia de conseguir tirar dele um par de libras, escrevendo-lhe um monte de baboseiras em uma carta. Aquela brincadeira acabou não dando certo, no fim das contas. Tivemos que dar o fora – e bem a tempo. Dessa vez, porém, tenho um amigo esperando por mim em Londres e, além disso…"

Bessie Carvil estava ofegante.

"E se eu tentasse bater à porta?", sugeriu ele.

"Tente", ela respondeu.

O portão do capitão Hagberd rangeu e a sombra do filho se moveu, para logo parar, soltando uma risada profunda, muito semelhante à do pai, embora mais suave e gentil, arrebatadora para o coração da mulher, um despertar para seus ouvidos.

"Ele não é brincalhão – ou é? Eu teria medo de tentar segurá-lo. Os camaradas sempre me dizem que eu desconheço minha própria força."

"O capitão é a criatura mais inofensiva que já existiu", ela o interrompeu.

"Você não diria isso se o tivesse visto quando ele me perseguia, segurando uma correia dura de couro, pelo andar superior de nossa casa", foi a resposta dele. "Eu não esqueci isso em dezesseis anos."

Ela sentiu um calor intenso, da cabeça aos pés, quando ouviu outra risada suave. Quando ouviu ruído da aldrava, seu coração subiu até a boca.

"Ei, pai! Deixe-me entrar. Eu sou Harry. Sim, sou eu. Sério! Voltei para casa um dia antes do esperado."

Uma das janelas do andar superior se abriu.

AMANHÃ

"O sujeito sorridente das informações", disse a voz do velho Hagberd, lá em cima na escuridão. "Você não tem nada a ver com ele. Vai estragar tudo."

Ela ouviu Harry Hagberd dizer "Oi, pai" e depois um ruído estridente. A janela foi fechada e ele estava de novo diante dela.

"É como nos velhos tempos. Quase me deu uma surra apenas para evitar que eu fosse embora e agora, que estou de volta, joga uma maldita pá na minha cabeça para me afastar. Passou de raspão pelo meu ombro."

Ela estremeceu.

"Eu não me importaria", ele começou, "mas gastei meus últimos xelins com o bilhete do trem e meus últimos centavos para me barbear – por respeito ao velho, aliás."

"O senhor é mesmo Harry Hagberd?", ela perguntou, apressadamente. "Pode provar isso?"

"Se posso provar? Alguém mais poderia provar uma coisa dessas?", respondeu com jovialidade. "Provar com o quê? O que eu deveria provar? Não há um único canto do mundo, exceto a Inglaterra, talvez, onde não se possa encontrar algum homem, ou mais provavelmente alguma mulher, que não se lembre de mim como Harry Hagberd. Eu sou mais parecido com Harry Hagberd do que qualquer outro homem vivo; e posso prová-lo a você em um minuto, se abrir o seu portão para mim."

"Entre", disse ela.

O rapaz adentrou, então, o jardim dos Carvil. Sua sombra alta caminhou se pavoneando; ela ficou de costas para a janela e esperou, observado a figura, da qual os passos pareciam ser a parte mais concretamente percebida. A luz revelava um chapéu inclinado; ombros poderosos que pareciam abrir caminho na escuridão; e pernas que aceleravam o passo. Ele se virou e ficou imóvel, contemplando a iluminada janela da sala atrás dela, virando a cabeça de um lado para outro, rindo baixinho para si mesmo.

"Imagine, por um minuto, a barba do velho colada no meu queixo. Ei? Agora diga. Sou a cara dele, desde pequeno."

"É verdade", ela murmurou para si mesma.

"Mas é apenas isso. Ele sempre foi um tipo doméstico. E realmente, lembro-me muito bem que ele costumava ficar com ares de doente por três dias toda vez que tinha de deixar nossa casa em suas viagens para South Shields, em busca de carvão. Ele tinha uma licença permanente fornecida pelas empresas de gás por ele atendidas. Dava para se pensar que ele estava indo à caça de baleias – ficar fora três anos e pouco. Ha, ha! Nada disso. Só dez dias fora de casa. O Skimmer of the Seas era um ótimo barco. Belo nome, não é? O tio da minha mãe era o dono..."

Interrompeu seu discurso e fez uma pergunta em voz baixa: "Ele já contou do que a minha mãe morreu?"

"Sim", respondeu a senhorita Bessie, amargamente – "de impaciência."

Ele não disse nada por algum tempo; então, bruscamente: "Eles tinham tanto medo de que eu acabasse mal que me expulsaram. Mamãe me importunava por eu ser ocioso, e o velho me dizia que preferia arrancar minha alma do corpo a me deixar ir ao mar. Bem, parecia que ele pretendia fazer exatamente isso – então, fui embora. Às vezes, me parece que nasci nessa família por algum engano – naquela outra casa que parecia uma gaiola."

"E onde o senhor acha que deveria ter nascido, por direito?" Bessie Carvil o interrompeu, em tom desafiador.

"Ao ar livre, na praia, em uma noite tempestuosa", respondeu, veloz como um raio. Depois, meditou por um instante, falando mais devagar. "Eles eram tipos engraçados, os dois, por Deus; mas o velho continua em forma – não é mesmo? Atirar uma maldita pá sobre a – Escute! Que droga de gritos são esses? 'Bessie, Bessie.' Acho que vem da sua casa."

"Estão me chamando", disse ela, com indiferença.

Ele se afastou do facho de luz. "Seu marido, por acaso?", perguntou, num tom de voz de um homem acostumado a encontros ilícitos. "Ótima voz para o convés de um navio durante uma tempestade trovejante."

"Não; meu pai. Não sou casada."

"Você me parece uma garota de muitas qualidades, cara

AMANHÃ

senhorita Bessie", disse ele de imediato.

Ela virou o rosto.

"Certo, me diga, o que está acontecendo? Quem o está assassinando?"

"Ele quer o chá." Ela o encarou, imóvel, altiva, a cabeça inclinada para o lado, as mãos firmemente entrelaçadas.

"Não seria melhor você entrar?", sugeriu ele, após contemplar por um momento a nuca de Bessie, um pedaço de pele branca deslumbrante e a sombra suave acima da linha escura dos ombros. O xale havia escorregado até os cotovelos. "Toda a cidade virá aqui em breve. Vou esperar mais um pouco."

O xale caiu no chão e ele se inclinou para apanhá-lo; ela desapareceu. Ele o jogou por sobre o braço e, aproximando-se da janela com firmeza, viu a forma monstruosa de um homem obeso sentado em uma poltrona, uma lâmpada sem cúpula, e o bocejo de uma bocarra em um imenso rosto achatado, emoldurado por um halo de cabelos despenteados. Também eram visíveis a cabeça e o busto da senhorita Bessie. A gritaria foi interrompida; a veneziana, baixada. E o jovem do lado de fora se perdeu em seus pensamentos, conjecturando o quão esquisito era aquilo tudo. O pai estava louco; era impossível entrar na casa. Portanto, não haveria dinheiro para o retorno; o amigo faminto em Londres começaria a pensar que tinha sido abandonado. "Droga!", murmurou. Decerto poderia arrombar a porta; mas talvez eles o enviassem à cadeia por isso, sem muitas perguntas – claro que era algo fácil de se resolver, porém ele estava temeroso demais diante da perspectiva de ser encarcerado, mesmo que por engano. Só de pensar, sentiu até um calafrio. Bateu com força os pés na grama encharcada.

"O que o senhor é? Um marinheiro?", disse uma voz agitada.

A senhorita Bessie tinha saído de maneira sorrateira, uma sombra propriamente dita, atraída pela outra sombra ousada, à sua espera, encostada no muro de sua casa.

"Sou qualquer coisa. Marinheiro o bastante para ser capaz de fazer o meu trabalho e receber respeito. Foi como voltei para casa, dessa vez."

"De onde veio?", ela perguntou.

"Direto de uma boa farra", disse, "pelo trem de Londres – compreendeu? Ai! Odeio ter de ficar fechado dentro dos trens. Numa casa, isso não me incomoda."

"Ah", respondeu a mulher, "isso é ter sorte."

"Porque em uma casa você pode a qualquer momento abrir a maldita porta e sair, direto para o seu destino."

"E nunca mais voltar?"

"Não por pelo menos dezesseis anos", ele riu de sua própria tirada. "Voltar para uma coelheira e quase ser golpeado por uma velha e maldita pá…"

"Um navio não é tão grande", disse a mulher em tom de provocação.

"Não, mas o mar é imenso."

Ela baixou a cabeça e, como se seus ouvidos estivessem, naquele momento, abertos para as vozes do mundo, ouviu, para além do quebra-mar, as ondas do vendaval do dia anterior quebrando na praia com monótonas e solenes vibrações, como se toda a Terra tivesse se transformado em um sino fúnebre.

"Enfim, um navio é um navio. Você o ama e depois o deixa; e uma viagem não é um casamento." Ele citou ligeiramente um dito dos marinheiros.

"Não é um casamento", ela sussurrou.

"Nunca usei um nome falso e nunca contei mentiras para uma mulher. E qual mentira seria essa? Ora, a mentira – aceite-me ou adeus, quero dizer…: e se você me aceitar, então…" Ele começou a cantarolar, por entre os dentes, uma música baixinho, encostado na parede:

> *Oh, ho, ho Rio!*
> *And fare thee well,*
> *My bonnie young girl,*
> *We're bound to Rio Grande.*[5]

---

5   Oh, ho, ho, Rio! / Digo-te adeus, / Minha linda garota, / Vamos para o Rio Grande.

"Uma música de marinheiro", explicou ele. Os dentes dela rangiam.

"Você está com frio", disse ele. "Aqui está aquele seu negócio que caiu e eu peguei." Ela sentiu as mãos dele em seu corpo, envolvendo-a. "Mantenha as pontas unidas na frente", disse ele em tom de comando.

"Por que o senhor veio até aqui?", perguntou a mulher, reprimindo um estremecimento.

"Cinco libras", ele respondeu prontamente. "Deixamos nossa farra durar tempo demais e ficamos duros."

"Esteve bebendo?", perguntou ela.

"Até apagar, por três dias seguidos; de propósito. Não sou dado a isso – nem imagine. Não há nada nem ninguém que possa me dominar a menos que eu goste. Posso ser firme como uma rocha. Meu amigo vê o jornal essa manhã e me diz: 'Vá em frente, Harry: pai amoroso.' São cinco libras com certeza. Então, raspamos os bolsos para a passagem. Droga de brincadeira!"

"Temo que seu coração seja muito duro", ela suspirou.

"Por quê? Por fugir? Ora! Ele queria que eu me tornasse o funcionário de um advogado – só para a sua própria satisfação. O mestre de seu lar; e minha pobre mãe o incentivava – tudo para o meu benefício, suponho. Muito bem, então – adeus. E fui embora. Não, eu lhe digo: no dia em que fui embora, eu estava todo roxo por causa da grande afeição que ele tinha por mim. Ah!, ele sempre foi um tipo estranho. Veja essa história da pá, agora. Não anda bom da cabeça? Não, claro que não é isso. Aquele é exatamente o meu pai. Ele me quer aqui para ter alguém em quem mandar. No entanto, nós dois estávamos sem dinheiro; e, o que são cinco libras para ele – uma única vez em todos esses dezesseis anos?"

"Ah, sinto muito pelo senhor. Nunca quis voltar para casa?"

"Para me tornar um funcionário de advogado e apodrecer por aqui – em um lugar como este?", gritou, com desprezo. "Ora essa! Se o velho me arranjasse uma casa hoje, eu a derrubaria toda a pontapés – ou morreria antes do terceiro dia acabar."

"E onde mais o senhor espera morrer?"

"Em um matagal qualquer; no mar; no topo de uma maldita montanha, por exemplo. Em casa? Sim! O mundo é a minha casa; porém, acredito que irei morrer em um hospital, algum dia. E daí? Qualquer lugar é bom o suficiente, desde que eu tenha vivido; e fui quase tudo o que você pode imaginar, menos alfaiate ou soldado. Consertei cercados; tosquiei ovelhas; carreguei minhas mercadorias roubadas e lancei arpões em baleias. Fiz a manutenção de navios, procurei ouro e esfolei touros mortos – e virei as costas para muito mais dinheiro do que o meu velho conseguiu amealhar em toda sua existência. Ha! Ha!"

Ele a deixara confusa. Ela se recompôs e conseguiu dizer:"Hora de descansar, agora."

Ele se endireitou, afastou-se da parede e, com uma voz severa, disse:"Hora de partir."

Mas não se moveu. Apoiou-se de novo e cantarolou, pensativo, um ou dois compassos de alguma canção exótica.

Ela sentiu como se estivesse prestes a chorar."Essa é outra das suas canções cruéis", disse.

"Eu a aprendi no México – em Sonora", falou com tranquilidade. "É a música dos *gambucinos*[6]. Não a conhece? A canção dos homens inquietos. Não havia nada que pudesse mantê-los em um só lugar – nem mesmo uma mulher. Costumava-se, nos velhos tempos, ver um deles, vez por outra, nas fronteiras da terra do ouro, mais ao norte do rio Gila. Eu estive lá. Um engenheiro de prospecção em Mazatlán levou-me junto com ele para ajudar a cuidar dos vagões. Um marinheiro costuma ser um sujeito habilidoso para se ter por perto. Ali, tudo é deserto: rachaduras na terra das quais não se vê o fundo; e montanhas – rochas íngremes que se erguem altas como muralhas e torres de igreja, só que cem vezes maiores. Os vales estão repletos de seixos rolados e pedras pretas. Nem uma única folha de grama à vista; e o sol se

---

6   Expressão mexicana que designa os exploradores de minérios, além de mineiros em pequena escala. Também foi empregada para descrever os exploradores que buscavam ouro na febre por tal minério nos EUA e no Canadá, no século XIX.

põe mais vermelho naquele lugar do que em qualquer outro que eu conheça – vermelho-vivo e furioso. É muito bonito."

"E o senhor não quer voltar para lá?", gaguejou a mulher.

Ele riu um pouco. "Não. Aquela é a maldita terra do ouro. Às vezes, me dava arrepios só de olhar para ela – e, pense bem, éramos muitos homens juntos. Mas esses *gambucinos*, esses vagueavam sozinhos. Conheciam aquela região antes que qualquer um tivesse ouvido falar dela. E tinham um tipo de dom para a prospecção, a febre do ouro também era da sua natureza; e não pareciam desejar o ouro em si, no fim das contas. Encontravam sempre um bom veio para depois abandoná-lo; pegavam talvez um pouco – o que devia ser suficiente para uma boa farra – e depois continuavam na sua busca por mais. Nunca paravam por muito tempo onde houvesse casas; não tinham esposas, nem namoradas, nem lar, nem mesmo um amigo. Não era possível ter amizade com um *gambucino*; eles eram inquietos demais – hoje aqui, mas só Deus sabe onde amanhã. Não contavam a ninguém a respeito de seus achados e nunca conheci um *gambucino* em boa situação financeira. Eles não se importavam com o ouro; eram essas andanças, essa busca incessante por toda aquela terra pedregosa que os possuía e não os deixava em paz: de modo que não havia mulher no mundo que conseguisse prender um *gambucino* por mais de uma semana. É disso que a canção trata. É sobre uma jovem bonita que se esforçou para prender seu amante *gambucino*, para que ele lhe trouxesse muito ouro. Imagine! Mas ele foi embora e ela nunca mais o viu."

"O que aconteceu com ela?", suspirou Bessie.

"A canção não diz. Chorou um pouco, ouso dizer. Era beijar e partir. Mas é essa procura por algo – algo… Às vezes, acho que sou uma espécie de *gambucino*."

"Nenhuma mulher pode prender o senhor, então", disse ela, com certo descaramento expresso na voz que falhou de repente, antes de terminar a frase.

"Não mais que uma semana", brincou, tangendo o coração dela com as notas mais suaves e alegres de sua risada; "e ainda assim, gosto de todas elas. Qualquer coisa para a mulher do tipo certo.

As enrascadas em que elas me meteram e aquelas das quais me tiraram! Eu amo as mulheres à primeira vista. Já me apaixonei por você, senhorita – o seu nome é Bessie, não é?"

Ela recuou um pouco e deu uma risada trêmula:

"O senhor ainda não viu meu rosto."

Ele se inclinou para frente, galanteador: "Um pouco pálido, é verdade: mas lhe cai bem. Você é uma moça bonita, senhorita Bessie."

Ela ficou bastante perturbada. Nunca ninguém havia falado com ela assim antes.

O tom da conversa dele mudou. "Estou com um pouco de fome. Não tomei o café da manhã hoje. Não daria para me arranjar um pedaço de pão daquele lanche, ou…"

A mulher já tinha desaparecido. Ele estivera a ponto de pedir que ela o deixasse entrar. Não faz mal. Qualquer lugar serviria. Droga de enrascada! O que seu amigo pensaria?

"Não pedi como um mendigo", ele disse em tom de galhofa, pegando um pedaço de pão com manteiga do prato que ela segurava diante dele. "Pedi como um amigo. Meu pai é rico, você sabe."

"Ele passa fome pelo senhor."

"E eu já passei fome por causa dos caprichos dele", retrucou ele, pegando mais um pedaço.

"Tudo o que ele tem no mundo é para o senhor", ela alegou.

"Sim, mas só se eu ficar por aqui de vez, como um sapo no buraco. Não, obrigado; e a pá, hein? Ele sempre teve um jeito esquisito de demonstrar seu amor."

"Eu poderia convencê-lo em uma semana", ela sugeriu, timidamente.

Ele estava com fome demais para lhe dar uma resposta; ela, que segurava o prato de modo submisso, começou a sussurrar para ele com rapidez, a voz ofegante. Ele ouviu, espantado, comendo cada vez mais devagar até que, por fim, suas mandíbulas pararam completamente. "Esse é o jogo dele, então?", disse, em tom de desprezo mordaz. Um incontrolável movimento do seu braço fez com que o prato voasse para longe. Ele proferiu uma violenta imprecação.

AMANHÃ

Ela se encolheu, colocando as mãos contra a parede.

"Não!" ele se enfureceu. "Ele espera! Espera que eu – por causa do seu maldito dinheiro!... Quem quer sua casa? Louco – não ele! Nem pense nisso. Ele quer as coisas do seu jeito. Queria que eu me tornasse um miserável funcionário de advogado, e agora quer fazer de mim um maldito coelho domesticado numa gaiola. De mim! De mim!" Sua risada furiosa, agora sufocada, a assustou.

"O mundo todo não é grande demais para mim. E eu posso te dizer – qual é o seu nome – Bessie – quanto mais uma maldita sala numa gaiola. Casar! Ele quer que eu me case e me acomode! E é muito provável que já tenha arranjado uma garota também – maldição! E você conhece essa mulher, por acaso?"

Bessie tremia dos pés à cabeça, dominada por soluços secos, silenciosos; mas ele estava furioso e irritado demais para perceber a angústia dela. Mordeu o polegar de tanta raiva, diante da mera ideia. Uma janela se abriu, ruidosamente.

"O sujeito risonho, cheio de informações", afirmou o velho Hagberd, dogmaticamente, de forma comedida. O som da sua voz pareceu a Bessie tornar a própria noite enlouquecida – despejar insanidade e desgraça sobre a Terra.

"Agora entendo o que há de errado com as pessoas dessa cidade, minha querida. Ora, mas é claro! Com esse sujeito louco andando por aí. Não queira ficar perto dele, Bessie. Bessie, faça o que eu digo!"

Os dois ficaram parados, emudecidos. O velho dava sinais de impaciência e falava algo para si mesmo na janela. De repente, gritou a plenos pulmões: "Bessie – estou vendo você. Vou contar tudo ao Harry."

Ela fez um movimento, como se pretendesse fugir, mas parou e levou as mãos às têmporas. O jovem Hagberd, sombrio e imenso, não se mexia, como se fosse feito de bronze. Acima deles, a noite alucinada choramingava e ralhava, na voz de um velho.

"Mande-o embora, minha querida. Ele é só um vagabundo. O que você quer é um bom lar, somente seu. Esse sujeito não tem onde cair morto – ele não é como o Harry. Ele não pode ser o

Harry. Harry chega amanhã. Você ouviu? Mais um dia", balbuciou, ainda mais agitado: "Não tenha medo. Harry se casará com você."

Sua voz estridente e enlouquecida sobrepunha-se ao barulho profundo e regular das ondas, que serpenteavam com força na face externa do quebra-mar.

"Ele vai ter de fazê-lo. Eu o obrigarei ou" – e o velho fez um juramento solene – "eu o deserdarei amanhã, e deixarei tudo para você. Farei isso. Para você. Que ele morra de fome."

A janela se fechou, com grande ruído.

Harry suspirou profundamente e deu um passo na direção de Bessie. "Então é você – a tal garota", disse, em voz baixa. Ela não havia se movido e ficara meio virada para ele, pressionando a cabeça com as palmas das mãos. "Nossa!", ele prosseguiu, com um invisível sorriso nos lábios. "Estou muito disposto a ficar…"

Os cotovelos dela tremiam violentamente.

"Por uma semana", concluiu, sem uma pausa sequer.

Ela bateu as mãos no próprio rosto.

Ele se aproximou e segurou os pulsos de Bessie com delicadeza. Ela sentiu a respiração dele em seus ouvidos.

"Estou numa enrascada – e vai ser você quem vai me tirar dela." Ele tentava descobrir o rosto dela, que resistia. Ele a soltou e recuou um pouco. "Você tem algum dinheiro?", perguntou. "Devo dar o fora já."

Ela assentiu rapidamente, envergonhada, e ele esperou, olhando para longe, enquanto ela, tremendo e inclinando a cabeça, buscava o bolso do vestido.

"Aqui está!", ela sussurrou. "Vá embora! Vá embora, pelo amor de Deus! Se eu tivesse mais – mais – eu daria tudo para esquecer, para fazer o senhor esquecer."

Ele estendeu a mão. "Não tenha medo! Eu jamais esqueci uma única de vocês no mundo. Algumas me deram mais do que dinheiro – porém agora sou apenas um mendigo –, e vocês, mulheres, precisam me tirar das minhas enrascadas."

Ele andou de um lado para o outro até a janela da sala e, na luz baça filtrada pela veneziana, contemplou a moeda na palma da mão. Era um meio-soberano. Colocou-a no bolso. Bessie ficou de lado, cabisbaixa, como se estivesse ferida; os braços caídos passivamente, como se mortos.

"Você não pode me prender", disse ele, "e você não pode escapar."

Colocou o chapéu na cabeça, ajustando-o com um tapinha, e no momento seguinte ela se sentiu erguida pelo poderoso enlace dos braços daquele homem. Seus pés pareciam não tocar mais o chão; a cabeça estava jogada para trás; ele cobriu seu rosto de beijos que revelavam um ardor silencioso e dominador, como se tivesse pressa em chegar à alma dela. Beijou aquelas bochechas pálidas, a testa firme, as pálpebras pesadas, os lábios descoloridos; e os golpes e suspiros compassados da maré alta acompanhavam a força envolvente daqueles braços, o poder avassalador de suas carícias. Era como se o mar, derrubando o muro que protegia todas as casas da cidade, tivesse lançado uma onda diretamente contra ela. Isso passou; ela cambaleou para trás, os ombros apoiados na parede, exausta, como se tivesse sido ilhada ali depois de uma tempestade e de um naufrágio.

Bessie abriu os olhos depois de alguns instantes; e, ouvindo os passos firmes e vagarosos que se afastavam com sua conquista, começou a recolher suas saias, olhando o tempo todo para a frente. Súbito, atravessou correndo o portão aberto em direção à rua escura e deserta.

"Pare!", gritou ela. "Não vá!"

E, escutando atentamente, a cabeça ereta, ela não sabia dizer se era a batida rítmica das ondas ou os passos vaticinantes dele que pareciam cair com crueldade sobre seu coração. Naquele momento, todo os sons estavam cada vez mais abafados, como se ela estivesse se transformando em pedra. O medo desse silêncio tétrico a atingiu – e o choque foi pior que o medo da morte. Invocou suas últimas forças para um apelo final:

"Harry!"

Nem mesmo o eco agonizante de um passo. Nada. O estrondo das ondas, a voz do próprio mar agitado, tudo silenciara. Não havia mais nenhum som – nenhum sussurro de vida, como se ela estivesse sozinha e perdida naquela região rochosa descrita por ele, na qual loucos procuram ouro e rejeitam a descoberta.

O capitão Hagberd, dentro de sua casa escura, mantivera-se alerta. Uma janela se abriu; e no silêncio da região rochosa, uma voz falou no alto da escuridão – a voz da loucura, das mentiras, do desespero –, a voz da esperança inextinguível: "Ele já foi –, aquele sujeito das informações? Você ainda o ouve por aqui, minha querida?"

Ela desabou em lágrimas. "Não! Não! Não! Não o ouço mais", disse entre soluços.

Ele começou a rir, triunfante. "Você o assustou. Boa menina. Agora estaremos bem. Não seja impaciente, minha querida. Mais um dia."

Na outra casa, o velho Carvil, sentado regiamente em sua poltrona, com um globo aceso ao seu lado sobre a mesa, gritou por ela, num tom de voz diabólico: "Bessie! Bessie! Você, Bessie!"

Ela finalmente o ouviu e, como que vencida pelo destino, cambaleou em silêncio para o seu pequeno inferno abafado de casa. Não tinha um umbral imponente, nem inscrições a respeito de esperanças perdidas – e ela não compreendia onde havia pecado.

O capitão Hagberd entrara, gradualmente, em um estado de ruidosa felicidade no andar de cima.

"Entre! Fique quieto!", ela ralhou com ele da soleira da porta.

Ele se rebelara contra a autoridade dela por conta de sua imensa alegria de ter se livrado, finalmente, daquilo que "estava errado". Era como se toda a loucura esperançosa do mundo tivesse irrompido para trazer o terror ao coração dela, na voz daquele velho que, aos gritos, afirmava sua confiança em um eterno amanhã.

Um Anarquista:
Um Conto de Desespero [1]

Naquele ano, passei os dois melhores meses da estação seca em uma das propriedades – na verdade, na principal propriedade pecuarista – de uma famosa companhia fabricante de extrato de carne.

B.O.S. Bos. Você, provavelmente, já deve ter visto essas três letras mágicas nas páginas de anúncios em revistas e jornais, nas vitrines dos comerciantes de suprimentos e nos calendários do próximo ano, recebidos pelo correio em novembro. Panfletos também são distribuídos, escritos nos mais diversos idiomas em um estilo doentiamente entusiástico, apresentando estatísticas de abates e carnificinas que fariam um turco desmaiar. A "arte" que ilustra tal "literatura" representa, em cores vívidas e brilhantes, um imenso e furioso touro negro pisoteando uma cobra amarela que se contorce numa relva verde-esmeralda, tendo um céu azul-cobalto como plano de fundo. Trata-se de uma atrocidade e é uma alegoria. A cobra simboliza doença, fraqueza – talvez a mera fome, a doença crônica que afeta a maior parte da humanidade. Naturalmente, todos conhecem bem a B.O.S. Ltda. e seus produtos inigualáveis – Vinobos, Jellybos e a última e mais perfeita criação, Tribos, cujos nutrientes são oferecidos ao comprador não só de forma muito concentrada, mas também já em parte digeridos. Esse, ao que parece, é o amor que a Companhia Limitada

---

[1] Publicado originalmente em 1906 no *Harper's Magazine*, com o título "An Anarchist: A Desperate Tale" e posteriormente republicado na coletânea de contos *A Set of Six*.

tem pelas pessoas – algo próximo, podemos dizer, do amor do pai e da mãe do pinguim por seus filhotes famintos.

Como é lógico, o capital de um país deve ser produtivamente empregado. Não tenho nada a dizer contra a Companhia. Porém, sendo animado por sentimentos de afeição por meus semelhantes, observo, entristecido, o moderno sistema publicitário. Qualquer evidência possível que ofereça no tocante ao empreendimento, à engenhosidade, à desfaçatez e toda sorte de recursos empregados por certos indivíduos, prova para a minha mente a ampla prevalência daquela forma de degradação mental chamada credulidade.

Em várias partes do mundo civilizado e incivilizado, tive que engolir B.O.S., e devo admitir que isso não deixou de ter algum benefício para mim, embora não me causasse grande prazer. Preparado com água quente e muito tempero para realçar o sabor, esse extrato não é de todo desagradável. Contudo, nunca suportei as propagandas. Talvez não tenham ido longe o suficiente. Pelo que me recordo, não prometem juventude eterna aos consumidores de B.O.S., tampouco atribuíram aos seus produtos respeitáveis o poder de ressuscitar os mortos. Por que esse comedimento austero? Não acredito, entretanto, que conseguiriam ganhar minha atenção mesmo nesses termos. Qualquer que seja a forma de degradação mental de que eu possa sofrer (como ser humano que sou), não é da forma popular. Não sou crédulo.

Tenho tido certa dificuldade para trazer, de forma nítida, essa declaração referente a mim mesmo, tendo em vista a história que se segue. Verifiquei os fatos tanto quanto possível. Revi os arquivos de jornais franceses e conversei com o oficial que comanda a guarda militar na Île Royale quando, no decorrer de minhas viagens, cheguei a Caiena. Creio que a história seja, na maior parte, verdadeira. É o tipo de história que, penso eu, ninguém inventaria sobre si mesmo, pois ela não é grandiosa ou lisonjeira, e nem mesmo divertida o bastante para satisfazer uma vaidade pervertida.

A coisa toda diz respeito ao mecânico do vapor pertencente à fazenda de gado Marañon, ligada à B.O.S. Cia. Ltda. De fato, tal propriedade é uma ilha – do tamanho de uma pequena província,

UM ANARQUISTA: UM CONTO DE DESESPERO

situada no estuário de um grande rio sul-americano. É um local agreste, nada bonito, embora a relva que cresça em suas baixas planícies pareça possuir qualidades excepcionais em termos de nutrição e de sabor. Ressoa com o mugido de inúmeros rebanhos – um som profundo e angustiante a céu aberto, que se eleva como um protesto monstruoso de prisioneiros condenados à morte. No continente, a cerca de trinta quilômetros de água lamacenta e descolorida, ergue-se uma cidade cujo nome é, digamos, Horta.

Contudo, a característica mais instigante dessa ilha (além de sua semelhança com uma colônia penal para um gado condenado) consiste no fato de ser o único habitat conhecido de uma borboleta extremamente rara e bela. A espécie é ainda mais rara que bela, o que não quer dizer pouca coisa. Já fiz referência às minhas viagens. Estava viajando, naquele momento, estritamente para mim mesmo, com um comedimento desconhecido nesses dias de passagens "volta ao mundo". E houve um tempo em que viajei até mesmo com um objetivo. Na verdade, sou – "Ha, ha, ha! – um desesperado matador de borboletas. Ha, ha, ha!"

Esse era o tom em que o sr. Harry Gee, o administrador responsável pela propriedade pecuarista, costumava se referir às minhas atividades. Elas deveriam lhe parecer o maior absurdo do mundo. Por outro lado, a B.O.S. Cia. Ltda. representava para ele o ápice em termos de realizações do século XIX. Eu, inclusive, acredito que ele dormia de perneiras e esporas. Passava seus dias em cima de uma sela, atravessando aquelas planícies como um raio, seguido por um séquito de cavaleiros semisselvagens que o chamavam de dom Enrique e que não tinham uma ideia muito clara de que era a B.O.S. Cia. Ltda., que pagava seus salários. Ele era um excelente administrador, mas não sei por que, em nossos encontros durante as refeições, me dava tapinhas nas costas e fazia perguntas zombeteiras, aos gritos: "Como foi o esporte mortífero hoje? As borboletas ficaram mais fortes? Ha, ha, ha!" –, em especial tendo em vista ainda o fato de ele me cobrar dois dólares por dia pela hospitalidade da B.O.S. Cia. Ltda. (cujo capital líquido era de £1.500.000), em cujos balancetes daquele ano tais quantias estariam sem dúvida incluídas. "Não acho que possa cobrar menos, para ser justo com minha Companhia", comentara ele, com extrema seriedade, ao discutirmos os termos de minha estadia na ilha.

Suas chacotas seriam bastante inofensivas se a intimidade das nossas relações, que carecia de qualquer sentimento amigável, não fosse algo detestável por si só. Além disso, seu sarcasmo não era muito divertido. Consistia na cansativa repetição de frases descritivas aplicadas aos outros, acompanhadas de tonitruantes gargalhadas. "O desesperado matador de borboletas. Ha, ha, ha!", era um exemplo da sua zombaria peculiar, que ele tanto apreciava. Na mesma veia de humor sofisticado, certa feita ele chamou minha atenção para o mecânico do vapor, quando caminhávamos à margem de um riacho.

A cabeça e depois os ombros do homem surgiram do convés, sobre o qual estavam espalhadas várias ferramentas de trabalho e algumas peças de maquinaria. Ele estava realizando alguns reparos nos motores. Ao som dos nossos passos, levantou ansiosamente um rosto sujo, com queixo pontudo e um pequeno bigode louro. O pouco que podia ser visto de suas feições delicadas sob as manchas negras me pareceu desgastado e lívido à sombra esverdeada de uma árvore imensa que espalhava sua folhagem sobre a embarcação, ancorada junto à margem.

Para minha grande surpresa, Harry Gee o chamou de "Crocodilo", usando o tom meio zombeteiro, meio intimidador, característico da sua autossatisfação: "Como vai o trabalho, Crocodilo?"

Eu deveria ter dito antes que o amável Harry havia aprendido um pouco de francês em algum lugar – em alguma colônia – e que ele o pronunciava com desagradável e forçada precisão, como se quisesse fazer troça daquela língua. O homem no vapor respondeu de imediato, com voz afável. Seus olhos tinham uma suavidade líquida e seus dentes brilhavam, brancos, deslumbrantes por entre os lábios finos e caídos. O administrador voltou-se para mim, alegre e barulhento, para explicar: "Eu o chamo de Crocodilo porque ele vive meio dentro, meio fora do riacho. Um anfíbio, percebe?

UM ANARQUISTA: UM CONTO DE DESESPERO

Não há nenhum outro tipo de anfíbio vivendo na ilha, além de crocodilos; então ele deve pertencer à espécie, não é mesmo? Mas a verdade é que ele não é nada mais nada menos que *un citoyen anarchiste de Barcelone*."

"Um cidadão anarquista de Barcelona?", repeti, estupidamente, olhando para o homem. Ele havia voltado ao trabalho no motor da embarcação, e nos dava as costas. Dessa posição, o ouvi protestar, de forma bem audível:

"Eu nem sei espanhol."

"Ei? Qual é? Você se atreve a negar que veio de lá?", o perfeito administrador o criticou com truculência.

Diante disso, o homem se endireitou, deixando cair a chave inglesa que estava usando e nos encarou; todo o seu corpo tremia.

"Eu não nego nada, nada, nada!", disse, agitado.

Retomou a chave inglesa e voltou a trabalhar, sem prestar mais atenção em nós. Depois de observá-lo por algum tempo, fomos embora.

"Ele é realmente um anarquista?", perguntei, quando estávamos fora do alcance do seu ouvido.

"Não dou a mínima para o que ele é", respondeu o humorado representante oficial da B.O.S. Cia. Ltda. "Dei esse nome a ele porque me convinha chamá-lo assim. É bom para a Companhia."

"Para a Companhia!", exclamei, interrompendo o que dizia.

"Ahá!", disse ele, triunfante, inclinando seu rosto imberbe e achatado e esticando as pernas finas e longas. "Isso é surpreendente para você. Sou obrigado a fazer o melhor para a minha Companhia. Seus gastos são imensos. Pois é — o nosso agente em Horta me diz que eles gastam cinquenta mil libras por ano em propaganda no mundo todo! Não é possível ser demasiado econômico ao se controlar um negócio desse porte. Então, ouça atentamente. Quando comecei a administrar essa propriedade, não havia por aqui um barco a vapor. Pedi um e continuei pedindo em cada carta enviada, até que consegui; entretanto, o sujeito que mandaram junto abandonou o emprego depois de dois meses, deixando o vapor atracado no pontão em Horta. Arranjou salário melhor em uma serraria subindo o rio – Dane-se! E desde então é sempre a mesma coisa. Qualquer vagabundo escocês ou ianque que goste de se chamar mecânico chega por aqui, recebe dezoito libras esterlinas por mês e, quando você vai ver, o sujeito desaparece, depois de quebrar alguma coisa. Dou a minha palavra – alguns tratantes que tive como maquinistas não sabiam a diferença entre a caldeira e a chaminé. Mas esse camarada, ele sim conhece seu ofício e eu não tenho nenhum interesse em que ele suma por aí. Entendeu?"

E ele deu uma tapinha no meu peito, como forma de ênfase. Não obstante todos esses modos peculiares, eu queria saber o que tudo aquilo tinha a ver com o fato de o homem ser um anarquista.

"Ora, vamos!", escarneceu o administrador. "Se você visse de repente um sujeito descalço e maltrapilho se esgueirando entre os arbustos nessa ilha, pela orla do mar, e, ao mesmo tempo observasse, a menos de um quilômetro da praia, uma pequena escuna cheia de negros saindo às pressas, você não ia achar que o cara caiu do céu, não é mesmo? E só podia ser isso ou Caiena. Tenho minhas próprias ideias. Tão logo percebi aquela coisa esquisita, disse a mim mesmo: 'Um condenado ao degredo fugiu.' Estava tão certo disso quanto da sua presença, aqui na minha frente. Daí meti as esporas pra cima dele. Ele ficou imóvel sobre um montão de areia e gritou: '*Monsieur! Monsieur! Arretez!*' No minuto seguinte, começou a correr como se a vida dele dependesse disso. Eu falei com meus botões: 'Vou domar sua natureza antes de acabar com sua raça.' Sem dizer palavra persisti, levando-o para lá e para cá. Finalmente, consegui encurralá-lo na praia, em um bolsão. Os calcanhares dele estavam mergulhados na água e não havia nada além do mar e do céu por trás, enquanto meu cavalo pateava a areia, sacudindo a cabeça, a um metro de distância do sujeito.

Ele cruzou os braços sobre o peito e ergueu o queixo, expressando desespero. Mas toda aquela pose de mendigo não me impressionava.

E eu disse: 'Você deve ser um condenado foragido.'

Quando ele ouviu francês, seu queixo caiu e o rosto se alterou.

Ofegante, respondeu: 'Não nego nada', pois eu continuava acossando com esperteza o sujeito com meu cavalo. Perguntei o que fazia ali. Então, após recuperar o fôlego, me respondeu que pretendia chegar até uma fazenda que, imaginava (a partir do pessoal da escuna, suponho) estaria por ali, nas redondezas. Aí eu dei uma gargalhada e ele ficou inquieto. Havia sido enganado? Não havia nenhuma fazenda por perto?

Gargalhei mais e mais. Ele estava a pé e é evidente que o primeiro punhado de gado que encontrasse pelo caminho o teria esmagado sob os cascos. Um homem sem montaria, no meio de um pasto, não tem a menor chance.

'Minha chegada, com certeza, salvou sua vida', eu lhe disse. Ele observou que talvez isso fosse verdade; mas que imaginara que eu quisesse esmagá-lo sob os cascos do meu cavalo. Eu lhe garanti que isso teria sido muito fácil, se eu quisesse. Chegamos então a um tipo de ponto morto. Pois eu não tinha ideia, por mais que tentasse, do que fazer com aquele condenado, além de, talvez, jogá-lo de volta ao mar. Ocorreu-me perguntar qual o motivo de seu degredo. Ele baixou a cabeça.

'O que foi?', perguntei. 'Roubo, assassinato, estupro, o quê?' Eu queria ouvir o que ele tinha a dizer, embora, é claro, esperasse que a resposta seria algum tipo de mentira. Mas tudo o que ele disse foi:

'Pense o que quiser. Não nego nada. Nunca é bom negar alguma coisa.'

Observei-o com cuidado quando um pensamento me ocorreu.

'Tem anarquistas nesses barcos também', disse eu. 'Talvez você seja um deles.'

'Eu não nego nada, *monsieur*', repetiu.

Aquela resposta me fez pensar que talvez ele não fosse um anarquista, no final das contas. Costumo pensar que esses malditos lunáticos são bastante orgulhosos de si mesmos. Se ele fosse realmente um anarquista, teria confessado imediatamente.

O que você era antes de ser condenado?

'*Ouvrier*[2], disse. 'Dos bons mesmo.'

---

2   "Operário", em francês no original.

Nesse momento comecei a achar que ele devia mesmo ser anarquista. É dessa classe que essa gente costuma vir, não é? Odeio esses brutamontes covardes que jogam bombas. Quase decidi dar meia-volta com meu cavalo e deixá-lo ali, para morrer de fome ou se afogar, o que ele preferisse. Claro que se ele quisesse atravessar a ilha para me incomodar de novo, o gado daria um jeito nisso. Mesmo assim, algo me levou a fazer mais uma pergunta:

'Que tipo de operário?'

Já não me importava tanto a resposta do sujeito. Mas, quando ele respondeu '*Mecanicien, monsieur*'[3], quase pulei da sela, tamanho meu entusiasmo. O vapor permanecia largado e inativo no riacho há três semanas. Meu dever para com a Companhia tornou tudo muito claro. Ele percebeu meu sobressalto e lá ficamos nos encarando por um minuto ou mais, como se estivéssemos enfeitiçados.

'Sobe na garupa do meu cavalo', disse-lhe então. 'Você vai colocar meu vapor para funcionar.'"

Essas foram as palavras com que o respeitável administrador da propriedade Marañon me relatou a chegada do suposto anarquista. Ele pretendia mantê-lo empregado – algo que advinha de seu senso de dever para com a Companhia – e o nome que lhe deu o impediria de obter qualquer outro emprego em Horta. Os *vaqueros* da propriedade, quando se ausentavam do trabalho, ajudaram a espalhar o boato por toda a região. Não sabiam o que era um anarquista, nem conheciam o significado de Barcelona. Eles passaram a chamá-lo Anarchisto de Barcelona, como se esse fosse seu nome mais o sobrenome. As pessoas da cidade, contudo, liam nos jornais notícias sobre os anarquistas na Europa e ficaram sobremaneira impressionados. E o sr. Harry Gee divertia-se a valer com esse acréscimo jovial, "de Barcelona", soltando suas sonoras gargalhadas. "Essa raça é particularmente assassina, não é não? O boato faz com que as pessoas das serrarias próximas tenham medo de lidar com ele, você entende?", exultava ele em sua aparente candura. "Consegui prendê-lo por um simples nome

---

3   "Mecânico, senhor", em francês no original.

de forma muito mais eficiente do que se eu o tivesse acorrentado pela perna no convés do vapor."

"E veja", acrescentou, depois de uma pausa, "ele não nega. Não o trato injustamente. De qualquer modo, ele é, sim, um tipo de condenado."

"Suponho que você lhe pague algum salário regular, não é?", perguntei.

"Salário! O que ele faria com dinheiro aqui? Recebe comida direto da minha cozinha e roupa, do armazém. É claro que vou lhe dar alguma coisa no fim do ano, mas você acha que eu empregaria um condenado e lhe pagaria o mesmo que a um homem honesto? Em primeiro e em último lugar, cuido dos interesses da Companhia."

Admiti que, considerando os gastos de cinquenta mil libras a cada ano apenas em propaganda, uma economia bastante rígida era estritamente necessária. Diante disso, o administrador da estância Marañon resmungou em aprovação.

"E digo mais", prosseguiu, "se eu tivesse certeza de que ele é um anarquista e se, por um momento apenas, ele tivesse o descaramento de me pedir dinheiro, só receberia de paga o tacão da minha bota. No entanto, prefiro dar-lhe o benefício da dúvida. Estou totalmente disposto a acreditar que não tenha feito nada demais – além de cravar uma faca em alguém – com circunstâncias atenuantes – ao estilo francês, você sabe. Mas esses desgraçados sanguinários, esses subversivos que buscam acabar com a lei e com a ordem nesse mundo, esses fazem meu sangue ferver. Desse modo, a única coisa que conseguem é puxar o seu próprio tapete e dar razão às pessoas decentes, respeitáveis e trabalhadoras. E digo mais: pessoas que têm essa consciência, como você e eu, devem ser protegidas de alguma forma; caso contrário, o primeiro canalha que surgisse seria tão bom e digno quanto eu. Não é verdade? E isso seria absurdo!"

Ele me olhou fixamente. Assenti de leve com a cabeça e murmurei que, sem dúvida, sua opinião escondia uma verdade sutil.

A principal verdade que se pode descobrir nas opiniões do mecânico Paul era que algo insignificante pode custar a vida de um homem.

"*Il ne faut pas beaucoup pour perdre un homme*"[4], me disse, pensativo, certa noite.

Cito essa reflexão em francês já que o homem era de Paris, não de Barcelona. Em Marañon, vivia longe da estação, em um pequeno galpão com teto de metal e paredes de palha, que ele chamava "*mon atelier*". Mantinha ali sua bancada de trabalho. Deram-lhe várias mantas de cavalos e uma sela – não que ele tivesse alguma chance de cavalgar, mas porque nenhum outro tipo de cama era utilizado pelos trabalhadores dali, todos eles *vaqueros*. E sobre esses apetrechos de cavaleiros, como um autêntico filho das planícies, ele costumava dormir no meio de suas ferramentas de trabalho, em uma maca feita de sucata de ferro enferrujada, uma forja portátil próxima da cabeça, sob a bancada de trabalho que também servia de suporte para um mosquiteiro imundo.

De vez em quando eu levava para ele uns tocos de vela que conseguia obter do escasso suprimento da casa do administrador. Ele era muito grato por eles. Não gostava de ficar acordado na escuridão, me confessou certa feita. Queixava-se sempre que não conseguia conciliar o sono. "*Le sommeil me fuit*"[5], dizia, com seu ar habitual de manso estoicismo, algo que lhe dava um caráter simpático e até mesmo comovente. Dei-lhe a entender que eu não atribuía indevida importância ao fato de ele ter sido um condenado.

E chegou, por fim, a noite em que ele acabou falando mais de si. Quando um dos tocos de vela, deixado na beirada da bancada, estava a ponto de se apagar, ele se apressou a acender outro.

Havia terminado o serviço militar numa guarnição provinciana e retornara a Paris, a fim de continuar trabalhando em seu ofício. Era muito bem pago. Contou-me, com certo orgulho que, em pouco tempo, não ganhava menos de dez francos por dia. Planejava se estabelecer por conta própria e se casar.

Nesse ponto, suspirou profundamente e fez uma pausa. Mas logo retomou seu tom estoico habitual:

"Parece que eu não conhecia a mim mesmo o suficiente."

---

4   "Não é preciso muito para fazer a perdição de um homem", em francês no original.
5   "O sono foge de mim", em francês no original.

No seu vigésimo quinto aniversário, dois de seus amigos da oficina em que trabalhava se ofereceram para lhe pagar um jantar. Tal atenção o emocionou profundamente.

"Eu era um homem sério", observou, "mas não por isso menos sociável do que qualquer outro."

A festa aconteceu em um pequeno café no Boulevard de la Chapelle. No jantar, beberam um vinho especial. Era excelente. Tudo estava excelente; e o mundo – em suas próprias palavras – parecia um bom lugar para se viver. Ele tinha boas perspectivas, algum dinheiro guardado e a estima de dois excelentes amigos. Ofereceu-se para pagar a rodada de bebidas posterior ao jantar, o que era o apropriado de sua parte.

Beberam mais vinho; beberam licores, conhaque, cerveja, e depois mais licores e mais conhaque. Dois desconhecidos, sentados à mesa ao lado, olharam para ele com tanta cordialidade, ele disse, que os convidou a que se juntassem ao grupo.

Nunca havia bebido tanto em sua vida. Seu entusiasmo era extremo e tão prazeroso que, quando esmorecia, ele se apressava a pedir mais bebidas.

"Parecia-me", disse ele, em tom calmo e olhando para o chão naquele galpão melancólico e cheio de sombras, "que eu estava prestes a alcançar uma imensa e maravilhosa felicidade. Mais um trago, achava, e seria suficiente para isso. Os outros me acompanhavam, copo a copo."

Então, algo de extraordinário aconteceu. Em certo ponto, os desconhecidos disseram algo que dissipou sua animação. Sua mente se encheu de ideias melancólicas, *des idées noires*. O mundo todo fora do café pareceu-lhe um lugar deprimente e mau, em que uma multidão de miseráveis era obrigada a trabalhar como escravos com a única finalidade de garantir que alguns poucos indivíduos pudessem andar em carruagens e viver com exuberância em palácios. Ficou envergonhado diante da própria felicidade. A piedade que sentia pelo destino cruel da humanidade comprimiu seu coração. Com uma voz embargada de tristeza, tentou expressar todos esses sentimentos. Ele acha que chorou e xingou alternadamente.

Os dois novos amigos apressaram-se a aplaudir toda sua indignação humana. Sim. A injustiça no mundo era de fato escandalosa. Havia apenas uma maneira de tratar a podridão na qual a sociedade se encontrava. Demolir toda a *sacrée boutique*[6]. Mandar pelos ares todo aquele espetáculo iníquo.

Suas cabeças pareciam flutuar sobre a mesa, sussurrando-lhe palavras eloquentes; não acho que esperavam a consequência. Ele estava muito bêbado, enlouquecidamente bêbado. Com um urro de fúria, saltou de repente sobre a mesa. Chutou garrafas e copos, gritando: "*Vive l'anarchie!* Morte aos capitalistas!" Gritou isso várias vezes. Ao seu redor caía vidro quebrado, cadeiras eram sacudidas no ar, pessoas se agarravam pela garganta. A polícia apareceu, célere. Ele socou, mordeu, arranhou, lutou, até o momento em que algo golpeou sua cabeça…

Voltou a si em uma cela da polícia, preso sob a acusação de agressão, que também incluía gritos sediciosos e propaganda anarquista.

Ele me olhou fixamente, com seus olhos líquidos e brilhantes, que pareciam imensos naquele local de pouca luz.

"Aquilo tudo foi muito ruim. Entretanto, mesmo assim, eu talvez pudesse me safar de alguma forma", disse, lentamente.

Tenho muitas dúvidas quanto a isso. Mas qualquer que tenha sido sua chance, ela desapareceu por culpa de um jovem advogado socialista que se ofereceu para fazer sua defesa. Em vão assegurou-lhe que não era anarquista; que era um mecânico tranquilo, respeitável, que ansiava por trabalhar as dez horas diárias usuais em seu ofício. Foi apresentado no julgamento como uma vítima da sociedade e seus gritos embriagados descritos como a expressão de seu sofrimento infinito. O jovem advogado pretendia fazer carreira e aquele caso era justamente do que precisava para começar. O discurso da defesa foi magnífico.

O pobre diabo fez uma pausa e engoliu em seco antes de fazer a seguinte declaração:

---

6 "Loja sagrada", em francês no original.

UM ANARQUISTA: UM CONTO DE DESESPERO

"Recebi a pena máxima aplicável a um primeiro delito."

Soltei um murmúrio apropriado nas circunstâncias. Ele baixou a cabeça e cruzou os braços.

"Quando me deixaram sair da prisão", recomeçou, com suavidade, "me dirigi rapidamente para a minha antiga oficina. Meu patrão, antes, tinha certo apreço por mim; porém, quando me viu, ficou branco de medo e me apontou a porta, com a mão trêmula."

Enquanto estava parado na rua, inquieto e desconcertado, foi abordado por um homem de meia-idade que se apresentou como mecânico. "Sei quem você é", ele disse. "Assisti ao seu julgamento. Você é um bom camarada, suas ideias são sensatas. Mas o diabo disso tudo é que agora você não vai conseguir trabalho em lugar nenhum. Esses burgueses vão confabular para que você morra de fome. É isso que eles fazem. Não espere clemência dos ricos."

Aquelas palavras gentis o reconfortaram muito. Ele parecia ter o tipo de natureza que precisa de apoio e simpatia. A ideia de não conseguir trabalho fez com que perdesse totalmente a esperança. Se o seu patrão, que o conhecia tão bem como um operário tranquilo, metódico e competente, não queria mais nada com ele – então, decerto mais ninguém o iria querer. Isso era evidente. A polícia, de olho nele, sempre estaria pronta a alertar qualquer empregador inclinado a lhe dar uma oportunidade. Nesse momento, de súbito, sentiu-se muito desamparado, assustado, inútil; assim, seguiu aquele homem de meia-idade até o *estaminet*[7] que ficava na esquina, onde encontrou outros bons camaradas. Todos eles lhe garantiram que ele não passaria fome, trabalhando ou não. Beberam muito, dedicando seus brindes à derrota de todos os empregadores, responsáveis pela destruição da sociedade.

Sentou-se, mordendo o lábio inferior.

"Foi dessa forma, *monsieur*, que me tornei um *compagnon*", prosseguiu. Passou a mão, trêmula, pela testa. "Apesar de tudo, há algo de errado em um mundo no qual um homem pode se perder por causa de alguns copos a mais."

---

7   "Bistrô" ou "pequeno café", em francês no original.

Não levantava os olhos, embora eu pudesse perceber que estava ficando agitado com seu próprio desalento. Bateu na bancada com a palma aberta.

"Não!", gritou. "Era uma existência impossível! Vigiado pela polícia, vigiado pelos camaradas, eu já não era dono de mim mesmo! Sequer conseguia sacar uns poucos francos das minhas economias no banco sem que houvesse um camarada plantado na porta para garantir que eu não fugisse! A maior parte deles, aliás, não era nada mais nada menos que arrombadores de residências. Os inteligentes, claro. Eles roubavam dos ricos; estavam apenas retomando o que era deles por direito, diziam. Quando eu bebia um pouco, acreditava neles. Havia também os tolos e os insanos. *Des exaltés − quoi!*[8] Bêbado, eu os amava. Quando eu exagerava na bebida, contudo, ficava com raiva do mundo. Esse era o melhor momento. Sim, eu encontrava refúgio contra a miséria na raiva. Entretanto, não é possível estar bêbado o tempo todo − *n'est-ce pas, monsieur?*[9] E quando eu estava sóbrio, tinha medo de fugir. Penso que eles teriam me capturado como a um porco."

Ele cruzou os braços novamente e ergueu o queixo pontudo, com um sorriso amargo.

"Por vezes, diziam que chegara o momento de eu trabalhar. O trabalho consistia em roubar um banco. Depois, uma bomba seria jogada para destruir o local. Na qualidade de principiante, meu papel costumava ser o de vigiar a rua nos fundos e cuidar da bolsa preta em que estava a bomba até o momento de seu uso. Após o encontro em que a operação foi arranjada, um dos camaradas de confiança passou a me seguir por todo o lado. Não ousei protestar; tinha medo de que me matassem silenciosamente ali mesmo, no local de nossa reunião; ao caminhar ao lado de meu vigia, cheguei a imaginar se não seria melhor que eu me jogasse no Sena. Mas, enquanto eu remoía esse pensamento, já tínhamos cruzado a ponte e, logo, a oportunidade estava perdida."

---

8 "Os exaltados − ora!", em francês no original.
9 "Não é mesmo, senhor?", em francês no original.

À luz daquele toco de vela, com seus traços faciais bem definidos, o pequeno bigode macio e o rosto oval, ele parecia às vezes delicada e ternamente jovem, porém logo a impressão sugerida era bem outra, de vetustez, de decrepitude, de tristeza, os braços cruzados apertados contra o peito.

Como ele permanecesse em silêncio, senti-me compelido a perguntar:

"Bem! E como isso acabou?"

"Deportação para Caiena", respondeu.

Ele pensava que alguém provavelmente dera com a língua nos dentes. Enquanto vigiava a rua dos fundos, segurando a bolsa na mão, foi capturado pela polícia. "Aqueles imbecis" o derrubaram sem se darem conta do que ele carregava na mão. Sempre se questionou por que a bomba não havia explodido quando ele caiu. Mas ela não explodiu.

"Tentei contar minha história na corte", prosseguiu. "O juiz que presidia achou tudo muito divertido. Alguns idiotas no público riram."

Expressei, então, minha esperança de que, ao menos alguns dos seus camaradas tivessem sido igualmente pegos. Ele estremeceu um pouco antes de me dizer que sim, que foram dois – Simon, também chamado "Biscuit", o mecânico de meia-idade que falara com ele na rua da primeira vez e um sujeito de nome Mafile, um dos simpáticos desconhecidos que aplaudira suas palavras e consolara suas tristezas humanitárias quando se embebedou naquele café.

"Sim", continuou ele, com esforço, "tive a vantagem de gozar da companhia desses dois na ilha Saint Joseph, em meio a outros oitenta ou noventa condenados. Todos nós fomos considerados perigosos."

A ilha Saint Joseph é a mais bela das Îles de Salut. É rochosa e tem abundante vegetação, está repleta de ravinas rasas, arbustos, moitas, bosques de mangueiras e muitas palmeiras frondosas. Seis guardas armados de revólveres e carabinas ficavam encarregados dos presidiários ali mantidos.

Atravessando um canal com a extensão de um quarto de milha, uma galé de oito remos era a forma de manter a comunicação, durante o dia, com a Île Royale, local em que se localizava um posto militar. As viagens dessa embarcação começavam às seis da manhã. O serviço de transporte terminava às quatro da tarde; nesse momento, a galé era atracada em um pequeno ancoradouro na Île Royale e uma sentinela ficava de guarda, vigiando-a bem como a alguns barcos pequenos. Desse momento até a manhã seguinte, a ilha Saint Joseph ficava completamente isolada do resto do mundo. Os guardas, por sua vez, patrulhavam, em turnos, os caminhos entre suas casas e as cabanas dos presidiários, enquanto uma multidão de tubarões patrulhava as águas.

Foi nessas circunstâncias que os presidiários planejaram um motim. Tal coisa era inédita na história daquela penitenciária. Porém o plano, no fim das contas, tinha alguma possibilidade de sucesso. Os guardas seriam pegos de surpresa e assassinados durante a noite. Suas armas permitiriam que os presos atirassem nas pessoas da galé, tão logo ela surgisse pela manhã. Assim que a galé fosse capturada, seria possível obter outros barcos e toda essa comitiva de embarcações remaria para além da costa.

Ao entardecer, os dois guardas de plantão passaram em revista os presidiários, como de costume. Logo, começaram a inspecionar as cabanas para se assegurar de que tudo estava em ordem. No momento em que entraram, foram atacados e totalmente sufocados sob os inúmeros agressores. O crepúsculo desvaneceu-se com rapidez. A lua nova surgiu; e uma tempestade negra e pesada, concentrando-se na costa, ampliou a profunda escuridão da noite. Os presidiários, reunidos em um espaço aberto, deliberando sobre o próximo passo a ser dado, discutiam em voz baixa.

"Você participou de tudo isso?", perguntei.

"Não. Eu sabia o que seria feito, claro. Mas por que deveria matar aqueles guardas? Eu não tinha nada contra eles. Contudo, tinha medo dos outros. O que quer que acontecesse, não havia escapatória deles. Sentei-me sozinho, sobre o cepo de uma árvore, a cabeça entre as mãos, angustiado ao pensar em um tipo de liberdade que nada seria além de chacota. De repente, fiquei surpreso ao perceber a figura de um homem, que seguia pelo caminho mais próximo. Ficou perfeitamente imóvel por um breve instante, mas logo sua figura desapareceu em plena noite. Ele devia ser o chefe dos guardas, que chegara para ver o que havia acontecido com seus dois homens. Ninguém reparou nele. Os presidiários continuaram a discutir seus planos. Os líderes não conseguiam se fazer obedecer. O sussurro feroz daquela massa escura de homens era terrível.

"Finalmente, dividiram-se em dois grupos e partiram. Quando passaram por mim, me levantei, exausto e desesperançado. O caminho para a casa dos guardas era escuro e silencioso, porém dos dois lados arbustos farfalhavam suavemente. Vi, diante de mim, um tênue fio de luz. O chefe dos guardas, acompanhado de três de seus homens, aproximava-se com cautela. Mas ele não conseguiu desligar a lanterna de modo adequado. Os presidiários também viram aquele brilho fraco. Ouviu-se um terrível grito selvagem; houve um tumulto no caminho sombrio, tiros disparados, golpes, gemidos: e ao som de arbustos esmagados, os gritos dos perseguidores e os gritos dos perseguidos, a caça aos homens e a caça aos guardas passaram por mim, em direção ao interior da ilha. Eu estava sozinho. Garanto-lhe, *monsieur*, que tudo aquilo me era indiferente. Fiquei imóvel por algum tempo, porém logo voltei a caminhar até tropeçar em algo bastante duro. Inclinei-me e peguei o revólver de um dos guardas. Senti em meus dedos que estava carregado com cinco balas. As rajadas de vento trouxeram aos meus ouvidos o som da voz de alguns presidiários, clamando na distância por outros companheiros, e então o estrondo de um trovão cobriu essas vozes sussurradas e o farfalhar das árvores. De repente, um grande facho de luz cruzou meu caminho, rente ao chão. E mostrou a saia de uma mulher, com a borda de um avental.

Era evidente que a pessoa assim vestida deveria ser a esposa do chefe dos guardas. Ao que parece, haviam se esquecido dela. Um tiro ressoou, vindo do interior da ilha, e ela soltou um grito e se pôs a correr. Eu a segui e logo a vi novamente. Ela estava puxando o cordão do grande sino pendurado no final do píer de desembarque com uma das mãos enquanto, com a outra, balançava a pesada lanterna de um lado para o outro. Esse é o sinal combinado com a Île Royale para pedir socorro durante a noite. O vento dispersou o som para longe da nossa ilha, e a luz que ela balançava ficava oculta no lado da costa pelas poucas árvores que crescem perto da casa dos guardas.

Cheguei bem perto dela, por trás. Ela prosseguia sem parar, sem olhar para os lados, como se estivesse sozinha na ilha. Uma mulher corajosa, *monsieur*. Coloquei o revólver junto do peito, dentro da minha blusa azul, e aguardei. Um relâmpago e um trovão apagaram tanto o som quanto a luz do sinal por um instante, mas ela não vacilou – puxava o cordão e balançava a lanterna, com a regularidade de uma máquina. Era uma mulher graciosa, na casa dos trinta anos – não mais. Pensei comigo: 'Tudo o que não deveria acontecer em uma noite dessas.' Resolvi que se alguns de meus companheiros, os presidiários, descessem ao píer – o que certamente aconteceria em breve – eu atiraria na cabeça dela antes de me matar. Eu conhecia bem os 'camaradas'. Esse meu plano me devolveu um certo interesse pela vida, *monsieur*; e logo, em vez de ficar estupidamente exposto no píer, recuei um pouco e me agachei atrás de um arbusto. Eu não pretendia ser pego desprevenido e talvez impedido de prestar um serviço supremo a pelo menos outro ser humano antes que eu mesmo morresse.

No entanto, temos que acreditar que, no fim das contas, o sinal fora visto, pois a galé vinda da Île Royale chegou em pouquíssimo tempo. A mulher continuou ali até que a luz de sua lanterna iluminou o rosto do oficial em comando e as baionetas dos soldados no barco. Então ela se sentou e começou a chorar.

Ela já não precisava de mim. Não me movi. Alguns soldados estavam apenas em mangas de camisa, outros sem botas, assim como o chamado às armas os havia encontrado. Passaram por meu arbusto aos pares. A galé, então, retornou para buscar mais homens; e a mulher ficou sozinha, chorando no píer, a lanterna no chão ao seu lado.

De repente, vi na luz projetada na extremidade do píer as calças vermelhas de mais dois homens. Fui dominado pelo espanto. Eles, por sua vez, começaram a correr. Suas túnicas desabotoadas se agitavam, as cabeças estavam descobertas. Um deles disse, ofegante, para o outro: 'Adiante, adiante!'

Eu me perguntava de onde, diabos, eles haviam surgido. Desci devagar ao pequeno píer. Vi a figura da mulher, sacudida pelos soluços, e ouvi seus gemidos cada vez mais distintamente: 'Oh, meu homem! Meu pobre homem! Meu pobre homem!' Distanciei-me sem fazer barulho. Ela não podia ver nem ouvir nada. Havia jogado o avental sobre a cabeça, balançando o corpo de um lado para o outro, a fim de expressar sua dor. No entanto, percebi um pequeno barco amarrado firmemente no píer.

Aqueles dois homens – pareciam suboficiais – deviam ter chegado naquela pequena embarcação. Suponho que se atrasaram e perderam a galé. É incrível que tivessem quebrado desse jeito o regulamento precisamente por seu senso de dever. E foi, além disso, uma atitude estúpida. Eu ainda não conseguia acreditar no que estava vendo no exato momento em que entrei naquele barco.

Comecei a navegar pela costa, devagar. Uma nuvem negra pairava sobre as Îles de Salut. Ouvi disparos, gritos. Uma nova caçada se iniciava – a caçada aos presidiários. Os remos do meu barco eram longos demais para que eu pudesse manejá-los comodamente. Eu o fazia com dificuldade, embora o barco em si fosse leve. Quando cheguei ao outro lado da ilha, a tempestade rebentou em chuva e rajadas de vento. Eu não conseguia enfrentá-las. Fiquei à deriva até que meu barco chegou à praia e, então, eu o prendi.

Eu conhecia aquele lugar. Havia um velho casebre em ruínas à beira-mar. Encolhendo-me para ali entrar ouvi, em meio ao som estrepitoso do vento e do aguaceiro, algumas pessoas passando rapidamente entre os arbustos. Elas apareceram junto à margem. Soldados, talvez. O fulgir de um relâmpago colocou tudo na minha proximidade em violento relevo. Dois presidiários!

E logo uma voz espantada disse: 'É um milagre!' Era a voz de Simon, também chamado Biscuit.

Outra voz respondeu com um rugido: 'Que milagre?'

'Ora, há um barco ali.'

'Você deve estar louco, Simon. Mas sim, de fato… Há um barco.'

Pareciam muito espantados e guardavam silêncio total. O outro homem era Mafile. Ele falou de novo, com cautela:

'Está amarrado. Deve haver alguém por aqui.'

De dentro do casebre, me dirigi a eles: 'Estou aqui.'

Então entraram e logo deram a entender que o barco seria deles. 'Há dois de nós', disse Mafile, 'e você está sozinho.'

Saí por medo de receber um golpe traiçoeiro na cabeça. Eu poderia ter atirado nos dois ali mesmo. Não disse nada, contudo. Mantive abafado o riso que surgia em minha garganta. E mais: me fiz de humilde e implorei que me deixassem partir com eles. Os dois discutiram, em voz baixa, a respeito do meu destino, enquanto minha mão segurava o revólver, próximo ao peito, o que significava que eu tinha a vida deles em minhas mãos. Permiti que continuassem vivos. Eu queria que remassem naquele barco. Com fingida humildade, disse-lhes que eu entendia do funcionamento de um barco e, sendo três os remadores, seria mais fácil descansar em turnos. Essa sugestão acabou por convencê-los de vez. Já não era sem tempo. Um pouco mais e eu teria saltado, aos gritos, demonstrando a insanidade de tudo aquilo."

Nesse ponto da narrativa, sua agitação irrompeu. Ele saltou da bancada e começou a gesticular. As grandes sombras de seus braços, movendo-se pelo teto e pelas paredes, faziam com que o galpão parecesse pequeno demais para conter sua agitação.

"Não nego nada", explodiu aos gritos. "Mas eu estava exaltado, *monsieur*. Provava um tipo de felicidade. Ainda assim, mantive-me quieto. Estive disponível quando foi a minha vez, remando a noite inteira. Fomos para mar aberto, confiando na passagem eventual de um navio. Foi uma ação temerária, claro. Mas fui eu quem os convenci a fazê-la. Ao nascer do sol, a imensidão do mar serenava, as Îles de Salut pareciam somente manchas escuras no topo das ondas altas. Eu guiava o barco nesse momento. Mafile, que remava encurvado, soltou uma imprecação e disse: 'Precisamos descansar'.

Chegara, finalmente, a hora de soltar a minha gargalhada. E eu me regalei, sim, posso dizer com certeza. Rolei de lado no meu assento. Ambos me olharam com cara de espanto. 'O que deu nele, esse animal?', gritou Mafile.

Simon, que estava mais perto de mim, disse a ele por cima do ombro: 'Que o diabo me carregue se ele não enlouqueceu!'

Foi aí que eu saquei o revólver. Ahá! No mesmo momento, ficaram com os olhos mais petrificados do que você pode imaginar. Ha, ha! Estavam apavorados. Mas remaram. Sim, remaram o dia todo, parecendo às vezes furiosos, às vezes no limite da exaustão. Não deixei escapar nada, tinha de manter os olhos neles o tempo todo, pois do contrário – zás! – teriam caído em cima de mim em um segundo. Pousei a mão que segurava o revólver sobre o joelho, pronta para disparar, enquanto guiava com a outra. Os rostos deles começaram a se encher de bolhas. O céu e o mar pareciam de fogo ao nosso redor, e o mar fervia sob o sol. O barco fazia um som crepitante ao cruzar aquelas águas. Às vezes, Mafile espumava e às vezes gemia. Porém continuava remando. Não ousava parar. Seus olhos ficaram vermelhos de sangue e seu lábio inferior feito em pedaços, por suas mordidas. E Simon, a voz rouca como o crocitar de um corvo, disse:

'Camarada' – começou.

'Não há camaradas aqui. Sou o seu patrão.'

'Então tudo bem, patrão', disse, 'em nome da humanidade, nos dê um minuto de descanso.'

Deixei. Havia um pouco de água de chuva no fundo do barco. Permiti que pegassem um pouco dela com as mãos. Mas, quando dei o comando 'En route!'[10], percebi que trocavam alguns olhares significativos. Pensavam que, em algum momento, eu teria de dormir. Ah! Mas eu não queria dormir. Estava mais desperto do que nunca. Foram eles que começaram a ficar adormecidos enquanto remavam, as cabeças despencando subitamente, um depois do outro. Deixei que se deitassem. Todas as estrelas apareceram. Era um mundo silencioso. O sol surgiu. Outro dia. *Allez! En route!* Já não conseguiam remar direito. Os olhos giravam nas órbitas, as

---

10 "Em marcha!", em francês no original.

línguas pendiam para fora. No meio da manhã, Mafile resmungou: 'Vamos para cima dele, Simon. Tomar um tiro e morrer de uma vez é melhor do que aos poucos, de sede, fome e cansaço nesses malditos remos.'

Contudo, enquanto falava, continuava a remar; e Simon também. Isso me fez sorrir. Ah, claro! Aqueles dois amavam a vida, uma vida no mundo perverso deles, da mesma maneira como eu costumava amar a minha vida, antes de ela ser destruída pelo palavreado de ambos. Deixei com que chegassem ao ponto da exaustão e só então apontei para as velas de um navio no horizonte.

Ah! Você deveria ter visto como reviveram no mesmo instante, como se empenharam no seu trabalho! Pois fiz com que mantivessem um ritmo acelerado para que pudéssemos cruzar o caminho do navio. E agora eles estavam mudados. O pouco de pena que eu ainda sentia por eles desapareceu. Pareciam mais consigo mesmos a cada minuto. Olhavam para mim com o tipo de olhar de que eu me lembrava tão bem. Estavam felizes. Sorriam.

'Bem', disse Simon, 'a energia desse jovem salvou nossas vidas. Se ele não tivesse nos obrigado a remar, não teríamos conseguido nos aproximar tanto da rota dos navios. Camarada, eu te perdoo, te admiro.'

E Mafile resmungou, na frente: 'Devemos a você nossa gratidão, camarada. Você foi talhado para ser chefe.'

Camarada! *Monsieur*! Belas palavras! Mas foram homens como aqueles dois que as tornaram malditas. Observei a ambos, atentamente. Lembrei-me de suas mentiras, de suas promessas, de suas ameaças e de todos os meus dias de miséria. Por que não me deixaram em paz depois que saí da prisão? Olhei para eles e percebi que, enquanto vivessem, eu jamais poderia ser livre. Jamais. Nem eu nem outros como eu, gente com o sangue quente e a cabeça fraca. Pois eu sei que não tenho uma cabeça das melhores, *monsieur*. Uma fúria negra me dominou — aquela que surge de uma embriaguez extrema — mas não contra as injustiças da sociedade. Ah, não!

Gritei, furiosamente: 'Preciso ser livre!'

UM ANARQUISTA: UM CONTO DE DESESPERO 209

'*Vive la liberté!*', berrou aquele canalha do Mafile. '*Mort aux bourgeois*[11] que nos mandaram para Caiena! Logo saberão que estamos livres.'

O céu, o mar, todo o horizonte, pareciam ter adquirido uma tonalidade vermelha, um vermelho-sangue que cobria todo o barco. Minhas têmporas latejavam tão forte que fiquei imaginando se eles não seriam capazes de ouvir. Como não perceberam? Como é possível que não compreendessem?

Ouvi Simon perguntar: 'Já não remamos longe o suficiente?'

'Sim. Longe o suficiente', respondi. Sentia pena do destino dele; era o outro que eu odiava de fato. Ele soltou o remo com um suspiro longo e, enquanto levantava a mão para enxugar a testa, com o ar de um homem que já concluiu seu trabalho, puxei o gatilho do meu revólver e atirei nele, direto no coração.

Simon tombou, a cabeça pendendo para fora do barco. Não olhei de novo para ele. O outro soltou um grito agudo. Apenas um grito de horror. E logo tudo ficou quieto.

Ele caiu de joelhos e ergueu as mãos entrelaçadas diante do rosto, em uma atitude de súplica. 'Piedade', sussurrou, fracamente. 'Piedade – camarada.'

'Ah, camarada', murmurei. 'Sim, sou seu camarada, é claro. Bem, então, grite *Vive l'anarchie*.'

Ele levantou os braços, o rosto voltado para o céu e a boca aberta num enorme grito de desespero: '*Vive l'anarchie! Vive...*'

Desabou sobre o outro, com uma bala na cabeça.

Atirei os corpos ao mar. E o revólver também. Então me sentei, em silêncio. Eu estava livre, finalmente! Finalmente. Nem me dei ao trabalho de olhar para o navio; não me importava; na verdade, acho que acabei por dormir pois, de repente, ouvi gritos e vi o navio quase em cima de mim. Eles me içaram a bordo e prenderam o barco na popa. Eram todos negros, exceto o capitão, que era mestiço. Só ele sabia algumas poucas palavras em francês. Não consegui descobrir para onde estavam indo nem quem eram.

---

11 "Morte aos burgueses", em francês no original.

Davam-me algo para comer todos os dias; mas não me agradava o modo como falavam de mim em sua língua. Talvez estivessem discutindo a possibilidade de quando e como me jogar ao mar, para tomar posse do barco. Como eu poderia saber? Ao passarmos por esta ilha, perguntei se era habitada. Entendi, pelo mulato, que havia nela uma casa. Imaginei que ele se referia a uma fazenda, algo do tipo. Pedi que me deixassem desembarcar na praia e que ficassem com o barco, como paga pelo incômodo. Imagino que isso era exatamente o que eles queriam. O resto o senhor já sabe."

Depois de dizer essas palavras, ele perdeu de repente todo o controle sobre si mesmo. Andava de um lado para o outro, rapidamente, até que por fim começou a correr; movia os braços como se fossem moinhos de vento e suas exclamações transformaram-se em desvario. O estribilho era que ele "não negava nada, nada!" Eu só podia deixar que ele continuasse com isso, colocando-me fora do seu caminho e repetindo *"Calmez vous, calmez vous"*[12] de vez em quando, até que sua agitação se esgotou por si mesma.

Devo confessar também que permaneci por lá mesmo depois de ele ter rastejado para debaixo do seu mosquiteiro. Ele havia implorado que eu não o abandonasse; então, da mesma forma que um adulto precisa estar ao lado de uma criança assustada, me sentei ao lado dele – em nome da humanidade – até ele finalmente adormecer.

De um modo geral, a minha opinião é a de que ele era muito mais anarquista do que confessara para mim ou para si mesmo; e que, salvo as características específicas de seu caso, era bem semelhante a muitos outros anarquistas. Sangue quente, cabeça fraca – essa era a chave do enigma; e é fato que as contradições mais amargas e os conflitos mais fatais do mundo existem em cada coração individual capaz de sentimento e de paixão.

Fiz mais tarde uma breve investigação por conta própria e posso garantir que a história do motim dos presidiários, como relatada por ele, era completamente verídica em cada detalhe.

---

12   "Acalme-se, acalme-se", em francês no original.

Quando voltei de Caiena para Horta e vi de novo o "Anarquista" ele não tinha bom aspecto. Parecia mais cansado, ainda mais frágil e muito pálido, mesmo sob as manchas próprias de sua ocupação. Era evidente que a carne do gado principal da Companhia (em sua forma não concentrada) não estava fazendo muito bem a ele.

Nos encontramos no pontão de Horta. Tentei convencê-lo a deixar o vapor atracado onde estava e a voltar comigo para a Europa, sem mais delongas. Teria sido maravilhoso imaginar a surpresa e o profundo desgosto do administrador diante da fuga daquele pobre coitado. Mas o "Anarquista" recusou minha oferta com obstinação inflexível.

"Certamente você não quer viver para sempre aqui!", eu disse, em tom de tristeza. Ele balançou a cabeça.

"Vou morrer aqui", respondeu. Em seguida, acrescentou melancolicamente: "Longe deles."

Às vezes, penso nele deitado, de olhos abertos, sobre o equipamento de montaria naquele galpão, abarrotado de ferramentas e pedaços de ferro – o anarquista escravo da propriedade Marañon, esperando com resignação aquele sono que lhe "fugia", como ele mesmo costumava dizer, de maneira quase inexplicável.

Il Conde:
Uma Narrativa Patética[1]

"Vedi Napoli e poi mori."[2]

Aprimeira vez que travamos uma conversação foi no Museu Nacional em Nápoles, nos salões do andar térreo, nos quais é exposta a famosa coleção de bronzes de Herculano e Pompeia: aquele maravilhoso legado de arte antiga, cuja delicada perfeição nos foi preservada depois da catastrófica fúria de um vulcão.

Foi ele quem começou a conversar comigo, falando a respeito do célebre *Hermes em Repouso*[3], que contemplávamos juntos. Ele disse o que se costuma comentar sobre aquela peça tão admirável. Nada muito profundo. Seu gosto era mais natural do que cultivado. Era evidente que ele vira muitas coisas refinadas em sua vida e que as apreciava. Não usava, contudo, o jargão de um diletante ou do *connoisseur*. Uma tribo odiosa. Falava como um homem do mundo, razoavelmente inteligente, um cavalheiro livre de qualquer afetação.

Já nos conhecíamos de vista há alguns dias. Estávamos hospedados no mesmo hotel – bom, porém não exageradamente moderno – e foi ali que reparei nele no vestíbulo, entrando e

---

1   "O príncipe", em italiano no original. Doravante, as expressões em italiano no original estarão em itálico. Traduzimos e comentamos tais termos quando entendemos necessário. Conto publicado originalmente na revista *Cassell's Magazine*, em 1908; posteriormente incluído na coletânea *A Set of Six*.

2   Citação utilizada por Goethe em seu *Die Italienreise* (*Viagem à Itália*, 1816).

3   Trata-se da escultura em bronze de um Hermes sentado, localizada na Vila dos Papiros na antiga cidade romana de Herculano. Tal escultura foi celebrada desde que as cidades de Pompeia e Herculano, soterradas pela atividade vulcânica do Vesúvio, foram redescobertas no século XVIII.

saindo. Julguei que fosse um cliente antigo e bastante respeitável. A mesura do responsável pelo hotel demonstrava cordial deferência, recebida com cortesia familiar. Para a criadagem, ele era *Il Conde*. Houve, certo momento, uma altercação a respeito de um guarda--sol – de seda amarela, com uma espécie de forro branco – que alguns garçons haviam encontrado abandonado do lado de fora da sala de jantar. Nosso porteiro, o uniforme coberto de brocados dourados, reconheceu o objeto e ordenou a um dos encarregados do elevador que corresse atrás de Il Conde e o entregasse a ele. Talvez ele fosse o único conde no hotel, ou talvez tivesse a distinção de ser o conde por excelência, conferida a ele por causa de sua comprovada fidelidade à casa.

Tendo conversado com ele de manhã no *museo* (e, a propósito, ele expressara seu desagrado pelos bustos e estátuas dos imperadores romanos expostos na galeria de mármores: seus rostos eram vigorosos demais, pronunciados demais para o seu gosto) –, não considerei inapropriado propor-lhe, à noite, que partilhasse sua pequena mesa comigo, ao constatar que a sala de jantar estava muito cheia. A julgar pela tranquila urbanidade com que deu o seu consentimento, ele tampouco considerava tal atitude inoportuna. Seu sorriso foi muito encantador.

Ele trajava um colete adequado para eventos noturnos e um *smoking* (segundo suas palavras) com *black tie*. Tudo de feitio excelente, embora não novos – ou seja, exatamente como deveriam ser. Seus trajes, fosse dia ou noite, eram sempre impecáveis. Não tenho dúvidas de que toda a existência dele tenha sido igualmente correta, ordenada, convencional, jamais perturbada por acontecimentos inesperados. Seu cabelo branco, escovado para cima, sobre uma fronte alta, dava-lhe o ar de um idealista, de um homem dotado de imaginação. Seu bigode branco, espesso, porém cuidadosamente aparado e alisado, exibia uma tonalidade nada desagradável de um amarelo dourado no centro. A fragrância suave de um excelente perfume e de bons charutos (nesse último caso, tratava-se de um odor notável por se encontrar na Itália) me alcançavam desde o outro lado da mesa. Entretanto, era em seus olhos que a idade se tornava mais evidente. Tinham um aspecto cansado, as pálpebras enrugadas. Devia ter seus sessenta anos, talvez um ou dois anos mais. E era bem comunicativo. Eu não iria tão longe a ponto de chamá-lo de tagarela – mas não havia dúvida de que gostava de falar.

Ao que parece, ele havia experimentado vários climas, o de Abbazia, o da Riviera, os de outros lugares também, como me contou, mas o único que lhe convinha era o clima do golfo de Nápoles. Os antigos romanos que, segundo me disse, eram peritos na arte de viver, sabiam muito bem o que estavam fazendo quando construíram suas *villas* nessas praias, em Baiae, em Vico, em Capri. Vinham para tais cidades litorâneas em busca de saúde, trazendo consigo suas comitivas de mímicos e de flautistas para que os entretivessem. Ele achava extremamente provável que os romanos das classes mais altas estivessem em especial predispostos a dolorosas afecções reumáticas.

Essa foi a única opinião pessoal que ele expressou para mim. Não era fundamentada num tipo especial de erudição. O que conhecia dos romanos era o usual para qualquer homem informado do mundo. Falava a partir de suas experiências pessoais. Ele mesmo sofrera de uma dolorosa e perigosa afecção reumática até que encontrou alívio nesse rincão específico do sul da Europa.

Isso acontecera há três anos e, desde então, ocupava seus aposentos nas praias do golfo, em um dos hotéis em Sorrento ou em uma pequena *villa* alugada em Capri. Tinha um piano e alguns livros: costumava fazer amizades passageiras de um dia, uma semana ou um mês entre aquele fluxo de viajantes que transitava por toda a Europa. Pode-se imaginá-lo saindo para passear pelas ruas e vielas, travando amizade com mendigos, lojistas, crianças, camponeses; falando afavelmente com os *contadini*[4] voltando, depois, aos seus aposentos ou à sua *villa* para sentar-se ao piano, o cabelo branco penteado para cima, o bigode espesso e ordenado, "a fim de tocar um pouco de música para mim mesmo". E, é claro, para variar havia Nápoles por perto – vida, movimento, agitação, ópera. Um pouco de entretenimento,

---

4   "Camponeses", em italiano no original.

costumava dizer, é necessário à saúde. Mímicos e flautistas, é claro. Ao contrário dos magnatas da Roma antiga, ele não tinha afazeres na cidade que o afastassem desses deleites moderados. Não havia nenhum assunto a tratar. Provavelmente nunca em toda a sua vida tivera quaisquer assuntos sérios ou graves para resolver. Levava uma existência amena, com suas alegrias e tristezas reguladas pelo curso da natureza – casamentos, nascimentos, mortes –, regida pelos costumes prescritos pela boa sociedade e protegida pelo Estado.

Ele era viúvo; mas nos meses de julho e agosto costumava se aventurar na travessia dos Alpes por seis semanas para visitar a filha casada. Disse-me o nome dela. Era o de uma família bastante aristocrática. Ela tinha um castelo – na Boêmia, creio eu. Isso foi o mais próximo que cheguei a apurar sobre a sua nacionalidade. É curioso que nunca chegou a mencionar o seu próprio nome. Talvez ele achasse que eu o tivesse visto na lista de hóspedes. Para dizer a verdade, nunca cheguei sequer a procurar. De todo modo, era um bom europeu – falava quatro línguas, pelo que sei – e um homem de fortuna. Não de fortuna imensa, evidente e apropriadamente. Eu imagino que ser rico demais lhe teria parecido impróprio, *outré*[5], até mesmo grosseiro. E é óbvio também que não havia sido ele a amealhar essa fortuna. Não se pode fazer fortuna sem uma certa rudeza de caráter. Trata-se de uma questão de temperamento. Sua natureza era amável demais para a luta. Durante a conversa, ele mencionou seus bens de passagem, com referência àquela afecção reumática dolorosa e alarmante. Certo ano, ao permanecer, por descuido, além dos Alpes até meados de setembro, ficou acamado por três meses naquela solitária casa de campo, com ninguém além de seu *valet* e do casal de empregados para atendê-lo. Pois, como ele mesmo expressou, "não mantinha residência por lá". Havia ido apenas por alguns dias para consultar o corretor que gerenciava suas propriedades. Prometeu a si mesmo nunca mais cometer tal imprudência no futuro. Nas primeiras semanas de setembro, já se encontraria nas praias do seu amado golfo.

---

5 "Exagerado", em francês no original.

Por vezes, em meio a uma viagem, nos deparamos com tais homens solitários, cuja única ocupação é esperar pelo inevitável. Mortes e casamentos criaram uma solidão ao redor deles e, de fato, ninguém pode culpar seus empenhos em tornar a espera a mais tranquila possível. Como ele mesmo disse: "Nessa altura da minha vida, estar livre da dor física é uma questão prioritária."

Não se deve imaginar que ele fosse um hipocondríaco tedioso. Era educado demais para se tornar um incômodo. Tinha a habilidade de perceber as pequenas fraquezas humanas. Tratava-se, contudo, de uma visão afável. Assim, ele era uma companhia tranquila, fácil e agradável entre o jantar e a hora de dormir. Passamos três noites juntos, mas depois tive que sair às pressas de Nápoles para cuidar de um amigo que adoecera gravemente em Taormina. Sem nada para fazer, Il Conde veio me acompanhar até o embarque na estação de trem. Eu estava um pouco aborrecido, porém a ociosidade daquele homem estava sempre disposta para a gentileza. Pois ele não era, de modo algum, um homem indolente.

Ele percorreu todo o trem, inspecionando com cuidado os vagões em busca de um bom assento para mim e depois, continuou a conversar jovialmente comigo do lado de fora. Confessou que sentiria muito a minha falta no jantar daquela noite e anunciou sua intenção de, após o jantar, ir ouvir a orquestra no jardim público, o Villa Nazionale. Ele se entreteria ouvindo excelente música e observando o melhor da sociedade. Haveria muita gente, como de costume.

Parece-me que ainda consigo vê-lo — seu rosto erguido, o sorriso amigável debaixo do espesso bigode, os olhos gentis e cansados. Quando o trem começou a se mover, ele se dirigiu a mim em duas línguas; primeiro em francês, dizendo: "*Bon voyage*"; depois, em seu excelente inglês, um tanto enfático, no tom encorajador de alguém que percebia minhas preocupações: "*All will — be — well — yet!*"[6]

A doença de meu amigo tomou um rumo decididamente favorável, de modo que voltei a Nápoles dez dias depois. Não posso dizer que tenha pensado muito em Il Conde durante minha

---

6 "Tudo ainda ficará bem!"

ausência, porém, ao entrar na sala de jantar, procurei por ele em seu lugar habitual. Eu achava que ele poderia ter voltado a Sorrento – para seu piano, seus livros, sua pesca. Era um grande amigo dos barqueiros e costumava pescar num barco com uma vara. Contudo, logo distingui sua cabeça branca no meio da multidão e, mesmo à distância, notei algo inusual em sua atitude. Em vez de sentar--se ereto, olhando para todos os lados com urbanidade alerta, sua cabeça estava inclinada sobre o prato. Permaneci diante dele por algum tempo, antes que levantasse os olhos, um pouco descontroladamente, se é que uma palavra tão forte pode ser usada em conexão com sua aparência correta.

"Ah, é você, meu caro senhor!?", cumprimentou-me. "Espero que tudo esteja bem."

Ele foi muito amável ao se referir ao meu amigo. Na verdade, ele sempre era amável, com aquela amabilidade que vemos nas pessoas cujos corações são genuinamente sinceros. Dessa vez, contudo, isso lhe custou esforço. Suas tentativas de entabular uma conversa mais geral se desintegravam na apatia. Ocorreu-me que isso poderia ser fruto de uma indisposição. Antes que eu pudesse questioná-lo, ele murmurou:

"Você acabou me encontrando em um estado de grande tristeza."

"Sinto muito por isso", respondi. "Espero que não tenha recebido notícias ruins."

Respondeu que era gentil da minha parte demonstrar preocupação. Não. Não era isso. Não eram notícias ruins, graças a Deus. E ele ficou muito quieto, como se estivesse prendendo a respiração. Então, inclinou-se um pouco mais para frente, e num estranho tom de constrangimento respeitoso, me confidenciou: "A verdade é que tive uma… uma… como direi? Uma aventura abominável aconteceu comigo."

A energia daquele epíteto era bastante surpreendente naquele homem de sentimentos moderados e vocabulário comedido. Um outro termo, "desagradável", teria se encaixado melhor como descrição da pior experiência de alguém da sua classe. E também uma aventura. Incrível! No entanto, faz parte da natureza humana acreditar no pior; confesso que o observei de soslaio, imaginando em que diabos ele estaria envolvido. No próximo segundo, porém, minhas suspeitas injustas desapareceram. Havia um refinamento fundamental na natureza daquele homem que me fez rejeitar toda e qualquer ideia relacionada com uma enrascada desonrosa.

"É muito sério. Muito sério", prosseguiu, nervoso. "Conto-lhe depois após o jantar, se não for incômodo."

Por meio de uma breve mesura, nada mais, expressei meu perfeito consentimento. Queria que ele entendesse que eu não o obrigaria a manter essa proposta se pensasse melhor sobre tudo aquilo mais tarde. Conversamos sobre coisas indiferentes, mas com uma sensação de dificuldade, distinta de nossa antiga relação fácil, informal. Percebi que a mão dele, ao levar uma fatia de pão aos lábios, tremia um pouco. Aquele sintoma, em relação à minha leitura usual daquele homem, era deveras alarmante.

No salão de fumar, ele não vacilou. Tão logo ocupamos nossos assentos usuais, inclinou-se de lado sobre o braço da sua cadeira e olhou direta e seriamente nos meus olhos.

"Você se lembra", ele começou, "do dia de sua partida? Eu lhe disse então que iria ao Villa Nazionale para ouvir música ao entardecer."

Sim, eu me lembrava. Seu rosto belo e velho, tão jovem para sua idade, desprovido das habituais marcas trazidas pela experiência, pareceu abatido por um momento. Foi como a passagem de uma sombra. Quando seu olhar voltou a ficar firme, tomei mais um gole de meu café preto. Ele foi sistematicamente minucioso em sua narrativa, penso eu, para evitar que sua própria perturbação o dominasse.

Contou-me que, depois de deixar a estação ferroviária, tomou um sorvete e leu o jornal em um café. Então, voltou ao hotel e vestiu-se para o jantar, que logo consumiu com apetite considerável. Depois, ficou no saguão (havia ali cadeiras e mesas), fumando seu charuto; conversou com a jovem filha do *primo tenore*[7] do teatro San Carlo, além de trocar algumas palavras com aquela "dama amável",

---

7   "Primeiro tenor", em italiano no original.

a esposa do *primo tenore*. Não havia apresentação naquela noite e essas pessoas também iam ao Villa. Saíram do hotel. Muito bem.

No momento de acompanhá-las – já eram nove e meia – recordou que levava grande quantia na carteira. Assim, voltou ao hotel, entrou no escritório e depositou boa parte do montante com o guarda-livros do hotel. Feito isso, tomou uma *carozella*[8] e se dirigiu à praia. Desceu do táxi e entrou no Villa a pé, pelo lado do Largo di Vittoria.

Encarou-me, então, intensamente. Nesse momento, me dei conta de quão impressionável ele era. Cada pequeno fato e acontecimento daquela noite haviam ficado impressos em sua memória, como se dotados de significado místico. Se ele não chegou a mencionar a cor do pônei que puxava a *carozella* e a descrição pormenorizada do cocheiro, tratava-se de um mero descuido decorrente de sua agitação, que ele reprimia com coragem.

Entrou no Villa Nazionale[9] pelo lado do Largo di Vittoria. O Villa Nazionale é uma área pública de entretenimento, com seus gramados, arbustos e canteiros de flores entre as casas da Riviera di Chiaja e as águas da baía. Aleias de árvores, mais ou menos paralelas, se prolongam por toda a sua extensão – que é considerável. Pelo lado da Riviera di Chiaja, os bondes elétricos passam perto dos gradis. Entre o jardim e o mar há um passeio elegante, que consiste em uma via larga cercada por um muro baixo, para além da qual as águas do Mediterrâneo são aspergidas para todos os lados, em murmúrios suaves quando o tempo está bom.

Enquanto a animação noturna de Nápoles prosseguia, a ampla via estava em plena atividade, um brilhante enxame das luzes das carruagens se movendo aos pares, algumas arrastando-se lentamente, outras passando com velocidade sob a linha tênue e imóvel de lâmpadas elétricas que delineavam a praia. E um brilhante enxame de estrelas pairava sobre a terra repleta dos sussurros das vozes, do amontoado de casas, resplandecendo com as luzes – sobre as silenciosas sombras planas do mar.

---

8 Trata-se de uma palavra grafada de forma incorreta no original – "carrozzella" seria o correto – que significa "carruagem".

9 Jardim histórico que atualmente se chama Villa Comunale.

Os jardins, por sua vez, eram bem menos iluminados. Nosso amigo seguiu em frente na escuridão cálida, os olhos fixos numa distante região luminosa que se estendia por toda a amplitude do Villa. Era como se o ar brilhasse ali com sua própria luz fria, azulada e ofuscante. Aquele ponto mágico, por trás dos troncos negros das árvores e das massas de folhagem escura, exalava doces sons mesclados com explosões de bramidos estridentes, tinidos repentinos de metal e baques surdos e vibrantes.

Enquanto caminhava, percebeu que todos esses ruídos se combinavam em uma peça musical elaborada, cujas frases harmoniosas surgiam persuasivamente em meio a um grande burburinho desordenado de vozes e passos arrastados no cascalho daquele espaço aberto. Uma enorme multidão, imersa na luz elétrica como se banhada por um fluido radiante e tênue lançado sobre suas cabeças por globos luminosos, se amontoava às centenas ao redor da orquestra. Outras centenas de pessoas sentavam-se em cadeiras, formando círculos mais ou menos concêntricos, e recebiam impávidos as imensas ondas sonoras que se espalhavam na escuridão. O conde penetrou na multidão e se deslocou com ela em tranquila satisfação, ouvindo e observando os rostos. Eram todas pessoas da boa sociedade: mães com suas filhas, pais e filhos, rapazes e garotas conversando, sorridentes, trocando acenos com a cabeça. Muitos rostos bonitos e lindas *toilettes*. Havia, é claro, uma grande diversidade de tipos: velhos exibidos com bigodes brancos, homens gordos, homens magros, oficiais uniformizados. Contudo, o que predominava, disse, era o tipo de jovem do sul da Itália, com um tom de pele claro e descorado, lábios vermelhos, um pequeno bigode muito preto e olhos negros líquidos, tão maravilhosamente eficazes ao lançar olhares maliciosos ou carrancudos.

Deixando a multidão, o conde dividiu uma mesinha em frente ao café com um jovem do perfil já mencionado. Nosso amigo tomou uma limonada. O rapaz permanecia sentado, taciturno, diante de um copo vazio. Levantou os olhos uma única vez e logo os baixou de novo. Também inclinou o chapéu para frente. Desse jeito –

O conde repetiu o gesto do rapaz, puxando o chapéu sobre a testa, e prosseguiu:

"Pensei comigo mesmo: ele está triste; decerto algo deve estar errado com ele; os jovens têm seus problemas. Não comentei nada, é claro. Paguei minha limonada e fui embora."

Ao passear pelos arredores do local em que estava a orquestra, o conde acredita ter visto duas vezes aquele jovem vagando sozinho na multidão. Dado momento, os olhares de ambos se cruzaram. Deve ter sido o mesmo jovem, mas havia por ali tantos daquele tipo que ele não podia ter certeza. Ademais, nada daquilo o preocupava muito, exceto pelo fato de ter ficado incomodado pelo descontentamento marcante e irritadiço naquele rosto.

Farto da sensação de confinamento em meio à multidão, o conde se afastou da orquestra. Um beco, que em contraste era bastante sombrio, parecia convidativo, com sua promessa de solidão e frescor. Entrou nele, caminhando devagar, até que o som da orquestra, gradativamente, tornou-se abafado. Então, voltava ao ponto de partida e repetia o trajeto. Fez isso várias vezes até perceber alguém sentado em um dos bancos.

O lugar era parcamente iluminado, pois ficava entre dois postes de luz.

O homem recostava-se no canto do banco, as pernas esticadas, os braços cruzados e a cabeça inclinada sobre o peito. Não se mexia, como se tivesse ali adormecido, porém, quando o conde passou por ele mais uma vez, sua postura havia mudado. Estava sentado e inclinado para frente. Tinha os cotovelos apoiados nos joelhos, as mãos enrolando um cigarro. Ele nunca levantou os olhos do que fazia.

O conde prosseguiu seu passeio, distanciando-se da orquestra. Retornava lentamente, disse-me. Posso imaginá-lo aproveitando ao máximo, com sua habitual tranquilidade, a suavidade daquela noite sulista e os sons da música abrandados pela distância.

Naquele momento, o conde se aproximou pela terceira vez do homem no banco do jardim, que ainda permanecia inclinado para frente, os cotovelos sobre os joelhos. Era uma pose de desânimo. Na obscuridade parcial do beco, o colarinho alto e os punhos da camisa pareciam pequenas manchas de brancura vívida. O conde comentou que notara o homem levantando-se bruscamente, como se pretendesse deixar aquele local, mas quase antes de percebê-lo, o homem se colocou diante dele, perguntando em voz baixa e gentil se o *signore* faria a gentileza de lhe oferecer fogo para acender seu cigarro.

O conde respondeu a tal pedido com um polido "certamente", baixando as mãos para explorar os bolsos de suas calças, na intenção de encontrar os fósforos.

"Baixei minhas mãos", disse, "mas não cheguei a colocá-las nos bolsos. Pois senti uma pressão bem aqui —"

Colocou a ponta do dedo em um lugar abaixo do esterno, o ponto exato do corpo humano no qual certos cavalheiros japoneses costumam dar início ao haraquiri, uma forma de suicídio que se segue a uma desonra ou a um ultraje intolerável à delicadeza dos sentimentos.

"Olho para baixo", o conde prosseguiu, numa voz que denotava profundo assombro, "e o que vejo? Uma faca! Uma faca comprida —"

"Você não quer dizer", exclamei, perplexo, "que foi abordado dessa forma no Villa às dez e meia da noite, a poucos passos de uma multidão!"

Ele assentiu com a cabeça várias vezes, olhando para mim fixamente e com toda a força.

"O clarinete", declarou, solenemente, "estava no final de seu solo e posso lhe assegurar que eu podia distinguir cada nota. Então, a orquestra irrompeu em um *fortissimo*, e aquela criatura diante de mim revirou os olhos e rangeu os dentes, sibilando com a maior ferocidade: 'Fique em silêncio! Não faça nenhum ruído ou —'"

Eu não conseguia superar o meu assombro.

"Que tipo de faca era?", perguntei, estupidamente.

"Uma lâmina longa. Um punhal[10] — talvez uma faca de cozinha. Uma lâmina longa e fina. Muito brilhante. E, à semelhança

---

10 No original, *stiletto*.

da lâmina, os olhos dele brilhavam. Seus dentes, muito brancos, também. Eu podia vê-los claramente. Tinha uma expressão bastante feroz. Pensei comigo mesmo: 'Se eu o atacar, o mais provável é que ele me mate.' Como poderia lutar com ele? Ele tinha a faca e eu não tinha nada. Estou com quase setenta anos, como é de seu conhecimento, e ele era um jovem. Pareceu-me até reconhecê-lo. O jovem taciturno que eu encontrara no café. Contudo, a verdade é que eu não saberia dizer. Há tantos como ele neste país."

A angústia daquele momento se refletiu em seu rosto. Suponho que ele, fisicamente, deve ter ficado paralisado pela surpresa. Seus pensamentos, no entanto, permaneceram muito ativos. E abrangiam cada possibilidade alarmante. Começar a gritar com vigor por socorro também se lhe ocorreu. Mas não fez nada disso, e o motivo de ele ter se refreado demonstrou para mim o seu autocontrole mental. Ele compreendeu, em um átimo, que nada impediria o outro de gritar, também.

"Aquele jovem poderia, em um instante, jogar fora sua faca e fingir que eu era o agressor. Por que não? Ele poderia ter dito que eu o atacara. Por que não? Seria uma história fantástica contra outra! Ele poderia dizer qualquer coisa — que trouxesse o peso da desonra contra mim —, sabe-se lá o que mais? Seus trajes estavam longe de indicar um ladrão vulgar. Ele parecia, inclusive, pertencer à classe alta. O que eu poderia dizer? Ele era italiano — e eu um estrangeiro. Naturalmente, tenho o meu passaporte, e temos o nosso cônsul — mas me aterrorizava a ideia de ser preso e arrastado à noite para a delegacia de polícia como um criminoso!"

Estremeceu. Era parte de seu caráter sempre tentar evitar escândalos, mais ainda do que a mera morte. E decerto, para muitas pessoas, uma história desse tipo sempre permaneceria — considerando-se certas peculiaridades dos hábitos napolitanos — algo terrivelmente estranho. O conde não era tolo. Tendo sua crença na placidez respeitável da vida recebido tão rude golpe, pensou que naquele momento tudo poderia acontecer. No entanto, veio à sua mente a noção de que o jovem talvez fosse apenas um lunático enfurecido.

IL CONDE: UMA NARRATIVA PATÉTICA

Esse foi para mim o primeiro indício de sua atitude frente àquela aventura. Por causa de sua exagerada delicadeza de sentimentos, era de opinião que ninguém poderia se sentir ferido em seu amor-próprio pelo que um louco decidisse fazer. Tornou-se aparente, entretanto, que ao conde seria negado esse consolo. Descreveu de novo a forma tão abominavelmente selvagem com que aquele jovem revirava os olhos brilhantes e rangia os dentes branquíssimos. A música da orquestra agora se concentrava em um movimento lento e solene com os zurros dos trombones e as batidas deliberadamente repetidas de um grande tambor.

"Mas o que você fez, afinal?", perguntei, bastante aflito.

"Não fiz nada", respondeu o conde. "Mantive minhas mãos imóveis. E disse a ele, em voz baixa, que não pretendia fazer barulho. Ele rosnou como um cão e depois falou, com um tom de voz convencional:

'*Vostro portofolio.*'[11]

"Então eu, é lógico", prosseguiu o conde – e a partir desse ponto, apresentou o relato todo em pantomima. Fixando os olhos em mim, reproduziu todos os seus movimentos em uma ordem fixa – colocar a mão no bolso interno do paletó, tirar a carteira e entregá-la. Mas o tal jovem, ainda agarrado à sua faca, recusou-se a tocar na carteira.

Ele exigiu que o conde tirasse, ele mesmo, o dinheiro, pegou as notas com a mão esquerda e fez um gesto ordenando que a carteira fosse devolvida ao bolso, tudo isso ao som arrebatador e suave de flautas e clarinete, sustentado pelo zumbido dos oboés. O "jovem", como o conde o denominava, disse então: "Isso aqui parece muito pouco."

"De fato, eu dispunha de 340 ou 360 liras", continuou o conde. "Havia deixado meu dinheiro no hotel, como você sabe. Disse a ele que aquele era todo o dinheiro que eu tinha. Ele balançou a cabeça com impaciência e retrucou:

'*Vostro orologio.*'

---

11 "Vossa carteira", em italiano no original. O termo está incorreto no texto. A forma certa seria *portafoglio*.

O conde, então, fez o gesto mudo de tirar o relógio. Mas naquele dia mesmo, seu valioso relógio de ouro fora deixado na relojoaria para limpeza. Ele usava, naquela noite (num estojo de couro), um Waterbury de cinquenta francos que costumava levar em suas expedições de pesca. Ao perceber a natureza dessa pilhagem, o elegante ladrão estalou a língua desdenhosamente: "Tse-ah!", e o rejeitou com rapidez. Então, enquanto o conde devolvia ao bolso o relógio desprezado, o jovem fez nova exigência, aplicando uma ameaçadora e crescente pressão da faca no epigástrio, à guisa de lembrete:

"*Vostri anelli.*"

"Um dos anéis", prosseguiu o conde, "me fora dado anos atrás por minha esposa; o outro é o anel com o sinete de meu pai. E eu disse não. Isso você não levará!"

E aqui o conde reproduziu o gesto correspondente àquela declaração, batendo uma mão sobre a outra e pressionando ambas contra o peito. Sua resignação era comovente. "Isso você não levará", repetiu, com firmeza e fechou os olhos, esperando – não sei se faço bem em recordar que palavra tão desagradável chegou a passar pelos lábios dele –, esperando de fato ser – ainda hesito em dizer isso – estripado pelo empurrão da lâmina longa e afiada, que repousava, com uma ameaça mortal, na boca do seu estômago – no lugar, em todos os seres humanos, de todas as sensações angustiantes.

Grandes ondas de harmonia continuavam a fluir da orquestra.

De repente, o conde sentiu aquela pressão apavorante ser removida do ponto sensível. Abriu os olhos. Viu que estava sozinho. Não ouvira nada. É provável que "o jovem" houvesse partido, a passos leves, algum tempo antes, embora a horrível pressão tivesse permanecido mesmo quando a faca já não estava mais lá. Uma súbita fraqueza o acometeu. Teve tempo apenas de cambalear até o banco do jardim. Tinha a sensação de haver prendido a respiração por muito tempo. Deixou-se cair, ofegante, devido ao choque da reação.

A orquestra executava, com imenso virtuosismo, o complicado movimento final. Terminou com um grande estrondo. O conde ouviu esse ruído irreal e distante, como se seus ouvidos tivessem perdido sua sensibilidade, e então o aplauso de milhares de pares de mãos, como uma repentina chuva de granizo. O profundo silêncio subsequente fez com que voltasse a si.

Um bonde, semelhante a uma alongada caixa de vidro em que as pessoas sentadas tinham suas cabeças bastante iluminadas, circulou, em alta velocidade, a cerca de cinquenta metros do local em que ele fora roubado. E logo outro passou, e mais um, dessa vez na direção oposta. O público em torno da orquestra começou a se dispersar, entrando no beco em pequenos grupos, conversando. O conde sentou-se ereto, tentando pensar com calma sobre tudo o que lhe acontecera. A vilania que sofrera o deixou novamente sem alento. Até onde consegui entender, ele estava aborrecido consigo mesmo. Não quero dizer com seu comportamento. De fato, se sua representação pantomímica para minha compreensão era digna de confiança, seu comportamento fora irrepreensível. Não, não era nada disso. Não estava envergonhado. Estava chocado por ter sido a vítima selecionada, não tanto de um roubo, mas de desprezo. Sua tranquilidade fora profanada sem razão. A gentileza afável de sua visão de mundo, que cultivara ao longo de uma vida, havia sido desfigurada.

No entanto, naquele momento, antes que o ferro estivesse prestes a penetrar em suas entranhas, ele foi capaz de raciocinar com relativa serenidade de espírito. Quando conseguiu acalmar, aos poucos, a sua agitação, o conde se deu conta de que tinha uma fome terrível. Sim, estava faminto. A emoção intensa o tornara simplesmente voraz. Deixou o banco e, depois de caminhar por algum tempo, viu-se fora do jardim e diante de um bonde parado, sem saber muito bem como havia chegado até ali. Subiu nele, como se em um sonho, por uma espécie de instinto. Felizmente, encontrou no bolso da calça alguns trocados para satisfazer o condutor. E então o bonde parou, e como todos estavam descendo, ele desceu também. Reconheceu a Piazza San Ferdinando, mas, ao que parece, não se lhe ocorreu pegar um táxi que o levasse ao hotel. Permaneceu angustiado ali, na Piazza, como um cão perdido, pensando vagamente sobre qual seria a melhor maneira de conseguir, de imediato, alguma coisa para comer.

Foi nesse momento que, de súbito, se lembrou de sua moeda de vinte francos. Explicou-me que carregava aquela moeda de ouro francesa já por três anos. Era, ainda segundo ele, uma reserva em caso de algum acidente. Qualquer um pode ser surrupiado por um batedor de carteiras – algo bem diferente de um assalto descarado e insultante.

O arco monumental da Galleria Umberto surgiu no topo de um imponente lance de escadas. Subiu por elas sem perder muito tempo, dirigindo-se ao Café Umberto. Todas as mesas do lado de fora estavam ocupadas por muitas pessoas bebendo. Porém, como ele queria algo para comer, entrou no café, que era divido em corredores por pilares quadrados, ornados de grandes espelhos. O conde sentou-se em um banco felpudo vermelho, apoiado em um desses pilares, esperando seu risoto. Nesse meio tempo, sua mente remoía de novo sua abominável aventura.

Pensou no jovem mal-humorado e bem-vestido com quem trocara olhares na multidão enquanto ambos estavam próximos da orquestra e que, tinha certeza, era o ladrão. Seria capaz de reconhecê-lo novamente? Sem dúvida. Mas preferia jamais voltar a vê-lo. Seria melhor esquecer todo o episódio humilhante.

O conde olhou à sua volta, ansioso pela vinda do risoto e eis que, à esquerda, contra a parede – estava o jovem! Sentado sozinho à mesa, com uma garrafa de algum tipo de vinho ou xarope e uma jarra de água gelada diante de si. As mesmas suaves bochechas cor de oliva, os lábios vermelhos, o pequeno bigode negro como azeviche virado para cima de forma galante, os belos olhos negros um tanto pesados e sombreados por longos cílios, aquela peculiar expressão de cruel descontentamento que costuma ser vista apenas nos bustos de alguns imperadores romanos – era ele, sem dúvida. Entretanto, poderia ser apenas um tipo. O conde desviou o olhar apressadamente. O jovem policial próximo, lendo um jornal, também era assim. O mesmo tipo. Dois rapazes mais distantes, jogando damas, também eram muito parecidos –

O conde abaixou a cabeça, sentindo crescer o pavor de que seu coração, para sempre, fosse assombrado pela visão daquele jovem. Começou a comer seu risoto. Logo, ouviu o jovem à sua esquerda chamar o garçom num tom extremamente mal-humorado.

Atendendo ao chamado, não só o seu próprio garçom, mas outros dois que estavam ociosos, trabalhando em uma fileira de mesas mais distantes, acorreram em sua direção com uma rapidez obsequiosa, que não é a característica geral dos garçons do Café Umberto. O jovem murmurou alguma coisa e um dos garçons caminhou depressa até a porta mais próxima e gritou na direção da galeria: "*Pasquale! Ó Pasquale!*"

Todos conhecem Pasquale, o velho maltrapilho que, circulando entre as mesas, oferece à venda charutos, cigarros, cartões postais e fósforos aos clientes do café. Em muitos sentidos, ele é um canalha simpático. O conde viu o rufião de cabelos cinzentos e barba por fazer entrar no café, a caixa de vidro com seus produtos pendurada no pescoço por uma tira de couro. Logo, com o chamado do garçom, fez seu caminho trôpego, ainda que veloz, até a mesa do jovem. O rapaz queria um charuto, que Pasquale lhe ofereceu com adulação. O velho ambulante dirigia-se à saída quando o conde, em um impulso repentino, acenou-lhe.

Pasquale se aproximou, o sorriso de reconhecimento reverente combinando estranhamente com a expressão de cínica solicitude. Apoiando sua caixa sobre a mesa, levantou a tampa de vidro sem dizer palavra. O conde pegou um maço de cigarros e, dominado por uma curiosidade apreensiva, perguntou da forma a mais casual possível:

"Diga-me, Pasquale, quem é aquele jovem *signore* sentado ali?"

O outro se inclinou sobre sua caixa, em tom de confidencialidade.

"Aquele, *Signor Conde*", respondeu o velho, começando a rearranjar suas mercadorias diligentemente, sem levantar os olhos, "é um jovem *cavaliere* de excelente família originária de Bari. Estuda em uma universidade aqui e é chefe, *capo*, de uma associação de rapazes – de rapazes muito distintos."

Fez uma pausa, e então, com uma mescla de discrição e orgulho, murmurou a palavra explicativa "Camorra" e fechou a tampa da caixa. "Uma Camorra muito poderosa", sussurrou. "Os próprios professores respeitam-na muito… *Una lira e cinquanti centesimi, Signor Conde.*"

Nosso amigo pagou com a moeda de ouro. Enquanto Pasquale buscava o troco, percebeu que o jovem, de quem ouvira tanto em tão poucas palavras, acompanhava dissimuladamente toda a transação. Depois que o velho vagabundo tinha se retirado, com uma profunda mesura, o conde pediu a conta ao garçom e permaneceu imóvel, sentado. Um entorpecimento, disse-me, o havia paralisado.

O jovem também pagou sua conta, levantou-se e atravessou o salão, pretendendo aparentemente se contemplar no espelho colocado no pilar mais próximo do assento ocupado pelo conde. Estava vestido todo de preto, com uma gravata borboleta verde-escura. O conde olhou à sua volta e ficou assustado ao encontrar um olhar maligno vindo do canto dos olhos do outro. O jovem *cavaliere* de Bari (de acordo com Pasquale; mas Pasquale é, naturalmente, um mentiroso consumado) continuou ajeitando a gravata, ajustando o chapéu diante do espelho e, enquanto isso, falou alto o bastante para ser ouvido apenas pelo conde. Falou de entre os dentes, destilando o mais insultante veneno de desprezo e olhando diretamente no espelho.

"Ah! Então você carregava ouro – seu velho mentiroso, velho *birba, furfante*[12]! Mas ainda não terminei com você."

Sua expressão perversa desapareceu como um raio, e ele saiu do café com o rosto taciturno e impassível.

O pobre conde, depois de relatar esse último episódio caiu, trêmulo, sobre a cadeira. A transpiração brotava, vigorosa, em sua testa. Havia uma insolência descarada no espírito desse ultraje que consternava até a mim. Não consigo sequer imaginar seus efeitos para a delicadeza do conde. Tenho certeza de que se ele não fosse refinado demais para fazer algo tão vulgar como morrer de apoplexia num café, teria tido um ataque fulminante ali mesmo. Ironias à parte, minha maior preocupação era impedi-lo de perceber até onde

---

12 "Safado" e "canalha", em italiano no original.

IL CONDE: UMA NARRATIVA PATÉTICA

ia toda a minha comiseração. Ele se retraía diante de todo senti-mentalismo desmedido e, nesse sentido, minha comiseração era praticamente ilimitada. Não me surpreendeu ouvir que ele ficou acamado por uma semana. Levantou-se apenas a fim de tomar as providências para deixar o sul da Itália de uma vez por todas.

E o homem estava convencido de que não poderia viver sequer um ano em qualquer outro clima!

Nenhum argumento meu teve o menor efeito. Não foi por timidez, embora ele tenha me dito uma vez: "Caro senhor, des-conhece o que é a Camorra. Sou um homem marcado." Ele não tinha medo do que poderia lhe acontecer. A delicada percepção de sua própria dignidade fora conspurcada por uma experiência degradante. Isso era algo que não podia tolerar. Nem mesmo um cavalheiro japonês, ultrajado em seu extremo senso de honra, teria realizado os preparativos para o seu haraquiri com maior resolução. Voltar para casa significava, de fato, um suicídio para o pobre conde.

Há um ditado do patriotismo napolitano, destinado ao esclare-cimento dos estrangeiros, presumo: "Veja Nápoles e depois morra." *Vedi Napoli e poi mori.* Trata-se de um ditado sobrecarregado de vaidade excessiva, e tudo o que era excessivo parecia repugnante à tranquila moderação do pobre conde. No entanto, quando me despedia dele na estação de trem, achei que ele se comportava com singular fidelidade ao espírito presunçoso do tal dito popu-lar local. *Vedi Napoli!...* Ele tinha visto! Ele tinha visto com uma minuciosidade surpreendente – e agora, ia para o seu túmulo. Em um trem de luxo da International Sleeping Car Company, via Trieste e Viena. Quando os quatro vagões, grandes e sombrios, começaram a se afastar da estação, ergui meu chapéu com o solene sentimento de prestar os últimos respeitos em um cortejo fúne-bre. O perfil do conde, já muito envelhecido, deslizava para longe de mim em imobilidade pétrea, por trás da janela de vidro ilumi-nada – *Vedi Napoli e poi mori!*

A Estalagem das Duas Bruxas:
Um Achado [1]

Esse conto, episódio, experiência – chamem-no como quiserem – foi relatado na década de cinquenta do século passado por um homem que, segundo sua própria confissão, tinha sessenta anos à época. Sessenta anos não é uma idade ruim – a menos que a vejamos em perspectiva quando, indubitavelmente, é considerada pela maioria de nós com sentimentos contraditórios. Trata-se de uma idade tranquila; o jogo está praticamente terminado; e, mantendo-nos à margem, começamos a recordar, de certa forma vívida, que excelente pessoa fomos. Tenho observado que, por uma amável cortesia da Providência, a maioria das pessoas de sessenta anos começa a alimentar uma visão romântica de si mesma. Seus próprios fracassos exalam um encanto de força peculiar. E, de fato, as esperanças do futuro são uma agradável companhia, formas requintadas, talvez mesmo fascinantes, mas – por assim dizer – desnudas, desprovidas de ornamentos. Os trajes de *glamour* são, felizmente, propriedade do passado imutável que, sem eles, estaria encolhido e trêmulo, sob as sombras crescentes.

Suponho que esse romantismo da idade avançada tenha sido o fator que levou nosso homem a relatar sua experiência, para sua própria satisfação ou para a admiração da posteridade. Não pode ter sido por glória pessoal, pois a tal experiência foi simplesmente a de um medo abominável – o que ele mesmo chama de terror.

---

1 Conto escrito em 1913, e publicado dois anos depois na coletânea *Within the Tides*. O "século passado" a que se refere o autor no início é portanto o XIX.

Vocês já devem ter adivinhado que o relato a que se alude nas primeiras linhas deste texto foi feito por escrito.

Esse escrito constitui o "Achado" mencionado no subtítulo. O título, aliás, pode ser visto como minha sugestão pessoal (não seria possível dizer que se trata de uma invenção) e possui o mérito da veracidade. Nosso foco aqui é uma estalagem. Quanto às bruxas, trata-se meramente de uma expressão convencional, e teremos de confiar no testemunho do nosso homem no que diz respeito à aplicabilidade dessa expressão ao caso.

O Achado estava acondicionado em uma caixa de livros adquirida em Londres, em uma rua que já não mais existe, num sebo que estava nos últimos estágios de decadência. Quanto aos livros em si, haviam passado pelo menos por vinte mãos e uma breve inspeção revelou que não valiam sequer a pequena soma de dinheiro que desembolsei. Possivelmente, algum tipo de premonição a respeito desse fato me fez dizer: "Preciso ter a caixa também." O livreiro arruinado assentiu com um gesto descuidado e trágico, típico de um homem já condenado à extinção.

Um monte de folhas soltas no fundo da caixa despertou minha curiosidade, ainda que de modo vago. A caligrafia compacta, nítida e regular, não era muito atrativa à primeira vista. Mas a indicação, em dado lugar, de que em 1813 d.C. o autor teria 22 anos chamou minha atenção; 22 anos é uma idade interessante, em que, de modo geral, se é mais facilmente imprudente e impressionável; a faculdade de reflexão é fraca e o poder da imaginação, forte.

Em outro lugar, a frase: "À noite, contornamos a costa uma vez mais", foi extremamente estimulante para minha apática atenção, porque se tratava de uma frase de um marinheiro. "Vamos ver o que é tudo isso", pensei, sem o menor entusiasmo.

Ah! Se tratava de um manuscrito de aspecto enfadonho, uma linha igual à outra em sua ordem fechada e regular. Assemelhava-se ao zumbido de uma voz monótona. Um tratado sobre o processo de refino do açúcar (o assunto mais tedioso no qual consigo imaginar) teria uma aparência de maior vivacidade. "Em 1813 d.C. eu tinha 22 anos", o texto começava dessa forma, com grande seriedade, e prosseguia com tranquila e horrível diligência. Não imaginem, no entanto, que havia algo de arcaico no meu achado. A engenhosidade diabólica em termos de invenção, embora tão antiga como o mundo, não é, de modo algum, uma arte perdida. Vejam, por exemplo, o caso dos telefones, que destroem a efêmera paz de espírito que nos é dada neste mundo. Ou então as metralhadoras que, com rapidez, nos arrancam a vida do corpo. Em nossos dias, qualquer bruxa velha de olhos remelentos que fosse forte o suficiente para manejar uma pequena manivela poderia liquidar uma centena de jovens de vinte anos em um piscar de olhos.

Se isso não é um progresso!... É, sim e imenso! Bem, prosseguimos e, portanto, vocês devem ter a expectativa de encontrar aqui uma certa ingenuidade no que tange à capacidade inventiva e uma simplicidade de intenção que pertencem a uma época mais remota. E, é claro, nenhum automobilista poderá encontrar a tal estalagem nos dias de hoje. Essa estalagem aqui, a do título, estava localizada na Espanha. Descobri isso apenas por meio de evidências internas, porque muitas páginas daquele relato estavam faltando – embora, no final das contas, isso talvez não fosse grande desventura. O escritor parecia ter mergulhado em minúcias extremamente elaboradas do como e do porquê de sua presença naquele litoral – provavelmente, o litoral norte da Espanha. Sua experiência, contudo, nada tinha a ver com o mar. Tanto quanto pude inferir, ele era oficial a bordo de uma corveta. Nada de estranho nisso. Em todas as etapas da longa campanha peninsular, muitos de nossos pequenos navios de guerra cruzavam a costa setentrional espanhola – o local mais arriscado e desagradável que se possa imaginar.

Ao que parece, o tal navio tinha alguma missão especial a cumprir. Uma explicação cuidadosa de todas as circunstâncias era algo a se esperar do nosso homem, porém, como já mencionado, algumas das páginas (que decerto eram de papel bom e grosso) haviam desaparecido: foram usadas em tampas para potes de geleia ou como buchas para espingardas de caça por sua irreverente posteridade. No entanto, se pode ver, com clareza, que a comunicação com a costa e inclusive o envio de mensageiros para terra firme era parte do seu serviço, seja para obter informações de inteligência ou para transmitir ordens e eventuais aconselhamentos aos patriotas espanhóis, aos *guerrilleros* ou às *juntas*[2] secretas da província. Algo do gênero. Isso é pelo menos o que pode ser deduzido dos restos preservados de sua escrita conscienciosa.

Em seguida, nos deparamos com o panegírico de um excelente timoneiro do capitão. Ele era conhecido a bordo como Cuba Tom; não porque fosse cubano; era o melhor exemplar de um genuíno lobo do mar britânico que se poderia imaginar, há anos servindo na marinha. Obteve seu cognome por conta de certas aventuras extraordinárias por ele vividas naquela ilha nos dias de juventude, aventuras que eram o tema favorito das histórias com as quais tinha o hábito de entreter seus companheiros da tripulação nas noites em que estava no castelo de proa. Ele era inteligente, muito forte e de bravura comprovada. Por acaso se nos é dito, com toda a exatidão de nosso narrador, que Tom tinha a mais bela trança de toda a marinha, graças à sua espessura e comprimento. Tal apêndice, cuidado com esmero e envolto em uma pele de marsopa, caía até a metade de suas amplas costas, para admiração geral e mesmo inveja dos espectadores mais próximos.

Nosso jovem oficial discorre sobre as qualidades viris de Cuba Tom com um sentimento próximo ao afeto. Esse tipo de relacionamento entre um oficial e um marinheiro não era assim tão raro à época. Um jovem que se alistasse ao serviço era colocado sob a responsabilidade de um marinheiro de confiança, que preparava para o novato a cama suspensa pela primeira vez e, com frequência, se convertia posteriormente em um amigo humilde do jovem oficial. O narrador, ao juntar-se à tripulação da corveta, reencontrara o já mencionado homem a bordo, após anos de separação. Nesse sentido, existe algo de tocante no prazer caloroso com que se recorda e registra esse encontro com o mentor profissional dos dias de sua juventude.

---

2   "Guerrilheiros" e "juntas de governo", em espanhol no original. Doravante, as expressões em espanhol no original estarão em itálico. Traduzimos e comentamos tais termos quando entendemos necessário.

A ESTALAGEM DAS DUAS BRUXAS: UM ACHADO

Descobrimos, então, que por não haver nenhum espanhol disponível para o serviço, esse marinheiro insigne, de trança única e renomado por sua coragem e firmeza, foi escolhido como mensageiro para uma das missões em terra firme. Os preparativos foram bem pouco elaborados. Certa manhã sombria de outono, a corveta adentrou uma enseada rasa, o que possibilitaria o desembarque naquela costa rochosa. Um bote foi baixado, tendo Tom Corbin (Cuba Tom) empoleirado na proa e nosso jovem narrador (sr. Edgar Byrne era seu nome nesse mundo) sentado na popa.

Alguns habitantes de uma aldeia próxima, cujas casas de pedra cinzentas podiam ser vistas a cerca de cem jardas de distância de uma ravina profunda, desceram até a praia para observar a aproximação do bote. Os dois ingleses logo saltaram para terra firme. Talvez devido ao espanto, ou a algum tipo de embotamento, os camponeses não os saudaram e permaneceram em silêncio.

O sr. Byrne tinha decidido esperar até que Tom Corbin se pusesse a caminho. Olhou ao redor, para aqueles rostos estupefatos.

"Acho que não conseguiremos muito deles", disse. "Vamos até a aldeia. Seguramente haverá uma taberna, onde poderemos encontrar alguém mais propício a conversar e do qual possamos obter informações."

"De fato, senhor", disse Tom, acompanhando seu oficial. "Umas palavrinhas a respeito de rotas e distâncias não podem fazer nenhum mal; atravessei Cuba de cabo a rabo graças à minha conversa, e isso sabendo bem menos espanhol que agora. Como eles próprios dizem, sabia 'quatro palavras e nada mais' quando fui deixado na praia pela fragata Blanche."

Ele não se importava muito com o que o aguardava, um dia de viagem pelas montanhas. É bem verdade que haveria um dia inteiro de caminhada antes mesmo de se alcançar a rota das montanhas, mas isso não era nada para um homem que cruzara a ilha de Cuba a pé, com apenas quatro palavras do idioma disponíveis, para começar.

O oficial e o marinheiro caminhavam agora sobre um úmido leito de folhas mortas, que os camponeses das vizinhanças amontoavam nas ruas de seus vilarejos para que apodrecessem durante o inverno, utilizando-as depois como adubo para o campo. Ao virar a cabeça, o sr. Byrne percebeu que toda a população masculina da aldeia seguia a ambos naquele tapete silencioso e flexível. As mulheres observavam tudo das portas das casas e as crianças pareciam ter se escondido. O vilarejo conhecia o navio, pois o tinham avistado de longe, mas nenhum estranho desembarcara por ali talvez no último século, ou mais. O tricórnio do sr. Byrne, os bigodes espessos e a enorme trança do marinheiro deixaram os camponeses perplexos. Eles apertavam o passo atrás dos dois ingleses, lançando olhares espantados, como os ilhéus encontrados pelo capitão Cook[3] nos mares do sul.

Foi então que Byrne teve seu primeiro vislumbre do pequeno homem encapotado, portando um chapéu amarelo. Apesar de desbotado e encardido, essa cobertura para a cabeça era suficiente para chamar a atenção.

A porta de entrada da taberna parecia um tosco buraco em uma parede de pedra. O proprietário era a única pessoa que não estava na rua, uma vez que emergiu da escuridão que dominava os fundos do estabelecimento, de onde as formas infladas dos odres de vinhos que pendiam de pregos podiam ser vagamente percebidas. Era um asturiano alto, caolho, de bochechas sujas e afundadas; a expressão grave em seu semblante contrastava enigmaticamente com a inquietação constante de seu único olho. Ao saber que o assunto em questão era ajudar no encontro daquele marinheiro inglês com um certo Gonzales nas montanhas, fechou seu único olho são por alguns instantes, à guisa de meditação. Em seguida, o abriu, movendo-o de novo com rapidez:

"É possível, é possível. Pode ser arranjado."

Um murmúrio amigável ficou mais intenso, vindo do grupo parado à porta, ao ouvir o nome de Gonzales, o líder local da resistência contra os franceses. Ao indagar acerca da segurança da estrada, Byrne ficou satisfeito em saber que nenhuma tropa francesa tinha sido vista nas vizinhanças há meses. Nem mesmo um

---

3 James Cook (1728-1779), explorador, navegador e cartógrafo inglês, famoso por suas viagens aos mares do Pacífico Sul, incluindo uma circum-navegação pela Nova Zelândia.

A ESTALAGEM DAS DUAS BRUXAS: UM ACHADO

ínfimo destacamento daqueles *polizones*[4] ímpios. Enquanto fornecia tais informações, o taberneiro ocupava-se em tirar um pouco de vinho de uma jarra de barro, que ofereceu ao herege inglês, embolsando, com certa seriedade distraída, a pequena moeda que o oficial deixou sobre a mesa, em reconhecimento a certa lei não escrita segundo a qual ninguém pode entrar em uma taberna sem comprar bebida. Seu único olho estava em constante movimento, como se tentasse fazer o trabalho dos dois; mas quando Byrne fez perguntas sobre a possibilidade de alugar uma mula, o olhar do sujeito finalmente ficou imóvel, fixo com insistência na direção da porta de entrada, onde se apinhavam os curiosos. Na frente de todos, bem no umbral, estava parado o homenzinho de capa grande e chapéu amarelo. Tratava-se de um indivíduo diminuto, um mero homúnculo – na descrição de Byrne –, em uma atitude ridiculamente misteriosa, ainda que assertiva; uma das extremidades de sua capa estava jogada, com displicência, sobre o ombro esquerdo, cobrindo seu queixo e sua boca; o chapéu amarelo de abas largas pendia de um canto de sua pequena cabeça quadrangular. Estava ali, cheirando rapé sem parar.

"Uma mula", repetiu o dono da taberna, os olhos fixos naquela figura pitoresca que cheirava rapé... "*No, señor* oficial! Com toda certeza, não há nenhum meio de conseguir uma mula neste lugar tão pobre."

O timoneiro, que estava de pé, com ares de despreocupação típicos de um autêntico marinheiro em locais estranhos, disse tranquilamente:

"Se o honrado oficial quiser levar em conta minha opinião, minhas duas pernas servirão melhor para esse serviço. De qualquer modo, eu teria que deixar o animal em algum lugar, uma vez que o capitão me disse que a metade do caminho é tão estreita que só cabras por ali podem passar."

O homem diminuto, nesse momento, deu um passo adiante e começou a falar através das dobras da capa, que pareciam dissimular alguma intenção sarcástica:

---

4   Em espanhol no original. Uma tradução possível: "forasteiros".

"*Si, señor*. A gente dessa aldeia é honesta demais para ter uma única mula que possa lhe servir. Posso testemunhar a respeito disso. Nesses tempos, somente patifes ou espertalhões dispõem de mulas ou de qualquer outro animal de quatro patas e dos meios necessários para mantê-los. Contudo, na verdade, o que esse corajoso marinheiro necessita é de um guia; e aqui, meu caro senhor, está o meu cunhado Bernardino, taberneiro e alcaide da mais cristã e hospitaleira das aldeias, que irá lhe encontrar um."

De fato, essa era a única coisa a fazer, segundo o relato do sr. Byrne. Um jovem usando um casaco surrado e calções de pele de cabra apareceu, após mais algumas negociações. O oficial inglês convidou toda a aldeia para uma rodada na taberna e, enquanto os camponeses bebiam, ele e Cuba Tom tomaram seu rumo, acompanhados pelo guia. O homem diminuto havia desaparecido.

Byrne acompanhou o timoneiro até a saída da aldeia. Queria vê-lo tomar o caminho correto sem maiores dificuldades; e os teria, inclusive, acompanhado por um percurso maior se o marinheiro não tivesse advertido, respeitosamente, que seria melhor que retornasse, para que a corveta não permanecesse mais tempo que o necessário tão próximo da costa, em uma manhã como aquela, tão pouco auspiciosa. Sobre suas cabeças avistava-se um céu sombrio e borrascoso quando se separaram, e arbustos incultos e campos pedregosos os rodeavam de modo lúgubre.

"Em quatro dias", foram as palavras finais de Byrne, "nosso navio enviará um bote para a praia, se o tempo permitir. Se não, você estará à própria sorte em terra até o momento em que conseguirmos chegar para resgatá-lo."

"Muito bem, senhor", respondeu Tom, e voltou a caminhar. Byrne o observava ainda quando ele adentrou um caminho estreito. Trajava uma grossa jaqueta de marinheiro, tinha um par de pistolas no cinto, um cutelo no flanco e um pesado bastão nas mãos – parecia uma figura robusta, bem capaz de cuidar de si mesmo. Ele se voltou, por um momento, para acenar com a mão, dando a Byrne a oportunidade de ver mais uma vez seu rosto bronzeado e honesto, de bigodes espessos. O rapaz com calção de pele de cabra

A ESTALAGEM DAS DUAS BRUXAS: UM ACHADO

que, segundo Byrne, assemelhava-se a um fauno, ou mesmo a um jovem sátiro e dava saltos para a frente, deteve-se para esperá-lo. Ambos, então, desapareceram de vista.

Byrne tomou o caminho de volta. A aldeia se ocultava em uma espécie de dobra do solo e parecia ser o lugar mais solitário de toda a terra, como se amaldiçoado em sua esterilidade desabitada e desolada. Não havia caminhado nem cem jardas quando o homúnculo espanhol surgiu sem aviso, de trás de um arbusto. Naturalmente, Byrne parou de imediato.

O outro fez um gesto misterioso com a mão minúscula, que despontou de sob a capa. O chapéu pendia na lateral da cabeça. "*Señor*", disse, sem quaisquer rodeios preliminares. "Cuidado! Posso dizer, sem sombra de dúvida, que o caolho Bernardino, meu cunhado, dispõe neste exato momento de uma mula em seu estábulo. E por que ele, que está longe de ser muito esperto, tem ali uma mula? Porque ele é um velhaco; um homem sem consciência. Porque eu tive de abrir mão do *macho* para garantir um teto sobre minha cabeça e um pouco de *olla*[5] para manter minha alma neste meu insignificante corpo. Não obstante, *señor*, esse corpo possui um coração muito maior que essa coisa vil que bate no peito daquele meu bruto parente, do qual me envergonho, embora eu tenha me oposto ao casamento dele com todas as minhas forças. Bem, a mulher enganada sofreu o suficiente. Ela teve seu purgatório aqui na terra – que Deus dê paz à sua alma."

Byrne afirma, em seu relato, que ficou tão assombrado pela aparição súbita daquele ser, tão semelhante a um duende, e pela amargura sardônica de seu discurso, que não conseguiu captar o que havia de significativo no que parecia somente uma querela familiar a ele contada sem mais nem por quê. Ao menos, de início. Ficou confuso, porém, ao mesmo tempo, impressionado com a elocução enérgica e rápida, muito diferente da loquacidade frívola e animada de um italiano. Assim, continuou a contemplar

---

5   Ou *olla podrida*, típico prato espanhol de carnes e legumes variados.

o homúnculo que, deixando cair sua capa, aspirou uma imensa quantidade de rapé que tinha na palma da mão.

"Uma mula", exclamou Byrne, finalmente entendendo qual o sentido real daquele discurso. "Você afirma que ele tem uma mula? Que estranho! Por que se recusou a fornecê-la?"

O pequeno espanhol embuçou-se novamente em sua capa, com grande dignidade.

"*Quien sabe*", disse friamente, dando de ombros. "Ele é um grande *político* em tudo o que faz. Mas uma coisa sua senhoria deve saber — as intenções dele são sempre vis. O marido de minha defunta irmã deveria ter se casado faz tempo com a viúva de pernas de pau."[6]

"Compreendo. Mas lembre-se; quaisquer que fossem os motivos dele, sua senhoria o encorajou a mentir."

Os olhos brilhantes, desditosos, nos dois lados daquele nariz de predador confrontaram Byrne sem pestanejar, enquanto dizia, com aquela irascibilidade que se encontra, com tanta frequência, no fundo da dignidade espanhola:

"O *señor* oficial sem dúvida não perderia uma gota de seu sangue se eu fosse apunhalado bem abaixo da quinta costela", retrucou. "Contudo, o que seria desse pobre pecador?" Prosseguiu, mudando de tom: "*Señor*, pelas necessidades atuais, vivo aqui no exílio — eu, um natural de Castela e cristão velho, sobrevivendo miseravelmente no meio desses asturianos brutos, dependendo do pior de todos eles, aquele com menos consciência e escrúpulos que um lobo. Como sou um homem inteligente, me conduzo apropriadamente. Porém, a duras penas posso conter meu desprezo. O senhor ouviu a forma em que falei. Um *caballero* de talentos como sua senhoria deve ter compreendido que havia ali qualquer coisa oculta."

"Que coisa oculta?", perguntou Byrne, inquieto. "Ah, sim. Algo suspeito. Não, *señor*. Nada percebi. Minha nação não é feita de

---

6   A forca, que se supõe seja a viúva do último criminoso executado, esperando pelo próximo. (N. do E. Original.)

A ESTALAGEM DAS DUAS BRUXAS: UM ACHADO

bons adivinhadores nesse tipo de coisa; portanto, pergunto-lhe, sem rodeios: o taberneiro falou a verdade com relação a outros assuntos?"

"Decerto não há franceses por perto", disse o homúnculo, que retomara sua atitude indiferente.

"Ou talvez *ladrones?*"

"*Ladrones en grande*[7] – não! Certamente não!", foi a resposta, em um tom filosófico e frio. "O que sobrou para eles depois dos franceses? E ninguém viaja nesses tempos. Mas quem sabe! A oportunidade faz o ladrão. Ademais, aquele seu marinheiro tem um aspecto feroz e os ratos não costumam brincar com o filho de um gato. Se bem que há outro dito popular: onde há mel, haverá moscas."

Essas frases sibilinas exasperaram Byrne. "Em nome de Deus", gritou, "fale claramente se acredita que meu marinheiro estará seguro em sua jornada."

O homúnculo, sofrendo uma de suas rápidas transformações, agarrou o oficial pelo braço. A força do aperto daquela mãozinha era surpreendente.

"*Señor*! Bernardino observou muito bem seu marinheiro. O que mais o senhor quer? E ouça – homens desapareceram nessa estrada –, especialmente em certo trecho dela no qual Bernardino mantinha uma *meson*, uma estalagem e eu, seu cunhado, dispunha de coches e mulas para alugar. Mas agora não há viajantes nem coches. Os franceses me arruinaram. Bernardino foi embora movido por razões particulares, depois que minha irmã morreu. Eram três atormentando a vida dela, ele, Erminia e Lucila, as duas tias dele, todos mancomunados com o demônio. E agora ele conseguiu roubar minha última mula. O senhor é um homem armado. Exija meu *macho*, aponte uma pistola para a cabeça dele, *señor* – o animal não é dele, como eu disse – e corra atrás do seu homem a quem tanto preza. Então ambos estarão seguros, pois nunca se soube que dois viajantes tivessem desaparecido juntos nesses dias. Quanto ao animal, eu, seu dono, o confiarei à sua honradez."

---

7 Muitos e muitos ladrões.

Olharam fixamente um para o outro, e Byrne quase explodiu em gargalhadas diante da engenhosidade e transparência da trama urdida por aquele homenzinho para recuperar sua mula. Entretanto, não teve dificuldade em manter a expressão séria por sentir, no íntimo, uma estranha inclinação em realizar exatamente o ato extraordinário. Não riu, mas seus lábios tremeram; diante disso, o diminuto espanhol despregou os olhos brilhantes e negros do rosto de Byrne, deu-lhe as costas bruscamente, com um gesto e um lanço da capa que, de algum modo, expressava desprezo, amargura e desânimo ao mesmo tempo. Virou o rosto, permanecendo quieto, o chapéu enviesado, cobrindo até as orelhas. Porém, não se ofendeu tanto assim a ponto de recusar o *duro*[8] de prata que Byrne lhe ofereceu, acompanhado de um discurso pouco comprometedor, como se nada de extraordinário tivesse acontecido entre eles.

"Devo retomar, o mais rápido possível, o caminho para o meu navio", disse então Byrne.

"*Vaya usted con Dios*", murmurou o gnomo. Tal entrevista, assim, se encerrou com um sarcástico cumprimento com o chapéu, depois recolocado no mesmo ângulo perigoso de antes.

Tão logo o bote foi içado a bordo e a corveta se afastou da costa, Byrne contou toda a história ao capitão, que era apenas alguns anos mais velho que ele. Houve alguma indignação divertida nas reações de ambos – mas, enquanto riam, encaravam com seriedade um ao outro. Um anão espanhol tentando ludibriar um oficial da Marinha de Sua Majestade para que roubasse uma mula para ele – era algo até bem engraçado, ridículo demais, incrível. Tais foram as exclamações do capitão. Ele não conseguia superar o assombro produzido por aquela grotesca situação.

"Incrível, de fato", murmurou Byrne por fim, em um tom bastante significativo.

Trocaram, então, um longo olhar. "Está claro como a luz do dia", afirmou o capitão com impaciência, pois no fundo do seu coração não tinha certeza. E Tom – o melhor marinheiro do navio por

---

8   Nome popular da moeda de cinco pesetas. À época em que a narrativa é contada, esse tipo de moeda era usualmente cunhado em prata.

A ESTALAGEM DAS DUAS BRUXAS: UM ACHADO

um lado, o amigo bem-humorado e atencioso da adolescência por outro, começou a adquirir um fascínio irresistível, como uma espécie de figura simbólica da lealdade que atraía seus sentimentos e sua consciência, de modo que não era possível deixar de pensar em sua segurança. Por várias vezes os dois subiram ao convés, apenas para contemplar a costa, como se ela permitisse vislumbrar o destino do marinheiro em terra. Ela desaparecia à distância, muda, desolada e selvagem, oculta aqui e ali por agitados golpes de chuva. A maré ocidental avançava com suas intermináveis e coléricas linhas de espuma e grandes nuvens escuras sobrevoavam o navio em sinistra procissão.

"Oxalá você tivesse feito o que seu pequeno amigo do chapéu amarelo queria que fizesse", disse o comandante da corveta, naquela tarde, com visível exasperação.

"Tem certeza, senhor?", foi a resposta de Byrne, amargurado por compreensível angústia. "Eu me pergunto o que o senhor teria dito depois. Ora essa! Eu poderia ter sido expulso da marinha por roubar uma mula dentro de uma nação aliada de Sua Majestade. Ou poderia ter sido reduzido a polpa por manguais e forcados – uma bela história para contar a respeito de um de seus oficiais – na tentativa de roubar a mula. Ou perseguido ignominiosamente até o bote – pois o senhor não esperaria que eu atirasse em pessoas inocentes por conta de uma mula sarnenta…. E, no entanto", acrescentou, em voz baixa, "eu quase gostaria de tê-lo feito."

Antes do anoitecer, esses dois jovens mergulharam em um estado psicológico bastante complexo de ceticismo desdenhoso e credulidade alarmada. Um estado que os atormentava terrivelmente; e o mero pensamento de que aquilo teria que durar pelo menos seis dias, e talvez se prolongasse indefinidamente, tornou-se insuportável. Assim, o navio voltou para a costa quando a escuridão já estava densa. Durante toda aquela noite escura e tempestuosa, a embarcação avançou até a costa a fim de buscar seu homem, algumas vezes inclinando-se sob o impulso das pesadas lufadas, em outras, deslizando ociosamente durante a maré, quase imóvel, como se ela também tivesse uma mente própria que oscilava, perplexa, entre a fria razão e o cálido impulso.

Ao amanhecer, baixaram um bote, que navegou sacudido pelas ondas em direção à enseada mais rasa em que, com dificuldade considerável, um oficial trajando casaco grosso e chapéu redondo atracou em uma faixa pedregosa da praia.

"Esse era meu desejo", escreveu o sr. Byrne, "um desejo que o meu capitão aprovava, de desembarcar secretamente, se possível. Eu não queria ser visto nem por meu aflito amigo de chapéu amarelo, cujos motivos não eram claros, nem pelo taberneiro caolho, pois ambos poderiam ou não estar mancomunados com o diabo, da mesma forma que não pretendia ter contato com qualquer outro habitante daquela aldeia primitiva. Mas, infelizmente, essa era a única enseada na qual era possível atracar em muitos quilômetros; e, devido ao declive do barranco eu não conseguiria fazer um percurso que evitasse as casas."

"Por sorte", ele prossegue, "todas as pessoas ainda estavam em suas camas. A aurora ainda não surgira e eu já caminhava sobre a espessa camada de folhas encharcadas que cobria a extensão da única rua. Não havia alma visível, nem sequer um cão latia. O silêncio era abismal, o que me levara a deduzir que não havia cães na aldeia quando ouvi ao meu lado um rosnado baixo e, de um beco fétido entre dois casebres surgiu um abjeto vira-lata, o rabo entre as pernas. Ele passou por mim de forma furtiva, mostrando-me seus dentes e desapareceu tão de repente como seria de se esperar de uma das encarnações do Maligno. Pois, de fato, havia algo tão estranho na forma como aquele animal aparecera e depois sumira que meu ânimo, já não muito bom, ficou ainda mais deprimido diante da visão repugnante de tal criatura, como se fosse um presságio ominoso."

Assim, ele se afastou da costa sem ser visto, pelo menos até onde sabia; e avançou, decidido, para o oeste, contra o vento e a chuva, por um planalto estéril e escuro, sob um céu de cinzas. À distância, as montanhas ásperas e desoladas, com seus cumes escarpados e desnudos, pareciam aguardá-lo ameaçadoramente. Quando a noite caiu, estava bem próximo delas, mas, na linguagem dos marinheiros, em uma posição insegura, faminto, molhado e cansado devido ao dia de caminhada estafante em um terreno acidentado, durante o qual vira pouca gente e tinha sido incapaz de obter a menor informação a respeito da passagem de Tom Corbin pelo local. "Vamos! Vamos! Devo persistir", dizia a si mesmo durante as horas de esforço solitário, estimulado mais pela incerteza do que por qualquer temor ou esperança definidos.

A escassa luz do dia extinguiu-se rapidamente, deixando-o diante de uma ponte quebrada. Ele desceu pela ravina, vadeou um estreito riacho, orientando-se pelo brilho final da água que corria rápida, chegou à outra margem e foi recebido pela noite, que caiu feito uma bandagem sobre seus olhos. O vento que, na escuridão, varria a borda da *sierra*, incomodava seus ouvidos com seu contínuo estrondo, como o de um mar bravio. Suspeitava que tinha se extraviado. Inclusive à luz do dia, era difícil distinguir o caminho por conta de seus barrancos, dos buracos enlameados e das bordas de pedra, entremeado por pedregulhos e densos grupos de arbustos nus. Mas, como ele mesmo disse, "ajustava sua caminhada pela direção do vento", o chapéu metido até o meio da testa, cabisbaixo, detendo-se de vez em quando devido mais ao cansaço da mente do que do corpo – como se não fosse sua força, mas sua resolução que estivesse sobrecarregada pela tensão daquele empenho, que pressentia ser vão, e pela intranquilidade de seus sentimentos.

Em uma dessas paradas ouviu, trazido pelo vento, como se de muito longe, o som de um golpe, um golpe sobre madeira. Percebeu que, de súbito, o vento se acalmara.

Seu coração começou a bater tumultuosamente porque tinha, em seu íntimo, a impressão das desertas solitudes que havia atravessado nas últimas seis horas – essa sensação opressiva de um mundo desabitado. Ao erguer a cabeça, um raio de luz – ilusório, como costuma acontecer na densa escuridão – surgiu diante de seus olhos. Enquanto o contemplava, o som de golpes débeis se repetiu – e, de repente, ele sentiu, mais do que viu, a presença de um enorme obstáculo em seu caminho. O que seria aquilo? O espigão de uma colina? Ou uma casa! Sim. Era uma casa bem próxima, que parecia ter se erguido do chão naquele instante ou deslizado para encontrá-lo, muda e pálida, de algum recesso escuro da noite. Ela se elevava até as alturas. Protegia-o do vento; mais três passos e ele poderia ter tocado o muro com a mão. Era sem dúvida uma *posada* e algum outro viajante tentava entrar. Ele ouviu novamente o som de uma batida cautelosa.

No instante seguinte, um amplo raio de luz atravessou a noite por uma porta aberta. Byrne penetrou com entusiasmo nessa zona de luz, enquanto a pessoa que estava do lado de fora deu um salto e, com um grito sufocado, desapareceu na noite. Do interior ouviu-se também uma exclamação de surpresa. Byrne então se lançou contra a porta entreaberta, e conseguiu entrar, enfrentando resistência considerável.

Uma vela miserável, uma mera tocha de junco, ardia na extremidade de uma mesa longa de madeira branca. Através dessa luz, Byrne viu, cambaleante, a jovem que ele havia empurrado da porta. Trajava uma saia preta curta, um xale alaranjado, tinha a tez morena – e alguns fios rebeldes de cabelo, que escapavam de uma massa sombria, e espessa como um bosque, presa por um pente, formavam uma espécie de névoa escura ao redor de sua fronte baixa. Um grito estridente e lamentável de "*Misericordia!*" surgiu, em duas vozes, do outro lado do amplo cômodo, no qual a luz do fogo de uma lareira brilhava entre as pesadas sombras. A moça, ao se recuperar, deixou que fosse ouvido o sibilo de sua respiração por entre os dentes cerrados.

É desnecessário relatar o longo processo de perguntas e respostas com as quais ele conseguiu acalmar os temores das duas velhas que estavam sentadas ao lado do fogo, sobre o qual havia um grande caldeirão de barro. Byrne pensou imediatamente em duas bruxas a trabalhar no cozimento de alguma poção mortífera. Contudo, quando uma delas ergueu sua figura encurvada com penoso esforço e destampou o caldeirão, o vapor que dele saiu exalava um cheiro apetitoso. A outra não se moveu, permanecia sentada e curvada, a cabeça tremendo o tempo todo.

Ambas eram horríveis. Havia algo de grotesco em sua decrepitude. Suas bocas desdentadas, seus narizes ganchudos, a magreza

A ESTALAGEM DAS DUAS BRUXAS: UM ACHADO   249

da que era mais ativa, as bochechas amareladas e flácidas da outra
(aquela que permanecia imóvel, embora com a cabeça sempre trêmula) teriam sido risíveis se a visão daquela terrível degradação
física não fosse aterrorizante, se não penetrasse na alma do obser-
vador com pungente espanto diante da inexpressável miséria da
velhice, da terrível persistência da vida que se transforma, finalmente, em objeto de repugnância e temor.

Para superar essa impressão, Byrne começou a falar, dizendo que
era inglês e que estava em busca de um compatriota que devia ter
passado por ali. Enquanto falava, sua memória evocou, de forma
direta, os acontecimentos desde que se separara de Tom com espantosa nitidez: os aldeões silenciosos, o gnomo colérico, o taberneiro
caolho, Bernardino. Ora essa! Aquelas duas velhas espantosas deveriam ser as tias daquele homem – associadas, ambas, ao diabo.

O que quer que elas tivessem sido no passado, era impossível
imaginar qual o uso que o diabo poderia agora fazer daquelas
criaturas tão débeis no mundo dos vivos. Qual delas seria Lucila?
E Erminia? Eram agora duas coisas sem nome. Um momento de
completa imobilidade acompanhou as palavras de Byrne. A bruxa
com a colher parou de mexer a mistura que havia na panela de
ferro, e mesmo o tremor da cabeça da outra cessou pelo tempo que
dura um suspiro. Nessa fração infinitesimal de segundo, Byrne teve
a sensação de que sua busca atingira um momento decisivo, que
estava no caminho certo, que logo ouviria uma saudação de Tom.

"Elas o viram", pensou com convicção. Por fim, encontrara
alguém que o tinha visto. Tinha certeza de que negariam qualquer conhecimento do *inglês*; mas, ao contrário, apressaram-se a
lhe contar que ele comera e dormira na casa na noite anterior.
Começaram a falar ao mesmo tempo, descrevendo a aparência e o
comportamento de Tom. Estavam possuídas por uma excitação bastante feroz, não obstante sua fragilidade. A bruxa curvada brandia
no ar sua colher de pau, o monstro inchado saltou de seu tamborete e começou a grunhir, balançando-se sobre os pés, enquanto o
tremor de sua cabeça se acelerava a ponto de parecer uma verdadeira vibração. Byrne ficou bastante desconcertado diante daquele

comportamento agitado... Sim! O *inglés* alto e forte partira pela manhã, depois de comer um pedaço de pão e beber um pouco de vinho. E se o *caballero* desejasse seguir o mesmo caminho, nada seria mais fácil – mas apenas pela manhã.

"As senhoras poderiam me fornecer alguém para mostrar o caminho?", perguntou Byrne.

"*Si, señor*. Um jovem bastante sério. O homem que o *caballero* viu partir assim que chegou aqui."

"Mas ele estava batendo à porta", protestou Byrne. "Fugiu apenas quando me viu. Ele estava, provavelmente, querendo entrar."

"Não! Não!", as duas horrorosas bruxas gritaram em uníssono. "Queria sair. Sair!"

Afinal, era possível que isso fosse verdade. O som de batidas na porta, refletiu Byrne, havia sido fraco, furtivo. Talvez somente efeito de sua imaginação. Perguntou, então:

"Quem era aquele homem?"

"O *novio* dela", gritaram, apontando para a jovem. "Ele retornou para sua casa, em uma aldeia distante daqui. Mas estará de volta pela manhã. O *novio* dela! E ela é órfã – filha de uns pobres cristãos. Vive conosco pelo amor a Deus, pelo amor a Deus."

A órfã, agachada no canto da lareira, olhava diretamente para Byrne. Ele pensou que ela mais parecia uma filha de Satanás, mantida lá por essas duas estranhas megeras, pelo amor ao Diabo. Os olhos dela eram um tanto oblíquos e a boca bastante grossa, ainda que admiravelmente formada; seu rosto escuro tinha uma beleza selvagem, voluptuosa e indomável. Quanto à expressão de seu olhar firme, fixado nele com atenção selvagem e sensual, "para se ter uma ideia de como era", escreveu o sr. Byrne, "observe um gato faminto vigiando um pássaro engaiolado ou um rato numa ratoeira".

Foi ela quem lhe serviu a comida, algo que o alegrou. Entretanto, aqueles olhos negros, oblíquos e enormes, que o examinavam de perto, como se houvesse algo curioso inscrito em seu rosto, lhe produziram uma sensação de desconforto. Contudo, qualquer coisa era melhor do que estar perto daquelas bruxas de olhos turvos, saídas de um pesadelo. Os receios de Byrne, de alguma forma, haviam sido amainados – talvez pela sensação de calor depois da severa exposição ao frio, além da facilidade em descansar após os esforços em sua luta contra o vendaval para avançar, palmo por palmo, na estrada. Não tinha dúvidas a respeito da segurança de Tom. Ele estaria dormindo em algum acampamento na montanha, depois de ter se encontrado com os homens de Gonzales.

Byrne se levantou, encheu um cálice de latão com o vinho de um odre pendurado na parede e voltou a se sentar. A bruxa com cara de múmia começou a falar com ele, rememorando os velhos tempos; ela se gabava da fama da estalagem naqueles dias melhores. Pessoas da alta sociedade, em seus coches, faziam sua parada ali. Um arcebispo certa vez dormira naquela casa, muito tempo atrás.

A bruxa com a cara inchada parecia ouvir atentamente desde seu tamborete, imóvel, exceto pelo tremor da cabeça. A jovem (Byrne estava seguro de que ela deveria ser uma cigana, recolhida por alguma razão) estava sentada sobre a pedra da lareira, diante do brilho das brasas. Cantarolava uma melodia para si mesma, chacoalhando um par de castanholas de vez em quando. Diante da menção do tal arcebispo, ela gargalhou cruelmente e virou a cabeça na direção de Byrne, de modo que o brilho vermelho do fogo iluminou seus olhos negros e seus dentes brancos, que contrastavam com a enorme cornija da lareira. E ele sorriu para ela.

Naquele momento, repousava com uma sensação de segurança. Como sua chegada fora inesperada, não havia nenhuma trama contra ele. A sonolência se apoderou dos seus sentidos. Ele desfrutou dela, porém se manteve alerta, ao menos era o que pensava; no entanto, sua sonolência deve ter sido excessiva, posto que um alvoroço infernal e repentino o assustou sobremaneira. Jamais ouvira algo tão cruelmente estridente em toda sua vida. As bruxas tinham começado uma briga feroz sobre algum assunto qualquer. Qualquer que fosse a causa, as duas se insultavam com violência, sem quaisquer argumentos; seus gritos senis não expressavam nada além de fúria perversa e desespero violento. Os olhos negros da jovem cigana iam de uma para a outra. Nunca Byrne sentira-se tão afastado da comunhão com outros seres humanos. Antes que tivesse tempo para entender a causa da briga, a jovem deu um salto, agitando suas castanholas ruidosamente. O silêncio se fez completo. Ela se aproximou da mesa e se curvou, os olhos fixos nos de Byrne:

"*Señor*", disse a jovem, com decisão, "dormirá no quarto do arcebispo."

Nenhuma das bruxas se opôs. A curvada e seca se apoiava em uma vara. A de rosto inchado tinha agora uma muleta.

Byrne levantou-se, foi até a porta, girou a chave na enorme fechadura e a colocou com calma em seu bolso. Aquela era, claramente, a única entrada, e ele não pretendia ser apanhado de surpresa por quaisquer perigos inesperados que estivessem à espreita do lado de fora.

Quando deu as costas para a porta, viu que as duas bruxas, "associadas ao Diabo" e a jovem satânica encaravam-no fixamente, em silêncio. Perguntou a si mesmo se Tom Corbin tomara a mesma precaução na noite anterior. Ao pensar nele, sentiu novamente aquela estranha impressão de sua proximidade. O mundo parecia completamente silencioso. Nessa quietude, ouviu o sangue latejar nos seus ouvidos com um ruído confuso e perturbador, no qual parecia haver uma voz que proferia as seguintes palavras: "Sr. Byrne, tome cuidado, senhor." Era a voz de Tom. Estremeceu; pois os delírios dos sentidos da audição costumam ser os mais vívidos de todos e, dada sua natureza, têm um caráter muito convincente.

Parecia impossível que Tom não estivesse ali. Mais uma vez, sentiu um leve arrepio, como se uma furtiva corrente de ar penetrasse através de suas roupas e atingisse todo o seu corpo. Com algum esforço, conseguiu afastar tal impressão.

Foi a jovem quem subiu as escadas à frente dele. Ela levava na mão uma lamparina de ferro cuja chama nua desprendia uma fina linha de fumaça. Suas meias brancas e sujas estavam cheias de buracos.

Com a mesma decisão tranquila com a qual trancara a porta em baixo, Byrne abriu, uma após outra, todas as portas no corredor.

A ESTALAGEM DAS DUAS BRUXAS: UM ACHADO

Todos os quartos estavam vazios, exceto por alguns indescritíveis trastes velhos em um ou dois deles. A jovem, ao ver que ele interromperia a jornada diante de cada porta, levantava a lamparina fumegante diante de cada porta, pacientemente. Enquanto isso, o observava com atenção persistente. A última porta foi aberta por ela mesma.

"Dormirá aqui, *señor*", murmurou com uma voz que tão suave quanto o alento de uma criança, enquanto lhe oferecia a lamparina.

"*Buenas noches, señorita*", respondeu com cortesia, enquanto pegava a lamparina.

Ela não retribuiu o cumprimento de forma audível, embora seus lábios se movessem um pouco, enquanto o olhar, negro como uma noite sem estrelas, se mantinha imperturbável. Ele entrou e, ao se virar para fechar a porta, ela ficou ali parada, imóvel e perturbadora, com sua boca voluptuosa e seus olhos oblíquos, a expressão expectante de ferocidade sensual de um felino perplexo. Ele vacilou por um momento e, mesmo no silêncio absoluto daquela casa, ouviu de novo o sangue pulsar em seus ouvidos, enquanto mais uma vez a ilusão da voz de Tom, vinda de algum lugar próximo, falando com seriedade, era particularmente aterrorizante, porque dessa vez ele não conseguiu distinguir as palavras.

Por fim, fechou a porta na cara da jovem, deixando-a no escuro; e voltou a abri-la, quase no mesmo instante. Não havia ninguém. Ela desaparecera sem fazer o menor ruído. Fechou rapidamente a porta, trancando-a com dois ferrolhos bastante pesados.

Uma profunda desconfiança o invadiu de repente. Por que as bruxas haviam brigado sobre se deviam deixá-lo dormir ali? E o que significava aquela mirada fixa da jovem, como se quisesse imprimir as feições dele para sempre em sua alma? Seu próprio nervosismo o alarmou. Parecia-lhe estar muito distante de toda a humanidade.

Examinou o quarto. Não era de teto muito alto, apenas alto o suficiente para conter uma cama que estava debaixo de um enorme dossel em forma de baldaquino, do qual pendiam grossas cortinas da cabeceira e dos pés; uma cama sem dúvida digna de um arcebispo. Também havia uma mesa pesada, com as bordas totalmente esculpidas, algumas enormes e pesadas poltronas, que pareciam os despojos do palácio de um nobre espanhol; um guarda-roupa alto e pouco profundo, de portas duplas, estava colocado contra a parede. Tentou abri-las. Estavam trancadas. Sua mente foi dominada por certa suspeita e pegou a lamparina para examinar o armário mais de perto. Não, não se tratava de uma entrada dissimulada. Aquela pesada e alta peça de mobiliário estava distante da parede pelo menos por uma polegada. Conferiu os ferrolhos da porta do quarto. Não! Ninguém poderia surpreendê-lo traiçoeiramente enquanto dormia. Mas, conseguiria dormir? Era algo que se perguntava com ansiedade. Se ao menos ele tivesse Tom por perto – o confiável marinheiro que lutara com tanta coragem ao seu lado em uma ou duas ocasiões difíceis e que, sempre, pregara a ele a necessidade de cuidar de si mesmo. "Pois não é preciso grande habilidade", costumava dizer, "para deixar que te matem em uma batalha violenta. Qualquer idiota pode fazer isso. O passatempo apropriado é combater os franceses e depois viver para lutar outro dia."

Byrne logo se deu conta de quão difícil era não começar a ouvir o silêncio. De algum modo, tinha a convicção de que nada romperia esse silêncio, a menos que ouvisse novamente a assustadora voz de Tom. Já a tinha ouvido duas vezes até aquele momento. Que estranho! Mesmo assim, argumentou consigo mesmo de forma sensata, não era de se espantar, já que estivera pensando no homem por mais de trinta horas contínuas e, além disso, de forma inconclusiva. Pois sua ansiedade no que dizia respeito a Tom nunca tomara uma forma definida. "Desaparecer" era a única palavra relacionada com a ideia do perigo que Tom podia correr. Era algo muito vago e terrível. "Desaparecer!" O que isso significava?

Byrne estremeceu e logo se deu conta de que provavelmente estava um pouco febril. Contudo, Tom não havia desaparecido. Byrne recém ouvira falar dele. E uma vez mais o jovem sentiu o sangue latejar em seus ouvidos. Sentou-se imóvel, esperando ouvir, a qualquer momento, através daquela pulsação enervante, o som da voz de Tom. Esperou, forçando os ouvidos, mas nada aconteceu. De repente, um pensamento lhe veio à cabeça: "Ele não desapareceu, apenas não consegue se fazer ouvir."

Saltou da poltrona. Que absurdo! Deixou a pistola e o cutelo sobre a mesa, descalçou as botas e, sentindo-se subitamente cansado demais, jogou-se na cama, que considerou suave e confortável para além de todas as suas expectativas.

Sentira-se bem desperto, mas deve ter cochilado afinal, porque quando se deu conta, já estava sentado na cama, tentando recordar o que voz de Tom havia dito. Ah, sim, lembrou-se finalmente. Era algo como: "Sr. Byrne, tome cuidado, senhor." Um aviso. Mas contra o quê?

Deu um salto para o meio do quarto, um pouco ofegante e olhou ao redor. A janela estava fechada e bloqueada com uma barra de ferro. Mais uma vez, percorreu com seus olhos, lentamente, toda a extensão das paredes nuas, e então o teto, que era bastante alto. Depois, aproximou-se da porta e inspecionou os ferrolhos. Eram duas enormes linguetas corrediças de ferro que deslizavam dentro de buracos feitos na parede; e como o corredor, por sua vez, era estreito demais para permitir que se fizesse uma alavanca ou mesmo golpeá-la com um machado, nada poderia arrombar aquela porta – exceto certa quantidade de pólvora. Mas, enquanto ainda verificava se a lingueta inferior estava bem afixada, teve a impressão de que havia alguém no quarto. Foi uma sensação tão intensa que ele se virou, mais rápido que um raio. Não havia ninguém. Quem poderia estar ali? No entanto...

Foi então que ele perdeu o decoro e o controle que um homem, usualmente, costuma ter para com si próprio. Ele se agachou, mãos e joelhos no chão, a lamparina ao lado, para ver o que havia debaixo da cama, como se fosse uma menina tola. Viu muita poeira e nada mais. Levantou-se, as bochechas em fogo, e caminhou de um lado a outro, irritado com seu próprio comportamento e irracionalmente furioso com Tom, por não o deixar em paz. As palavras "Sr. Byrne, tome cuidado, senhor" continuavam se repetindo em sua cabeça, em tom de advertência.

"Não seria melhor que eu me deitasse e tentasse dormir?", perguntou-se. Seus olhos, entretanto, se fixaram no guarda-roupa alto e aproximou-se dele, irritado consigo mesmo e ainda assim incapaz de desistir. Não tinha a menor ideia de como iria explicar no dia seguinte esse arrombamento às duas bruxas odiosas. Mesmo assim, inseriu a ponta de seu cutelo entre as duas portas do móvel e tentou forçá-las. Resistiam. Ele praguejou, dedicando-se agora totalmente ao seu objetivo. Seu balbucio "espero que você esteja satisfeito, maldito" era dirigido ao ausente Tom. Mas eis que as portas cederam e se abriram.

E ele estava lá.

Ele – o leal, sagaz e corajoso Tom estava lá, sombrio e rígido em um silêncio prudente, como se seus grandes olhos bem abertos e de brilho fixo parecessem exigir que Byrne o respeitasse. Byrne, porém, estava assustado demais para articular uma só palavra. Atônito, deu um passo para trás – e no instante seguinte o marinheiro se lançou para frente, como se quisesse agarrar seu oficial pelo pescoço. Instintivamente, Byrne afastou aqueles braços pouco seguros; sentiu toda a horrível rigidez do corpo e a frialdade da morte quando suas cabeças se chocaram e seus rostos se tocaram. Cambalearam, Byrne abraçando Tom contra o peito para evitar que caísse com estrondo. Só teve força suficiente para depositar seu fardo horrível com suavidade no chão – e logo sentiu a cabeça girar, suas pernas cederam e ele caiu de joelhos, inclinando-se sobre o cadáver com as mãos apoiadas no peito daquele homem, antes cheio de vida generosa e que agora era insensível como uma pedra.

"Morto! Meu pobre Tom, morto", repetia mentalmente. A luz da lamparina colocada na borda da mesa caía diretamente sobre o olhar vítreo e vazio daqueles olhos que, em vida, tinham uma expressão alegre e vivaz.

Byrne desviou sua mirada. O lenço de seda preto de Tom não estava amarrado em seu peito. Fora levado dele. Os assassinos também tiraram seus sapatos e meias. Ao perceber tal rapinagem, o pescoço exposto, os pés nus e rígidos, Byrne sentiu seus olhos marejados de lágrimas. De resto, o marinheiro estava completamente vestido; sua roupa sequer estava desalinhada, como deveria ter ocorrido em uma luta violenta. Apenas sua camisa quadriculada fora puxada para fora da cintura em um único lugar, o suficiente para verificar se ele tinha algum dinheiro escondido no cinto preso ao redor do corpo. Byrne tirou seu lenço e começou a soluçar.

Foi uma explosão nervosa que durou pouco. Ainda de joelhos, contemplou, com tristeza, o corpo atlético do melhor marinheiro que já brandira um punhal, disparara uma arma de fogo ou manejara as velas durante um temporal e estava ali, teso e gelado, seu espírito alegre e destemido ausente – talvez voltando para ele, seu jovem companheiro, para seu navio que deslizava em mares cinzentos frente àquela costa rochosa, no exato momento de sua partida.

Percebeu que os seis botões de bronze da jaqueta de Tom haviam sido arrancados. E estremeceu diante da ideia de as duas bruxas miseráveis e repulsivas se ocuparem de forma tão macabra do corpo indefeso de seu amigo. Cortados. Talvez tenha sido usada a mesma faca com que... A cabeça de uma delas tremia, a outra estava encurvada, os olhos de ambas eram avermelhados e turvos, as infames mãos em forma de garras pareciam bem instáveis... Tudo deve ter acontecido neste mesmo quarto, pois Tom não teria sido morto a céu aberto e, depois, arrastado para dentro. Disso, Byrne tinha plena certeza. Aquelas velhas demoníacas não seriam capazes de matá-lo, mesmo à traição – pois Tom, de fato, estava sempre atento e de prontidão. Era, em geral, um homem bastante precavido, especialmente em serviço... Portanto, como foi que elas o assassinaram? Quem o fez? De que forma?

Byrne levantou-se em um salto, agarrou a lamparina que estava sobre a mesa e inclinou-se rapidamente sobre o corpo. A luz não revelou nenhuma mancha na roupa, nenhum vestígio, nenhum pingo de sangue. As mãos de Byrne começaram a tremer de tal maneira que ele teve de colocar a lamparina no chão e virar a cabeça de lado para se recuperar daquela agitação.

Começou, então, a explorar aquele corpo frio, imóvel, rígido, buscando um ferimento de faca ou de bala, um vestígio de algum golpe mortal. Apalpou o crânio ansiosamente. Estava intacto.

Deslizou a mão por debaixo do pescoço. Não estava quebrado. Com os olhos aterrorizados, examinou por baixo do queixo e não viu marcas de estrangulamento na garganta.

Não havia nenhum tipo de sinal. Ele apenas estava morto.

Impulsivamente, Byrne afastou-se do corpo como se o mistério de uma morte incompreensível tivesse transformado sua piedade em suspeita e medo. A lamparina, que estava no chão, próxima ao rosto imóvel do cadáver, mostrava o marinheiro a observar o teto, como se em desespero. No círculo de luz, Byrne viu, pelas inalteradas manchas grossas de poeira no chão, que não houvera luta naquele quarto. "Ele morreu do lado de fora", pensou. Sim, do lado de fora, no corredor estreito, onde mal havia espaço para se virar, foi ali que a morte misteriosa surpreendera o pobre e querido Tom. Byrne dominou o impulso de pegar suas pistolas e sair correndo do quarto. Pois Tom também estava armado — com as mesmas armas inúteis que ele carregava — pistolas e um cutelo! E Tom fora vítima de uma morte inominada, por meios incompreensíveis.

Uma nova ideia ocorreu a Byrne. Aquele estranho que batera à porta e depois fugira com tanta rapidez diante de sua chegada era alguém encarregado de remover o corpo. Ah! Esse era o guia que a bruxa ressecada havia prometido que iria mostrar ao oficial inglês o caminho mais curto para se encontrar com seu marinheiro. Uma promessa, percebia agora com toda a clareza, de terrível significação. Aquele que batera à porta teria agora que se encarregar de dois corpos. O marinheiro e o oficial sairiam da casa juntos. Pois Byrne tinha certeza agora de que morreria antes do amanhecer — e da mesma maneira misteriosa, deixando atrás de si apenas outro corpo sem sinais.

A visão de uma cabeça esmagada, de uma garganta cortada, de um imenso buraco de bala, teria sido um alívio inexprimível. Teria acalmado todos os seus medos. Sua alma implorava àquele homem morto que nunca era considerado ineficiente em situações de perigo: "Por que não me diz o que devo buscar, Tom? Por que não faz isso?" Porém, em sua rígida imobilidade, estirado de costas no chão, ele parecia manter um austero silêncio, como se, possuindo enfim o terrível saber, desprezasse conversar com os vivos.

Súbito, Byrne ajoelhou novamente ao lado do cadáver e, com os olhos secos e ferozes, abriu-lhe a camisa na altura do peito, como se quisesse arrancar o segredo à força daquele coração gelado que, em vida, fora tão leal a ele! Nada! Nada! Levantou a lamparina e o único sinal revelado por aquele rosto cuja expressão gentil conhecia tão bem foi uma pequena contusão na testa – quase nada, uma simples marca. A pele sequer estava machucada. Contemplou aquela contusão por muito tempo, como se perdido em um sonho pavoroso. Então, observou que as mãos de Tom estavam cerradas, como se ele tivesse caído enfrentando alguém em uma luta com os punhos. Os nós de seus dedos, vistos mais de perto, pareciam esfolados. Em ambas as mãos.

A descoberta desses pequenos sinais foi mais terrível para Byrne do que a absoluta ausência de marcas visíveis. Então, Tom morrera lutando contra algo que poderia ser atingido, mas que o matou sem deixar vestígios – como se por um sopro.

Um terror, um terror ardente, apoderou-se do coração de Byrne como uma língua de fogo que se aproxima e se afasta antes de reduzir um objeto a cinzas. Distanciou-se o máximo possível do cadáver, depois se aproximou furtivamente, lançando olhares temerosos para aquela testa ferida. Talvez também ele teria uma ferida semelhante em sua testa – antes do amanhecer.

"Não aguento mais", sussurrou para si mesmo. Tom se convertera para ele agora em um objeto de horror, uma visão ao mesmo tempo tentadora e repulsiva para seu medo. Já não conseguia sequer olhar para ele.

Por fim, com o desespero sobrepujando o crescente horror, ele se afastou da parede contra a qual estava encostado, agarrou o cadáver pelas axilas e começou a arrastá-lo em direção da cama. Os pés descalços do marinheiro foram arrastados pelo chão em silêncio. Era muito pesado, com o peso morto dos objetos inanimados. Com um último esforço, Byrne o colocou de bruços na beirada da cama, o revirou, tirou de debaixo daquela coisa passiva e rígida um lençol e cobriu o corpo. Depois, fechou as cortinas do dossel, em suas duas extremidades, sacudindo-as de modo que, ao se unirem, ocultaram completamente a cama de seu campo de visão.

Tropeçou na direção de uma das cadeiras e deixou-se cair sobre ela. A transpiração impregnou seu rosto por um momento, e por suas veias parecia correr um fio de sangue parcialmente congelado. O terror absoluto agora se apossara dele, um terror inominado que reduziu seu coração a cinzas.

Sentou-se, ereto, naquela cadeira de espaldar reto, a lamparina queimando a seus pés, as pistolas e o cutelo próximos de seu cotovelo esquerdo, no extremo da mesa, os olhos girando incessantemente nas órbitas para esquadrinhar as paredes, o teto, o chão, na expectativa de uma visão misteriosa e terrível. A coisa que poderia provocar, com um sopro, a sua morte estava do lado de fora da porta trancada. Byrne, entretanto, não mais acreditava em paredes ou ferrolhos. Um terror irracional, que transformava todas as coisas, inclusive sua antiga admiração juvenil pelo atlético Tom, pelo audaz Tom (que parecia a seus olhos invencível), contribuía para paralisar suas faculdades, aumentando seu desespero.

Ele já não era Edgar Byrne. Era uma alma torturada que sofria mais angústia do que teria padecido o corpo de um pecador qualquer no potro ou na roda. A profundidade de seu tormento poderia ser mensurada quando digo que aquele jovem homem, de coragem pelo menos mediana, considerou disparar sua pistola contra a própria cabeça. Contudo, uma languidez mortal, gélida, se espalhou por seus membros. Sua carne era como gesso molhado que começava a endurecer lentamente em torno de suas costelas. A qualquer momento, pensava, as duas bruxas apareceriam, de muleta e bastão – horríveis, grotescas, monstruosas – associadas ao diabo –, a fim de marcar sua testa com a pequena contusão da morte. E ele não seria capaz de fazer nada. Tom havia se defendido, mas ele estava longe de ser como Tom. Seus membros já estavam mortos. Permaneceu sentado, muito rígido, experimentando a morte continuamente; e a única parte de seu corpo que

A ESTALAGEM DAS DUAS BRUXAS: UM ACHADO

se movia eram os olhos, que giravam sem cessar em suas órbitas, percorrendo as paredes, o chão, o teto até que, subitamente, ficaram imóveis e pétreos, fixos na direção da cama.

Ele viu as pesadas cortinas se moverem e se agitarem, como se o cadáver por elas oculto tivesse dado volta para se sentar. Byrne, que pensara ter-se esgotado todo o terror do mundo, sentiu seu cabelo se eriçar desde a raiz. Agarrou os braços da cadeira com força, sua mandíbula se afrouxou, e o suor, abundante, banhou sua fronte, enquanto a língua ressecada aderia de súbito ao céu da boca. As cortinas se agitaram de novo, porém não se abriram. "Não, Tom", era o que Byrne tentou gritar, mas tudo o que conseguiu ouvir foi um lamento abafado, semelhante ao emitido por alguém atormentado por um sono intranquilo. Sentiu que sua razão se esvaía, pois, aos seus olhos, parecia-lhe que o teto acima da cama tinha se movido, se inclinado e logo voltado à posição normal – e mais uma vez as cortinas cerradas se agitaram suavemente, como se estivessem a ponto de se abrir.

Byrne fechou os olhos para não ver a terrível aparição do cadáver do marinheiro se levantando da cama, reanimado por um espírito maligno. No silêncio profundo em que o quarto estava mergulhado, suportou mais um momento de agonia aterrorizante, antes de voltar a abrir os olhos. Notou de imediato que as cortinas permaneciam fechadas, mas que o teto acima da cama havia se elevado. Graças ao último lampejo de razão que conseguiu preservar, compreendeu o que ocorria: era o enorme baldaquino sobre a cama que estava caindo, enquanto as cortinas presas a ele balançavam com suavidade, afundando gradualmente até o chão. Cerrou a mandíbula aberta e levantando-se parcialmente da cadeira, espiou, mudo, a descida silenciosa do monstruoso dossel. Ele caiu em sacudidelas suaves e breves até a metade do caminho, aproximadamente, e logo, com súbita aceleração, teve uma queda brusca, até ajustar sua forma de casco de tartaruga, com suas pesadas bordas, encaixando-se com perfeição na beirada da cabeceira. Um ou outro estalido de madeira foi ouvido antes de o quarto ser de novo dominado pelo silêncio opressor.

Byrne se levantou, respirou fundo para tomar fôlego e soltou um grito de cólera e consternação, o primeiro som que ele estava perfeitamente certo de ter saído de seus lábios naquela noite de terrores. Aquela era, então, a morte da qual acabara de escapar! O artifício diabólico para o assassinato do pobre Tom cuja alma, talvez, tentara fazer algum contato do além para avisá-lo. Pois foi assim que ele havia morrido. Byrne tinha certeza de ter ouvido a voz do marinheiro repetindo, em tom débil, sua frase familiar, "Sr. Byrne, tome cuidado, senhor", além de outras palavras que não conseguia compreender. Mas, de fato, a distância que separa os vivos dos mortos é tão grande! O coitado do Tom havia se empenhado. Byrne correu até a cama e tentou levantar ou empurrar a horrível tampa que sufocava o cadáver. Ela resistiu aos seus esforços, pesada como chumbo, imóvel como uma lápide. A raiva da vingança o fez desistir; sua cabeça zumbia, dominada por pensamentos caóticos de extermínio. Ele deu voltas pelo quarto, como se não pudesse encontrar nem suas armas nem a saída; e todo o tempo proferia terríveis ameaças…

Um golpe violento na porta da estalagem fez com que recobrasse o juízo. Correu até a janela, abriu as venezianas e olhou para fora. Na madrugada diáfana, avistou uma aglomeração de homens. Oras! Ele enfrentaria aquele grupo de assassinos reunido ali, sem dúvida, com o objetivo de destruí-lo. Após sua luta contra terrores inominados, ansiava por um combate frente a frente com inimigos armados. Entretanto, ele ainda devia estar desprovido de boa parte de sua racionalidade uma vez que, se esquecendo de suas armas, desceu correndo as escadas, lançando gritos selvagens, destrancou a porta enquanto os golpes choviam do lado de fora, e atirou-se, de mãos nuas, na garganta do primeiro homem que encontrou diante de si. Rolaram juntos pela terra. As nebulosas intenções de Byrne incluíam atravessar as linhas inimigas, retomar o mais rápido possível o caminho da montanha e voltar, com Gonzales e seus homens, para realizar uma vingança exemplar. Lutou furiosamente até que uma árvore, uma casa ou uma montanha pareceu cair sobre sua cabeça – e logo perdeu a consciência.

A partir desse ponto, o sr. Byrne descreve em detalhes como encontrou sua cabeça quebrada enfaixada de maneira habilidosa, nos informa que perdeu uma grande quantidade de sangue, e atribui a preservação de sua sanidade a essa circunstância. Registra na íntegra também as profusas desculpas de Gonzales. Pois fora Gonzales quem, cansado de aguardar notícias do inglês, havia chegado à estalagem com a metade de seu bando, a caminho do mar. "Sua excelência", explicou, "lançou-se contra nós com uma impetuosidade furiosa e, ademais, não sabíamos que se tratava de um amigo, então nós..." etc. etc. Quando Byrne perguntou o que fora feito das bruxas, Gonzales apenas apontou o dedo para o chão e expressou calmamente uma reflexão moral: "A paixão pelo ouro é impiedosa nos mais velhos, *señor*", disse. "Sem dúvida, no passado, elas devem ter colocado muitos viajantes solitários para dormir na cama do arcebispo."

"Uma jovem cigana também estava ali", disse Byrne debilmente, deitado em uma maca improvisada na qual estava sendo carregado até a costa por um pelotão de guerrilheiros.

"Era ela quem manipulava aquela máquina infernal e foi ela, aliás, quem fez descer o baldaquino na noite passada", foi a resposta.

"Mas por quê? Por quê?", exclamou Byrne. "Por que ela desejaria a minha morte?"

"Sem dúvida por causa dos botões da casaca de sua excelência", disse, polidamente o saturnino Gonzales. "Encontramos os que pertenciam ao marinheiro morto escondidos pela cigana em seu próprio corpo. Mas sua excelência pode ter certeza de que fizemos tudo o que era adequado na ocasião."

Byrne não fez mais perguntas. Ainda havia outra morte que Gonzales considerava "adequada em tal ocasião". Bernardino, o caolho, foi colocado contra a parede de sua taberna e recebeu a descarga de seis escopetas no peito. Enquanto os tiros ressoavam ruidosamente, o tosco ataúde com o corpo de Tom passava pela rua, carregado por um grupo de patriotas espanhóis com aparência de malfeitores, que o baixaram ao longo da ravina até a praia, na qual dois botes vindos da corveta esperavam os restos daquele que, em vida, havia sido seu melhor marinheiro.

O sr. Byrne, muito debilitado e pálido, entrou no bote que levava o corpo de seu humilde amigo. Pois decidira-se que Tom Corbin deveria descansar bem distante da baía da Biscaia. O oficial agarrou o timão e voltou-se para dar uma última olhada na costa. Foi nesse momento que avistou, na encosta cinzenta, algo que se movia e que distinguiu como um homenzinho, de chapéu amarelo montado em uma mula – aquela mula sem a qual o destino de Tom Corbin teria permanecido um mistério para sempre.

Duas Peças[1]

---

[1] Originalmente publicado em Londres por John Castle, em 1924.

Sobre o Teatro de Conrad

Alcebiades Diniz Miguel

Desde o século XVIII, autores como Diderot configuraram um novo tipo de autor como *produtor total*, o escritor não apenas como intelectual capaz de refletir a respeito das questões do momento, mas também capaz de dominar os diferentes rigores das artes da palavra – a narrativa escrita, a representação teatral, mesmo o diálogo filosófico e a construção poética. Ao dominar aquilo que John Galsworthy – em sua introdução às duas peças publicadas por Conrad – chama de *word painting* (pintura pela palavra), o escritor cujo crescimento espiritual e técnico ocorreu no seio da narrativa escrita poderia imaginar que seria possível exercer, com certa maestria (ainda que adaptada às especificidades inerentes dos outros meios de expressão) o ofício da criação de histórias destinadas à representação no palco, por exemplo. Trata-se de uma transformação do autor, especialmente quando especializado no romance – o formato de representação estética de nossa época por excelência – em uma espécie de polímata da construção textual em suas diversas nuances; afinal, o texto teatral, em si mesmo, é *mais do que um texto*, uma vez que serve igualmente de indicação para uma construção espacial da trama em um palco, com atores, cenários e as restrições do mundo físico, um processo bastante diferente da construção *mental* da trama dentro de uma narrativa escrita[1].

---

[1] Nesse sentido, o aparecimento do *cinema*, por sua natureza de meio tecnológico mais evidente, ampliaria ainda mais a visão demiúrgica do romancista diante dos novos meios de expressão. Não podemos esquecer, nesse sentido, que mesmo Joseph Conrad criaria um roteiro para o cinema, em sua época ainda incipiente em termos de indústria e mesmo de linguagem.

Por outro lado, o sucesso de alguns autores parece garantir que, de fato, a poligrafia em termos de escrita é possível: se um Jean Cocteau ou um Oscar Wilde, ou posteriormente um Pier Paolo Pasolini puderam transitar por tantos gêneros e tipos de criação escrita diferenciados, a maestria desses modos de produção não parece assim tão utópica e/ou impossível. De fato, não é; a questão, entretanto, é quando um dado autor está próximo demais de seu meio de expressão preferido. Tal proximidade pode trazer uma espécie de charme, mesmo um impulsionador de nuances novas e complexas na transição entre diferentes mundos criativos, mas se torna um problema quando o autor busca a reprodução imediata de um universo em outro, o que é de certa forma inviável. Foi esse o maior desafio de Joseph Conrad com o universo teatral, que inviabilizou uma obra extensa nesse sentido, mas que está longe de tornar suas experiências nesse campo inócuas ou desinteressantes.

A experiência na dramaturgia de Joseph Conrad se resume a três peças, todas elas adaptadas de suas narrativas: *One Day More* (Mais um Dia), adaptação do conto "Tomorrow", escrito em princípios de 1902 e publicado inicialmente na *Illustrated London News* antes de figurar na coletânea *Typhoon and Other Stories* (1903); *Laughing Anne* (Anne Gargalhada), adaptada a partir do conto "Because of the Dollars" (Por Causa dos Dólares), escrito em 1914 e publicado na coletânea *Within the Tides* (Dentro das Marés, 1915); e a peça mais longa, *The Secret Agent* (O Agente Secreto), adaptação do conhecido romance homônimo de Conrad, publicado em 1907. Há ainda uma adaptação realizada por Basil Macdonald Hasting para o romance *Victory: A Drama*, que contou com a relativa proximidade de um Conrad ainda vivo e atuante, porém que não será incluída aqui em nosso comentário pelo óbvio motivo de não ter sido escrita pelo autor[2]. Trata-se de uma produção exígua, sem ainda o apelo da originalidade de uma história inédita; a má vontade de Conrad com o teatro parecia determinar que era

---

2   A adaptação realizada por Basil Macdonald Hasting foi montada pelo Globe Theatre de Londres em 1919, com a atriz e produtora Marie Löhr no papel de Lena. Essa montagem teve um total de oitenta apresentações, sendo, assim, o maior sucesso teatral testemunhado pelo autor.

SOBRE O TEATRO DE CONRAD

mais fácil trabalhar nesse novo meio com histórias derivadas, adaptações, reformulações novas de universos seguros já construídos. Mesmo assim, a curiosidade do autor diante das potencialidades da representação com atores em um palco era imensa, e suas peças testaram os limites desse universo; como é o caso das ambientações complexas e expressionistas de *Anne Gargalhada*, com suas variações dinâmicas de luz, que Galsworthy considerava impossível de ser representada tendo em vista a tecnologia de cena da época. Nesse sentido, *Anne Gargalhada* apresenta um dispositivo narrativo e cenográfico que o mesmo Galsworthy considerava intolerável – a personagem do homem sem mãos, um monstro moral cujos abusos físicos e psíquicos são tanto efetivos, ou seja, *encenados*, quanto sugeridos sutilmente. A enervante presença em cena de um homem com cotocos no lugar de mãos, que horrorizava autores britânicos do universo pós-eduardiano, não apenas parece aludir ao *Grand Guignol*, mas, com ainda maior propriedade, ao expressionismo alemão, trazendo algo da atmosfera e das personagens excruciantes de peças como *Mörder, Hoffnung der Frauen* (O Assassino, Esperança de Mulheres – 1909) de Oskar Kokoschka. Da mesma forma, *Mais Um Dia* possui uma hábil articulação das unidades de espaço e de tempo em uma reconfiguração do trágico: a visão inflexível do mundo, pequeno achado de psicologia, faz as vezes do inflexível destino, central no desenlace da tragédia clássica. Contudo, se Anne possuía certa tendência ao martírio, em nome do filho, Bessie Carvil em *Mais um Dia* é uma personagem mais complexa em seu jogo para obter a independência e abandonar as "coelheiras", as casinhas da pequena localidade, nas quais a vida padece de uma opressão espantosa. Talvez, com essas duas pequenas peças teatrais plenas de perversidade, melodrama, tragédia e percepções sinistras extravasadas com calculada sutileza, Conrad imaginasse *outro* tipo de teatro; de fato, as duas peças dariam bons filmes nas mãos de diretores com preocupações similares e certa vontade em superar os limites das convenções teatrais – o que jamais implica em menosprezo pelo drama em si mesmo. Nas mãos de um Rainer Werner Fassbinder, de um Lars von Trier ou de um Ingmar Bergman as tramas para palco de Conrad dariam excelentes filmes.

Assim, é bastante curioso perceber que o presente livro se chama *Duas Peças*; ora, Conrad escreveu uma terceira, *The Secret Agent*, peça que inclusive foi montada por um tal Norman McKinnel, ator e produtor, e apresentada o público no Ambassador Theatre na noite de 3 de novembro de 1921. O fracasso terrível da peça, amplamente reprovada pelo público e pelos críticos – teve apenas onze apresentações e foi tirada de cartaz em 11 de novembro – provavelmente motivou Conrad a publicá-la apenas em tiragens pequenas, destinadas a amigos, colaboradores e curiosos. Algo dessa decisão transparece na correspondência citada por John Galsworthy na introdução, pois ele foi mais um dos críticos implacáveis da peça, perante o qual Conrad precisou se justificar. Por conta dessas fraquezas estruturais do texto problemático dessa peça e das críticas recebidas, Conrad parece tê-la posto à parte. A primeira edição, *The Secret Agent: Drama in Four Acts* (1921) foi publicada em uma edição do próprio autor, impressa por H.J. Goulden de Canterbury, de tiragem bastante limitada: apenas 52 exemplares (inicialmente, seriam apenas 30), para distribuição entre amigos mais íntimos. Uma segunda edição chegou a ser publicada em 1923, pela T. Werner Laurie Ltd. de Londres, limitada aos assinantes da casa editorial. Na segunda edição, aliás, há uma mudança – ou correção, dependendo do ponto de vista – substancial em relação à anterior: o terceiro ato, mais curto, foi combinado ao segundo como a terceira cena; daí a origem do nome dessa segunda edição, *The Secret Agent: A Drama in Three Acts*[3]. Ou seja, o próprio Conrad tinha dúvidas a respeito de qual seria a melhor maneira de publicar seu terceiro esforço dramático, e essa dúvida acabou por se manter não solucionada, devido a sua morte em 1924. Nesse sentido a peça *The Secret Agent* tornou-se algo como uma obra perdida, rejeitada pelo autor, pelos críticos e pelo público, que não encontrou um espaço que não seja no âmbito da pesquisa acadêmica.

---

3   Informações obtidas através do registro de aquisições da Kent State University, disponível em: <https://cmsstage.kent.edu>.

SOBRE O TEATRO DE CONRAD

Assim, optamos por não incluir *The Secret Agent*, mantendo nosso foco nas duas outras peças cuja adaptação pelo autor foi bem mais segura. Pois, de fato, essas breves peças de teatro oferecem uma faceta nova do autor e uma qualidade intrincada no que dizia respeito à construção de *outro* tipo de narrativa: aquela da representação dramática. De fato, como destacou em sua introdução John Galsworthy, Conrad dedicou muito pouco de sua longa carreira à criação dramática. Mas o pouco tempo foi bem empregado, dado os resultados tão extraordinários que apresentamos traduzidos aqui, e faz desse material algo como um tesouro perdido, que apenas aguarda novos leitores para uma completa recuperação.

LAUGHING ANNE & ONE DAY MORE

Two Plays by
JOSEPH CONRAD

With an Introduction by
JOHN GALSWORTHY

THE publication of these two plays was one of the last matters dealt with by the Author, who was to have written a Preface to this volume. His death occurred before this could be done. An Introduction has now been specially written by Mr. John Galsworthy, who treats of all the dramatic works by the great novelist, Joseph Conrad. *The Secret Agent*, *Laughing Anne* ("a pleasure to read"), and *One Day More* ("nearly a little masterpiece"), are all critically dealt with by Mr. Galsworthy, who quotes at length from letters by Conrad on his plays and gives other personal sidelights.

JOHN CASTLE

7 HENRIETTA STREET, STRAND, LONDON. Tel.: GERRARD 2116

Introdução [1924]

John Galsworthy[1]

As três peças de Joseph Conrad, *One Day More* (Mais um Dia), *Laughing Anne* (Anne Gargalhada) e *The Secret Agent* (O Agente Secreto)[2] são todas adaptações de suas histórias e as duas presentes neste volume – o que é bastante curioso – abordam o mesmo tema: o sofrimento de uma mulher disposta ao autossacrifício. O fato de serem adaptações torna mais difícil responder à especulação usual se esse grande romancista poderia, caso dedicasse o tempo necessário para tal tarefa, ter se tornado um excelente dramaturgo – uma especulação, de fato, um tanto inútil. Em uma carreira literária de trinta anos, um homem dispõe de tempo para numerosas variações. Sabemos que Conrad possuía um apurado senso dramático; sabemos – ao menos, eu sei – que ele sempre nutriu anseios intermitentes por escrever para o palco. O fato de ele nunca, em todos esses anos, ter escrito diretamente para o teatro é

---

1 NOTA DA EDIÇÃO ORIGINAL (1924): A publicação destas duas peças foi uma das últimos coisas de que se ocupou o autor, que deveria ter escrito o prefácio a este volume. Sua morte ocorreu antes que isso pudesse se dar. Uma Introdução foi agora especialmente escrita pelo senhor John Galsworthy, que aborda todas as obras dramáticas do grande romancista, Joseph Conrad. O Agente Secreto, Anne Gargalhada ("uma delícia de se ler") e Mais um Dia ("praticamente uma pequena obra-prima"), são todas criticamente tratadas pelo sr. Galsworthy, que cita cartas de Conrad sobre suas peças e nos dá outras informações pessoais.
   JOHN GALSWORTHY (1867-1933), foi um prolífico romancista e dramaturgo britânico, agraciado com o prêmio Nobel de Literatura de 1932.

2 Essa peça, embora baseada em um romance particularmente conhecido do autor, *The Secret Agent*, não chegou a ser publicada. A versão original, datilografada e com grifos do autor, encontra-se na Henry A. Colgate Collection of Joseph Conrad, coleção especial na biblioteca da Colgate University.

a prova, para mim, de que sua natureza se recusava a aceitar as limitações impostas pelo palco à *word painting* (pintura pela palavra) e aos esforços sutis de um psicólogo. O romance se adaptava melhor à sua natureza que a peça de teatro, e Conrad instintivamente ateve-se a ele. Se, por conta de algum incidente desditoso, ele tivesse começado a carreira no teatro, sem ter experimentado primeiro a ampla liberdade e o sabor mais requintado do romance, não tenho dúvidas de que teria se tornado um dos maiores dramaturgos de nossa época. Contudo, teríamos perdido com isso, pois Conrad, como romancista, em muitos sentidos foi único.

O processo de adaptação, geralmente, é fatal para a realização de uma obra-prima teatral; ainda assim, em *Mais um Dia*, Conrad não só quase atingiu o grau de obra-prima como demonstrou uma aptidão natural da mais alta qualidade.

É, pois, adequado, de alguma forma, que eu escreva este texto introdutório, visto que a primeira das suas adaptações para os palcos foi feita em um estúdio de minha propriedade em Campden Hill. Conrad trabalhava, em um dos cantos do aposento, em *Mais um Dia* e eu, no outro canto, em *The Man of Property* (O Proprietário)[3]. Ele se sentava à uma mesa próxima da grande janela e eu, à escrivaninha, de costas para ele. De vez em quando, parávamos nosso trabalho e trocávamos lamentações a respeito das misérias de nossas respectivas sinas.

"Querido companheiro", ele costumava dizer, "isso é terrível demais para se definir em palavras". Conrad não costumava sofrer de satisfação diante do próprio trabalho. Ainda assim, *Mais um Dia* deu a ele certo prazer quando sua escritura foi concluída, de modo que estava ansioso para ver a obra no palco.

Ele escreveu de Capri, em maio de 1905:"Outra notícia é (você acredita?) que a Stage Society deseja representar *To-morrow*" (como a peça era, então, chamada) "em junho próximo. Colvin me escreveu. Muitas pessoas, entre elas G.B. Shaw, confessaram assombro". E eles estavam certos em seu assombro – a pequena peça possui

---

3   Premiado romance de John Galsworthy, publicado em 1906.Volume I de *A Saga dos Forsytes*.

INTRODUÇÃO [1924]

uma qualidade estranha e perturbadora. O velho Hagberd, Harry e Bessie são criações notáveis.

Eu não estava na Inglaterra quando a peça foi encenada, de modo que não tenho a lembrança do tipo de recepção que ela teve dos *cognoscenti* da Stage Society; mas era evidente que se tratava de uma pequena tragédia muito perturbadora e inflexível para a Londres da época.

Não sei quando Conrad adaptou *Anne Gargalhada* a partir de seu conto "Because of the Dollars" (Por Causa dos Dólares). De fato, nunca havia lido esse material até o momento de escrever esta introdução. Tratava-se de uma peça breve, que exigia três cenários diferentes, nenhum deles em particular fácil e o último, em especial, apresenta-se excepcionalmente difícil em termos de preparação de palco. Ou seja, tal peça, até onde sei, nunca foi encenada. Ela exemplifica certo tipo de inocência que os romancistas, de modo geral, demonstram diante daquilo que "deve ser colocado" no palco. Conrad, provavelmente, nunca se deu conta de que um "homem sem mãos" constituiria um espetáculo quase intolerável; de que aquilo que se pode escrever com liberdade nem sempre pode ser suportado pelo olhar. Qualquer um que tenha passado pela Ponte de Gálata[4] nos velhos tempos – que, ao que parece, não mudou muito nos novos tempos –, e observado o que os mendigos ali ofereciam no que tange ao sentido de piedade do transeunte, apreciarão o estremecimento físico inspirado por esse tipo particular de deformidade. A iluminação da última cena seria a mais difícil – os efeitos que dependem de estremecimentos baseados em luzes tênues devem ser evitados. Em um dado momento ou outro – sim; mas, em toda a cena – não! Ler essa peça, contudo, é um prazer. As figuras de Davidson, da pobre Anne Gargalhada, de Fector, Bamtz e do monstro sem mãos são bastante impressionantes no efeito que produzem; e, a não ser por tais inconvenientes físicos, a peça é admiravelmente concebida.

---

4 Ponte que une as duas partes europeias de Istambul, Turquia, atravessando o estuário do assim chamado Corno de Ouro.

É bastante afortunado o fato de termos, neste volume, exemplos da arte dramática de Conrad, que revelam, de imediato, o que ele fez e o que poderia ter feito; por outro lado, porém, nos convencem, talvez, de que ele estava certo em não sacrificar o romance pela arte dramática. Nesse sentido, sinto-me tentado a mencionar aqui a adaptação mais longa do romance mais impressionante do autor, *O Agente Secreto*; temos, nesse caso, um notável exemplo não só das dificuldades de adaptação, mas das diferenças fundamentais entre romance e drama como meio de apresentação da vida. *O Agente Secreto* foi um romance de ambiente psicológico, a revelação das profundezas ocultas da natureza humana e uma espécie de criação de um submundo. Tal obra dependia, para seu triunfo, de incontáveis sutilezas e da fidelidade de uma disposição de ânimo contínua. Aqueles entre nós, nem tantos assim, que trabalham nos dois formatos conhecem – em um grau possivelmente impossível para quem está acostumado a apenas um ou a nenhum – os cruéis obstáculos que as restrições físicas do palco colocam para que haja um efeito ininterrupto de disposição de ânimo. Eu diria que o teatro, como veículo adequado para a transmissão das disposições de ânimo, deixa a desejar diante do romance, da mesma forma que o cinema está aquém, nesse sentido, do teatro. Toda Arte, de fato, depende de habilidade, de um tipo de invenção que poderíamos denominar técnica; mesmo o romance, o meio de expressão mais liberal e flexível, possui suas próprias exigências, que configuram as mais rigorosas demandas de engenhosidade, instinto dramático e poder seletivo – são, contudo, dificuldades a serem superadas em uma privacidade estrita pelo escritor imerso em sua disposição de ânimo, assentado no tema sem outras interferências. Ao escrever para o teatro, o obstáculo de inúmeras influências adicionais entra em jogo, o dispositivo transforma-se em ardis, a seleção é ditada por condições físicas além das possibilidades de controle. O romancista tarimbado, acostumado à liberdade e à sua própria consciência, muitas vezes é dado à impaciência e a uma certa medida de desprezo inclusive por aquilo que ele mesmo escreve para o palco. Isso significa apenas, como uma regra, que ele não percebe

INTRODUÇÃO [1924]

a diferença essencial entre essas duas formas. Assim, mesmo sendo o melhor romancista possível, ele será inevitavelmente um dramaturgo indiferente. Uma forma deve "entusiasmar" seu criador, como diriam os americanos, antes que se lhe faça justiça. Não é possível abordar o teatro de forma bem-sucedida sem um profundo respeito e o reconhecimento pleno de que suas condições são os elementos essenciais de uma atração totalmente distinta daquela existente em um romance.

Não creio que Conrad desconhecesse tais questões – de forma alguma. Suas deficiências deviam-se, em parte, às quase insuperáveis dificuldades de adaptação e, em parte, à mestria inadequada das artimanhas que devem ser aprendidas. Em outras palavras, ele não dera tempo suficiente para se adaptar à forma dramática. Não sabia exatamente como equilibrar os efeitos, como economizar palavras, ou como manter a linha de ação clara e inevitável. Um pouco mais de experiência lhe teria demonstrado, por exemplo, que a cena do *salon*, conforme escrita no romance, era supérflua na versão dramática de *O Agente Secreto*.

Li o manuscrito da adaptação que ele fez antes de a peça ser produzida. Recebi então uma carta em resposta a outra, mais crítica, que escrevi. Tal resposta contém passagens que, creio eu, devem ser destacadas e registradas:

> Minha atitude geral, finalmente, foi essa: considerando-se que eu provavelmente jamais escreverei qualquer outra peça, que eu não posso ter quaisquer pretensões de possuir talentos dramáticos, embora tenha minhas próprias ideias no que diz respeito às reproduções artísticas da vida, que as regras de qualquer arte contêm em sua expressão sumária uma quantidade igual de erros e acertos, até mesmo alguma dose do preconceito mais irracional (nesse sentido, por exemplo, no caso da pintura, não faz nem cem anos que um famoso *connoisseur* dizia que "uma pintura para ser boa precisa ser marrom como um violino velho") – considerando tudo isso, eu poderia me permitir livre curso ao meu temperamento, prestando atenção apenas ao simples sentido e à conexão clara da

história... Ou seja, resumindo, resolvi escrever uma peça de Conrad, sem forçar, indevidamente, as condições de representação no palco para fins de originalidade, mas estendendo-as levando em conta minha concepção, para o bem daquela liberdade (possivelmente tomando caminhos equivocados), segundo a qual nenhuma arte é alguma vez lesada...

Senti, com muita frequência, que não apenas o terceiro, mas inclusive o segundo ato, deveria ser integralmente retirado. Afinal de contas, por que o Professor? Ou o Comissário Assistente? Mesmo o próprio Inspetor Heat poderia ser suficientemente caracterizado por sua aparição no terceiro ato, não fosse pelo tema real da peça... O tema *não* é o assassinato do sr. Verloc por sua esposa e os desdobramentos subsequentes do destino dela. É tudo uma questão de *percepção*, sem a qual a existência da mãe da sra. Verloc como personagem da peça não seria justificada. Pois, ao fim e ao cabo, o que aquela velha senhora está fazendo ali? Também ela poderia ser eliminada; e também o sr. Vladimir. Sim, eu estava tentado – ou poderia ter sido tentado – a começar a peça com os três encantadores anarquistas sentados na sala ao redor do fogo, o sr. Verloc explicando-lhes as circunstâncias que o forçaram a jogar uma bomba em um edifício ou outro, discutindo formas e meios, finalizando a cena com Stevie sendo agarrado pelo pescoço, "Vamos lá, meu jovem, você carrega a bomba", e o camarada Ossipon soprando um beijo, quando todos se dirigem até a porta, para a sra. Verloc, que permanece dominada pelo terror no meio do palco. Cortina. Daqui seria possível prosseguir, de forma direta, sem mudar sequer uma palavra, para a terceira cena do quarto ato, depois para o final. Esse arranjo garantiria uma razoável peça de Guignol[5] sem nenhum empecilho em particular.

Tudo isso é perfeitamente direto e, sem dúvida, não haveria nenhum tipo de atraso; mas perderíamos, dessa forma, o tema da peça que, por sua natureza – ou seja, a peça – é puramente

---

5   Alusão às peças encenadas no conhecido Théâtre du Grand-Guignol, em Paris, ativo na virada do século XIX para o XX, especializado em peças de horror marcadas pelo naturalismo e engenhosidade sangrenta.

INTRODUÇÃO [1924]

ilustrativa. Foi por causa de tal natureza que permiti que a coisa se desenrolasse em cenas que, somente do ponto de vista da ação poderiam parecer, e obviamente parecem, totalmente supérfluas e desconectadas em relação ao tema. No que tange à minha percepção, todos esses elementos estão próximos ao que é relevante.

Admito que escrevi a peça para que fosse encenada, porém ao mesmo tempo direi com franqueza que não sinto nenhuma prazerosa antecipação em vê-la nos palcos. O mero pensamento do que um ator perfeitamente bem-intencionado poderia fazer do meu Professor, em termos de um vilão convencionalizado – e eu lhe asseguro que isso é uma tentativa séria de ilustrar um estado mental e emocional que tem seu peso nos negócios do mundo – me dá calafrios.

Essa foi a defesa que Conrad fez de sua peça, da forma como permaneceu. É bastante significativa, porém não mergulha na raiz da questão, pois todo o valor ilustrativo e perceptivo, como ele o colocou na peça, teria sido preservado e inclusive ampliado pela eliminação dos *longueurs*, se a técnica dele fosse igual à tarefa; em outras palavras, se ele tivesse destinado alguns dos anos dedicados ao romance à escritura de dramas. De qualquer modo, o estado de ânimo e o valor ilustrativo do tema por ele escolhido não poderiam ter recebido expressão tão ampla na peça como no romance.

Isso nos leva de volta ao seguinte: temos de nos alegrar pelo fato de Conrad não ter tido tempo suficiente para a criação dramática. Aqueles dentre nós que se recordam do admirável passeio de táxi no romance – a passagem preciosa de *O Agente Secreto* –, inviável nos palcos, percebem muito bem que o tempo de um autor desse nível seria mais bem aproveitado na fidelidade irrestrita aos seus estados de ânimo, em seu inflexível escrutínio de homens e coisas, em seu poder *word painting*, em seu *insight* psicológico não superado tanto em termos de profundidade quanto de sutileza.

Sobre a produção de *O Agente Secreto*, que na minha opinião deixou muito a desejar, Conrad escreveu com sua típica generosidade:

Agora que está tudo acabado, meu estado pode ser descrito como de serena alegria, frustrado apenas pelo remorso frente à injustiça de meus pensamentos passados em relação aos atores, que tinham muitas personagens, certamente não da espécie "armazenada", atiradas na sua cabeça apenas vinte dias antes da estreia. Agora, como um homem tocado pela graça, penso neles com verdadeira ternura, quase com afeição...

A parte desagradável de todo esse negócio é ver desperdiçado o trabalho duro de pessoas que dele dependem para sua subsistência, para as quais o sucesso asseguraria emprego e tranquilidade. De algum modo, sente-se culpa.

Aqui temos o coração de Conrad falando, sempre solidário com homens e mulheres que realizaram seu trabalho tão bem quanto podiam, e pensando nos outros antes de em si mesmo.

(John Galsworthy, setembro de 1924).

Anne Gargalhada

Descrição Sumária das Personagens

DAVIDSON: Na casa dos 35 anos. Rechonchudo, rosto arredondado, pequeno bigode claro. Cabelos claros, repartidos de lado. Modos e voz discretos, com um meio sorriso habitual nos lábios. Veste um terno de dril branco, tipicamente tropical, túnica e calças. Do segundo botão da túnica, no bolso do lado esquerdo, uma corrente de um relógio de ouro cruza seu peito. Sapatos e capacete colonial brancos. Uma definição geral: uma gentil "alma delicada em um invólucro confortável".

HOLLIS: Qaurenta anos. Pele escura. Barbeado, cabelo cortado à escovinha. Usa o mesmo tipo de traje que Davidson.

Esses dois homens são bem-apessoados; suas vestes brancas, imaculadamente arrumadas.

BAMTZ: Magro, alto, relaxado, barba negra estriada de cinza até o peito. Traja calças brancas com cinto. Camisa cinza, sem colarinho. Jaqueta de linho surrada e aberta. Toda essa vestimenta está desbotada. Um par de velhos sapatos brancos. Indolente, descontraído, porte de preguiçoso. Fala arrastada. Tendência a bajular.

FECTOR: baixo. Rosto barbeado, amargo, vermelho e pequeno. Nervoso, porte insolente. Vestimenta: calças brancas e uma velha jaqueta de caça (que ele trouxera consigo de casa anos atrás). Sapatos marrons gastos.

NAKHODA: rosto amarelo, liso e redondo com lábios grossos e um bigode fino e caído – pelos esparsos no rosto. Vestimenta: uma túnica semelhante à de Davidson, com a única diferença de que ao invés de ser branca, é feita de flanela azul muito fina. No lugar das calças, um sarongue malaio com estampa xadrez (ou qualquer outro tipo). Sobre a cabeça, uma pequena boina circular. Em seus pés desnudos e morenos, chinelos de couro envernizado. Seu comportamento é despachado, fátuo.

Os três homens acima possuem, como característica comum, certa agitação.

HOMEM SEM MÃOS (HSM): não é necessário que seja alto e forte, mas deve dar a impressão de que se trata de um homem grande. Rosto largo, cabelos negros um pouco compridos, penteados para cima de uma testa alta. Olhos negros. Move-se pesadamente. Vestimenta: calças brancas bem largas na altura do quadril, mas estreitas nos tornozelos, com uma faixa desbotada à guisa de cinto. Não usa camisa, apenas uma fina camiseta sobre a qual veste uma ampla jaqueta de linho com bolsos laterais. Sapatos brancos. Porte arrogante. Voz profunda.

ANNE: no primeiro ato, traja um vestido cor-de-rosa desbotado, de corte tipo princesa, com zíper e renda branca um tanto esfarrapada enfeitando a gola e as mangas (última reminiscência de suas roupas antigas). Cabelos desarrumados. Velhos sapatos brancos de cetim. No segundo ato: uma peça de chita, ao feitio de um vestido chemisier, com alças nos ombros. Cabeça coberta por um lenço vermelho, cabelos soltos. Chinelos de palha em pés desnudos. Colar de contas amarelas.

TONY: blusa e calções folgados brancos bastante sujos, pernas e pés desnudos. Bronzeado pelo sol. Densos cachos de cabelos castanhos.

ANNE GARGALHADA

Ato 1

(*A cena representa a varanda de trás do Hotel Macao, vista do interior. Ao fundo, as colunas da varanda, com suas trepadeiras e um pedaço visível do céu, e entre esses suportes da varanda, uma balaustrada; no lado da plateia, duas mesas, uma das quais coberta por uma toalha branca. Restos de uma refeição e dois copos. De frente para essas duas mesas e próximo à balaustrada, à direita e à esquerda, há escadas invisíveis que levam para níveis abaixo do solo. À direita e à esquerda, na direção do proscênio, duas paredes de cor branca lavada, a da esquerda com uma porta parcialmente envidraçada; já a da direita, com uma porta comum quase nivelada com a parede. Davidson e Hollis estão sentados à mesa. O capacete colonial de Davidson e o boné de Hollis estão no chão. De vez em quando, uma suave brisa agita as trepadeiras nas colunas. A luz deverá indicar que o sol brilha intensamente do lado de fora.*)

HOLLIS: Estamos aqui jogando conversa fora, falando dos velhos tempos, por uma hora ou mais nesse maldito Hotel Macao e ainda não perguntei por que você frequenta esse tipo de lugar.

DAVIDSON: Não frequento. Nunca estive aqui antes em toda minha vida, porém meu barco está em uma doca seca. Não se pode cozinhar a bordo de um barco em doca seca e, como eu não queria voltar para a cidade, pensei que seria uma boa ideia tentar comer algo por aqui. É um local de baixo nível, mas não creio que coloquem veneno nos pratos de alguém apenas por ser um forasteiro.

HOLLIS (*tom de voz seco*): Não. Contudo, muitos forasteiros foram drogados aqui, depois de surrupiados de todo o seu dinheiro. Todo e qualquer vagabundo duvidoso, rufião e gaiato das ilhas acaba por aqui, cedo ou tarde. Você não se lembra como costumávamos advertir jovens camaradas para que não fossem atraídos para cá? Não pude acreditar em meus olhos quando o vi à porta. Não gostaria de ser visto entrando aqui. Não sozinho. Mas acompanhado por você, aí a história é outra.

DAVIDSON (*leve sorriso*): Por quê?

HOLLIS (*jocoso*): Porque nem um fiapo de suspeita jamais recaiu sobre você. (*Ri um pouco.*) Caro amigo, não se lembra que costumávamos chamá-lo "o bom Davidson", "o bom Davy"? Na tua cara, também.

DAVIDSON (*tranquilo*): Havia muita zombaria no nosso bando.

HOLLIS (*rememorando o passado*): Éramos também um bando meio selvagem. Mas você era o mais calmo.

DAVIDSON: Nos velhos tempos. Agora... (*Suspira.*)

HOLLIS (*aprofundando sua ideia. Com uma espécie de ansiedade, os cotovelos sobre a mesa*): Você se lembra daquele naturalista espertalhão que de vez em quando saía com a gente? Ele disse certa vez que nunca tinha conhecido alguém como você antes, uma alma tão boa em um invólucro tão adequado. Ha! Ha! Ha! Um invólucro adequado! Essa foi boa.

DAVIDSON (*enxuga a testa com seu lenço*): Nossa! Como está quente! Bem, ele tinha um humor muito peculiar. É agora um grande cientista em nossa terra natal. Tenho seu famoso livro no meu barco. Nossa! E esse calor!

HOLLIS: É mais provável que a gente tenha um pouco mais de brisa do mar aqui atrás do que na frente do hotel. De qualquer forma, eu não gostaria de ser visto em público por aqui embora, sem dúvida, estando com você isso pouco importaria.

DAVIDSON (*sorriso tranquilo*): Sou assim tão respeitável?

HOLLIS: Não, não. Não quis dizer isso. Você apenas é um bom sujeito. Exatamente como nos velhos tempos... Você parece assim, sabe.

DAVIDSON (*resignação simulada*): Não posso mudar minha aparência.

HOLLIS: Não, você não pode. Do mesmo modo que o resto de nós não podia deixar de ser maluco e parecer exatamente assim.

DAVIDSON (*sorriso tranquilo*): Animados, animados. Porém bons sujeitos.

HOLLIS: Onde estão todos eles? Espalhados pelos quatro cantos do mundo.

DAVIDSON (*apoiando-se no cotovelo*): Isso aí. A maioria deles não tinha muito lastro. Harry era o mais volúvel do grupo. Lembra-se de Harry, o pescador de pérolas?

HOLLIS: É claro que sim. O sujeito que tinha sua própria garota. Ele a trouxe de algum lugar da Austrália Ocidental ou algo assim. Ela também era boa gente. Mas esses são velhos tempos, sem dúvida. Gostaria de saber o que foi feito dela.

DAVIDSON (*secando a testa*): Uf! Esse calor! Imagino que Harry a tenha largado. Costumava-se ouvir falar de uma Anne Gargalhada aparecendo aqui e acolá nessas ilhas. O nome ficou associado a ela.

HOLLIS (*surpreso*): Você ouviu esse nome recentemente?

DAVIDSON: Oh, não! Ela desapareceu anos atrás; e Harry, o pescador de pérolas, está morto e creio que praticamente ninguém se lembra dele agora, à exceção de mim e de você. E olha que nós dois não somos assim tão velhos.

HOLLIS: Os anos nos trópicos contam em dobro, meu rapaz. Nós conseguimos manter a forma esplendidamente. Porém, o mais incrível é que você e eu nos reunimos justo nesse lugar, que é notoriamente o *rendez-vous* de todo tipo de maus caracteres, em um raio de mil milhas.

DAVIDSON: Como eu disse, vim para cá só para ter algo o que comer, enquanto espero meu barco sair das docas. (*Acima do nível do solo, à esquerda da cadeira de Hollis, surge a cabeça de Fector, com seu velho chapéu cinza de feltro.*)

HOLLIS: O mesmo velho barco, suponho?

DAVIDSON: Ah, sim… De dez ou doze anos atrás. Um pequeno e excelente barco. Passei a gostar muito dele.

HOLLIS (*sonhadoramente*): Sim. As mesmas velhas ilhas, os mesmos velhos recifes, as mesmas velhas preocupações, o mesmo velho negócio.

DAVIDSON (*tranquilo*): Quase totalmente. Só que agora eu não me preocupo. Posso encontrar minha rota nessa parte do mundo de olhos fechados. Contudo, esta viagem vai ser fora do comum. Será para coleta de dólares, entre outras coisas. Espero coletar sessenta mil antes de terminar… Sabe, embalados em caixas de madeira.

HOLLIS (*move sua cadeira um pouco e a cabeça de Fector desaparece num instante*): Eu não falaria em voz alta sobre isso em um lugar como este aqui.

DAVIDSON: Por quê? Você é tão terrível como a minha mulher. Ela está bastante nervosa com o perigo. (*Ri calmamente.*) Já disse a ela que não existem piratas hoje em dia no arquipélago, que eles só aparecem nos livros infantis.

HOLLIS: Bem, não existem. De toda maneira, em um covil como este aqui, eu não...

DAVIDSON: Qual o problema? Sessenta mil dólares em caixas não é trabalho para um batedor de carteiras, certo? Estou arrumando um dos depósitos do meu barco para colocar ali essas caixas. (*Enquanto Davidson fala, a porta parcialmente envidraçada é levemente aberta, revelando a cabeça de Fector. Ele tira a cabeça de imediato, mas deixa a porta entreaberta. O som distante de bolas de bilhar pode ser ouvido com intermitência.*)

HOLLIS (*sombrio*): A turba que bebe por aqui não está interessada em pirataria. Não mesmo. Fazem regularmente a limpeza da praia. Notei a presença de dois tipos bem notórios na varanda da frente. Aquele sujeito, Fector, que se diz jornalista, era um deles.

DAVIDSON (*surpreso*): Um jornalista!

HOLLIS (*com desprezo*): Ele se diz jornalista da mesma forma que receptadores de mercadorias roubadas costumam se chamar de comerciantes do mar. Ele já foi chutado e açoitado em todo lugar no qual esteve, de Áden a Xangai, por ser um vigarista e um chantagista... Diabos me levem se não vi no bar esse vagabundo que imaginava morto faz tempo. Com certeza você já ouviu falar de Bamtz.

DAVIDSON (*em dúvida*): Ele não tinha uma barba farta?

HOLLIS: Horrível. Foi assim que o reconheci. A mesma velha barba. Nunca se viu semelhante barba daqui até a Polinésia, onde é possível vender uma barba por dinheiro vivo a qualquer hora. No entanto, Bamtz usava sua barba por prestígio, sabe. Havia uma história a respeito de como ele persuadiu certa vez o falecido sultão de Sulu que lhe desse privilégios comerciais baseando-se na força de sua barba. Diabos! É possível entender um camarada que vive de mendigagem e de pequenas vigarices nas cidades, ou em grandes comunidades de pessoas, porém

ANNE GARGALHADA

Bamtz tem feito esse tipo de artimanha por anos, nos lugares mais desertos. Mendigando para sobreviver nos limites de uma floresta virgem! Ele é do tipo que não machucaria uma mosca, é claro. Teria medo de deitar as mãos numa mosca. (*Ruído confuso de vozes através da porta entreaberta.*)

HOLLIS (*observa por sobre o ombro, se levanta e fecha a porta. Volta a se sentar.*): Não percebi que a porta não estava fechada... Bamtz parece um pirata, devo dizer, mas ele se denomina um contador, guarda-livros ou algo desse tipo. (*A porta à esquerda é aberta e Fector caminha indolentemente, as mãos nos bolsos, desenvolto, na direção da mesa.*) O que você quer por aqui?

FECTOR (*simulando dignidade*): Este é um local público.

HOLLIS: Você não vai conseguir descobrir nada aqui para vender, mesmo bisbilhotando.

FECTOR: Pelo que você me toma?

HOLLIS: Bisbilhoteiro, chantagista, falsário – faça sua escolha.

FECTOR (*cambaleante, como se estivesse bêbado*): Oh, sim, claro. Estou acostumado a ouvir esse tipo de coisa. Todo homem que tem uma missão é insultado. Minha missão sempre foi descobrir abusos e combatê-los. E não serei afugentado. Este é o lugar mais fresco nesse amaldiçoado antro e vou me sentar aqui. (*Cambaleia levemente para a outra mesa, senta-se, joga os braços por cima dela e apoia a cabeça sobre eles.*)

HOLLIS (*em tom baixo*): Isso é impossível... Vamos? (*Levanta-se.*)

DAVIDSON (*que estivera enxugando a testa, pega fósforos, um charuto, o acende, dá algumas baforadas, tira um lenço e enxuga a testa*): O calor está pavoroso. Acho que vou ficar por aqui mais uma hora antes de voltar para as docas. (*Suave ronco de Fector.*) Não me importo com ele.

HOLLIS (*olha para Fector. Tom de aversão.*): Não sabia que ele tinha fraco pela bebida também. Não consigo suportar esse imbecil... (*Persuasivo.*) Poderíamos ir à cidade juntos.

DAVIDSON: Não posso. Preciso voltar ao barco para ver como está aquele depósito para os dólares. Espero ter quarenta ou mais caixas quando voltar de viagem. (*Levanta-se para que apertem as mãos.*)

HOLLIS (*afetuoso*): Bem, boa sorte para você, Davidson. É provável que não cruzemos nossos caminhos tão cedo. Mas foi bom conversar com você sobre os velhos tempos. (*Pronto para partir.*)

DAVIDSON (*cordial*): Sim... Digo o mesmo! Não gostaria de visitar minha mulher? Ela reconheceria seu nome em um piscar de olhos.

HOLLIS (*encaminhando-se para a escada. Zombeteiro*): Você quer dizer que fala com sua mulher sobre os velhos tempos? (*Caminha gargalhando.*)

DAVIDSON (*responde a Hollis calmamente*): Ela não tem problema com isso.

(*Hollis sai. Fector, que havia erguido com sutileza a cabeça enquanto os outros se despediam, volta a enterrá-la entre os braços. Davidson se senta pesadamente, lançando um olhar para Fector, e continua a fumar. Após uma pausa, Fector se levanta e fica de pé, cambaleando um pouco.*)

FECTOR (*com voz pastosa*): Capitão Davidson, creio eu. (*Davidson assente com a cabeça.*) Do vapor "Sissie". (*Davidson faz um gesto vagamente afirmativo.*) Um dos mais respeitados capitães no porto. Permita-me perguntar...

DAVIDSON (*calmamente*): É inútil. Não vou lhe pagar uma bebida. Você já bebeu o suficiente.

FECTOR (*puxa um bloco de anotações e um lápis do bolso*): Eu só queria saber sua opinião a respeito desse novo esquema monetário.

DAVIDSON (*tranquilamente*): Ah, caia fora.

FECTOR (*mudança de atitude, tom de voz virulento*): É o que eu farei. Estou indo embora. Calor ou não... Onde diabos está o meu chapéu? (*Sai para o salão de bilhar, batendo a porta atrás de si, deixando Davidson espantado. Logo em seguida, Davidson enxuga a testa novamente, enquanto a brisa farfalha as trepadeiras. Davidson respira fundo.*)

DAVIDSON: Assim é melhor. (*Dá uma cochilada, o charuto cai de seus dedos, a porta à direita se abre; Anne coloca a cabeça pela fresta, percebe que há um homem ali, se afasta da porta e depois coloca a cabeça para dentro de novo, observando firmemente Davidson, depois entra,*

ANNE GARGALHADA

fecha a porta e se aproxima dele, um passo por vez. Para, observa, joga os braços para cima, bate palmas com admiração.)

ANNE: Meu Deus! É Davy! (*Um tanto estridente.*)

DAVIDSON (*acorda sobressaltado, pula admirado*): O quê? O que é isso?

ANNE (*avança, braços estendidos, o agarra pelos ombros*): Ora, você não mudou nada. O mesmo bom Davy. (*Risada característica nítida, um tanto descontrolada.*)

DAVIDSON (*trêmulo, tom de voz espantado*): Você – Você é a Anne Gargalhada!

ANNE (*aproximando seu rosto do dele um pouco mais*): Tudo o que sobrou dela, Davy... Tudo o que sobrou dela. (*As mãos dela deslizam pelos ombros de Davidson, a cabeça inclinada para baixo. De repente, ela começa a buscar em seu bolso um pano esfarrapado para ser usado como lenço, o leva aos olhos, a voz embargada.*) Faz anos desde a última vez que fui chamada por esse nome. (*Abaixa as mãos novamente.*)

DAVIDSON (*olha ao redor, para teto, o chão, as paredes, ainda dominado pelo assombro*): De onde diabos você saiu?

ANNE: Da outra sala.

DAVIDSON (*espantado*): Sala? Qual? Qual sala?

ANNE (*breve começo de gargalhada*): Através daquela porta – ali.

DAVIDSON: Uma porta? Não pode ser! (*Recuperando-se.*) Ah, aquela porta! Pensei que estivesse sonhando.

ANNE: Não é sonho, Davy! Sou eu mesma, em carne e osso. A própria Anne Gargalhada... (*Sua voz falha. Desolada.*) Oh, Davy! Harry não devia ter se livrado de mim. Foi ele quem me desencaminhou.

DAVIDSON (*Com simpatia. Rosto expressando seriedade.*): Ele morreu alguns anos atrás. Chegou a saber disso?

ANNE (*assente de forma vaga*): Sim, eu ouvi. (*Olham um para o outro dominados por uma espécie de desolação; entrementes, a porta à direita se abre e um menino, de seus seis ou sete anos, entra correndo e segura na saia de Anne.*)

DAVIDSON (*recua rapidamente*): O que é isso?

ANNE (*rindo*): Ora! Não reconhece um menino pequeno ao vê-lo, Davy? (*Tom de angústia.*) Esse é meu Tony.

DAVIDSON (*falando em voz baixa, depois de observar o garoto*): É do Harry.

ANNE (*também falando baixinho*): Não. De outro. O que eu poderia ter? O que deveria fazer? (*Muda o tom ao se dirigir à criança.*) Diga olá para esse bondoso cavalheiro.

MENINO (*estendendo a mão imunda para Davidson, alegre e mesmo ousado*): Bonjour[1].

DAVIDSON: Hã? (*Solta rapidamente a mão do menino, aparentando estar distraído.*)

ANNE: Vá embora, agora. Bom menino. (*A criança sai.*)

DAVIDSON: Ele não fala inglês?

ANNE: Ah!, sim, ele está aprendendo com facilidade. Alguns velhos conhecidos franceses em Saigon estavam cuidando dele para mim. Eu estava com o capitão de um barco alemão, percorrendo todo o Mar da China. Ao fim de dois anos, mais ou menos, ele me disse: "está tudo acabado, *mein taubchen*[2]. Preciso voltar para casa e me casar com a moça da qual estou noivo". Ele não parecia muito feliz com isso, de modo que dei minha risada e fui para terra firme. Nos despedimos como amigos, mas ai de mim, Davy! Não foi nada engraçado para mim. Tive de tirar o menino dos tais franceses que voltariam para a França; e ali estava eu. Cansada da vida e abandonada pela sorte, quando um sujeito chamado Bamtz apareceu. Penso que mesmo gente como ele quer companhia.

DAVIDSON (*fazendo gestos que indicam espanto*): Você – está – com Bamtz? (*Chocado.*)

ANNE (*assente com a cabeça*): Sim, eu sei. Mas era pelo menino. Como eu poderia mantê-lo comigo se precisasse vagar sem destino pelas cidades? E esse tal de Bamtz está longe de ser um bruto. Ele parece, realmente, gostar do menino... Creio que devo agradecer a Deus por isso.

DAVIDSON (*exclama com emoção*): Graças a Deus pelo Bamtz! (*Baixa a voz.*) Minha pobre Anne.

---

1 "Bom dia", em francês no original.
2 Em alemão, "minha pombinha".

ANNE GARGALHADA

ANNE (*faz um indiferente movimento de braço*): Pelo menino!...Então, dei a ele as poucas bugigangas baratas que poderiam ser vendidas e ele me trouxe para um pequeno lugar nativo a trezentas milhas de distância, um lugar aonde nenhum homem branco vai. O rajá local nos deu uma grande cabana para morar. Só temos florestas como vizinhos, Davy, mas assim esse menino nunca precisará saber que sua mãe era uma mulher promíscua.

DAVIDSON (*tom de ansiedade*): Mas o que a trouxe aqui?

ANNE: Conseguimos uma passagem em um barco nativo. Bamtz pensa que poderia fazer negócios o suficiente para manter nossa alma e nosso corpo – de nós três – na floresta, fora da vista dos homens, se apenas ele conseguisse um barco para ir buscar produtos, de vez em quando. Duas vezes por ano serviria. Oh, Davy, você tem um barco. Pode fazer o que bem quiser; Deus o colocou no meu caminho. Diga que sim, Davy, apenas duas vezes ao ano será suficiente para nossa sobrevivência.Vou chamá-lo aqui para que ele possa ouvir isso da sua boca. Sim?... (*Corre suavemente para a porta do salão de bilhar, enfia a cabeça para dentro. É possível ouvir o ruído do choque das bolas de bilhar.*)

DAVIDSON (*hesitante*): Espere. (*Bamtz passa pela porta, fechando-a atrás de si. Avalia brevemente Davidson, uma mão no bolso. Anne o arrasta pelo outro braço.*)

ANNE: Venha aqui. O capitão Davidson será nosso amigo.

BAMTZ (*puxa bruscamente o braço, coloca a outra mão no bolso. Rosto débil, longa barba estriada, que parece desenroscada na altura da cintura, atitude indiferente e descuidada, que oculta sua propensão de bajular. Avança na direção de Davidson, que o observa fixamente.*): Bom dia, capitão.

DAVIDSON (*observa atentamente o recém-chegado, mas fala em tom calmo*): Ela me disse que você tem algumas perspectivas de negócios no lugar em que vive.

BAMTZ (*arrastando a voz*): Perspectivas... Siiim. Sei como trabalhar com os nativos e tenho um pequeno capital – se você apenas prometer buscar os produtos.

DAVIDSON: Você sabe que terá de se comportar decentemente.

ANNE: Ele tem sido sempre amável, apenas... (*Faz um movimento com a mão.*)

BAMTZ (*olhando para um ponto perdido no espaço, como se falasse consigo mesmo. Voz arrastada*): Uns trocados em dólares na mão, um colar barato, um conjunto de pulseiras, um ou dois broches... Bem... (*Sacode a cabeça para Anne.*) Esse é o capital.

DAVIDSON (*exibindo uma espécie de calma sombria*): Compreendo. (*Refletindo.*): Eu provavelmente poderia arranjar um pedido, mas...

ANNE (*apertando as mãos*): Diga sim, Davy. Pense na pobre criança.

BAMTZ (*exprimindo em sua voz um pouco mais de interesse, falando com Davidson*): Chegou a vê-lo, capitão? Um pequeno e adorável menino. (*Retoma uma atitude de indiferença.*)

DAVIDSON: Digamos que você me deixe a sós com ela por um momento. (*Bamtz começa a andar imediatamente.*) É melhor que agora você fique longe daquele salão de bilhar.

BAMTZ (*com indolência, as mãos nos bolsos*): Siiim, há uns tipos vulgares por lá. Nunca me importei com eles, mas por vezes, deve-se... (*arrasta-se em direção ao dormitório.*)

DAVIDSON (*com calma, porém ansioso*): Você confiaria nele? Acha que poderia aguentar isso?

ANNE (*move-se suavemente para a porta do salão de bilhar e gira a chave na fechadura, enquanto diz*): Há muitos desses animais ali. Extremamente bisbilhoteiros. Já estamos aqui faz quatro dias... (*Com paixão.*) Não haverá mais bagatelas para mim, Davy, se fizer o que ele quer que você faça. Aguentar? Como é que não posso! Você sabe que sempre fiquei ao lado dos meus homens nos bons e maus momentos, até que eles acabaram por se cansar de mim. E veja o que sobrou de mim. Mas por dentro, permaneço a mesma. Agi corretamente com eles todos, um após o outro. Sempre fui uma companheira que valia a pena ter. Mas os homens se cansam disso. Eles não entendem as mulheres. (*Estrondosa e breve gargalhada, característica dela.*)

DAVIDSON: (*calmamente ansioso*): Pare, Anne.

ANNE (*leva o lenço aos olhos e começa a soluçar, enquanto a porta do salão de bilhar é forçada do lado de fora, e depois sacudida um pouco*): Harry é o único homem que eu de fato amei. Ele nunca deveria ter me largado.

DAVIDSON (*calmo*): Bem, serei seu amigo. Diga a Bamtz que espere minha visita em um mês. Deixe-o longe daquela gente e dê o fora daqui o mais rápido que puder.

ANNE: Podemos partir hoje à noite, em um barco dos nativos. Confie em mim. (*Agarra as mãos dele e as aperta com força.*) Isso tudo é pelo menino, Davy. Pelo menino. (*Move-se em direção ao dormitório. À porta, vira-se e diz*): Ele não é um garotinho inteligente?

(*Davidson enxuga a testa com o lenço de bolso. Olha para o relógio. Enquanto faz essas coisas, a porta do salão de bilhar é sacudida de novo. Ele apenas a observa de relance, enquanto coloca o relógio no bolso. Pega seu chapéu do chão e desce as escadas à direita. Quase que imediatamente depois, a cabeça de Fector aparece na escadaria à esquerda e, vendo que não há mais ninguém ali, vai direto para a porta do salão de bilhar e gira a chave.*)

FECTOR: Gostaria de saber quem trancou essa porta. (*Reflete.*) Poderia ser Bamtz. Oi, Bamtz! Você está por aí? (*Espera.*) Tenho um dólar para você. (*A porta do dormitório se abre e a voz de Bamtz pode ser ouvida.*)

BEMTZ: Deixe-me ver. (*Sai do quarto e logo assume sua atitude indolente, casual, hesitante*): O que você disse?

FECTOR (*com um dólar na mão*): Seus ganhos, suponho.

BAMTZ (*olhar perdido no horizonte*): Oh, siiiim! (*Estende a mão aberta.*)

FECTOR (*colocando o dólar em seu bolso*): Sua maldita fraude, você sabia que não tinha ganhado nada... Eu só quero conversar com você.

BAMTZ (*escondendo seu desconforto e afastando-se de maneira sub-reptícia*): Não estou interessado – hã – na sua conversa.

FECTOR: Você certamente deverá se interessar. Por que trancou aquela porta?

BAMTZ (*alarmado*): Não tranquei. Juro que não.

FECTOR: Você armou algo aqui em conluio com aquela mulher que traz a reboque. Você não tem o direito de trancar nenhuma porta nessa casa. É ofensivo. Esse é um local público. Você não quer ter uma relação amistosa com o pessoal?

BAMTZ (*desesperado*): Não quero ser amigo de nenhum de vocês. Terminei com você. Siiiim. (*De modo a impressionar.*) Tive uma entrevista de negócios aqui com o capitão Davidson e fico feliz que a porta estava trancada, seja lá quem a trancou.

FECTOR: Capitão Davidson?

BAMTZ (*ar de superioridade*): Siiiim.

FECTOR: Você estava tentando mendigar algo dele? Bem, diabos me levem!... Não! Não saia daqui... Pare agora mesmo.

BAMTZ (*relutante*): Não me incomode. Seus truques não me afetam. Serei um comerciante, bem honesto.

FECTOR: Mentiroso!

BAMTZ: Isso é fato. Negociando produtos da ilha. Depois, discutindo taxas e fretes com o capitão Davidson. É esse tipo de homem que eu sou. Ele vai fazer a primeira encomenda em cerca de um mês.

FECTOR (*gritos de admiração*): Não! (*Bamtz arrasta os pés em direção à porta e coloca a mão na maçaneta.*) Ei! Não vá!

BAMTZ: Não quero ter nada a ver com você. (*Sai.*)

FECTOR (*permanece parado por um instante, as mãos no queixo, demonstrando óbvia hesitação, depois se move a toda velocidade para o salão de bilhar, coloca a cabeça para dentro, a tira com uma exclamação*): Se foi. (*Corre para a balaustrada e grita em direção ao jardim.*) Ei, ei!... Sim, vocês dois.Venham para cá agora. (*Anda até a frente do palco e fica em pé, mordendo os dedos nervosamente, enquanto da escadaria à esquerda surge o Homem Sem Mãos, seguido por Nakhoda. Eles se colocam atrás de Fector, o* HSM *franzindo a testa, com seus cotocos enfiados profundamente nos bolsos laterais da jaqueta; Nakhoda exibe uma espécie de sorriso fátuo.*)

HSM (*voz grave*): Bem! (*Espera*). Que raios está acontecendo?

FECTOR (*andando para cima e para baixo pelo palco, em agonia de indecisão*): Há um danado de um grande trabalho... Grande como uma montanha.

HSM (*rugindo*): Desembuche.

FECTOR (*à distância, torcendo as mãos*): Não sei se posso confiar em vocês, companheiros. (*Fica imóvel de repente.*)

HSM (*avançando lentamente na direção de Fector, que recua, embora pareça fascinado*): Você não ousaria me insultar dessa forma se não fosse pela minha desventura. (*Volta-se na direção da frente do palco, levanta seus cotocos e os chacoalha diante de seus olhos. Olha para o céu, dominado pela fúria.*) Se as coisas fossem como eu queria, todos vocês aí também seriam desgraçados. Então saberiam como me sinto.

FECTOR: Não blasfeme.

HSM (*volta-se para ele*): Se eu pudesse matar as pessoas apenas com meu olhar, você não ousaria falar comigo dessa forma.

FECTOR: Você consegue me deixar extremamente enojado com seu olhar bestial. (*Se encolhe em posição de defesa, mas não recua*).

HSM (*voz grave*): Conta logo a sua história – se é que há alguma.

FECTOR (*passa por ele rapidamente, movendo-se para o outro lado do palco*): Suponho que eu deva. Ouça. (HSM *dando voltas e Nakhoda, que persistentemente coloca-se próximo dele, mantém seu ar fátuo.*) Em um mês, um barco, uma pequena embarcação comercial, navegará pelo mar de Java com cerca de oitenta mil dólares a bordo.

HSM (*desdenhoso*): Bem, e daí? O que há de bom nisso? Deve haver um monte de barcos com dólares neles – e ouro também – flutuando pelos mares neste exato momento.

FECTOR: Sim, mas eu sei onde esse barco em particular estará no próximo mês – o local exato. Um local isolado. Habitado por um asno chamado Bamtz.

HSM (*andando para cima e para baixo, gesticulando com seus cotocos*): Bamtz! Bamtz! Eu o conheço muito bem. Um mero farrapo imundo. Podemos fazer o que quisermos com ele.

NAKHODA: Ele velejará comigo esta noite. Vou levá-lo de volta para casa.

FECTOR (*intervém*): Esse é o local exato.

HSM: Então, apenas temos de solicitar a hospitalidade dele. (*Gargalha*). Ele não é um homem que costuma recusar o que quer seja a alguém. Homem! Ele é um verme.

FECTOR: Oitenta mil dólares.

NAKHODA: São vinte mil para cada um. Nós quatro. Incluindo Bamtz.

HSM: Você não sabe como um pobre aleijado fica eufórico diante da perspectiva de uma pequena atividade. (*Feroz.*) Vocês terão que levar isso a cabo agora. Nossa dedicação precisa estar totalmente nisso agora. (*Para Nakhoda.*) Não é hora de seus passageiros embarcarem?

NAKHODA: Sim, zarparemos no início da noite. Eu prometi que viria buscá-los.

FECTOR: Bem, aqui estamos. Veio por eles. Vá buscá-los. (*Enquanto Nakhoda bate na porta à direita, Fector e* HSM *se deslocam para o lado esquerdo e assistem a performance. Desce o crepúsculo. Nakhoda bate novamente.*)

NAKHODA (*falando à porta*): Hora de embarcar. (*A porta se abre; ouve--se uma voz de dentro, que diz*): Estávamos esperando por você. (*Bamtz sai primeiro, carregando uma pequena mala de viagem bastante desgastada na mão e vestindo um esfarrapado sobretudo sobre suas roupas brancas. Atrás dele, Anne, com um casaco longo de tussor puído sobre o vestido rosa. Ela carrega um pacote amarrado com um pano e uma cesta nativa. Com a outra mão, conduz Tony. Caminham para a escadaria. Nakhoda os observa.*)

HSM (*voz baixa, do outro lado da varanda*): Bamtz.

BAMTZ (*sobressaltado, derruba a mala no chão e se encosta na parede*): O que você quer?

HSM (*falando do outro lado da varanda*): Vou retomar minhas atividades e, como preciso de sua ajuda, sua boa sorte está assegurada.

BAMTZ: Pelo amor de Deus, deixe-me em paz. Não sou bom para nada. Não tenho coragem... Nunca tive.

HSM (*move-se, pesadamente; voz suave*): Qual é o problema? Não pode receber alguns amigos por uns dias na sua casa nova?

BAMTZ: Fique longe de mim. Vá embora. Deixe-me em paz. Não aceito isso.

HSM (*suave*): Não mesmo? Nem que haja vinte mil dólares no páreo?

BAMTZ: Conheço você faz tempo. Você era pior que o próprio diabo.

HSM (*tira seus cotocos dos bolsos e os coloca próximos do rosto de Bamtz*): Vê isso? Bem, desde minha desventura, sou dez vezes pior do que antes. Agora, adiante. Mexa-se. Ande. (*Voz terrível.*)

ANNE GARGALHADA

Rasteje, seu verme. (*Tony começa a chorar.* HSM, *aparentemente, percebe a presença de Anne pela primeira vez.*) Ora essa! Ele é um homem de família. Isso é excelente.

ANNE (*para a criança chorosa*): Não tenha medo, Tony. Ele não vai lhe fazer nenhum mal. (*Bamtz desce as escadas, seguido por Nakhoda enquanto* HSM *permanece parado no início da escadaria, observando Anne.*)

HSM: Você tem uma bela voz. Tenho certeza de que fará tudo para que tenhamos conforto. (*Parcialmente zombeteiro.*) Em sua casa afastada de tudo.

ANNE (*apaixonadamente*): Ah, se ele fosse ao menos meio homem!... Não chore, Tony. Está tudo bem.

HSM: Sim, se ele fosse. Imagino que você deva ser o melhor homem dos dois. Não se preocupe. Para mim, isso é ótimo. Seremos amigos. Um indefeso e miserável aleijado busca um companheiro que cuide dele... Sempre. (*Coloca seu braço ao redor do ombro de Anne e, com o cotoco contra a bochecha dela, vira o rosto da mulher em sua direção para contemplá-lo.*) Está com medo? Não precisa. Sou um aleijado inofensivo. (*Retira o braço e empurra Anne em direção às escadas. Ela, Tony, Fector e* HSM *saem de cena em fila indiana. Cai a cortina.*)

Ato II

Cena I

(*Interior de uma cabana com paredes cobertas por esteiras, dividida de forma desigual por uma partição de esteiras toscas. Suportes de madeira visíveis nos cantos. A parte maior possui uma porta de entrada aberta na parede de trás e uma outra porta aberta na divisão do cômodo. Na parte menor há um barril e uma espécie de cama feita de caixas de madeira. Uma lamparina acesa no chão. Na parte maior há uma mesa oblonga no meio e quatro cadeiras de madeira ao seu redor. Sobre a mesa, copos, garrafas,*

uma jarra de barro vermelha, duas velas. Fector, Nakhoda, Bamtz e HSM
estão sentados sobre as cadeiras, jogando cartas. Anne permanece de pé ao
lado da cadeira de HSM, *segurando suas cartas. Os homens estão vestidos*
como antes. Anne usa uma túnica larga de chita e chinelos de palha em
seus pés nus. Os cabelos dela estão presos ao modo malaio com um lenço
vermelho, com uma massa de cabelo solto atrás. Um longo colar de contas
âmbar pendurado no seu pescoço descoberto.)

HSM: Jogue o rei de copas.

TONY (*em seu berço, no outro quarto. Voz queixosa*): Mamãe.

ANNE (*colocando as cartas de lado*): Estou indo, querido. (*Vai para
o outro quarto. É possível vê-la curvar-se sobre o berço.* HSM, *Fector,
Nakhoda e Bamtz colocam suas cartas de lado.*)

HSM: O momento está chegando. Agora, ouçam-me novamente.
(*Quatro cabeças se curvam. Murmúrios em voz alta durante os quais,
sem fazer ruído, Davidson aparece na porta de entrada da cabana, quepe
branco, roupas brancas. Permanece observando até que Bamtz olha para
o alto, o vê e se levanta abruptamente da cadeira.*)

BAMTZ (*fitando Davidson; em voz alta*): Capitão Davidson. (*No outro
quarto, se vê Anne virar a cabeça.*)

DAVIDSON (*sombrio, mas calmo*): Não assustei vocês, não é mesmo?

ANNE (*da porta do quarto*): Davy! Os céus enviaram você para cá
esta noite.

BAMTZ (*atirando-se de volta na sua cadeira; em voz alta*): Entre, capitão. (*Titubeia.*) Entre.

ANNE (*estendendo os braços para Davidson*): Meu Tony está tão mal.
(*Agarra Davidson pelo braço e o arrasta.*) Venha vê-lo. (HSM *recosta-se
em sua cadeira. Fector senta-se de lado, coloca o braço atrás do encosto.
Nakhoda está de costas para a plateia. Bamtz, aparentando extremo
nervosismo, observa Anne e Davidson enquanto ambos passam por ele.*)

BAMTZ: Pobre coitado.

DAVIDSON (*curvando-se sobre o berço*): Preciso de mais luz por aqui.

ANNE: Sim, Davy. (*Dirige-se para o cômodo maior e pega uma vela.*)

FECTOR (*escandalizado*): Ei! Ei!

HSM: Deixe que ela fique com a vela. (*Enquanto isso, Anne passa
pela mesa e, ao lado de Davidson, examina a criança à luz da vela.*)

DAVIDSON: Ele está um pouco quente. Não se preocupe. Você poderia ferver um pouco de água para uma bebida?

ANNE: Não tenho nada aqui.

DAVIDSON (*em voz alta*): Vou voltar ao meu barco e trazer para você uma chaleira com bebida alcoólica e alguns remédios para que ele fique bom. (*Muda o tom de voz com movimentos de cabeça na direção do outro quarto.*) O que é tudo isto, Anne?

ANNE (*faz um gesto de erguer e depois de baixar as mãos*): Eles vieram.

DAVIDSON (*em voz alta*): Não há nenhum perigo. (*Tom de voz baixo.*) Temo que isso não pressagia coisas boas, minha pobre garota. O que você acha que eles estão tramando?

ANNE (*falando muito rápido*): Eles estão atrás dos dólares que você tem no seu barco.

DAVIDSON (*surpreso, porém cauteloso*): Como diabos eles descobri-ram que eu carrego dólares nessa viagem?

ANNE (*com intensidade*): Então você, de fato, tem dólares a bordo. Ah, Davy! Pegue seu barco e fuja o mais rápido possível.

DAVIDSON: Tarde demais. A maré já está baixa. Mas eles querem realmente roubar o barco? Por quem me tomam?

ANNE: Aquele homem corpulento sem mãos não hesitaria em matar. Ele está no comando. É o diabo encarnado. Se Tony não estivesse nesse estado, eu teria fugido com ele para a floresta mais próxima… Oh, Davy! Ele vai morrer?

DAVIDSON: Não, não. Não se deixe abater. Você costumava ser corajosa.

ANNE (*atropeladamente*): Minha coragem. Parece que foi embora. Ha-ha-ha. (*Breve e feroz gargalhada. Davidson vai para o outro cômodo, onde todos os homens, ao som da gargalhada de Anne, vira-ram a cabeça, um tanto sobressaltados. Anne o segue com a vela, que coloca sobre a mesa, antes de voltar para seu filho.*)

FECTOR: Vai se juntar a nós para uma bebida, capitão?

DAVIDSON: Estou com pressa, preciso pegar alguns remédios que tenho a bordo. (*Sai pela porta dos fundos. Todos ficam de pé, à exce-ção do HSM, que continua reclinado em sua cadeira.*)

HSM: Agora, saiam todos para descobrir onde o barco está ancorado — no quebra-mar ou na margem. Temos de saber isso de antemão.

FECTOR: Basta um de nós para fazer isso.

HSM: Não. Quero que cada um de vocês saiba exatamente onde está pisando quando embarcarmos no escuro. Vocês são uns canalhas tão nervosos que podem muito bem não perceber a prancha de embarque por simples medo. Provavelmente, quando for o momento certo, terei de empurrá-los adiante – eu! Um miserável aleijado! Mas quando for a hora de dividir o lucro, cada um de vocês vai querer a sua parte.

FECTOR (*murmurando*): Certamente. (*Em voz alta.*) Droga, você fica nos intimidando da manhã à noite, como se tivesse nos contratado para fazer o serviço, ao passo que, de sua parte, você não será capaz de fazer absolutamente nada.

HSM (*agitando os cotocos diante de seu rosto*): Amaldiçoe minha desventura. (*Com bajulação servil e, ao mesmo tempo, afetada.*) Espero que não tentem reduzir a minha parte pelo fato de eu ser um pobre e inútil aleijado. (*Feroz.*) Para fora! Façam o que eu mandei ou não haverá nada para dividir.

FECTOR: Ficarei feliz quando o serviço terminar, pois pelo menos estarei livre dos seus gritos e ameaças.

BAMTZ: Oh, meu Deus, sim! (HSM *se levanta de um salto. Fector e Bamtz se dirigem à porta, enquanto Nakhoda caminha sorrateiro atrás de* HSM, *sendo o último a sair.*)

HSM (*de pé ao lado da mesa*): Anne! (*Anne, no outro quarto, levanta a cabeça do berço dominada pelo terror.*) Anne! Aqui!

ANNE (*levanta-se*): Oh, o que é agora? (*Caminha relutante para o cômodo maior.*)

HSM: Bem, controle-se imediatamente. Onde está aquele peso? Conseguiu roubá-lo da loja?

ANNE (*hesitante*): Ele está logo ali. (*Aponta para o canto.*)

HSM: Pois então, rápido. Não perca tempo. Conseguiu um pedaço de corda? (*Anne fica totalmente imóvel, a face dominada pelo desespero.*) Você não será leal a mim? Não acha que sou homem o suficiente e que vale a pena ficar comigo porque não tenho mãos? (*Ameaçador.*) Você precisar ficar comigo. Do que tem medo? Partiremos juntos para um lugar a milhares de milhas. Só me deixe ver os dólares aqui. Nesta mesa. Pegue o peso agora. (*Anne vasculha uma pilha de coisas no canto da cabana e retira um peso de sete libras e um longo pedaço de corda. HSM, sem olhar para ela.*) Conseguiu?

ANNE: Sim.

HSM: O cotoco direito, claro. (*Ele o exibe.*) Amarre forma adequada. Ele não pode se soltar de repente. (*Anne começa a amarrar o peso com o pedaço de corda.*) Veja – um homem resoluto com um pedaço de ferro como este aqui, bem no final de seu braço, pode esmagar três crânios bem antes que os idiotas com mãos saquem seus revólveres. Entende? Especialmente se ele for o primeiro a começar o tumulto de repente. Eu suponho que haverá pouca partilha dos tais dólares. Ficaremos com tudo. Faça um nó bem apertado. Conseguiu?

ANNE: Sim.

HSM (*balançando o braço*): Bom. (*Coloca o cotoco no bolso e joga o outro braço sobre os ombros de Anne.*) Você é a única pessoa de coragem por aqui. Um pobre, miserável, indefeso, maldito maneta como eu quer uma companheira para sempre... e você é a única. (*Anne luta para se libertar do braço dele e volta para seu filho. HSM escuta atentamente.*)

FECTOR (*voz do lado de fora*): Depois do senhor, capitão. Saímos para tomar um pouco de ar fresco. Hoje não está bem abafado? (*Davidson entra no cômodo com a chaleira de bebida alcoólica em uma mão e uma espécie de caixa pequena, contendo remédios.*)

HSM (*que ao primeiro som de vozes se atirou de volta à sua cadeira, para Davidson*): Não é terrível o que está acontecendo à pobre criança?

DAVIDSON (*com intenção*): Sim e à mulher também.

HSM: O sentimento maternal, sem dúvida. Mas não aguento ver uma criança sofrendo. Não posso suportar isso. Mas o que posso fazer, sou um pobre aleijado! Não seria capaz de confortar um amigo em seu leito de morte. Que sorte você ter aparecido bem no momento certo. Eles estavam esperando por você? Bem, nunca fiquei tão surpreso em minha vida.

DAVIDSON (*que havia parado para ouvir*): Não tanto quanto eu. (*Vai para o outro quarto.*)

FECTOR (*que, ao lado dos outros dois, postara-se na porta de entrada*): A noite está escura como o bandulho de uma vaca. (*Os três se aproximam da mesa.*)

HSM: Certificaram-se da posição correta da prancha de embarque?

NAKHODA (*tom de presunção*): Sim. É feita de tábuas duplas. Isso vai facilitar para você.

HSM: Cale-se, idiota. (*O outro se afasta com um sorriso complacente.*) Vamos lá, sentem-se, vamos fingir que estamos jogando cartas ou qualquer outra maldita coisa. (*Sentam-se, pegam as cartas, mas parecem nervosos, distraídos e agitados.*)

DAVIDSON (*no outro quarto, para Anne*): Trouxe alguns fósforos. Também uma vela. Você deve acendê-la, Anne. Ferveremos a chaleira. (*Muda o tom.*) Então eles vieram para cá apenas para esperar o barco e depois roubá-lo. É a coisa mais difícil de acreditar com a qual me deparei em minha vida. (*Incrédulo.*) Eles não podem estar falando a sério.

ANNE: Eles pretendem fazer isso mesmo, e aquele homem sem mãos tem coragem o suficiente para compensar o que falta ao resto do grupo. (*Ela se ocupa em acender a lamparina embaixo da chaleira e dar a medicação em uma colher à criança.*) Eles pensam que você é moleirão, Davy, ha-ha-ha. (*Gargalha.*)

DAVIDSON (*senta-se em um barril ao lado do berço, observando ao redor*): Não sei muito sobre ser um moleirão, mas sei que se houver problemas, estarei sozinho. Sou o único branco a bordo e você sabe como são esses *kalash*[3] Ao som do primeiro tiro, toda a minha tripulação vai fugir para terra firme. Eu os conheço bem. Entretanto, tudo isso parece um conto de fadas. Uma espécie repugnante de conto de fadas.

ANNE: Oh, Davy, eles estavam conversando na minha frente. (*Com um gemido da criança, Anne se debruça sobre o berço.*) Está tudo bem, Tony, mamãe logo vai te dar uma bebida, uma boa bebida

---

3 Habitantes da região de Kalash, no Paquistão, que fica na província de Khyber-Pakhtunkhwa.

doce. (*Para Davidson.*) Pobre criança. Não há nada na vida para alguém como ele. Nem a mínima chance. Mas eu não podia abandoná-lo, Davy, não podia. Não! Não!

DAVIDSON: Fique firme, Anne. (*Olhando para a criança.*) Sinta a temperatura dele. Ele está menos quente. Em breve, estará melhor.

ANNE (*agarrando subitamente o braço de Davidson com força*): Tenha cuidado com aquele demônio sem mãos, Davy.

DAVIDSON: Bem, ele pode ser um demônio, mas sem as mãos não poderá fazer muito, não é verdade?

ANNE (*abalada*): Cuidado. Apenas evite que ele chegue muito perto de você, isso é tudo. (*Hesitando.*) Escute. Os outros não sabem, mas ele me fez amarrar um peso de sete libras no cotoco direito. Você compreende?

DAVIDSON (*assobio baixo de admiração*): Percebo. Hum. Tudo isso parece mais e mais inacreditável. Contudo…

ANNE: Davy, você deve esperar que eles entrem rastejando em seu barco por volta da meia-noite para roubar, talvez matar.

DAVIDSON (*discretamente*): Melhor eu voltar ao barco e me preparar para os visitantes. Se eles vierem.

ANNE: Não brinque com isso, Davy. Sairei da cabana quando eles começarem a ir e só por muito azar não encontrarei algo para rir. Eles estão acostumados que eu faça isso. Rir ou chorar, o que importa? Você poderá me ouvir mesmo se estiver a bordo nesta noite tão quieta… Você não irá dormir, por favor?

DAVIDSON: Tentarei não dormir. (*Com seriedade.*) Não corra nenhum risco por mim. (*Apontando para o berço.*) Olhe, ele estará bem. (*Anne fica de joelhos ao lado do berço e observa a criança enquanto Davidson passa para o outro cômodo.*)

FECTOR: Que tal um drinque agora, capitão?

DAVIDSON: Obrigado, mas creio que seja melhor eu retornar para o barco agora. A criança está melhor. Está dormindo. Não façam tanto barulho, se possível.

FECTOR: Ah, mas somos um grupo bem silencioso; se o doente piorar, um de nós poderá correr até seu barco e chamar você, para que possa bancar o médico de novo. Então não suma de vista.

NAKHODA (*tom fátuo*): Ele não tem a reputação de um sujeito que dá no pé.

DAVIDSON (*com desdém*): Nunca saí correndo sem que houvesse uma boa razão para isso. (*Para Bamtz.*) O garoto vai ficar bem.

BAMTZ (*risada nervosa*): Pobre pequenino. Obrigado, capitão; obrigado, capitão.

(*O* HSM *se levanta, mantendo os cotocos enfiados no fundo dos bolsos. Faz uma saudação para Davidson, que a devolve com um aceno de cabeça. Davidson sai de cena.*)

Ato III

Cena 1

(*A cena ocorre em um cenário obscurecido. Ao fundo, ocupando quase todo o espaço, a forma sombria da cabana de Bamtz eleva-se um pouco a partir do nível do palco, com uma luz baça indicando o retângulo da porta de entrada. À direita, a popa de um pequeno barco com a prancha de embarque feita de duas tábuas de madeira conectadas à margem, além de um par de cordas de amarração presas ao toco de uma árvore em primeiro plano. A bordo, uma rede de dormir parece balançar, amarrada à retranca do mastro, com um mosqueteiro e um pouco de luz das estrelas – isso é tudo o que será mostrado do barco no palco, estando o resto nas alas laterais. Alguns arbustos estão localizados próximos ao ponto em que o barco está atracado, com o vento fazendo um suave ruído ao passar por eles. Depois de subida a cortina por um tempo, ouve-se fracamente o distante cacarejar de um galo. E de novo, o farfalhar dos arbustos. A mal iluminada porta de entrada à distância é obscurecida por quatro vezes e a gargalhada característica de Anne pode ser ouvida de maneira clara, embora distante. Então, na escuridão do palco, quatro figuras silenciosas avançam na direção das tábuas de madeira da prancha de embarque.*)

FECTOR (*sussurro sibilante*): Sem assassinatos. Não quero acabar na forca.

HSM: E se ele resistir?

BAMTZ (*rangendo os dentes*): Ele n–n–n–não v–v–vai.

NAKHODA (*voz assustada*) ELE NÃO É HOMEM DE FUGIR.

HSM: Vamos a bordo, seus patifes.

(*Todo o processo de subir a bordo deve ser conduzido de forma a aparentar furtividade. Fector, o mais ágil, sobe rapidamente sem fazer ruído, alcança o convés, passa para a ala lateral. Depois é a vez de Nakhoda rastejar aos arrancos. Já Bamtz recua e mesmo resiste aos empurrões de HSM inicialmente.*)

BAMTZ (*sussurros*): Sem assassinato.

HSM: Seu maldito covarde. Eu matarei, se necessário. Levante-se. Não derrube o pé de cabra. (*Bamtz atravessa a prancha de embarque de quatro, desvia-se da maca e segue os outros na ala lateral até sumir de vista. Depois HSM prossegue com um andar deliberadamente silencioso, passo a passo e, uma vez no convés, coloca-se ao lado da maca, de vigia. Uma réstia de luz se entrevê da parte da escotilha visível no palco e um estalido, como se alguém forçasse uma porta, pode ser ouvido. HSM dá um passo na direção da maca. Outro estalido. Dá mais um passo e murmura freneticamente.*): Por que não ter certeza?! (*Seus gestos indicam um impulso irresistível, feroz. Coloca o cotoco para fora, levantando o peso para depois fazê-lo descer sobre a maca, no local onde deveria estar a cabeça, atirando-se sobre o mesmo com um rugido selvagem, de forma que toda a maca desaba sobre ele, mostrando-se vazia. O tombo de HSM é feio, mas ele logo salta, dominado pelo desalento, berrando.*): Traição, traição! (*Dispara pela prancha de embarque até a margem gritando*). Fomos vendidos. Cada um por si. (*Disparos são ouvidos na ala lateral.*): Mate-o, mate-o! (*Os outros três seguem o primeiro em pânico, caindo um por cima do outro enquanto Davidson dispara repetidas vezes. Em uma confusão dos* flashes *dos disparos e dos gritos de dor, eles alcançam a margem e desaparecem completamente de vista. Davidson permanece de pé ao fundo, a única pessoa visível para a plateia nesse momento. Ele segura um revólver em cada mão; logo joga fora o que está descarregado, espreitando a escuridão de onde surgem gemidos e um grito de* HSM.) Foi aquela maldita mulher que nos entregou. Onde estão vocês, seus covardes malditos! Ha! (HSM *pode ser visto na escuridão por um momento antes de desaparecer na direção da cabana.*)

DAVIDSON (*dando um tapa na testa*): Meu Deus, pobre Anne. (*Ele vai para terra firme e posiciona-se irresoluto na escuridão. Assusta-se com um grito de pavor à esquerda e a aparição indistinta de Anne, correndo a toda velocidade. Dá um passo indeciso para a direita. Um berro pode ser ouvido atrás dele. Gira nos calcanhares. Então, no fundo do palco, deve haver luz suficiente para mostrar* HSM *interrompendo o caminho de Anne, que tenta chegar à casa. Eles desaparecem de novo. Logo, um longo grito, cortado abruptamente.*) Corra para o barco, Anne. (*Silêncio. Davidson dá um passo ou dois quando a sombra de* HSM *surge repentinamente e desaparece. Davidson tropeça no corpo de Anne, que está deitada de bruços. Por todo o tempo, a ação da personagem deve transmitir o terror mortal de que algo salte da escuridão e o ataque. Ajoelha-se.*) Anne, Anne. (*Tenta levantá-la.*)

ANNE (*voz débil*): Ele me derrubou. Não se preocupe comigo. O menino. Tire o menino de lá, Davy. (*Geme. Davidson começa a caminhar em direção à cabana, virando-se abruptamente diante de algum som imaginário às suas costas. Por um momento, seu coração fraqueja e ele faz um movimento como se para voltar ao barco, mas logo se recompõe e, com a mão estendida para a frente e a cabeça inclinada, caminha lenta e rigidamente na direção da luz baça que está no fundo do palco. Surgindo e sumindo diante da projeção direta dessa luz, a forma vaga de* HSM, *que parece estar correndo, para, murmura.*): Preciso terminar esse trabalho. (*Inclina-se, procura pelo corpo de Anne no chão, se agacha sobre ele, ergue o cotoco armado do peso. O tênue retângulo de luz da cabana desaparece e logo depois a voz fraca da criança pode ser ouvida chamando.*): Mamãe! Mamãe!

DAVIDSON: Fique quieto, Tony. (*Torna-se visível sua forma carregando a criança no braço esquerdo, enquanto ele murmura novamente.*) Fique quieto, Tony. (*À medida que se aproxima da pouco perceptível figura*

ANNE GARGALHADA

de HSM *agachado sobre Anne,* HSM *levanta-se com um salto. David-son atira. A criança chora.*)

HSM: Maldito seja! Me pegou. (*Gemido profundo, queda.*)

DAVIDSON (*avança, procurando com o pé por Anne. Logo, com a mão esquerda pressionando a cabeça da criança contra seu ombro, se ajoelha e fala em voz baixa*): Anne. (*Pega a mão dela. O menino choraminga com a voz sufocada.*): Mamãe. (*Davidson larga a mão de Anne, que cai inerte. Move-se na direção do barco, aos gritos.*): Todos ao con-vés! Ao convés! Serang!

VOZ DE SERANG: Sim, *tuan*[4].

DAVIDSON: Traga o lampião. Pegue a criança, aqui. (*Passa a criança por sobre a amurada.*) Seus canalhas, onde se esconderam? Todos vocês fugiram, não é?

SERANG: Eles estavam com medo. Todos estão agora a bordo, *tuan*.

DAVIDSON (*para Serang, a bordo*): Mande quatro homens para terra firme. Há um cadáver que precisa ser trazido para o mar. (*Cami-nha, carregando o lampião voltado para o chão, seguido por quatro malaios que trajam macacões azulados, os rostos trigueiros. Coloca o lampião no chão, ao lado do corpo, e olha para baixo, como se inter-pelasse o cadáver.*) Pobre Anne! Você estará sempre na minha consciência, porém ao menos o menino terá sua chance.

(*Quando os kalash se inclinam para levantar o cadáver, a cortina desce.*)

---

4 Forma usada na Malásia para tratar com distinção uma pessoa do sexo masculino, equivalendo a *sir* ou *mister*, "senhor".

Mais um Dia

Personagens:

CAPITÃO HAGBERD: capitão aposentado de pequena cabotagem.
HARRY HAGBERD: Filho do capitão Hagberd que, quando jovem, fugira de casa.
JOSIAH CARVIL: Antigamente, um construtor de navios, viúvo, cego.
BESSIE CARVIL: Filha de Josiah Carvil.
Um ACENDEDOR DE LAMPIÕES.

LOCAL: Um pequeno porto marítimo.
TEMPO: O presente – início do outono, perto do entardecer.
CENÁRIO: À direita, duas casinhas de tijolos amarelos, pertencentes ao capitão Hagberd, uma delas habitada pelo próprio, a outra pelos Carvil. Um poste de iluminação está em primeiro plano. Os telhados vermelhos da cidade servem de plano de fundo. Um quebra-mar à esquerda.

Cena I

(*A cortina sobe, revelando Carvil e Bessie se afastando do quebra-mar. Bessie tem mais ou menos 25 anos de idade. Vestido preto; chapéu de palha preto. Seu farto cabelo cor de mogno está preso de forma frouxa. Rosto pálido. Corpo cheio. Muito quieta. Carvil, cego, desajeitado. Bigodes ruivos; voz lenta, profunda, emitida sem esforço. Rosto grande, imóvel.)*

CARVIL *(apoiando-se pesadamente no braço de Bessie)*: Cuidado! Devagar! *(Para; Bessie aguarda com paciência.)* Você quer que seu pobre e cego pai quebre o pescoço? *(Arrasta os pés.)* Está com pressa de voltar para casa e começar aquela conversa interminável com seu amiguinho, o lunático?

BESSIE: Não estou com pressa de chegar em casa, pai.

CARVIL: Bem, então, tenha cuidado com um pobre homem cego. Cego! Indefeso! *(Bate no chão com sua bengala.)* Não importa! Tive tempo de ganhar dinheiro suficiente para ter presunto e ovos no café da manhã todos os dias – graças a Deus! E agradeça a Deus você também, por tudo isso, garota. Você nunca passou necessidade um único dia que fosse de sua vida ociosa. A não ser que pense que um pai cego, incapaz...

BESSIE: O que haveria em casa para que eu tivesse pressa em chegar lá?

CARVIL: O que você disse?

BESSIE: Eu disse que não há nada em casa que me faça correr.

CARVIL: Mas é claro que há. Ficar de bate-papo com um lunático. Qualquer coisa para fugir dos seus deveres.

BESSIE: As conversas do capitão Hagberd nunca prejudicam o senhor ou qualquer outra pessoa.

CARVIL: Vá em frente. Defenda seu único amigo.

BESSIE: É minha culpa não ter uma única outra alma por aqui com a qual eu possa conversar?

CARVIL *(vocifera)*: Talvez seja minha. Posso deixar de ser cego? Você fica aflita porque deseja passear por aí, deixando um homem indefeso completamente sozinho em casa. Seu próprio pai, aliás.

BESSIE: Não fiquei nem meio dia longe do senhor desde a morte de mamãe.

CARVIL *(agressivamente)*: Ele é um lunático, nosso senhorio. É isso o que ele é. E já faz alguns anos, antes mesmo que aqueles malditos médicos destruíssem a minha visão. *(Resmunga enraivecido e logo, suspira.)*

BESSIE: Talvez o capitão Hagberd não seja tão louco quanto a cidade o considera.

CARVIL (*sombrio*): Todo mundo sabe como ele chegou aqui do norte para esperar o retorno do seu filho desaparecido – aqui – de todos os lugares do mundo. Seu filho, que fugiu para o mar dezesseis anos atrás e nunca deu um sinal de vida desde então! Eu me lembro de ver as pessoas se esquivando dele quando andava pela High Street. Você deveria ter visto como ele era então, se deveria. (*Resmunga.*) Ele azucrinava a todos com sua conversa tola sobre a certeza do retorno do filho – no próximo ano – na próxima primavera – no próximo mês. O que é dessa vez, hein?

BESSIE: Por que falar sobre isso? Ele não incomoda mais ninguém agora.

CARVIL: Não. Eles começaram a fugir dele. Basta fazer uma observação a respeito de seu casaco de lona para velas para que ele cale a boca. Toda a cidade sabe disso. Mas ele consegue que você ouça a conversa maluca dele sempre que quiser. Ouço vocês dois tagarelando, tagarelando, balbuciando, balbuciando...

BESSIE: O que há de tão louco em manter a esperança viva?

CARVIL (*com desprezo mordaz*): Nada de louco? Passa fome para guardar dinheiro – ao tal filho. Enche a casa com mobília sem deixar que ninguém a veja – também para aquele filho. Coloca anúncios nos jornais todas as semanas, nesses dezesseis anos – sobre aquele filho. Isso não é loucura? Ele o chama de garoto. Seu garoto Harry. Seu garoto perdido Harry. Ah! Que ele perca a visão para saber o que é um problema de verdade. E o tal garoto – o homem feito, devo acrescentar – já deve estar seguro no fundo do mar, na companhia de Davy Jones há muito tempo – afogado – servindo de comida para os peixes, morto... Faz sentido, ou já teria estado por aqui, correndo atrás do dinheiro do velhote tolo. (*Balança levemente o braço de Bessie.*) Hein?

BESSIE: Não sei. Talvez.

CARVIL (*em voz alta*): Macacos me mordam se se eu não acho que ele nunca teve filho nenhum.

BESSIE: Pobre homem. Talvez nunca tenha tido.

CARVIL: Isso não é louco o suficiente para você? No entanto, suponho que você ache isso sensato.

BESSIE: O que importa tudo isso? O falatório dele o impede de esmorecer.

CARVIL: Ah, sim! E isso te agrada. Qualquer coisa para escapar do seu pobre pai cego... Palavrório e mais palavrório, resmungos, balbucios – até que eu começo a imaginar que você também esteja louca, como ele. Onde encontram tanto assunto para conversar, vocês dois? O que você pretende conseguir?

(*Durante a cena, Carvil e Bessie cruzaram o palco da esquerda para a direita, lentamente, com diversas paradas.*)

BESSIE: Está quente. Quer se sentar aqui por algum tempo?

CARVIL (*maldosamente*): Sim, vou me sentar. (*Insistente.*) Mas qual é o seu jogo? O que você está tramando? (*Eles atravessam o portão do jardim.*) Porque se você estiver atrás do dinheiro dele...

BESSIE: Pai! Como você ousa!

CARVIL (*ignorando-a*): Para torná-la independente de seu pobre pai cego. Então você é uma tola. (*Cai pesadamente sobre a cadeira.*) Ele é avarento demais para fazer um testamento – mesmo se não fosse louco.

BESSIE: Oh! Isso nunca me passou pela cabeça. Juro que não.

CARVIL: Nunca passou, hein! Então você é uma tola ainda maior... Agora, quero dormir! (*Tira o chapéu, o joga no chão e encosta a cabeça contra a parede.*)

BESSIE: Eu tenho sido uma boa filha para o senhor. Não poderia ao menos dizer isso de mim?

CARVIL (*claramente*): Eu quero – dormir – agora. Estou cansado. (*Fecha os olhos.*)

(*Durante a cena, o capitão Hagberd é visto, hesitante, ao fundo do palco. Depois, corre com rapidez para a porta de sua casa. Coloca ali dentro uma chaleira de estanho [retirada de debaixo de seu casaco], e então, caminha furtivamente para a grade que separa os dois jardins.*)

MAIS UM DIA

Cena 2

(Carvil, sentado. Bessie. Capitão Hagberd: barba branca, jaqueta feita de lona de vela.)

BESSIE *(tricotando)*: Esteve fora por bastante tempo à tarde, não é verdade?

CAPITÃO HAGBERD *(ansioso)*: Sim, minha querida. *(Malicioso.)* Mas sem dúvida você me viu voltar.

BESSIE: Oh, sim. Eu vi o senhor. Tinha alguma coisa debaixo de seu casaco.

CAPITÃO HAGBERD *(ansiosamente)*: Era apenas uma chaleira, minha querida. Uma chaleira de estanho. Fiquei feliz por ter pensado nisso a tempo. *(Pisca e acena com a cabeça.)* Quando o marido volta para casa do trabalho, precisa de muita água para se lavar. Percebe? *(Circunspecto.)* Não que Harry tenha que trabalhar quando voltar para casa... *(Hesita – lança olhares furtivos para os lados.)*... Amanhã.

BESSIE *(ergue os olhos, séria)*: Capitão Hagberd, já passou pela cabeça do senhor a possibilidade de que seu filho não...

CAPITÃO HAGBERD *(paternalmente)*: Já pensei em tudo, minha querida – tudo de que um jovem casal sensato possa necessitar para o seu lar. Veja, não consigo sequer me virar em meu quarto, pois a casa está abarrotada. *(Esfrega as mãos com satisfação.)* Para o meu filho, Harry – quando ele vier. Mais um dia.

BESSIE *(lisonjeira)*: Ah, o senhor tem um grande tino para barganhas. *(O capitão Hagberd fica encantado.)* Mas, capitão Hagberd, se – se – o senhor não sabe o que pode acontecer – Se tudo o que tiver acumulado for desperdiçado – para nada – em vão, depois de tudo. *(À parte.)* Oh, não posso continuar com isso.

CAPITÃO HAGBERD *(agitado; joga os braços para cima, bate os pés; gagueja)*: O quê? O que você quer dizer? O que vai acontecer com as coisas?

BESSIE *(tranquilizadora)*: Nada! Nada! Pó – ou traças – sabe como é. Umidade, talvez. O senhor nunca permite que alguém entre em sua casa...

CAPITÃO HAGBERD: Pó! Umidade! (*dá uma gargalhada gutural, gorgolejante*). Sempre acendo o fogo e tiro o pó de tudo. (*Indignado.*) Deixar qualquer um entrar em casa, ora essa! O que Harry diria! (*Caminha rapidamente de um lado para o outro do jardim com espasmos, contrações e estremecimentos por todo o corpo.*)

BESSIE (*com autoridade*): Por favor, capitão Hagberd! O senhor sabe que não suporto seus acessos de mau humor. (*Faz um gesto apontando o dedo para ele*).

CAPITÃO HAGBERD (*vencido, porém ainda amuado, de costas para ela*): Você quer ver as coisas. É isso que quer. Bem, não, nem mesmo você. Não até Harry dar a primeira olhada em tudo.

BESSIE: Oh não! Não quero. (*Abrandando o tom.*) Não até que o senhor queira. (*Sorri para o capitão Hagberd, que já virou para trás parcialmente.*) O senhor não deve se exaltar. (*Tricota.*)

CAPITÃO HAGBERD (*condescendente*): E você, a única jovem sensata em milhas e milhas nas redondezas. Não consegue confiar em mim? Sou um homem de hábitos caseiros. Sempre fui, minha querida. Odiava o mar. As pessoas não sabem em que seus filhos estão se metendo quando os enviam para o mar. Era melhor fazer deles condenados imediatamente. Que tipo de vida é essa? A maior parte do tempo, você não sabe o que se passa em casa. (*Insinuante.*) Não existe nada melhor no mundo do que o lar, minha querida... Na companhia de um bom esposo...

CARVIL (*ouvido de sua cadeira, em fragmentos*): Aí vão eles... Palavrório e mais palavrório... resmungos, murmúrios. (*Com um gemido forçado.*) Indefeso! (*Bessie volta seu olhar para ele.*)

CAPITÃO HAGBERD (*murmurando*): Nosso extravagante sujeito dos ovos com presunto. (*Em tom mais alto.*) É claro que não é como se ele tivesse um filho para quem deve preparar uma casa. As moças são diferentes, minha querida. Elas não fogem, minha querida, minha querida. (*Agitado.*)

BESSIE (*baixa os braços, demonstrando cansaço*): Não, capitão Hagberd – elas não fogem.

CAPITÃO HAGBERD (*lentamente*): Eu não permitiria que minha própria carne e sangue fosse para o mar. Não eu.

MAIS UM DIA

BESSIE: E o jovem fugiu.

CAPITÃO HAGBERD (*um tanto vagamente*): Sim, meu único filho Harry. (*Saindo da apatia.*) Vem para casa amanhã.

BESSIE (*suavemente*): Algumas vezes, capitão Hagberd, a esperança acaba por ser falsa.

CAPITÃO HAGBERD (*inquieto*): O que tudo isso tem a ver com o retorno de Harry?

BESSIE: É bom ter esperança em alguma coisa. Mas suponha que – (*Busca uma forma de se expressar.*) O seu filho não seria o único filho perdido que nunca...

CAPITÃO HAGBERD: Nunca o quê? Você não acredita que ele se afogou. (*Ajoelha-se, os olhos esbugalhados, agarrando-se à cerca.*)

BESSIE (*assustada, deixa cair o seu tricô*): Capitão Hagberd – não faça isso. (*Segura os ombros dele por cima da cerca.*) Não faça isso – por Deus! Ele está perdendo a cabeça! (*Grita.*) Não quis dizer isso! Não sei.

CAPITÃO HAGBERD (*recua; explode em uma gargalhada afetada*): Que bobagem! Nenhum de nós, os Hagberd, pertenceu ao mar. Somos fazendeiros há centenas de anos. (*Fraternal e astuto.*) Não se alarme, minha querida. O mar não consegue nos agarrar. Olhe para mim! Não me afoguei. Além disso, Harry não é um marinheiro, de forma alguma. E se ele não é um marinheiro, deverá voltar – amanhã.

BESSIE (*o encara; murmura*): Não, eu desisto. Ele me assusta. (*Em voz alta, rispidamente.*) Então melhor desistir daqueles anúncios nos jornais.

CAPITÃO HAGBERD (*surpreso e desconcertado*): Ora, mas por que, minha querida? Todos fazem isso. A pobre mãe dele e eu fizemos esses anúncios por anos e anos. Porém, ela era uma mulher impaciente. Ela morreu.

BESSIE: Se o seu filho está voltando, como – como o senhor diz –, para quê tamanha despesa? Seria melhor gastar essa meia–coroa com o senhor mesmo. Acho que não come o suficiente.

CAPITÃO HAGBERD (*confuso*): Mas é a coisa certa a se fazer. Veja os jornais de domingo. Parentes desaparecidos na primeira página – o que é apropriado. (*Parece infeliz.*)

BESSIE (*sarcasticamente*): Tudo bem! Declaro, então, que não sei como o senhor faz para se manter.

CAPITÃO HAGBERD: Está ficando impaciente, minha querida? Não fique impaciente – como minha pobre esposa. Se ela fosse paciente estaria aqui, agora. Esperando. Apenas mais um dia. (*Implorando.*) Não seja impaciente, minha querida.

BESSIE: Perco a paciência com o senhor algumas vezes.

CAPITÃO HAGBERD (*lampejo de lucidez*): Por quê? Qual o problema? (*Em tom simpático.*) Você está esgotada, minha querida, apenas isso.

BESSIE: Sim, estou. Dia após dia. (*Permanece apática, os braços pendentes.*)

CAPITÃO HAGBERD (*timidamente*): Muito tédio?

BESSIE (*apática*): Sim.

CAPITÃO HAGBERD (*como antes*): Hmmmm. Lavar, cozinhar, esfregar, não é?

BESSIE (*como antes*): Sim.

CAPITÃO HAGBERD (*apontando diretamente para a figura adormecida de Carvil*): Pesado?

BESSIE (*com voz monótona*): Como um fardo. (*Silêncio.*)

CAPITÃO HAGBERD (*explode de indignação*): Por que esse sujeito extravagante não arruma uma criada para você?

BESSIE: Não sei.

CAPITÃO HAGBERD (*encorajador*): Espere até Harry voltar para casa. Ele vai arrumar uma para você.

BESSIE (*quase histérica; gargalhando*): Ora, Capitão Hagberd, talvez seu filho nem queira olhar para mim – quando ele voltar para casa.

CAPITÃO HAGBERD (*em voz alta*): O quê! (*Baixa o tom.*) O rapaz não ousaria. (*Com raiva crescente.*) Não ousaria recusar a única garota sensata no raio de quilômetros. Aquele pateta teimoso se negar a se casar com uma garota como você! (*Caminha, dominado pela fúria.*) Confie em mim, minha querida, minha querida, minha querida. Vou dar um jeito nisso. Vou – Vou – (*Precipitadamente.*) Eu o deserdarei.

BESSIE: Quieto! (*Severa.*) Não deve falar assim. O que é isso? Mais um de seus acessos de mau humor?

MAIS UM DIA

CAPITÃO HAGBERD (*humildemente*): Não, não – não é mais um dos meus acessos de mau humor – quando minha cabeça não está muito bem. É que eu, simplesmente, não consigo suportar isso... Passei a gostar tanto de você como se já fosse a esposa do meu Harry. E ouvir que – (*Não consegue se conter; grita.*) Pateta!

BESSIE: Shhh! Não se preocupe! (*Extenuada.*) Eu preciso parar com isso, suponho. (*Em voz alta*). Não quis dizer isso, capitão Hagberd.

CAPITÃO HAGBERD: É como se eu ganhasse dois filhos a partir de amanhã. Meu filho Harry – e a única garota sensata – Pois, minha querida, eu não conseguiria continuar sem você. Nós dois somos sensatos quando juntos. O resto do povo dessa cidade é louco. A forma com que olham para você. E os sorrisos – eles estão sempre sorrindo. Isso me tira todo o gosto por sair de casa. (*Desnorteado.*) É como se houvesse algo errado – em algum lugar. Minha querida, há alguma coisa errada? – você, que é uma pessoa sensata...

BESSIE (*suave e afetuosamente*): Não, não, capitão Hagberd. Não há nada de errado com o senhor, de forma alguma.

CARVIL (*revirando-se, ainda deitado*): Bessie! (*Senta-se.*) Pegue meu chapéu, Bessie... Bessie, meu chapéu... Bessie... Bessie... (*Ao primeiro chamado, Bessie se levanta, coloca de lado seu tricô, caminha na direção de Carvil, pega seu chapéu e o coloca na cabeça dele.*) Bessie, meu... (*Apalpa o chapéu sobre a cabeça; interrompe a gritaria.*)

BESSIE (*calmamente*): Podemos entrar agora?

CARVIL: Ajude-me a levantar. Devagar e firme. Estou tonto. É esse tempo, tão tempestuoso. Uma tempestade de outono significa que virá um vendaval terrível. Bastante feroz – e repentino. Provavelmente, haverá naufrágios em nossa costa esta noite.

(*Saída de Bessie e Carvil pela porta de sua casa. Logo cai a tarde.*)

CAPITÃO HAGBERD (*pega uma pá*): Sujeito extravagante! Toda essa cidade é louca – completamente louca. Percebi isso muitos anos atrás. Graças a Deus eles nunca passam por aqui, o olhar fixo, sorrindo. Não posso suportá-los. Nunca voltarei àquela High

Street. (*Agitado.*) Nunca, nunca, nunca. Não vou precisar depois de amanhã. Nunca! (*Enterra a pá com paixão.*)

(*Enquanto Hagberd está falando, a janela saliente dos Carvil é iluminada. Bessie pode ser vista colocando o pai em uma grande poltrona. Fecha as venezianas. Entra o Acendedor de Lampiões. O capitão Hagberd pega a pá e se encosta nela com as duas mãos; imóvel, observa enquanto o outro acende o lampião.*)

ACENDEDOR DE LAMPIÕES (*jocoso*): Aqui está! Agora você poderá cavar à luz do lampião, se esse for o seu desejo.

(*O Acendedor de Lampiões sai por trás.*)

CAPITÃO HAGBERD (*enojado*): Argh! As pessoas daqui… (*Estremece.*)

A VOZ DO ACENDEDOR DE LAMPIÕES (*bem alta, possível de ser ouvida desde as casinhas*): Sim, esse é o caminho.

(*Entra Harry, por trás.*)

Cena 3

(*Capitão Hagberd. Harry. Depois, Bessie.*)

(*Harry Hagberd, trinta e um anos, alto, ombros largos, rosto barbeado, pequeno bigode. Traja um terno de sarja azul. O casaco aberto. Camisa cinza de flanela sem colarinho ou gravata. Sem colete. Cinto com fivela. Chapéu negro, de feltro macio, abas largas, desgastado e amassado no topo e levemente em um dos lados. Boa índole, aparenta certo atrevimento, mesmo arrogância, em seu comportamento. Seguro de si, caminha com deliberação e firmeza. Um certo gingado na sua maneira de caminhar. Anda. Para, as mãos nos bolsos. Olha ao redor. Fala.*)

HARRY: Deve ser aqui. Não vejo nada depois. Parece que há alguém. (*Caminha até o portão do capitão Hagberd.*) O senhor poderia me informar… (*Os gestos mudam. Coloca os cotovelos no portão.*) Ora, o senhor deve ser o capitão Hagberd em pessoa.

MAIS UM DIA

CAPITÃO HAGBERD (*no jardim, as duas mãos apoiadas na pá, olhando com atenção, surpreendido*): Sim, sou eu mesmo.

HARRY (*lentamente*): O senhor tem publicado anúncios procurando por seu filho, presumo?

CAPITÃO HAGBERD (*baixa a guarda, nervoso*): Sim. Meu único filho, Harry. Ele volta para casa amanhã. (*Resmungando.*) Para uma estadia permanente.

HARRY (*surpreso*): Mas que nada! (*Mudança de tom.*) Dou minha palavra! O senhor deixou sua barba crescer como o próprio Papai Noel.

CAPITÃO HAGBERD (*de maneira impressiva*): Vá embora. (*Acena com uma mão, arrogante.*) O que isso tem a ver com o senhor? Vá embora. (*Agitado.*) Vá embora.

HARRY: Ora, ora. Não estou invadindo sua propriedade aqui da rua – não é mesmo? Imagino que possa haver algo de errado nas notícias que tem. Portanto, que tal me deixar entrar – para uma conversa tranquila?

CAPITÃO HAGBERD (*horrorizado*): Deixar o senhor... *o senhor* entrar!

HARRY (*persuasivo*): Pois eu posso lhe fornecer informações reais sobre seu filho. As – notícias – mais recentes. Se quiser ouvir.

CAPITÃO HAGBERD (*explode*): Não! Não quero ouvir. (*Começa a andar de um lado para o outro, a pá nos ombros. Gesticula com a outra mão.*) Tem aqui um sujeito – um desses sujeitos sorridentes da cidade, dizendo que há alguma coisa errada. (*Feroz.*) Eu tenho mais informações do que o senhor possa imaginar. Tenho todas as informações que quero. E as tenho tido por anos e anos – por anos – por anos –, o suficiente até amanhã! Deixar o senhor entrar? Até parece! O que Harry diria?

(*Bessie Carvil surge na porta de sua casa, a cabeça coberta por um tecido branco. Permanece parada no jardim, tentando ver o que está acontecendo.*)

BESSIE: Qual o problema?

CAPITÃO HAGBERD (*fora de si*): Um sujeito cheio de informações. (*Tropeça.*)

HARRY (*estende o braço para ajudá-lo a se equilibrar, com seriedade*): Cuidado! Fique firme! Parece que alguém esteve tentando brincar com o senhor. (*Muda o tom.*) Ei! Mas do que é feita essa sua roupa?... De lona para tempestade, por Deus! (*Dá uma gargalhada enorme, gutural.*) Sim! O senhor é uma figura!

CAPITÃO HAGBERD (*intimidado com a alusão, olha para o casaco*): Eu – eu visto isso apenas – apenas por enquanto. Até – até – amanhã. (*Retraído, segura a pá com as mãos e recua para a porta de sua casa.*)

BESSIE (*avançando*): E o que deseja, senhor?

HARRY (*volta-se na direção de Bessie instantaneamente; descontraído*): Gostaria de saber algo a respeito dessa falcatrua que vai ser armada contra ele. Eu não queria assustar o velho. A caminho daqui, entrei em uma barbearia para fazer a barba por dois *pennies* e lá me disseram que ele era uma espécie de sujeito esquisito. Que na verdade sempre foi uma figura.

BESSIE (*questionando*): Que falcatrua?

CAPITÃO HAGBERD: Um sujeito sorridente! (*Corre subitamente para dentro de casa, levando consigo a pá. A porta bate com um estrondo. Ouve-se uma gargalhada forçada, gorgolejante, vinda do interior.*)

Cena 4

(*Bessie e Harry. Depois o capitão Hagberd, da janela.*)

HARRY (*após breve pausa*): O que diabos o aborreceu tanto? Qual o sentido de toda essa balbúrdia? Ele não é sempre assim, verdade?

BESSIE: Não sei quem é o senhor, mas posso lhe dizer que a mente dele tem estado perturbada por anos, por causa do seu único filho, que fugiu de casa – há muito tempo. Todos por aqui sabem disso.

HARRY (*pensativo*): Perturbada – Por anos! (*Subitamente.*) Bem, eu sou esse filho.

BESSIE (*recua*): O senhor! Harry!

HARRY (*tom de voz divertido, mas direto*): Já conhece meu nome, hein? Fez amizade com o velho, não é?

MAIS UM DIA

BESSIE (*perturbada*): Sim... Eu... Algumas vezes... (*Rapidamente.*) Ele é nosso senhorio.

HARRY (*desdenhoso*): Ele é o proprietário dessas duas coelheiras, então? É exatamente o tipo de coisa da qual teria orgulho... (*Com seriedade.*) Agora, é melhor me contar a respeito do tal sujeito que chega amanhã. Sabe algo dele? Eu acho que há mais de uma pessoa nesse pequeno jogo. Pois então! Diga lá! (*Irritado.*) Não aceito um não... de mulheres.

BESSIE (*perplexa*): Oh! Isso é tão difícil... O que devo fazer?

HARRY (*de bom humor*): Conte a verdade toda.

BESSIE (*exaltada, para si mesma*): Impossível! O senhor não entende. Devo pensar — tentar — Eu, eu preciso de tempo. Muito tempo.

HARRY: Para quê? Vamos lá. Duas palavras bastam. Não precisa ter medo. Não vou transformar a situação em caso de polícia. É o outro sujeito quem ficará aborrecido, quando menos esperar. Vai ser divertido ver quando ele der as caras por aqui, amanhã. (*Estala os dedos.*) Não me importo nem um pouco com os dólares do velho, mas o que é justo, é justo. Você vai ver quando eu colocar as minhas mãos naquele espertalhão — quem quer que ele seja!

BESSIE (*torcendo as mãos*): O que é melhor fazer? (*Repentinamente, para Harry.*) É o senhor — o senhor mesmo que nós — que ele espera tanto. É *o senhor* quem vai chegar amanhã.

HARRY (*lentamente*): Oh! Sou eu! (*Perplexo.*) Contudo, há uma coisa nessa história que não entendo. Eu não escrevi antes nem nada do tipo. Foi um amigo quem me mostrou os anúncios com o endereço do velho, exatamente hoje de manhã — em Londres.

BESSIE (*ansiosa*): Como posso deixar isso claro sem que... (*Morde os lábios, constrangida.*) Algumas vezes, ele diz coisas muito estranhas.

HARRY (*atitude expectante*): É mesmo? Sobre o quê?

BESSIE: Apenas sobre o senhor. E ele não admite que o contrariem.

HARRY: Teimoso, hein? O velho não mudou muito pelo que me recordo. (*Permanecem olhando um para outro, impotentes.*)

BESSIE: Ele colocou na cabeça a ideia de que o senhor voltará... amanhã.

HARRY: Não posso ficar esperando aqui até amanhã. Não tenho dinheiro para um quarto. Nem um centavo. Mas por que não pode ser hoje?

BESSIE: Porque o senhor esteve longe por muito tempo.

HARRY (*com força*): Olhe, eles praticamente me expulsaram de casa. Minha pobre mãe se irritava comigo por achar que eu estava vadiando e o velho dizia que arrancaria a alma do meu corpo antes de me deixar ir para o mar.

BESSIE (*murmurando*): Ele não suporta ser contrariado.

HARRY (*prosseguindo*): Bem, aparentemente, ele de fato o faria. Então eu parti. (*Melancólico.*) Parece, por vezes, que eu nasci devido a algum erro... naquela outra coelheira que chamam de casa.

BESSIE (*com um pouco de ironia*): E onde você imagina que deveria ter nascido por direito?

HARRY: Ao ar livre – numa praia – em uma noite de vento.

BESSIE (*fracamente*): Ah!

HARRY: Eles eram uns tipos curiosos, ambos, por Deus! Devo tentar bater à porta?

BESSIE: Espere. Preciso explicar-lhe o motivo dessa história de "amanhã".

HARRY: Sim, você precisa. Ou...

(*A janela na casa do capitão se abre.*)

(*Voz do capitão Hagberd, acima*): Um – sujeito sorridente – cheio de informações veio me aborrecer no meu jardim! O que virá depois?

(*A janela se fecha ruidosamente.*)

BESSIE: Sim. Preciso. (*Coloca a mão na manga do paletó de Harry.*) Vamos nos afastar. Ninguém passa por aqui após o anoitecer.

HARRY (*risada negligente*): Isso aí. Um bom lugar para uma caminhada com uma garota.

(*Os dois viram de costas para o público e se movem pelo palco vagarosamente. Estão bem próximos. Harry curva sua cabeça sobre a de Bessie.*)

MAIS UM DIA 323

VOZ DE BESSIE (*com ansiedade*): As pessoas daqui de alguma forma não o viam com bons olhos.

(*Voz de Harry*): Sim. Sim. Eu compreendo.

(*Andam lentamente, retornando para a frente do palco.*)

BESSIE: Ele praticamente estava disposto a passar fome pelo senhor.

HARRY: E eu passei fome mais de uma vez por conta dos caprichos dele.

BESSIE: Temo que seu coração esteja um pouco endurecido. (*Permanece pensativa.*)

HARRY: Por qual motivo? Por ter fugido? (*Indignado.*) Ele queria que eu me tornasse uma droga de um funcionário de algum advogado.

(*A partir daqui a cena acontece principalmente ao redor do poste de iluminação da rua.*)

BESSIE (*animando-se*): O que o senhor é? Um marinheiro?

HARRY: Sou qualquer coisa que você quiser. (*Com orgulho.*) Sou marinheiro o bastante para ser capaz de fazer o meu trabalho e receber respeito em qualquer embarcação que cruze os mares.

BESSIE: Ele nunca, nunca vai acreditar nisso. Ele não pode ser contrariado.

HARRY: Ele sempre gostou de fazer as coisas do seu jeito. E você o tem encorajado.

BESSIE (*com sinceridade*): Não! – não em tudo – de forma alguma – não mesmo!

HARRY (*risada de aborrecimento*): E o que mais pode me dizer dessa estranha ideia do amanhã? Tenho um camarada faminto em Londres, me esperando.

BESSIE (*se defendendo*): Por que eu deveria deixar o pobre homem, sem amigos, nesse estado miserável? Pensei que o senhor estivesse longe. Que estivesse morto. Inclusive, não poderia saber se chegou a nascer. Eu... Eu... (*Harry se volta para ela, que se desespera.*) Era mais fácil eu acreditar nisso. (*Empolgada.*) E, depois de tudo, é verdade. Aconteceu. Este é o amanhã que estávamos esperando acontecer.

HARRY (*um tanto superficialmente*): Pois é. Qualquer um pode ver que seu coração é tão suave quanto a sua voz.

BESSIE (*como se incapaz de aceitar tais palavras*): Não pensei que o senhor chegou a notar a minha voz.

HARRY (*distraído*): Hum! Maldita enrascada. Esse é um "amanhã" esquisito, sem nenhuma perspectiva de um "hoje", da maneira como vejo as coisas. (*Resoluto.*) Preciso tentar bater à porta.

BESSIE: Bem – tente, então.

HARRY (*do portão, olhando sobre o ombro para Bessie*): É improvável que ele fuja de mim, não é? Eu teria medo de pôr minhas mãos nele. Os camaradas sempre me dizem que eu desconheço minha própria força.

BESSIE (*na frente*): Ele é a mais inofensiva criatura que já...

HARRY: Você não diria isso se o tivesse visto me espancando violentamente com uma correia de couro. (*Caminhando pelo jardim.*) Não esqueci disso por longos dezesseis anos.

HARRY (*bate com força na porta, duas vezes*): Olá, pai. (*Bessie está dominada por intensa expectativa; batidas violentas na porta.*) Olá, pai – deixe-me entrar. Sou seu filho Harry. Isso mesmo. Seu filho Harry que voltou para casa – um dia antes.

(*A janela acima é agitada por um som violento.*)

CAPITÃO HAGBERD (*pode ser visto inclinado na janela, mirando um alvo com a pá*): Aha!

BESSIE (*alarmada*): Cuidado, Harry! (*A pá é arremessada.*) Está ferido? (*A janela se fecha ruidosamente.*)

HARRY (*à distância*): Apenas arranhou o meu chapéu.

BESSIE: Graças a Deus! (*Intensamente.*) O que ele fará agora?

HARRY (*avança, batendo o portão com força atrás de si*): É como nos velhos tempos. Quase arrancou a minha pele por eu querer ir embora, e agora que estou de volta arremessa uma maldita pá velha na minha cabeça. (*Enfurecido. Dá uma breve gargalhada.*) Por mim, não me importo, apenas o pobre Ginger – ele é o meu camarada em Londres – vai acabar morrendo de fome até eu voltar. (*Olha para Bessie, inexpressivo.*) Gastei meus últimos centavos fazendo a barba... Em respeito ao velho.

BESSIE: Acredito que, se me deixar, eu conseguiria convencê-lo em uma semana, talvez.

(*Um grito abafado, intermitente, pode ser ouvido, fracamente, por algum tempo.*)

HARRY (*alerta*): O que é isso? Quem está fazendo esse barulho? Droga! Bessie, Bessie. Vem da sua casa, creio eu.

BESSIE (*sem se mexer, com tristeza*): Estão me chamando.

HARRY (*discretamente, aos sussurros*): Ótima voz para o convés de um navio durante uma tempestade trovejante. Seu marido? (*Sai de baixo do poste de iluminação.*)

BESSIE: Não. Meu pai. Ele é cego. (*Pausa.*) Não sou casada. (*Os gritos ficam mais altos.*)

HARRY: Ah, sei. Mas o que está acontecendo? Quem o está matando?

BESSIE (*calmamente*): Eu suponho que ele tenha terminado de tomar o seu chá.

(*Os gritos prosseguem com regularidade.*)

HARRY: Não seria melhor você cuidar disso? Logo, toda a cidade vai acabar vindo para cá por causa do barulho. (*Bessie começa a se afastar.*) Eu acho! (*Bessie para.*) Será que você poderia me arranjar alguma sobra de pão com manteiga desse chá? Estou faminto. Não tomei o café da manhã hoje.

BESSIE (*começa a sair ao ouvir a palavra "faminto", deixando cair ao chão o xale branco de lã*): Estarei de volta em um minuto. Não vá embora.

HARRY (*sozinho; recolhe o xale com expressão ausente e, olhando para ele, aberto em suas mãos, começa a falar em voz baixa*): Uma – maldita – e tola – enrascada. (*Pausa. Joga o xale por sobre o braço. Caminha para um lado e para outro. Murmura.*) Sem dinheiro para voltar. (*Mais alto.*) E o palerma do Ginger vai pensar que eu consegui o dinheiro e dei um jeito de me livrar do meu velho companheiro de bordo. Um bom empurrão – (*faz menção de se jogar contra a porta utilizando os ombros*) – iria arrebentar essa porta – aposto. (*Olha ao redor.*) Fico imaginando onde está o policial mais próximo! Não. Iriam decididamente me mandar para a cadeia. (*Estremece.*) Talvez. Me dá uma ansiedade dos infernos só de imaginar ser trancafiado. Não tenho coragem para isso. Não para a prisão. (*Se encosta no poste de iluminação.*) E sem um centavo no bolso para pagar a passagem. Eu me pergunto se aquela garota...

BESSIE (*vindo precipitadamente, carregando um prato de pão e carne na mão*): Não tive tempo de arranjar muita coisa...

HARRY (*começa a comer*): Você não está tratando com um mendigo. Meu pai é um homem rico – você sabe.

BESSIE (*o prato na mão*): Você se parece com seu pai.

HARRY: Eu sou a cara dele desde garoto – (*Come.*) – e a coisa para por aí. Ele sempre foi um desses tipos domésticos. Parecia doente quando tinha de partir ao mar para uma viagem de quinze dias. (*Ri.*) Ele só pensava na casa e no lar.

BESSIE: E você? Nunca desejou ter um lar? (*Pega o prato vazio e o coloca rapidamente no banco de Carvil – fora de vista.*)

HARRY (*caminha para a esquerda, na frente do palco*): Lar! Se eu acabasse preso naquilo que meu velho chamaria de lar, eu o derrubaria a pontapés no terceiro dia – ou então, iria morrer em uma cama no prazo de uma semana. Morrer fechado em uma casa – argh!

BESSIE (*retorna; interrompe seu percurso ao lado da grade do jardim*): E onde gostaria de morrer?

HARRY: No matagal, no mar, no topo de uma maldita montanha, se pudesse escolher. Mas suponho que provavelmente não terei essa sorte.

BESSIE (*à distância*): Isso seria ter sorte?

HARRY: Sim! Para aqueles que transformam o mundo todo em seu lar.

BESSIE (*caminha, timidamente, para a frente*): O mundo é um lar frio – é o que dizem.

HARRY (*um pouco melancólico*): E é mesmo. Quando se é um homem feito.

BESSIE: Você percebe! (*sarcástica*). E um barco não é assim tão grande, no fim das contas.

MAIS UM DIA

HARRY: Não. Mas o mar é imenso. E quanto ao barco![5] Você o ama e depois o abandona, senhorita – Bessie é o seu nome, não é mesmo?… Gosto desse nome.

BESSIE: Você gosta do meu nome! Me espanta que ainda se lembre dele… Deve ser por isso, creio eu.

HARRY (*leve tom de bravata na voz*): O que importa! É preciso viver o tanto quanto possível. E uma viagem não é um casamento – como nós, marinheiros, dizemos.

BESSIE: Então, você não é casado – (*Harry se movimenta.*) – com nenhum navio.

HARRY (*risada suave*): Navios! Eu amei e abandonei uma quantidade deles maior do que posso me lembrar. Já fiz de tudo que você poderia imaginar, só não fui funileiro, nem soldado[6]. Consertei cercados; tosquiei ovelhas; carreguei minhas mercadorias roubadas; lancei arpões em baleias; fiz a manutenção de navios, esfolei touros mortos; procurei ouro – e virei as costas para muito mais dinheiro que o meu velho conseguiu amealhar em toda sua existência.

BESSIE (*pensativa*): Posso convencê-lo em mais ou menos uma semana…

HARRY (*negligente*): Com toda certeza, você poderia. (*Zombeteiro.*) Não sei ao certo, mas eu poderia muito bem esperar se você me prometer conversar comigo de vez em quando. Passei a gostar bastante da sua voz. Aprecio muito uma mulher com a voz tão bonita.

BESSIE (*afastando a cabeça*): Gostar bastante! (*Bruscamente.*) Conversa! Ideias sem nexo! Como se você se importasse muito. (*Em tom prático.*) Sem dúvida, eu teria que, de vez em quando… (*Pensativa novamente.*) Sim… Em uma semana – se – se eu pudesse saber com certeza que você iria tentar se dar bem com ele depois.

---

5   Nas duas peças – e em outros textos de Conrad – o barco é personificado e indicado como uma pessoa no gênero feminino em inglês (com o uso de pronomes como *her*) e não como coisa.

6   Referência a uma antiga rima (de 1695), fórmula de predizer a sorte, que se inicia com "Tinker, Tailor, / Soldier, Sailor" (algo como "Funileiro, alfaiate, / Soldado, marinheiro").

HARRY (*encosta-se no poste de iluminação; resmunga entre os dentes*): Fazer mais a vontade dele. Ah! Bem! Não! (*Cantarola.*)
Oh, ho, ho Rio!
And fare thee well,
My bonnie young girl,
We're bound for Rio Grande.[7]
BESSIE (*estremecendo*): O que é isso?
HARRY: Ora, esse é o refrão de uma canção de marinheiros, ao levantar âncora. Um beijo antes da partida. Um longo adeus em um navio nas profundezas do mar... Você está com frio. Aqui, essa coisa é sua, eu peguei no chão e esqueci no meu braço. Vire-se. Assim. (*Enrola o xale em Bessie, em tom de comando.*) Coloque as pontas juntas na frente.
BESSIE (*suavemente*): Uma semana não é muito tempo.
HARRY (*começa com violência*): Você acha mesmo que eu − (*Corta a frase no meio, com um olhar de soslaio para ela.*) Não posso me mover de um lado para outro na sarjeta e viver de ar e água. Posso? Não tenho nenhum dinheiro − você sabe.
BESSIE: Ele está poupando, vem economizando tudo o que pode, anos a fio. Tudo o que ele tem é para você, e talvez...
HARRY (*interrompendo*): Sim. Seu eu voltar e me assentar por aqui como um maldito sapo no buraco. Não, obrigado.
BESSIE (*colérica*): Por que voltou, então?
HARRY (*prontamente*): Por cinco libras − (*pausa*) − depois de uma boa farra.
BESSIE (*com amargura*): Você e aquele − aquele − seu camarada andaram bebendo.
HARRY (*dá uma risada*): Não saia correndo, senhorita Bessie − querida. Ginger não é má pessoa. Apenas não consegue tomar conta de si mesmo. Apagou por três dias seguidos. (*Sério.*) Não pense que sou dado a isso. Não há nada nem ninguém que possa me dominar a menos que eu goste. Posso ser firme como uma rocha.

---

7 Ver, supra, p. 178n5. Essa canção encontra-se grafada de duas formas diferentes no texto, "we're bound for Rio Grande" e "we're bound to Rio Grande". Provavelmente, trata-se de uma inconsistência por conta da natureza oralizada da fonte original.

MAIS UM DIA

BESSIE (*murmura*): Oh! Não creio que o senhor seja mau.

HARRY (*aprovando*): Nisso você tem razão. (*Impulsivo.*) Pergunte às garotas por aí – (*Controla-se.*) Ginger também é um camarada astuto, da maneira dele – compreende. Ele viu o jornal essa manhã e me disse: "Olha só! Veja isso, Harry – pai amoroso – são, com certeza, cinco libras." Então, raspamos os bolsos para a passagem...

BESSIE (*incrédula*): Você veio aqui para isso.

HARRY (*surpreso*): O que mais eu desejaria por aqui? Cinco libras não é pedir muito – uma vez em dezesseis anos. (*Entre os dentes, enquanto olha de soslaio para Bessie.*) E agora estou pronto para ir embora – para a minha passagem.

BESSIE (*apertando as mãos*): Como uma pessoa pode dizer esse tipo de coisa! Não posso acreditar que você realmente pense assim!

HARRY: O quê? Que eu iria embora? Apenas fique e veja.

BESSIE (*com menosprezo*): Não se importa com ninguém? Nunca desejou que alguém nesse mundo se importasse com você?

HARRY: No mundo! (*Jactancioso.*) Dificilmente haverá no mundo algum lugar em que não haja alguém que se importe com Harry Hagberd. (*Pausa.*) Não sou do tipo que sai por aí se escondendo por trás de nomes falsos.

BESSIE: Alguém – ou seja, uma mulher.

HARRY: Bem! E se for isso mesmo?

BESSIE (*insegura*): Ah, agora entendo como tudo funciona. Você as convence com sua fala mansa, suas promessas, e então...

HARRY (*violentamente*): Nunca!

BESSIE (*após um sobressalto, recua*): Ah! Você nunca...

HARRY (*calmo*): Nunca disse uma mentira que fosse para uma mulher.

BESSIE: Que mentira?

HARRY: Ora, o tipo de mentira que surge, fácil, na língua de um homem. Nada disso, não comigo. Deixo esse tipo de comportamento sorrateiro para os sujeitos de fala suave que você mencionou. Não! Se você me ama, precisa aceitar o que eu sou. E se você aceita o que eu sou – bem, então aquela canção dos marinheiros em barcos de águas profundas será mais que adequada um dia desses.

BESSIE (*após breve pausa, com esforço*): Como seus barcos, então.

HARRY (*divertido*): Exatamente, até agora. Ou eu não estaria aqui, nessa estúpida enrascada.

BESSIE (*assumindo indiferença*): Isso porque o senhor provavelmente jamais encontrou – (*Voz falha.*)

HARRY (*negligente*): Talvez. E talvez nunca encontre... O que importa? É a busca por alguma coisa... Não importa. Amo a todas – embarcações e mulheres. Os apuros em que me meteram e os apuros dos quais me tiraram – juro por Deus! Mas, senhorita Bessie, no que está pensando?

BESSIE (*levanta a cabeça*): Em que supostamente nunca se deve dizer uma mentira.

HARRY: Nunca, não é? Você não deveria ser assim tão dura com um sujeito.

BESSIE (*afobadamente*): Nunca para uma mulher, quero dizer.

HARRY: Bem, não. (*Sério.*) Nunca sobre nada que importe. (*De lado.*) Não me parece que estou perto de conseguir dinheiro para a minha passagem do trem. (*Encosta-se no poste de iluminação, demonstrando cansaço, a expressão distante. Bessie o observa.*)

BESSIE: No que *você* está pensando agora?

HARRY (*gira a cabeça, observa Bessie*): Bem, estava pensando que você é uma moça muito bonita.

BESSIE (*desvia o olhar por um instante*): Isso é verdade ou apenas uma delas que não tem importância?

HARRY (*rindo um pouco*): Não! Não! É verdade. Nunca alguém disse isso para você antes? Os homens...

BESSIE: Dificilmente falo com uma alma que seja, ano após ano. Meu pai é cego. Ele não gosta de estranhos e não suporta que eu esteja longe do alcance de seus chamados. Ninguém se aproxima muito de nós.

HARRY (*distraído*): Cego – ah! Claro.

BESSIE: Por anos e anos...

HARRY (*expressando compaixão*): Por anos e anos. Em uma daquelas coelheiras.Você é uma boa filha. (*Animando-se.*) Uma boa moça, de fato.Você parece do tipo que faz um bom camarada tornar--se um homem de verdade. E não houve um único homem em toda essa cidade que percebesse isso? Não consigo acreditar, senhorita Bessie. (*Bessie balança a cabeça.*) Homens, eu disse. (*Com desprezo.*) Um bando de coelhos adestrados em gaiolas, é isso que eles são... (*Interrompe sua fala.*) Bem, quando sai o último trem para Londres?Você poderia me dizer?

BESSIE (*encarando-o*): Para quê?Você não tem dinheiro.

HARRY: É isso mesmo. (*Encosta contra o poste de iluminação novamente.*) Droga de má sorte. (*Insinuante.*) Contudo, nunca houve um momento, em todas as minhas viagens, que não aparecesse uma mulher do tipo certo que pudesse me ajudar a sair de uma enrascada. Não sei por quê.Talvez seja pelo fato de que elas sabem, sem que ninguém diga, que eu amo a todas. (*Brincalhão.*) Eu quase me apaixonei por você, senhorita Bessie.

BESSIE (*risada insegura*): Ora essa! Como você fala!Você nem chegou a ver meu rosto apropriadamente. (*Dá um passo na direção de Harry, como se compelida.*)

HARRY (*inclinando-se para frente, de forma galante*): Um pouco pálida. Isso me agrada. (*Com a mão, pega o braço de Bessie, trazendo-a para si.*) Deixe-me ver... Sim, isso lhe cai bem.

(*Demora um instante antes de Bessie retirar as mãos e virar a cabeça para o outro lado.*)

BESSIE (*sussurrando*): Não, por favor. (*Resiste um pouco. Quando ele a solta, desvia os olhos.*)

HARRY: Não se ofenda. (*De pé, de costas para o público, observando a casa do capitão Hagberd.*)

BESSIE (*sozinha, na frente do palco; encara o público, sussurrando*): Minha voz – meu corpo – meu coração – meu rosto...

(*Silêncio. O rosto de Bessie é gradualmente iluminado. Harry fala de imediato, com uma expressão de atenção esperançosa.*)

HARRY (*das grades*): O velho parece ter ido dormir, esperando aquele amanhã dele.

BESSIE: Vá embora. Ele dorme bem pouco.

HARRY (*caminhando*): Ele ficou preso para sempre nessa situação. (*Contrariado.*) Quem puder, que solte as amarras. (*Exclamação desdenhosa.*) Amanhã. Droga! Será apenas mais outro hoje maluco.

BESSIE: É porque ele continuou a remoer sua esperança. As pessoas caçoavam muito dele. É o carinho que sente por você que lhe perturbou a mente.

HARRY: Certo. Uma maldita pá na cabeça. O velho sempre teve um jeito estranho de demonstrar seu carinho por mim.

BESSIE: Um velho esperançoso, perturbado, ansioso − deixado só − totalmente só.

HARRY (*em tom baixo*): Ele chegou a contar como minha mãe morreu?

BESSIE: Sim (*Um pouco amarga.*). De impaciência.

HARRY (*faz um gesto com o braço; fala de forma vaga, se bem que dominada pela emoção*): Creio que você tratou muito bem do meu velho...

BESSIE (*hesitante*): Você ao menos tentaria ser um filho para ele?

HARRY (*furiosamente*): Sem contrariá-lo, não é isso? Você parece conhecer muito bem meu pai. E eu também. Ele é totalmente maluco em fazer as coisas do jeito dele − e eu também sou assim, faz bastante tempo. É uma droga de impasse.

BESSIE: Que mal faria a você não o contrariar de vez em quando − talvez, com o tempo, você se acostumaria...

HARRY (*interrompe, mal-humorado*): Não estou acostumado a ceder. Somos uma dupla. Ambos Hagberd. Eu deveria pensar no meu trem.

BESSIE (*com seriedade*): Por quê? Não há necessidade. Vamos ficar na estrada por mais algum tempo.

HARRY (*entre dentes*): E sem dinheiro para a passagem. (*Olha para o alto.*) O céu está nublado. Bastante escuro, aliás. Será uma noite agitada por ventos... para andar pela estrada. É bem verdade que eu e as noites agitadas, tempestuosas, somos velhos amigos, não importa para onde os ventos soprem.

BESSIE (*suplicando*): Não há necessidade disso. Não há necessidade disso. (*Observa apreensiva a casa de Hagberd. Dá alguns passos como que para manter distância de Harry. Harry a segue. Ambos param.*)

MAIS UM DIA

HARRY (*após alguma espera*): E o que fazer sobre esse capricho do amanhã?

BESSIE: Deixe isso comigo. É claro que nem todas as fantasias dele são malucas. Não são. (*Pausa.*) Muitas pessoas nesta cidade pensariam que ele até seria uma pessoa sensata. Se ele conversar com você, não o contrarie. Isso poderia – poderia ser perigoso.

HARRY (*surpreso*): O que ele poderia fazer?

BESSIE: Ele faria – não sei bem – algo imprudente.

HARRY (*surpreendido*): Contra si mesmo?

BESSIE: Não. Temo que seria contra você.

HARRY (*mal-humorado*): Que faça.

BESSIE: Nunca. Não brigue. Mas talvez ele sequer tente conversar a esse respeito com você. (*Pensando em voz alta.*) Quem sabe o que eu poderia fazer com ele em uma semana! Eu posso, eu posso, eu posso – eu devo.

HARRY: Ora, vamos – qual seria essa ideia razoável dele contra a qual não devo brigar?

BESSIE (*volta-se para Harry, calma, convincente*): Se eu conseguir convencê-lo de seu retorno, ele voltará a ser são, como eu ou você. Todas essas ideias malucas desaparecerão. Mas aquela outra é bastante sensata. E você simplesmente não deve discutir sobre ela.

(*Move-se para o fundo do palco. Harry segue um pouco atrás, distante da plateia.*)

VOZ DE HARRY (*calmo*): Vamos ouvir então o que é.

(*As vozes cessam. Ação visível como antes. Harry dá um passo para trás e caminha precipitadamente. Bessie, ao lado do cotovelo dele, o segue com as mãos apertadas.*)

(*Repentina explosão de vozes.*)

HARRY (*andar furioso*): Não! Um lar me aguarda. Quem quer o lar dele?... Quero ou trabalho duro ou uma algazarra ou mais espaço que existe em toda a Inglaterra. Me aguarda! Um homem como eu – por causa do maldito dinheiro dele – não há dinheiro suficiente no mundo que me transforme em um maldito coelho amestrado. (*De repente, para diante de Bessie, braços cruzados sobre o peito. Violentamente.*) Não percebe isso?

BESSIE (*aterrorizada, balbuciando fracamente*): Sim. Sim. Não me olhe desse jeito. (*Grito repentino.*) Não brigue com ele. Ele está louco!

HARRY (*exclamação impetuosa*): Louco! Não, não ele. Gosta, isso sim, das coisas do seu jeito. De me amarrar aqui pelo pescoço. Aqui! Ha! Ha! Ha! (*Eleva a voz*). O mundo todo não é grande o suficiente para mim. Posso lhe dizer – qual é o seu nome – Bessie. (*Menosprezo crescente.*) Casar! Ele quer que eu me case e me acomode... (*Exasperado.*) E é muito provável que já tenha arranjado uma garota também – maldição! Ele chegou a conversar com você sobre isso, não? E você conhece essa rapariga, por acaso?

(*A janela do capitão Hagberd se abre. Os dois se assustam e permanecem quietos.*)

CAPITÃO HAGBERD: O camarada sorridente cheio de informações vindo direto da cidade dos loucos. (*Seu tom de voz muda.*) Bessie, posso ver você...

BESSIE (*estridente*): Capitão Hagberd! Não diga nada. O senhor não compreende. Pelo amor de Deus, não.

CAPITÃO HAGBERD: Mande-o embora agora ou contarei tudo ao Harry. Eles não sabem nada sobre Harry nessa cidade de loucos. Harry voltará para casa amanhã. Você me ouviu? Mais um dia!

(*Silêncio.*)

HARRY (*murmura*): Bem, ele é uma figura.

CAPITÃO HAGBERD (*rindo suavemente*): Não tenha medo! O garoto vai se casar com você. (*Subitamente enraivecido.*) Ele vai ter de fazê-lo. Eu o obrigarei. Se não, eu – (*furioso*) – não deixarei um centavo para ele e tudo para você. Pateta! Ele que morra de fome!

(*A janela se fecha.*)

MAIS UM DIA

HARRY (*lentamente*): Então, é você – a garota. É você! Agora, começo a entender... Pelos céus, seu coração é tão suave quanto a sua voz de mulher.

BESSIE (*parcialmente afastada, mãos no rosto*): Você entende! Não chegue perto de mim.

HARRY (*dá um passo na direção dela*): Preciso dar uma outra olhada em seu rosto pálido.

BESSIE (*se volta inesperadamente e o empurra com as duas mãos; Harry recua e permanece parado; Bessie, com ferocidade*): Vá embora.

HARRY (*observando-a*): Agora mesmo. As mulheres, entretanto, sempre tiveram que me tirar das minhas enrascadas. Sou um mendigo agora, preciso de sua ajuda para sair dessa.

BESSIE (*ao ouvir a palavra "mendigo", começa a procurar ansiosamente nos bolsos de seu vestido, falando descontroladamente*): Aqui está! Pegue. Não olhe para mim. Não fale comigo!

HARRY (*vangloria-se embaixo da lâmpada; olha a moeda em sua mão*): Meia libra... Minha passagem!

BESSIE (*mãos apertadas*): Por que ainda está aqui?

HARRY: Bem, você é uma moça muito bonita. Palavra de honra! Sou bem capaz de ficar por aqui – por uma semana.

BESSIE (*dor e vergonha*): Oh!... O que está esperando? Se eu tivesse mais dinheiro, eu lhe daria tudo, tudo. Daria tudo o que eu tenho para fazer você ir embora – para fazer com que se esqueça de que ouviu minha voz e viu meu rosto. (*Cobre o rosto com as duas mãos.*)

HARRY (*sombrio, a observa*): Não tenha medo! Não me esqueci de nenhuma de vocês que já encontrei neste mundo. Algumas me deram mais do que dinheiro. Mas não importa. Você não pode me prender – nem pode escapar...

(*Harry caminha na direção dela. Agarra seus braços. Breve luta. Bessie desiste. Seu cabelo é desfeito. Harry beija sua testa, suas bochechas, seus lábios, depois a solta. Bessie cambaleia na direção das grades.*)

(*Harry sai de cena; passos medidos, sem pressa.*)

Cena 5

(*Bessie. Capitão Hagberd na janela.*)

BESSIE (*olhos esgazeados, cabelo solto, as costas contra as grades, chama em voz alta*): Harry! (*Levanta a saia e corre por um curto trecho.*) Volte, Harry. (*Cambaleia na direção do poste de iluminação.*) Harry! (*Em tom bem mais baixo.*) Harry! (*Num murmúrio.*) Me leve com você. (*Começa a rir, no começo, de leve, depois com mais intensidade.*)

(*A janela se abre e a risada do cap. Hagberd se mistura com a de Bessie, que é interrompida abruptamente.*)

CAPITÃO HAGBERD (*segue rindo; fala cautelosamente*): Ele já se foi, o camarada cheio de informações? Você o vê em algum lugar, minha querida?

BESSIE (*em tom baixo e gaguejando*): N–não, não! (*Com passos vacilantes, se distancia do poste de iluminação.*) Não o vejo.

CAPITÃO HAGBERD (*ansioso*): Um vagabundo sorridente, minha querida. Boa garota. Foi você quem o espantou. Boa garota.

(*O palco, gradualmente, fica mais escuro.*)

BESSIE: Entre! Fique quieto! Você já fez mal o suficiente.

CAPITÃO HAGBERD (*alarmado*): Por quê? Ainda dá para ouvi-lo, minha querida?

BESSIE (*aos soluços, se joga contra as cercas*): Não! Não! Não o ouço. Não o ouço mais.

CAPITÃO HAGBERD (*triunfante*): Agora tudo estará bem, minha querida, até a chegada de Harry amanhã. (*Gargalhada forçada e gorgolejante.*)

BESSIE (*perturbada*): Fique quieto. Tranque-se aí dentro. Você vai me enlouquecer. (*Perde o controle de si mesma, repete a mesma frase com uma inflexão de voz cada vez mais enfática.*) Você me enlouquece. (*Com desespero.*) Não há amanhã! (*Joga-se ao chão próximo à grade do meio. Soluços abafados.*)

(*O palco está perceptivelmente escurecido.*)

CAPITÃO HAGBERD (*acima, a voz subitamente desalentada e estridente*): O quê! O que está dizendo, minha querida? Não há amanhã? (*Abalado, debilmente.*) Não – há – amanhã?

(*A janela se fecha.*)

CARVIL (*pode ser ouvido desde o interior, gritos abafados*): Bessie – Bessie – Bessie – Bessie – (*Ao primeiro chamado, Bessie se levanta e começa a caminhar, aos tropeços, cegamente, na direção da porta. Surge o fraco lampejo de um raio, seguido por um baixo ruído de trovão.*) Ei! Bessie!

(*A cortina desce.*)

Cronologia

1857   3 de dezembro. Nascimento de Jozef Teodor Konrad Korzeniowski, filho único de pais aristocratas poloneses, em Berdichev, então ocupada pelo Império Russo, mas que fora parte do Reino da Polônia.

1861   A família muda-se para Varsóvia. Meses depois, em outubro, o conde Apollo Korzeniowski, pai de Conrad (como a família o chamava), nacionalista ferrenho, é preso, implicado em conspiração patriótica.

1862   Maio. O pai de Conrad é condenado por uma corte marcial russa, o que obrigou toda a família a rumar para o exílio, primeiro em Vologda, sendo depois autorizados a se estabelecer em Chernigov, nordeste da atual Ucrânia.

1865   18 de abril. A mãe de Conrad, Ewa Bobrowska, morre de tuberculose.

1866   O jovem Conrad, por razões de saúde, é enviado a Kiev, para a casa de familiares maternos.

1867   Dezembro. Apollo busca o filho e o leva para a parte da Polônia dominada pela Áustria.

1869   Fevereiro. Após uma breve estada em Lvov e outras cidades menores, pai e filho se mudam para Cracóvia.

23 de maio. Morte do conde Apollo Korzeniowski, também vítima de tuberculose. Nesse momento, a guarda do jovem Conrad é transferida para um tio do lado materno, Tadeusz Bobrowski. Indisciplinado e de saúde frágil, os médicos acreditavam que trabalho físico e ar fresco lhe

fariam bem. O tio, então, passou a estimulá-lo a combinar habilidades de marinheiro com atividade comercial.

1871   Outono. Conrad anuncia que pretende tornar-se marinheiro, influenciado pela leitura do livro de Leopold McClintock sobre as expedições de 1857-1859 do navio a vapor Fox na busca pelas embarcações perdidas Erebus e Terror que, sob o comando de John Franklin, haviam partido em busca da passagem para o Pacífico pelo Polo Norte.

1873   Agosto. Vai a Lvov morar com um primo que dirigia uma pensão para meninos órfãos do levante nacionalista de 1863.

1874   Setembro. O tio o chama de volta a Cracóvia. Em 13 de outubro, parte para Marselha, para se tornar marinheiro mercante. Mesmo sem completar os estudos secundários, é fluente em francês, sabe latim, alemão e grego e conhece bem história, geografia e literatura romântica polonesa; interessa-se por física.

1876   Como comissário de bordo no Sainte-Antoine, Conrad encontra o corso Dominic Cervoni, cuja personalidade cáustica e destemida servirá de base para o protagonista de seu romance *Nostromo*.

1874-1877   Conrad envolve-se na Terceira Guerra Carlista, contrabandeando armas para os rebelados espanhóis desde Marselha.

1878   Março. Tentativa malsucedida de suicídio: com muitas dívidas contraídas em apostas e diante da recusa do cônsul russo em fornecer os documentos de que necessitava para continuar a servir na marinha mercante francesa, Conrad atira contra o próprio peito, mas é socorrido a tempo e se recupera. Em vista disso, seu tio, Bobrowski, paga seus débitos. Em abril, após perder seu registro como marinheiro francês, ingressa em seu primeiro navio da marinha mercante britânica, o Mavis, transferindo-se posteriormente para o The Skimmer of the Sea.

1886   2 de julho. Após oito anos a serviço da marinha mercante britânica, solicita a cidadania, que lhe é concedida

CRONOLOGIA

em 19 de agosto. No mesmo ano, obtém ainda o certificado de comandante, mas há poucos navios disponíveis para jovens.

1887 Conrad se envolve no acidente do The Highland Forest, cujo capitão era o irlandês John McWhir, de 34 anos (que serviu de base para uma das personagens de seu *Typhoon*), sendo hospitalizado em Singapura.

1887-1888 Como primeiro oficial no The Vidar, Conrad visita numerosos portos e localidades do arquipélago malaio.

1888 É capitão pela primeira e última vez de um navio em viagens oceânicas, o Otago.

1889 Conrad entrega seu posto no Otago e retorna para Londres, onde começa a escrever *Almayer's Folly* (A Loucura do Almayer).

1890 Volta para o mar, como capitão em um vapor de água doce, trabalhando para a Société Anonyme Belge pour le Commerce du Haut-Congo. Essa experiência foi tão vívida que logo inspiraria um diário do autor no Congo e, posteriormente, o célebre romance *Heart of Darkness* (Coração das Trevas).

1891-1893 Torna-se oficial do veleiro Torrens, e conhece o então jovem advogado John Galsworthy. De volta à Inglaterra, conhece Jessie George, sua futura esposa.

1894 Fevereiro. Morte de Tadeusz Bobrowski. Em outubro do mesmo ano, a editora Unwin aceita o manuscrito de *A Loucura do Almayer*. Por conta disso, Conrad conhece o leitor da Unwin, Edward Garnett.

1895 *A Loucura do Almayer* é publicado pela Unwin, de Londres.

1896 Conrad encontra H.G. Wells. Em 24 de março, se casa com Jessie George.

1897 Torna-se amigo íntimo do romancista Henry James e de R.B. Cunninghame Graham, a partir de quem cria sua personagem Gould em *Nostromo*. Publicação de "Karain: A Memory" (Karain: Reminiscências), na revista "Blackwood". Escreve "The Return" (O Retorno).

1898 É lançado *Tales of Unrest* (Narrativas Inquietas), uma coletânea de contos já publicados em periódicos, e também "The Idiots" (Os Idiotas). Conrad colabora com Ford Madox Ford e conhece o jornalista Stephen Crane. Seu filho, Borys Conrad, nasce nesse mesmo ano.

1898-1900 Publicação seriada de dois de seus grandes romances, *Coração das Trevas* e *Lord Jim* — ambos pelo *Blackwood's Edimburgh Magazine,* na Escócia, periódico que Conrad denominava "Maga".

1900 Morte de Stephen Crane, que se tornara amigo íntimo de Conrad.

1902 Publicação de *Youth: A Narrative and Two Other Stories* (Juventude: Uma Narrativa). Publicação de "Tomorrow" (Amanhã).

1903 Publicação da coletânea *Typhoon and Other Stories* (Tufão e Outras Histórias).

1904 Jessie Conrad sofre ferimentos nos joelhos, que a deixam inválida pelo resto de sua vida. Publicação de *Nostromo*.

1906 Conrad conhece Arthur Marwood. Nascimento de seu segundo filho, John. Publicação da biografia *Mirror of the Sea* (Espelho do Mar). Publicação de "An Anarchist" (Um Anarquista: Um Conto de Desespero).

1907 Publicação de *The Secret Agent* (O Agente Secreto).

1908 Publicação da segunda coletânea de contos de Conrad, *A Set of Six* (Um Conjunto de Seis). Publicação de "Il Conde: A Pathetic Tale" (O Conde: Uma Narrativa Patética).

1910 Conrad finaliza *Under Western Eyes* (Sob os Olhos do Ocidente), mas sofre um colapso nervoso durante o processo. Acamado, conversa longamente com as personagens, invisíveis, do romance. Recupera-se, posteriormente.

1911 Publicação de *Sob os Olhos do Ocidente*.

1912 Publicação da biografia *A Personal Record* (Um Registro Pessoal) e de sua terceira coletânea de contos, *Twixt Land and Sea* (Entre a Terra e o Mar).

1913 Publicação do primeiro grande sucesso comercial de Conrad, *Chance* (A Força do Acaso, ou Chance). Escreve "The

Inn of the Two Witches" (A Estalagem das Duas Bruxas: Um Achado).

1914 O sucesso retumbante de *A Força do Acaso, ou Chance* chama a atenção dos leitores e críticos para outras obras de Conrad, que venderam muito bem nos EUA. Visitando a Polônia, a família Conrad quase acaba impossibilitada de voltar para a Inglaterra devido ao início da Primeira Guerra Mundial.

1915 Publicação de outra coletânea de contos, *Within the Tides* (Dentro das Marés), com um conto que foi à época visto como sensacionalista, "A Estalagem das Duas Bruxas: Uma Achado".

1917 Começa a escrever as notas para a edição definitiva de suas obras completas.

1920 Publicação de *The Rescue* (O Salvamento), 24 anos depois de Conrad começar a escrever a obra.

1923 Visita de Conrad aos EUA.

1924 Em maio, recusa a distinção de cavaleiro. Em 3 de agosto, Conrad falece após um ataque cardíaco. Postumamente, sua última colaboração com Ford, *The Nature of a Crime* (A Natureza de um Crime), foi publicada. Publicação de *Laughing Anne & One Day More: Two Plays* (Anne Garga-lhada & Mais um Dia: Duas Peças).

Este livro foi impresso na cidade de São Bernardo do Campo,
nass oficinas da Paym Gráfica e Editora,
para a Editora Perspectiva